Adolf Hausrath

Antinous

Historischer Roman aus der römischen Kaiserzeit von George Taylor

Adolf Hausrath

Antinous

Historischer Roman aus der römischen Kaiserzeit von George Taylor

ISBN/EAN: 9783744628273

Hergestellt in Europa, USA, Kanada, Australien, Japan

Cover: Foto ©Andreas Hilbeck / pixelio.de

Weitere Bücher finden Sie auf **www.hansebooks.com**

Antinous.

Historischer Roman

aus der

römischen Kaiserzeit

von

George Taylor.

Mit dem Bildniß des Antinous.

Fünfte Auflage.

Leipzig
Verlag von S. Hirzel
1884.

Bei der Wanderung durch die römischen Museen
begegnet uns kein Kopf so häufig wie der des Kaisers
Hadrian. Nicht weit von ihm steht dann in der
Regel der seines Lieblings Antinous. Ein größerer
Gegensatz als der dieser Bilder wäre wohl kaum auf
Erden zu finden. Des Kaisers Angesicht ein verschleiertes
Geheimniß: die Stirne tief beschattet von dem über
sie herabhängenden Haupthaar; der ungepflegte Bart
scheint Gleichgültigkeit gegen das Urtheil der Welt zu
verkünden und soll doch nur dazu dienen, ein häß-
liches Mal zu verdecken; der Blick unsicher, zugleich
selbstgefällig und mißtrauisch; um den gekniffenen Mund
wechselt ein harter Ausdruck mit dem heiterer Ironie;
das faltenreiche Gesicht zeigt einen Anflug von Freundlichkeit, aber dazwischen spielt ein Wetterleuchten, welches
uns erinnert, daß es der Sturm der Leidenschaften war,
der dieses Antlitz also gekräuselt hat. Zu diesem Bilde

ist es nur die Erläuterung, wenn sein Biograph von
Hadrian erzählt, daß er sinnlich und mäßig gewesen sei
zu gleicher Zeit, ein abgehärteter Soldat und weichlicher
Höfling, zugleich ernst und lustig, freundlich und würde-
voll, ausgelassen und unentschlossen, tückisch und offen,
grausam und milde, kurz in allen Stücken sich jederzeit ungleich. Dichter und Gelehrter, Maler und Bild-
hauer, Architekt und Astronom, verstand er von allem
so viel, um von der Unzulänglichkeit seiner Leistungen
gründlich unbefriedigt zu sein. Von ehrgeiziger Eifersucht auf seinen Vorgänger Trajan geplagt, hatte er
doch dessen ruhmvollste Eroberungen nicht festzuhalten
vermocht, und während seine ästhetische Natur die rohe
Derbheit Trajan's tief verachtete, war Rom der Meinung, daß der einfache Soldat größere Künstler und durch
sie erhabenere Werke der Welt geboten habe, an denen
Hadrian's Kennerhochmuth sich darum gern und schwer
versündigte. Stets gestachelt vom Bewußtsein, seine
höchsten Pläne verfehlt zu haben, ward er dann im
Alter doppelt reizbar. Der böse, launenhafte Zug an
ihm trat immer stärker hervor, und die römische Welt,
die ihm doch so viel verdankte und deren Leben er be-
reichert und verschönert hatte wie kein Cäsar vor ihm,
gedachte oft mit Bangen jenes Tiberius, der bis zu
seinem Greisenalter ein Bild der Selbstbeherrschung
und Mäßigung gewesen war, um dann erst als Greis

die Tigernatur zu offenbaren, die in ihm lag. Von seiner Gemahlin, der mürrischen Sabina, lebte er getrennt; zum Mitregenten und Nachfolger hatte er sich den schwindsüchtigen Aelius Verus gegeben, weil, wie die Römer wissen wollten, er voraussah, daß er selbst ihn überleben werde. Zwischen ihm und seinem Schwager Servianus und dessen Enkel, die die Anwartschaft darauf hatten, die Nächsten am Throne zu sein, herrschte bitterer Haß. So war er müde seinen einsamen Weg zu Ende gegangen, zuletzt von Servianus' Fluch gedrückt, der, von Hadrian verurtheilt, sterbend die Götter bat, sie sollten Hadrian den Tod verweigern, wenn er ihn wünsche.

Mit diesen Erläuterungen der alten Schriftsteller in der Hand wird es uns nicht schwer das trübe Geheimniß der Hadriansbüste zu entschleiern. Es ist der von rastlosem Ehrgeiz gepeinigte, vom Bewußtsein der Mißerfolge gestachelte, ruhelose Geist des Fürsten, der sich in diesen krausen Linien ausspricht. Diese Züge sind das Bild eines Herrschers, dessen Intelligenz stärker war als sein Wollen, der alles wußte, aber wenig konnte, der zu gebildet war, um in sich einig und glücklich zu sein, und der erschöpft und abgehetzt von tausend Ausschreitungen des Geistes und der Sinnlichkeit tiefer Melancholie verfallen ist und nur noch eines wünscht: den Tod.

Dieser einsame Mann, der auch Freunden und Günstlingen unheimlich blieb, und dessen Todfeinde, wie Spartianus sich ausdrückt, alle zuerst seine Busenfreunde gewesen waren, hatte sich eine Zeitlang an einen bithynischen Jüngling angeschlossen, den er liebte wie Sokrates den Alcibiades, wie Cäsar den Brutus. Es war Antinous, mit dessen Büsten und Statuen Hadrian die Welt erfüllt hat. Wie wirkt die sinnige Schönheit dieses Knaben doch so ganz anders auf uns als das von Leidenschaften zerklüftete vulkanische Angesicht des Herrn, dem Antinous im Leben der Nächste war. Unschuld und Hingebung, Schwermuth und ziellose Sehnsucht haben in diesen Zügen einen unvergänglichen Ausdruck gefunden. Ein melancholisch gesenktes Haupt mit weit in die Stirne fallendem gelocktem Haar, tiefliegende, verschleierte Augen, sanft gebogene Brauen, mädchenhaft volle Wangen, die eigenthümlich contrastiren mit dem schmerzlichen Zug um die Lippen und dem feinen Kinn: das ist Antinous. Dieses sinnige, fein durchgeistigte ernste Jünglingshaupt sitzt auf starkem Nacken und auffallend breiter Brust, die den Athleten verrathen. Uebrigens aber ist dieser feingliedrige Körper ein so volles Ideal der Schönheit, wie es nur je ein Künstler zu Apollo's oder Hermes' Ehre erträumte.

Aber auch dieses Bild legt uns ein Räthsel vor, das unsern Geist beschäftigt. Mit der strotzenden Jugendkraft dieser Jünglingsgestalt steht in seltsamem Widerspruch der schmerzliche Ausdruck, der dieses junge Haupt beugt und die Blicke zur Erde zieht. Dieses Räthsel reizt uns um so mehr, nachdem wir einige Antinousstatuen gesehen, in denen der Jüngling noch in ungetrübter Jugendfreude strahlt und in denen er von dem lächelnden Apollino sich nur durch die charakteristische breite Brust, und die schmale Stirne unterscheidet. Alle anderen Statuen aber verstärken mehr und mehr den Ausdruck des Schmerzes, sei es, daß die Kunst selbst ihren Typus überbot, sei es, daß sie uns hier die Geschichte eines Seelenlebens berichtet, von dem die Historiker schweigen. Ueber Habrian's verwittertes Angesicht gibt die Geschichte Auskunft, die dieses ergreifenden Schmerzes aber vermag nur die Phantasie zu errathen, denn die Auskunft der alten Schriftsteller ist kurz und widerspruchsvoll. Daß das Verhältniß zu Habrian Antinous bedrückte, ist gewiß; aber nicht nur sinnliche, auch religiöse Motive wirkten in dieses Verhältniß herein. Aus solchen ist Antinous für seinen Cäsar in einen freiwilligen Opfertod gegangen, und als Gott ließ ihn Habrian nach seinem Tode verehren, um wieder gut zu machen, was er an ihm verschuldet. Welches war seine Schuld? Wer

VIII

die beiden Bilder betrachtet, dem werden sie Rede stehen.
Wie eine gesunde Natur an dem Umgang mit einer
kranken zu Grunde ging: das ist die Geschichte des
Antinous mit seinem Cäsar.

Erstes Kapitel.

———

„Schlaf, du launischer Gott, der du den Säugling
im Schooße der Mutter einlullst, daß er, die Brust noch
im Munde, einnickt, — der du den Knaben, noch das Spiel=
zeug im Arme, einwiegst und den aufquellenden Jüngling
mit lieblichen Träumen fesselst, bis sie der Morgen ver=
scheucht, warum fliehst du die Alten, die Kranken, die
deiner doppelt bedürfen? Gieriger drängte sich nie des
Knaben vertrocknete Lippe nach dem schäumenden Kelche,
nicht der bestaubte Athlet nach dem thauig beschlagenen
Becher, als ich nach dir geseufzt Stunde um Stunde!"

Der mit solchen Klagen und Bitten sich unruhig und
gequält zwischen seinen Decken und Pfühlen hin und her
warf, war der alternde Hadrian, der rasch und stürmisch
gelebt hatte und nun an der Schwelle des Greisenalters
erfahren mußte, daß die Natur Cäsaren und gewöhn=
liche Menschenkinder mit gleichem Maße messe, falls sie
in Arbeit, Leidenschaft und Genußsucht ihr mehr zuge=
muthet, als sie vermochte. Um den rasch fortschreitenden
Bau seiner Villa zu betreiben, war er nach Tibur ge=
kommen, wo er einstweilen in den Gärten des Quirinus
über den Wasserfällen des Anio sich eingerichtet hatte.
Jede Laune hatte die Schaar der mitgebrachten Bau=
kundigen rasch befriedigt. Nur eines konnten sie ihm
nicht zum Danke herstellen: ein Schlafgemach. Hatte

1*

ihn aus dem einen das Rauschen der Wasserfälle ver=
trieben, die damals freilich noch lange nicht so gewaltig
wie seit einer neueren Stromcorrectur herabfielen, so
schien ihm ein anderes feucht und dumpfig, aus dem
dritten verscheuchten ihn die Stimmen, nicht der Men=
schen, die man stillen konnte, sondern der Vögel und
Cicaden. So hatte er auch jetzt wieder sich peinliche
Stunden zwischen Kissen, Pfühlen und Teppichen um=
hergeworfen und grollte dem Gotte, der dem Cäsar
verweigere, was er dem Bettler am Wege gewährt.
Auf dem zerwühlten Lager sich emporrichtend und die
gichtischen Hände ballend rief er in die dunkle Stille
hinein, in die nur der Strahl einer Lampe in verdeckter
Nische ein schwaches Streiflicht warf: „Schlaf, ich bin
ein Gott wie du, ich habe mehr Tempel als du, du
herrschest nur bei Nacht, ich auch bei Tage; wo bliebe
dein Reich, wenn ich allen meinen Unterthanen den
Schlaf vertriebe? — — Wie schade, daß Phlegon nicht
hier ist; wäre das nicht ein Thema zum schönsten Epos:
‚Hadrians Krieg gegen Morpheus‘? Aber meine Phan=
tasie ist mit ihm im Urlaub, und allein kann ich weder
dichten noch herrschen mehr. Meine Verse sind bald um
einen Fuß zu kurz, bald meine Gegner um einen Kopf
zu lang, sonst läge der des Servianus neben dem
seines Enkels schon längst im Sande. Doch wozu auch?
Die theuern Verwandten wollen mir ja nur das schen=
ken, wonach ich mich sehne, Schlaf, Schlaf, ewigen
Schlaf.“ Wiederum starrte er müde in die in dem
schrägen Lichtstreif tanzenden Stäubchen, den die flache
Lampe aus ihrer Nische quer durch das Gemach warf.
Er versuchte, an nichts, an gar nichts zu denken, er
stellte sich vom Winde bewegte Kornfelder vor, das

Wachſen, Schwellen und Ueberkippen der Meereswogen,
einen vollkommen leeren Raum, er sprang von jeder
Vorſtellung, die auftauchen wollte, ſofort zu einer an=
dern über, er zählte auf tauſend, um ſeinen Geiſt ab=
zumüden, bis er endlich auf weitere Verſuche verzichtend,
die Decke von der Lampe hinwegriß. „Oh, daß ſie
wüßten", rief er in plötzlicher Wuth, „wie der Purpur
wundreibt! Treffe mich ihr Schwert lieber heute als
morgen, ſie ſollen nicht von mir ſagen, daß ich Leib=
wächter für mich gehalten wie Nero oder Spione wie
Domitian." Es war, als ob mit dieſem Paroxysmus
die Aufregung des Kranken zur Ruhe gekommen wäre.
Das Haupt des Cäſar ſank müde auf das Polſter zu=
rück, und der Schlaf begann ſich auf ſeine Liber zu
ſenken. Da ſchreckte den todmüden Mann plötzlich ein
Geräuſch, das ſeinem fiebernden Hirn wie das Wetzen
eines Dolches klang, auf's neue empor. Durch die
dunkeln Gemächer hörte man deutlich den Ton einer
Feile oder eines Meißels, der an einem harten Gegen=
ſtand arbeitete, ein Klopfen und Bohren, das dem Ein=
ſamen zu dieſer Stunde unerklärlich und darum unheim=
lich war. Phlegon fehlt, und Antinous wird wieder
ſeinen Todtenſchlaf ſchlafen, murmelte der Cäſar. Be=
reits hatte er einen ſilbernen Stab ergriffen, um an
das Metallbecken zu ſchmettern, dann legte er ihn wie=
der nieder. „Bis die Sklaven kommen, ſind die Schur=
ken entlaufen, und morgen tiſcht man mir die übliche
Lüge auf. Ich werde ſelbſt zuſehen, wer hier Dolche
ſchleift oder den Gemmen im Tablinum einen Beſuch
abſtattet." Die hohe, aber von Krankheit geſchwächte Ge=
ſtalt erhob ſich langſam, und nur allmählich gewann der
alte Soldat die Herrſchaft über die gichtiſchen Glieder.

Einen Blick hinter den Teppich des anstoßenden Ge=
lasses werfend, sah er mit Befremden, daß Antinous'
Lager leer und er jeder Bedienung beraubt sei. Mecha=
nisch tastete seine Hand nach der Stelle der Wand, wo
sonst sein Schwert hing. Aber ein grimmiges Zischen,
wie das einer gereizten Schlange, entfuhr seinen Lippen.
Die Scheide hing an ihrem Orte, das Schwert war
beseitigt. „Also darum konnte Phlegon die Sehnsucht
nach seinem Weibe nicht länger unterbrücken, darum war
Antinous gestern so still und schaute verstörten Blicks
in die Ecke!" Mit fieberhafter Hast glitt Hadrian zu
seinem Lager zurück, um nach seinem Dolche zu suchen.
Aber auch dieser fehlte, und doch kannte nur Antinous,
sein Lagergenosse, den Ort dieser Waffe. „Auch du
mein Sohn, auch du Brutus!" citirte der Kaiser, selbst
im Todesschmerze, der ihn durchzuckte, noch ein Rhetor.
„Was sie dir wohl geboten haben mögen, mein Knabe,
mich zu verrathen? Ist nicht der Mensch von Natur
eine Viper, daß er selbst gegen seinen Vortheil die Brust
stechen muß, die ihn wärmte? Aber sie irren, wenn
sie meinen, ich werde wie Domitian schon aus Angst
den Geist aufgeben. Sie sollen den Arm fühlen, dem
ihr angebeteter Trajan seine besten Lorbeerkränze dankt."
Nach einer Waffe ausspähend, fiel ihm ein Candelaber
von Erz ins Auge, den er als Keule zur Hand nahm,
indem er grimmig lachte: „Die korinthischen Akanthus=
blätter und Schlangeneier sollen stilvolle Abdrücke in
euren Sklavenschädeln hinterlassen!" Dann, nach dem
Geräusche hinhörend, das wieder lauter ertönte, als ob
eine Säge eiserne Stäbe durchschnitte, ging Hadrian zum
Kampfe gerüstet durch das anstoßende Atrium, in dem die
von oben eindringende Nachtluft ihn kühl durchschauerte.

Vom Tablinum her, aus dem daneben liegenden Saale der Gemmen, drang ein Lichtstrahl durch den halb zurückgeschlagenen Vorhang und streifte die rothe Wandverzierung, deren Reflex im Bassin des Springbrunnens wie eine Blutlache zitterte. „Wird Antinous' Blut so purpurroth fließen oder das meine?" fragte Hadrian schmerzlich, indem er leise näher trat, um dann seltsam betroffen den Athem an sich zu halten. Auf dem Fußboden vor ihm kauerte die blühende Gestalt seines Knaben, vertieft in eine Arbeit, die ihm den Schweiß von der Stirne rinnen ließ, während die Wangen von Eifer glühten. Auf einem Kniee hielt Antinous das Schwert des Kaisers, in das er mit Hülfe einer ätzenden Flüssigkeit und mehrerer scharfen Feilen eine Hieroglyphe einmeißelte; an dem Dolche, der auf der Erde lag, schien die gleiche Arbeit schon vollbracht. Hadrian stieß laut den Leuchter zur Erde, der Knabe schrak zusammen; erschrocken, mit flehendem Blick schaute er die verwilderte Gestalt des aufgestörten Kaisers an und legte dann flehend den Finger auf die Lippen.

„Was treibst du, Knabe?" herrschte der Cäsar ihn an.

„Oh, nun war alles umsonst", erwiderte Antinous mit dem Ausdruck tiefsten Schmerzes, und das Schwert hinwerfend sagte er: „Nun ist der Zauber gebrochen."

„Wer erlaubt dir, mich nächtlicher Weile meiner Waffen zu berauben?" Der Knabe sah angstvoll zu Hadrian empor. „Zürne nicht, Cäsar!" erwiderte er dann mit seiner tiefen melodischen Stimme. „Hermas lehrte mich die Chiffre, die das Eisen unbesiegbar macht, und solche heilige Zeichen müssen, wie Menephta einst mir sagte, vor dem Hahnenschrei beim Vollmond eingegraben sein, ohne daß ein Wort dabei gesprochen würde.

Nun hast du den Zauber zu nichte gemacht. Du darfst dieses Schwert nicht mehr gebrauchen, Cäsar", setzte er dann schluchzend hinzu. „Halb vollendete Charaktere gereichen zum Fluch."

„Weißt du, thörichter Knabe, daß ich um ein Haar deinen Schädel mit diesem Leuchter zerschmettert hätte? Daß ich Phlegon und dich für Verräther hielt?" Ein krampfhaftes Beben lief durch die schmiegsamen Glieder des Jünglings, und mit tiefem Schmerze seine großen, seelenvollen Augen auf Hadrian richtend, fragte er: „Du konntest glauben, Antinous stehe nach deinem Leben? Unbesiegbar wollte ich dich machen, vor der Gefahr schützen, der du entgegen gehst."

Wiederum schoß ein argwöhnischer Blick aus dem verwitterten, faltenreichen Gesichte des Kaisers auf den Jüngling.

„Was weißt du von der Verschwörung? Wann will Servianus mich wegräumen? Rede!"

„Nichts weiß ich", seufzte der Knabe, „als was du seit Jahresfrist selbst täglich im Munde führst. Erinnere dich, um diese Zeit war es, daß wir im Vorjahr auf der Düne zu Pelusium standen, wo du das im Sande halb verwehte Grab des Pompejus wieder aufrichten ließest. Du sprachst damals den Vers, der uns die ganze ägyptische Reise begleitete und uns länger selbst als die Stimme des Memnon im Herzen nachtönte, indem du das Schicksal des Pompejus beklagtest:

„Er, an Tempeln so reich, entbehrt wie ein Bettler des Grabes!"

Was mich aber tiefer noch bewegte, war dein Wort, auch dir sei beschieden, unter der Bildsäule des Pompejus zu fallen wie der vergötterte Julius. Oft sah ich im

Traum, wie sie mit Dolchen auf dich eindrangen, und als du gleich nach unserer Rückkehr den Senat ins Theater des Pompejus beschiedest, da fragte ich, warum du das Schicksal herausfordertest? Will er sterben, warum gerade im Theater? Phlegon wollte mich beruhigen; die Götter, meinte er, führen dasselbe Stück nicht zweimal auf. Während ich so darüber brütete, wie ich dich retten könnte, raunte Hermas der Christ mir zu, die Chiffre seines Gottes mache jedes Schwert unüberwindlich. Er zeichnete mir das Monogramm des Christengottes und deutete es. Doch ich darf es nicht aussprechen, weil ich nicht zu den Geweihten gehöre. Auch Menephta hat mir früher die schützenden Zeichen seiner Götter gewiesen, und diese alle wollte ich deinem Schwerte eingraben. Das ist die Verschwörung, die des Hermas und meine. Phlegon sagten wir nichts, da er uns doch nur verspottet hätte. Wem, mein Cäsar, vertrauest du noch, wenn du uns für Mörder hältst?"

„Wem soll ich trauen," erwiderte Hadrian düster, „nachdem mich Vettern und Sippe verrathen?"

„Oh", sprach der Jüngling, indem er bittend Hadrian näher trat, „sieh zu, daß nicht auch diese Verschwörung nur eine Ausgeburt deines Argwohns sei, Cäsar. Du hast Servianus und seinem Enkel Unrecht gethan, indem du Aelius Verus zum Mitregenten annahmst, und hast den Weichling doch nicht gewonnen, der wohl weiß, daß er vor dir sterben wird und nur seiner kranken Lunge die Erhebung verdankt. Seit du sie alle getäuscht hast, fehlt dir selbst das Vertrauen zu ihnen, und nun hältst du auch die, die dich lieben, für Verschwörer und Mörder."

„Wer liebt mich?" sprach der Kaiser hohnvoll. Der Knabe warf sich leidenschaftlich zur Erde, indem er krampf=

haft des Kaisers Kniee umklammerte. „Oh Hadrian, wenn du nur glauben könntest, wenn nur ein Fünkchen von Vertrauen in deiner Seele schlummerte, das ich anfachen könnte durch meinen Odem! Aber es ist alles vergebens“, fuhr er in Thränen ausbrechend fort. „Nachdem ich durch ein Lustrum mit Leib und Leben dir diente, nichts wußte, nichts dachte, als dich, hast du für möglich gehalten, daß ich dich tödten wollte!“ Und ein leidenschaftliches Zucken lief durch die schönen Glieder des Jünglings.

Des Kaisers Hand fuhr streichelnd über die nasse Wange des Lieblings. „Stürme nicht so, mein Kind; du weißt, daß ich Thränen nicht liebe. Sehen wir morgen die Dinge bei Licht und gehen jetzt zur Ruhe“, fügte er fröstelnd hinzu. „Wir werden derselben beide bedürfen.“ Der Knabe geleitete den fiebernden Fürsten zurück zu seinem Lager, und indem er dem Kranken Haupt und Wangen streichelte wie einem Kinde, gelang es ihm, wie schon oft, den ruhelosen, gepeinigten Geist in Schlummer zu wiegen. So hatte vor einem Jahrtausend ein jüdischer Hirtenknabe seinen König in Schlummer gesungen, den ein gleicher Dämon um den Schlaf betrog.

Der erste Sonnenstrahl, der sich in das Gemach des Kaisers stahl, beleuchtete die Gestalt des schlummernden Greises und die vom tiefsten Schlafe gefesselten Glieder des schönen Jünglings, der auf das Fell eines Löwen hingestreckt war, den er in Libyen selbst erlegt hatte. Es war eine Erinnerung an eine bessere Zeit, in der Hadrian, der selbst ein gewaltiger Jäger war, noch mit dem Knaben draußen in den Wäldern lag und die bösen Geister in den Aufregungen der Jagd vertrieb,

die ihn jetzt in hülfloser Krankenstube übermächtig heim=
suchten.

Als Hadrian bei dem helleren Lichte, das sich durch
das Gemach stahl, erwachte, füllte ungewohnte Lebens=
kraft seine morschen Glieder. Mit helleren Farben als
sonst schauten die Wandgemälde auf ihn hernieder. Mit
Wohlgefallen ruhte sein Auge auf den kunstvollen Ge=
räthen, die der durch den Vorhang sich stehlende Son=
nenstreifen in deutlicher Schönheit hervortreten ließ, um
schließlich auf dem vollendetsten Gebilde dieses Gemaches,
dem tadellos geformten Antlitz und Körper des Antinous,
zu haften, der noch im glücklichen Schlafe der Jugend
neben ihm lag. Mit zärtlicher Bewunderung folgte der
Blick des Kaisers dem Heben und Fallen der hochge=
wölbten Brust, dem Spiel der halbgeöffneten Lippen.
Was war es, was ihn so räthselhaft an diesen Knaben
kettete? Wohl zunächst die Schönheit dieses Körpers,
der mit edler hellenischer Form die Geschmeidigkeit des
Asiaten, die schwermüthige Würde des Orientalen ver=
band, dann aber auch die tiefe Sympathie, die er für
diese einfache Knabenseele empfand, in die noch keine Ent=
zweiung, noch kein Riß gekommen war, und die darum
in der unbedeutendsten Aeußerung stets den vollen Metall=
ton einer ungebrochenen Natur mitklingen ließ. Wie oft
hatte er dem träumerisch ins Leere schauenden Jüngling
mit der Hand über die welligen Locken und die schmale
Stirn gefahren und ihn gefragt, was er denke? und
wenn dann der Jüngling sich selbst besinnend sagte:
„Eigentlich nichts, Cäsar“, so hatte ihn dieses Geständ=
niß eines eben erst aus der glücklichen Dumpfheit des
Knabenalters erwachenden Träumers tiefer ergriffen, als
die klügste Antwort, denn er fühlte, daß in diesem Traum=

leben des Knaben mehr wahres Glück liege als in den rastlosen Zweifeln, in denen sein eigenes, ewig bewegtes Denken sich zerrieb. Er selbst hing an diesem Knaben zunächst wohl um seiner Schönheit willen, aber er fühlte auch, daß ihm dieses stille Temperament wohlthue, und die ruhige Milde dieser harmonischen Natur stimmte ihn selbst besser und heiterer als der Umgang mit denen, die nur das Echo seines Grollens und Argwohns waren und so seine Mißstimmungen steigerten, statt sie zu lösen. Indem er so zärtlich seine Hand zu dem Liebling wollte hinübergleiten lassen, streifte er unversehens den kalten Griff seines Schwertes, das noch vom Abend her neben ihm lag und ihm die Vorgänge der Nacht erst wieder ins Bewußtsein rief. Unmuthig nahm er das Eisen zur Hand und erblickte das Zeichen, das Antinous in die blanke Klinge geätzt hatte und das nun ein trüber Rost= fleck umgab. Was die Buchstaben I. N. R. I. bedeuten sollten, war ihm nicht unbekannt. Geheimnißvoller schien ihm der darunter gezeichnete Fisch, den Antinous wohl nach irgend einer Gemme copirt haben mochte.

„Daß Hermas' Gott", murmelte er, „den Kopf eines Esels trage, wußte ich, was er aber für ein Fisch sei, ein Seefisch oder ein Flußfisch, ist mir unbekannt, ob= gleich der hier wie ein wohlgenährter Karpfen aussieht. Ob Hermas wohl glaubte, mir so seinen Dank für das bischen Leben abzutragen, das ich ihm gerettet, indem er den Knaben zu diesem Spuk verführte?" Und plötzlich tauchte vor seinem Geiste eine enge Straße zu Ephesus auf, in der ein jauchzender, tobender Pöbelhaufen die hohe sehnige Gestalt eines graubärtigen Arbeiters um= gab, den bereits aus einem Dutzend Wunden Blutenden mit Steinen, Schmutz und Holzstücken bewarf, bis der

Kaiſer ſelbſt durch Scheltworte und Schläge die Rotte zur
Ruhe brachte.

„Er iſt ein Chriſtianer“, hatten die Leute ihm zuge=
rufen, „das Edikt des göttlichen Trajan an den weiſen
Plinius muß vollzogen werden!“

Ihm aber hatte nicht nur die ſtoiſche Ruhe imponirt,
mit der der Chriſt alle Mißhandlungen ertrug, ſondern
die Provocation auf den bis zum Ueberdruß geprieſenen
Vorgänger reizte auch ſeine Galle. So hatte er den
Chriſten unter den Schutz ſeines Gefolges geſtellt und
mit Gelegenheit nach Italien auf eines ſeiner Güter
entſendet. War es eine Regung der Dankbarkeit ge=
weſen, daß Hermas nun ſein Schwert ſeien wollte durch
das Zeichen ſeines Gottes? Wenn er ſich das ängſtliche
und doch gutmüthige Geſicht des Alten vergegenwärtigte,
ſchien ihm Antinous' Deutung wohl glaubhaft. Wie
oft hatte er Anklagen gegen den Nazarener zurückge=
wieſen. „Sie haben die Stadt angezündet“, hatte ſein
Schwager Servianus geſagt, „du ſollteſt ſie nicht in
deiner Nähe dulden!“ „Hermas hat löſchen helfen“,
erwiderte der Kaiſer damals; „ſieh den doch an, ob er
ausſieht wie ein Mordbrenner?“ Damit war Hermas'
Aufenthalt am Hofe legitimirt. „Er hat löſchen helfen“,
ſagten die Sklaven, die dem Nazarener alle wohl wollten,
obwohl er ihnen oft unbequem ward, wenn er ſie mahnte,
man müſſe fleißiger ſein, wenn der Herr nicht herſchaue,
als unter ſeinen Augen. Das alles vergegenwärtigte
ſich der Kaiſer, „und doch“, ſchloß er, „kommen die
Klauen des Nazareners hier zum Vorſchein, der ſeinen
gehenkten Gott dem Herrn des Reiches aufdringen möchte.
„Zudringliche Brut!“ rief er unwillig, indem er das
Schwert zur Erde fallen ließ, und jetzt erſt ſah er

Antinous' große braune Augen ängstlich auf sich gerichtet und hörte alsbald den Knaben mit seiner tiefen wohlklingenden Stimme flehen: „Strafe mich, Cäsar, ich habe gethan, was ich nicht sollte, aber gewiß, Hermas hat es gut gemeint."

„Ich will nicht hoffen", sprach der Kaiser streng, „daß der Christ dich mit seinem verbotenen Aberglauben angesteckt hat?"

„Wie kommt es", fragte Antinous sinnend, „daß du diesen Gott hassest, der du uns doch am Euphrat und Nil tagelang die beschwerlichsten Märsche zumuthetest, um alte, vergessene Heiligthümer wieder aufzufinden. Und wenn wir dann ein paar Palmen mit einem gesalbten Steine, wie bei Skythopolis, oder einen sumpfigen Teich mit einigen trägen Krokodilen und einem Bilde der Göttermutter alten Stiles gefunden, wie in der Mareotis, dann warst du empört über die Verwahrlosung und sprachst:

„Jetzt umschleiert, oh Schmach! der Spinne Gewebe den Tempel,
Um den verlassenen Gott wuchert ein schädliches Kraut!"

Allen Göttern, nahen und fernen, verehrten und tempellosen, wolltest du hier zu Tibur Heiligthümer bauen, damit sie alle, alle über die Ruhe deiner Villa wachen. Was hat Hermas' Gott verbrochen, daß du ihm allein dein Tibur untersagst?"

„Verbrochen hat er, daß er die anderen, die älter sind als er, nicht dulden will. Dieser anmaßende Judengott, der erst Rom angezündet hat, dann Hierosolyma, der Brandstifter, soll nicht unter meinem Dache hausen!"

Antinous schwieg eine Weile, dann sagte er mit dem Rechtsgefühl eines Knaben: „Wenn er die anderen Götter nicht dulden will, geschieht ihm wohl Recht, daß wir, ihre Diener, ihm die Thüre weisen; weißt du aber, Cäsar, daß mir oft der Gedanke kommt, du reizest böse Gottheiten gegen dich auf, indem du zu sehr in ihren Geheimnissen stöberst? Als ich dir jüngst im Virgil passende Orakelverse anstreichen mußte, da ward mir so beklommen zu Muth, als ob wir uns an den Göttern versündigten, denen du doch mit solchem Eifer kostbare Tempel bauest, und deine Gespräche mit Phlegon und Menephta, wie das Ritual soll geändert werden, erregten mir eben solchen Schauder, wie ich ihn beim letzten Opfer empfand, als der Haruspex vor unseren Augen die Eingeweide auseinander zerrte, um die Zukunft zu erforschen, an die du nur allzu viel denkest, und die ein weiser Gott uns verschleiert hat."

„Das verstehst du nicht, Knabe", sprach Hadrian. „Du betest für dich, ich habe zu sorgen, daß die Völker nicht verlernen, ihre Götter zu ehren."

„Oh gewiß, ich bin glücklich", sagte Antinous. „Wenn ich des Morgens hinaufgehe zum Altar des besten und größten Jupiter, dann verhülle ich mein Haupt und hebe die Hände zu ihm empor, aber nur so lange, bis ich fühle, er hört mich, er weiß auch von mir, dem jungen, thörichten Knaben, und wie ich diese Berührung seiner Güte empfunden, nehme ich die Hülle wieder ab, und dann liegt die Welt so licht, so blau, so morgenfrisch vor mir, daß ich nur singen und jubeln kann über dieses schöne All und nicht weiß, ob ich lieber nach Osten oder nach Westen die Straßen ziehen möchte, die sich vor mir ausbreiten. Und das kommt daher, daß ich zu den Göttern bete, du aber willst den Göttern helfen, willst für sie Wunder thun, willst durch ihren Mund Orakel geben, das aber beleidigt sie, und sie strafen dich mit Schwermuth und angstvollen Nächten.“

„Die Götter strafen mich nicht dafür, daß ich ihre Verehrung erhalte; auf mir liegt ein anderer Alp, daß ich sie vertreten muß auf Erden. Doch wie solltest du das verstehen? Auch der jugendliche Hercules konnte nicht begreifen, warum Atlas so stöhne, bis er selbst ihm die Weltkugel eine Weile abgenommen.“

„Nun, so lasse sie den Aelius Verus tragen, den du als Mitregenten angenommen, und wir wollen wegreiten wie vordem, da du Wochen lang mit mir auf der Jagd lagst. Oh wie ich mich danach sehne!“

„Hüte dich, Sohn! wonach ich mich am heißesten sehnte in meinem Leben, das war nachmals immer ein Unglück“, sagte der Kaiser düster.

„Ach, schüttle diese Nebel ab, Cäsar! komm, wir wollen Hand in Hand hinauswandern in den schönen blauen Morgen, nach den dämmernden Bergen der Volsker, oder zur blauen Kette der Albanerberge oder nach dem zackigen Soracte!“

„Thörichtes Kind! die Berge lügen wie die Menschen, sie sind nicht blau und duftig, sie sind dem Himmel nicht nah und tragen kein Glück. Disteln, Kalk, Schlangen, blutige Sohlen, Durst und Fieber, das wäre das ganze Elysium, das du erwandertest.“

„Nein, Cäsar, die Berge lügen nicht, und auch die Menschen nicht, wenn du sie nur nicht von dir stoßen wolltest. Siehe, wenn ich hinaus trete, grüßen sie mich alle freundlich, und jeder sagt mir ein gutes Wort. Die Bäuerin, die Pfirsiche gebrochen, heißt mich den schönsten nehmen, die Jünglinge fordern mich zum Discusspiel, die Greise wünschen mir gutes Wetter, und die

Mütterchen warnen mich, nicht allzuschnell den Berg hin=
aufzusteigen. Warum soll ich den Menschen nicht trauen,
die mir allzumal freundlich sind?"

„Freundlich", erwiderte Hadrian, „weil du des Cäsars
Liebling heißest. Jage ich dich morgen in die Stein=
brüche, sie werden es dir vertreiben, schön zu sein und dir
das Brandmal mitten auf die Stirne setzen, sie werden
dir den Kalk in die Augen spritzen, damit die deinen so
roth seien wie die ihren, sie werden dir keine Pfirsiche an=
bieten, sondern dein Brod aus der Hand reißen, da so
wohlgenährte Bursche kein weiteres Futter brauchen."

„Das ist nicht wahr, Cäsar!" rief Antinous, indem
er zornig aufsprang, „was hast du davon, mir alles Ver=
trauen zu den Menschen zu zerstören? Ich lasse es auf
die Probe ankommen. Schicke mich nach Sardinien in
die Steinbrüche, und wenn ich binnen Jahresfrist über
die Menschen denke wie du, sollst du gewonnen haben.
Habe ich aber andere Erfahrungen gemacht, als du vor=
aussagst, dann mußt du mir glauben und diesen traurig
finstern Argwohn abschütteln, der dein Unglück ist und
das der Welt."

„Nein, mein Freund", erwiderte der Kaiser zärtlich,
indem er seinen Arm um den vollen Nacken des Jüng=
lings schlang, eben so gern würde ich dem rothen Cen=
tauren draußen im Vorzimmer sein lustiges Haupt ver=
stümmeln, das mir täglich seinen Morgengruß zulacht, als
dieses Meisterstück der Natur zu Grunde richten, das im
Morgen= und Abendland nicht seines Gleichen hat."

„So schicke mich nach Rom im Bettlerkleid", rief
Antinous aus, indem er sich widerwillig der Zärtlichkeit
seines Herrn entzog, „und wenn du glaubst, daß ich genug
Erfahrungen gesammelt habe, lasse mich suchen; ich schwöre

dir zu, du wirst mich nicht als Menschenhasser finden, und keine Erfahrung soll mir zu schwer sein, falls es mir gelingt, durch sie die Harpyien und Larven zu verscheuchen, die dir bei Tag und Nacht jeden Genuß vergiften."

„Um die Erfahrungen zu machen, mein Knabe, nach denen du geizest, kannst du den Weg nach Rom dir sparen. Um die sechste Stunde werde ich auf der Villa dich er= warten, und bis dahin soll die Binde von deinen Augen genommen sein."

Der Kaiser ergriff einen silbernen Stab und schlug an das große metallene Becken, das seine Diener herbei= rief, und zwar bedeutete jeder Ton einen andern der Haus= beamten des Vorzimmers. Der hohe Ton der am Rande angeschlagenen Schale führte jetzt Hermas in das Schlaf= gemach. Die Gestalt, die unter der Thüre erschien, sah trotz der glänzend weißen Tunica schlicht und bäuerlich aus. Ein struppiger Bart umrahmte ein dunkles, sonnenver= branntes Gesicht, in dem kluge, lebhafte Augen der etwas niedern Stirne und das gutmüthige Lächeln des Mundes den tiefen strengen Falten daneben zu widersprechen schienen. Dieses Antlitz, das etwas hastig durch den Thürvorhang auftauchte, wäre an sich wenig sympathisch gewesen, aber der krankhafte Eindruck, den der christliche Asket machte, wurde zurückgedrängt durch einen Ausdruck großer Fröh= lichkeit und Gutmüthigkeit, der trotz des scheuen Zugs Zutrauen erweckte, während eine Linie um den Mund und die abwehrende Haltung des Haupts und der Hände zu sagen schien: „ich thue euch alles zu Liebe, ich bin der sanfteste, verträglichste Mensch von der Welt, aber gegen meine Ueberzeugung kann ich nicht handeln, ob= wohl ihr mich alle für einen Hasenfuß anseht." „Du willst die Welt für deinen Gott erobern und bist mit

deinem Weibe und deinen Buben nicht fertig geworden",
hatte Hadrian ihn einst gehöhnt. Hermas konnte das
nicht leugnen. Er hatte nur geseufzt, „des Herrn Wege
sind wunderbar." Diesem Charakter gemäß stand Hermas
der unerwarteten Ladung des Cäsar etwas bedenklich gegen=
über. Sein Heldenmuth begann immer erst, wenn er
wußte, was der Herr mit ihm wolle. Als Hadrian nun=
mehr das Schwert zur Hand nahm und auf die Zeich=
nung deutete, die Antinous in der Nacht ungeschickt genug
auf demselben angebracht hatte, nahm Hermas Angesicht
einen drolligen Ausdruck der Verlegenheit an. „Wer hat
dir gestattet", sprach Hadrian mit finsterem Blick, „diesen
Knaben zu Zauberkünsten gegen mich aufzustiften?" „Der
Erste, Herr", sagte Hermas, „der Erz und Eisen hämmerte,
war eines Mörders Enkel, Thubalkain, den ihr in eurer
Blindheit als Vulkan anbetet. Sein Vater Lamech aber,
als er das erste Schwert geschwungen, sprach zu seinen
Weibern: einen Mann erschlug ich für meine Wunde
und einen Jüngling für meine Beule. Seitdem morden
sie sich auf Erden, und damit wird es nicht anders wer=
den, bis alle Schwerter bezeichnet sind mit dem Zeichen
des Menschensohns. Mit dem deinen habe ich den An=
fang gemacht, denn wenn das deine in der Scheide bleibt,
ruhen sie alle, wenn das deine sich entblößt, funkeln sie
alle zum Brudermord. Habe ich übel gethan, hier ist
mein Haupt. Ich sterbe gern für den Namen Christi."

Belustigt von diesen Mittheilungen aus einer ihm
fremden Welt, sagte Hadrian: „Es ist dein Glück, daß
du mir nichts wie diesem Knaben von deiner angeblichen
Fürsorge für mein Wohl vorgebetet, sondern so fröhlich
zu deiner Frechheit dich bekannt hast. Aber sollte es dir
nochmals einfallen, meine Messer oder Schuhe oder Schee=

ren mit dem Zeichen deines Gottes zu salben, unnützer Knecht, so sollst du Bekanntschaft machen mit diesem Schwerte oder einige Stunden am Kreuze hängen, um die Passion deines Gottes deinen Brüdern um so treuer beschreiben zu können. Für deinen Gesellen hier aber habe ich eine andere Strafe ausgedacht. Gehe hinüber nach den Ställen der Ziegenhirten und wähle unter den an der Leiter hängenden Ziegenfellen, Mänteln und Fil= zen den schlechtesten, schmutzigsten und zerrissensten aus, den bringe her; den schlechtesten, sage ich dir, oder du wanderst ans Kreuz!" Hermas neigte sein Haupt und zog sich eilig zurück. „So, mein Knabe, nun gehe dort zur Asche des Kohlenbeckens und färbe dich schwarz mit Staub vom Kopf bis zu den Füßen, besuche dann in dem Anzug, den ich dir gebe, alle deine Freunde, ohne zu ver= rathen, wer du bist, und du kannst die Reise nach Rom und Sardinien dir sparen. Das Tempelhaus im Kanopus soll heute gedeckt werden, und vorher will ich genau die inneren Räume noch beim Lichte prüfen, dort findest du mich vor der Mahlzeit. Kenne ich deine Freunde recht, so wirst du mehr zu erzählen haben, als dir lieb ist."

Hermas hatte auf dem Wege zu den Ziegenställen den Ausdruck des Schreckens und der Furcht rasch abge= legt. Sein gekränktes Rechtsgefühl bekam die Oberhand, sobald er aus dem Bereich der herrischen Augen des Kai= sers war. Leidenschaftlich focht der hagere Alte mit den Armen und sprach vor sich hin: „Ich bin kein Knecht, ich diene ihm freiwillig; welches Recht hat er, mir den Sklaventod zu drohen? Ich werde Tibur verlassen, ich werde nicht zurückkehren, sofort verlasse ich Tibur . . . . Aber wenn ich ihm die Kleider nicht bringe, schickt er einen Andern hinter mir her, und sie bringen mich als

Gefangenen ein. Besser, ich lasse ihn erst zu seinen Tempeln und Götzen nach der Villa gehen, bis er dann meiner gedenkt, kann ich schon in Rom sein, oder ich warte den Abend ab und ziehe des Nachts die Appische Straße." Im Stalle angekommen, wählte er unter den Anzügen der Ziegenhirten den schlechtesten und einen minder schlechten. „Ich kann ja von dem kaiserlichen Einfall profitiren und auch als Ziegenhirte entweichen."

Mit einem hohen Pack beladen, der just nicht nach Ambra duftete, trat er nach einer Weile bei Hadrian wieder ein, der dem jungen Freunde noch ironische Instructionen und Rathschläge ertheilte, wie er seine gute Meinung von Göttern und Menschen am schnellsten loswerden könne. Als er die blendend schöne Gestalt des Knaben geschwärzt und durch schmutzige Striche im Gesicht bis zur Unkenntlichkeit entstellt sah, stutzte Hermas aufs neue. „Wenn er seinen Liebling so hinausstößt", sagte er, „so wird es auch mit dem Kreuze bald Ernst werden. Meinetwegen, wie der Herr will! Ich habe schon mehr Püffe ausgehalten. Aber wer hätte gedacht, daß er mit diesem armen Knaben so umgehen werde um solches Vergehens willen. Welche Thorheit, welche Finsterniß! Doch es ist besser, daß Antinous am Leibe schmutzig einhergehe als an der Seele, nun ist er gerettet, und der Engel der Finsterniß merkt nicht, wie der Engel des Lichts wieder ein Mal klüger ist als er . . ." „Herr", sagte er dann zu Hadrian mit einer gewissen Fröhlichkeit, „auch der Schmutz ist Geschmacksache. Ich habe dir darum zwei Anzüge mitgebracht, damit deine eigene Wahl mich vor dem Kreuze sichere."

Hadrian wühlte mit seinem Stabe die wüsten Fetzen auseinander und reichte an demselben Stück für Stück dem schon hinlänglich entstellten Jüngling. Als derselbe vollends den Filz über die Augen gezogen, hätte niemand den schönen Antinous wieder erkannt. „Thue, wie ich dir geboten!" sagte Hadrian dann in rauhem Tone zu dem Knaben, der heiterer als Hermas begreifen konnte, die Gemächer verließ. Der Christ glaubte nicht anders, als daß nun die Reihe an ihn komme; Hadrian aber schleuderte ihm mit seinem Stabe den zweiten Anzug zu und rief: „Entferne dich und den Stank mit dir!"

Zweites Kapitel.

Noch lag der Frühnebel über der Ebene, und frischer Morgenwind strich über die Höhen von Tibur, als Antinous auf die Straße hinaustrat. Ihn freute seine Vermummung, und er gedachte den Kaiser bei seiner Rückkehr mit burlesken Erlebnissen fröhlich unterhalten und ob der gewonnenen Wette recht tüchtig verspotten zu können. Wie an jedem andern Morgen schritt er auf den runden Säulenbau des Herakles zu, um dort in dem Fanum des Gottes der Jugend, der athletischen Künste und der Wanderer zu beten. Doch kaum hatte sein Fuß die erste Stufe betreten, als er sich von einer groben Hand zurückgestoßen fühlte. „Beim Hercules, junger Bock, glaubst du, ich habe die Tempeltreppen dazu gefegt, daß' mir jeder Gaishirt seinen Schmutz zum Gotte hineintrage? Kannst du nicht außen beten? — und was geht dich überhaupt Hercules an? opfere du fleißig dem Faun, daß dir die Zicklein gedeihen. Hier aber schere dich weiter!"

War das der geschmeidige Tempeldiener, der so sprach, der ihn sonst jeden Morgen mit einem „Heil Antinous!" begrüßte, seine Tochter anhielt, ihm Rosen auf die Treppen zu streuen und ihn mehr als einmal mit Thränen im Auge ob seiner Frömmigkeit unter Segenswünschen

entlassen hatte? Dem Jüngling war sein Humor plötz=
lich verflogen. Kein Scherz fiel ihm ein, mit dem er der
Sache eine heitere Wendung hätte geben können. Die
Ueberraschung war zu groß. Er wandte sich, denn er
wollte dem Heuchler nicht Zeit lassen, sich noch deutlicher
zu entlarven. Hadrian sollte und durfte die Wette nicht
gewinnen. Als er um die Ecke bog, erheiterte sich bereits
sein Angesicht wieder, da er in der Ferne die Frucht=
händlerin sah, die ihm jeden Morgen die schönsten ihrer
Pfirsiche anbot. Das Geschenk trug sich aus, da Anti=
nous dafür ihrem Titius, einem kleinen siebenjährigen
Krauskopf, von Zeit zu Zeit eine Silbermünze schenkte.
„Ich muß ihr einen Liebesantrag machen“, sagte Antinous,
„das gibt zu lachen. Aber der abscheuliche Küster hat mich
ganz außer Stimmung gebracht.“

„Schau, ob Antinous noch immer nicht kommt“, sagte
die dralle, junge Gärtnerin zu ihrem Buben. „Seit der
Cäsar hier haust, brauche ich meine Früchte nicht mehr
nach der Stadt zu schicken, von wo mir der Händler doch
kaum die Hälfte des Erlöses ablieferte, und selbst hinein=
zugehen verlohnte sich auch nicht. Die Arbeiter freilich
zahlen schlecht, und wären die Herren in der Villa des
Quirinus nicht, ich würde, beim Jupiter, meine Feigen
und Pfirsiche am besten selber schmausen, denn für Kerle
wie diesen“, sagte sie auf den nahenden Ziegenhirten deu=
tend, „möchte ich nicht feil halten. Doch in der That,
der Bauer steuert auf mich los. — Drei Schritte vom
Leib!“ schrie sie ihm zu, „dein Gestank genügt, um allen
Duft meiner Waare zu verderben.“

„Du hast gewiß“, erwiderte Antinous mit sanfter
Stimme, „eine aufgelegene Frucht, die du nicht mehr ver=
kaufen kannst, oder eine wurmstichige Birne? Mich hun=

gert von der langen Nachtwanderung, und ich habe kein Geld, mir ein Frühstück zu kaufen."

„Das fehlte", keifte die kleine eifrige Frau, „daß ich mir solche Gesellen auch noch durch Geschenke herlockte! Nein, schmutzigster aller Ziegenhüter, die Kundschaft würde zu groß, wollte ich mich darauf einlassen." Doch dieses Mal wollte Antinous die Wette nicht so rasch verloren geben, und da er wirklich noch nüchtern war, sagte er mit aufrichtigem Hunger: „Nur eine jener Feigen reiche mir, die du dort schon zum Futter der Schweine in den Korb am Boden geworfen hast."

„Trolle dich weiter, unverschämter Bettler", fuhr ihn das Weib, blau vor Zorn an, „oder mein Besen soll dir das Gesicht kehren, das du zu waschen vergessen hast!"

Traurig wandte Antinous sich ab. Der kleine Titius aber sprang zu dem Korbe, ergriff eine der eben verweigerten Früchte und warf sie mit solcher Kunst dem Abziehenden nach, daß sie ihm am Ohr zerplatzte. Zornig erhob der Jüngling den Knotenstock gegen den Buben, der noch gestern sein Liebling gewesen war. Die Händlerin aber schrie mit gellender Stimme ins Haus hinein: „Febronius, Marcus, heraus! ein Dieb, ein Räuber, bläut ihn durch, den unverschämten Ziegenhirten!" Der Jüngling aber, der nicht wünschte, schon jetzt seiner Maske beraubt zu werden, lief eilig den Berg hinab, während der kleine Titius ihm zum Nachtheil der mütterlichen Schweinezucht faule Feigen und Birnen mit geübter Hand nachwarf.

Die Thränen standen dem weichherzigen Jüngling in den Augen, indem er gedachte, wie er noch gestern an die uneigennützige Freundlichkeit dieser Frau und das gute Gemüth dieses Kindes geglaubt hatte. Melancholisch

schritt er den Berg hinab, den Bauplätzen zu, nach wel=
chen Hadrian ihn bestellt hatte. Zum ersten Male hörte
er nicht auf das Rauschen der dichten Pinienkronen, die
ihm, sonst Wunder aus einer höheren Welt erzählten.
Vielleicht logen auch sie, wie Hadrian behauptete. Er
erfreute sich nicht wie sonst an den spielenden Streiflich=
tern, die durch die Lorbeerbüsche huschten, vielleicht waren
auch sie falsche Schlangen von gleißendem Schimmer. So
war er an einem halbverfallenen Brunnen angekommen,
wo ein bemooster Triton Wasser in ein zerbrochenes Becken
spie. Er sah dort die kleine Blumenhändlerin Lydia sitzen,
mit der er täglich zu plaudern pflegte. Sie schien er=
freut, aus ihrer Einsamkeit erlöst zu werden, und es über=
raschte ihn angenehm, daß sie zuerst ihn ansprach: „Sei
gegrüßt, Hirte!"

„Sei auch du gegrüßt, Mädchen!" erwiderte er, in=
dem er auf der andern Seite des Brunnens sich niederließ.

„Haben sich deine Ziegen verlaufen?" fragte die Kleine,
„und stehen dir Schläge von deinem Herrn in Aussicht,
wie mir, wenn ich nicht genug Geld nach Hause bringe?
Du schleichst einher wie unser Hund, wenn er darüber
ertappt wurde, daß er etwas ausgefressen."

„Du bist nicht weit von der Wahrheit, Mädchen", sagte
er, „doch reiche mir einen Becher Wasser, mich dürstet."

„Siehe den vornehmen Gaishirten", erwiderte Lydia
schnippisch, „trinke du aus den Pausbacken des Tritonen,
wenn er dich nicht zu schmutzig findet, um dich zu küssen;
du siehst ja aus, als hättest du in der Asche geschlafen.
Warte, ich werde dich waschen", sagte sie, und indem sie
ihre Hand auf den Mund des Tritonen drückte, lenkte
sie geschickt den Strahl mitten ins Angesicht des Jüng=
lings. Hastig sprang er zur Seite, und für seine dunkle

Maske fürchtend, bemühte er sich, mit dem Kohlenstaube, der noch in seinen Haaren saß, sich aufs neue zu schwärzen. Der Kleinen entging das nicht, und sie sagte: „Sieh, der hat Gründe, so schwarz zu sein, ich sagte ja gleich, er hat etwas ausgefressen; nun, ich verrathe dich nicht. Wer von uns würde zu etwas kommen, wollte er warten, bis es ihm geschenkt würde."

„Du verdienst also nicht viel", sagte Antinous ab= lenkend.

„Oh, ich bin reicher, als du denkst", versetzte die Kleine, und brachte einen Beutel mit einigen Geldstücken zum Vorschein, den Antinous nur allzuwohl kannte.

„Wie kommst du zu dem Beutel?" rief er in tiefster Seele erschrocken. Rasch steckte sie ihn wieder ein, ihn mißtrauisch anschauend. „Gewiß, du hast ihn gefunden?" fragte Antinous, dem diese Börse seit wenigen Tagen ab= handen gekommen war.

„Nein, ein Jüngling schenkte ihn mir, der zuweilen hierher kommt, er nahm mich auf den Schooß und herzte mich und dann schenkte er mir seine ganze Börse. Du schüttelst das Haupt? Oh, der hat mehr. Es ist Anti= nous, der Freund des Cäsar. Wenn die Mutter es wüßte, sie hätte mir schon lang das Geld wieder genommen; so hebe ich es mir auf, bis ich nach Rom gehe."

„Was willst du in Rom, Dirne?" fragte Antinous rauh.

„Nun, in zwei Jahren, sagt die Mutter, sei ich so weit, daß ich wie die Schwestern mein Geld in der Stadt verdienen könne."

„Und wie das?"

„Nun wie? wie sie, als Blumenmädchen, als Tän= zerin, als Flötenspielerin, durch meine Liebhaber."

„Wozu willst du nach Rom“, erwiderte Antinous, „da du hier einen so einträglichen Freund hast? Und vorhin sagtest du doch, wir müßten lange warten, wollten wir nur nehmen, was man uns schenkt?“

„Nun ja, geschenkt hat er mir das Geld eigentlich nicht; als er mich los’te, sah ich in der Falte seines Gewandes die Börse und raffte sie an mich.“

„Du giebst sie mir wieder!“ sagte Antinous, indem er zornig den Hut abriß. Bleich und entsetzt starrte das Mädchen ihn an, aber im selben Augenblick war sie mit einem Satz den Abhang hinunter, wo sie hinter den knorrigen Stämmen der Oelbäume im Gestrüpp der Buchs- und Wachholderstauden verschwand.

„Nun ist’s genug!“ sagte der Jüngling, „noch ist die Zeit nicht zur Hälfte verstrichen, die Hadrian mir gesetzt hat, und ich könnte schon jetzt vor ihn treten und zu ihm sprechen: Du hast Recht, Cäsar, sie lügen alle!“

Als der Kaiser um die vierte Stunde beim Kanopus eintraf, sah sein Gefolge einen Ziegenhirten auf einem der umherliegenden Werkstücke sitzen, der tiefsinnig und schwermüthig mit seinen Blicken zur Erde sah. „Ich habe mit diesem Adonis zu sprechen“, sagte der Kaiser, indem er das Gefolge zurückließ und sich neben den trüb mit dem Kopfe nickenden Antinous auf eine Marmorsäule setzte.

„Nun, mein Knabe“, begann Hadrian, „haben deine Freunde dich wie sonst gegrüßt, ihre Habe mit dir getheilt, dich mit ihren Wünschen begleitet?“

„Oh, Cäsar“, erwiderte der Jüngling, „warum hast du mir das gethan? Nun glaube ich an niemanden mehr, auch an dich nicht und nicht an mich.“

„Ruhig, mein Knabe!" erwiderte Hadrian, „man muß die Wahrheit ertragen können, ohne zu flennen. Und nun erzähle mir deine Schickſale."

Als Antinous geendet, ſagte Hadrian: „Dieſe Doſis wird nicht hinreichen zu deiner Heilung. Du wäreſt morgen ſo weit wie geſtern, wir müſſen ſie verſtärken."

Er winkte einem der Diener, die dem Architekten die Baupläne nachtrugen und befahl: „Der Tempeldiener des Herakles, die Fruchthändlerin Tryphäna mit ihrem Titius und das kleine Blumenmädchen Lydia ſollen alsbald hier erſcheinen!" Antinous war wenig begierig, was nun noch erfolgen ſolle, ihm genügte die gemachte Erfahrung vollſtändig, und das blaſirte Spiel des Cäſar widerte ihn an. Unmuthig wühlte er mit dem Stocke in der Erde, während Hadrian ſich die Zeit mit der Betrachtung ſeiner Baupläne vertrieb.

Als man von fern die Stimme des Tempeldieners und der Obſthändlerin unterſchied, ſtülpte der Kaiſer ſeinem Freunde den Filz tiefer über die Stirne und hieß ihn ſich wieder ſorglich vermummen. Er ſelbſt aber ging mit großen Schritten, anſcheinend zornig, vor ihm auf und ab.

Der Tempeldiener und die Obſthändlerin (Lydia war nicht zu finden geweſen) vermutheten beim Anblick des Ziegenhirten ſofort, daß die Ladung, über die ſie ſehr erſchrocken waren, ſich auf dieſen beziehe. In der That begann der Kaiſer: „Dieſer Burſche hier hat ſich unter verdächtigen Umſtänden in meine Nähe geſchlichen; er iſt nicht der, der er ſcheinen will. Die Kleidung, die er trägt, iſt aus meinen Ställen, wie ermittelt wurde, geſtohlen. Er wurde heute geſehen, wie er mit euch verhandelte; man ſagt mir, er habe im Tempel des Herakles genächtigt, und du habest ihm von deinen Früchten einen Imbiß gereicht."

„Beim Hercules!" sagte der Tempeldiener in tiefer Entrüstung, „ich fand diesen Menschen, wie er das Heiligthum umschlich, und unzweideutig war zu erkennen, daß er hinten einen Weg nach den Kammern suchte, während ich vorne die Reinigung des Heiligthums besorgte. Auch schien er mir unter dem Mantel bereits andere gestohlene Gegenstände zu bergen, doch ich denke, er fühlt den Arm noch, an dem ich ihn schüttelte, ehe ich ihn unsanft die Treppen hinabwarf."

„Und du, Tryphäna, was hast du zu deiner Rechtfertigung zu sagen?"

„Oh Herr", erwiderte die Hökerin, „meine Hausgenossen sind Zeugen, die ich zu Hülfe rief, als dieser Elende einen Angriff auf mein Eigenthum machte. Nur mein Geschrei und die tapfern Würfe meines kleinen Titius haben den Räuber in die Flucht gejagt, sonst wäre es mir und meinen Körben übel ergangen."

„Und wo bleibt die kleine Lydia?" fragte der Kaiser weiter.

„Ach Herr", schluchzte die Hökerin, „wir fürchten, daß der ruchlose Bube sie ermordet hat. Ihre tugendhafte Mutter, die einzig von dem Erwerb der Kleinen lebt, betheuert, daß sie nicht zur gewohnten Stunde zurückgekehrt; am Brunnen aber steht noch der Binsenteller mit ihren Blumen, viele sind zerstreut und zertreten, und am Abhang sind Steine vom Wege losgerissen. Wer weiß, welche Schandthat der Schreckliche dort verübt hat."

„Und sonst wißt ihr nichts zur Sache zu berichten?" fragte der Kaiser.

„Ich glaube", sagte der Tempeldiener, „daß er gestern Abend schon den Palast umstrich, denn als ich die Thüren des Tempels schloß, sah ich eine Gestalt um die Ecke der Mauer biegen, die ihm vollkommen glich."

„Und ich habe noch nicht erzählt", rief die Hökerin, „daß er diesen Morgen einen Dolch unter dem Mantel hielt, als er mich zwingen wollte, mein Eigenthum aus= zuliefern, und daß er mit seiner Keule ums Haar den kleinen Titius erschlagen hätte, wäre das arme Kind nicht zur Seite gesprungen."

„Nun, Antinous, mein Knabe, was hast du auf diese Anklagen zu sagen?" sprach der Kaiser lachend, indem er dem Hirten den deckenden Filzhut vom Haupte zog.

Wenn der Blitz in den Tempel des Herakles einge= schlagen, oder ein wohlgezielter Fußtritt sämmtliche Körbe der Obsthändlerin auf die Erde ausgeschüttet hätte, wäre der Schrecken des Küsters und der Hökerin schwerlich größer gewesen als jetzt, da sie Antinous und Hadrian an= starrten. Sie dachten nicht anders, als sofort in den neugebauten Tartarus geschleppt zu werden, von dem die Leute erzählten, der Kaiser wolle dort an Verbrechern all die Qualen verüben lassen, die die Dichter von Prome= theus, Ixion, Sisyphus, Tantalus und den Danaiden berichteten. Und doch war es nur eine halbe Erlösung für sie, als nun Hadrian in spöttischem Tone sagte, während ein ironisches Lächeln die tausend Falten seines Angesichts kräuselte: „Geht, meine Freunde, ihr habt euere Sache brav gemacht, ich habe mich nicht in euch getäuscht." So traten die Beiden den Rückweg nach Tibur an, gefolgt von dem kleinen Titius, der erst be= trübt gewesen war, nicht auch seinen Sack voll Lügen aufthun zu dürfen, und durch dessen kindliches Gemüth nunmehr die Ahnung zog, daß er von Antinous keine Silbermünzen mehr erhalten werde. Der Bithynier aber schaute ihnen lange mit einem trüben Blicke nach, bis Thränen sein Auge verdunkelten. Dann ging er nach dem Nymphäum, wo er sich rein wusch und einen Mantel umwarf, den ein gefälliger Architekt dem Freunde des Cäsar bereitwillig anbot.

Drittes Kapitel.

Eine Stunde ungefähr nach Antinous hatte ein zweiter Hirte das Haus des Quirinus verlassen. Es war Hermas, der entschlossen war, aus dem Dienste des Kaisers zu entweichen. Weder Sklave noch Bediensteter Hadrian's, hatte er als Client im Hause des Kaisers gelebt und dort vor Glaubensverfolgungen Sicherheit gefunden, ohne doch bei der zunehmenden Launenhaftigkeit des Herrschers einer unbedingten Sicherheit zu genießen. Der Argwohn, der sich noch gestern wegen des vorwitzigen Spiels mit dem Schwerte gegen ihn gekehrt, konnte ihm noch nachträglich üble Früchte tragen, denn es war Hadrian's Weise, Beleidigungen zunächst zu übersehen, um später in gereizten Stunden mit doppelter Wuth auf sie zurückzukommen, nachdem er in schlaflosen Nächten sie durchdacht, mit Motiven und Zwecken ausgestattet und glücklich den Quark zum Verbrechen aufgebauscht hatte. Auch die täglichen Ausbrüche seiner Reizbarkeit wurden immer unerträglicher. Noch unlängst hatte er einem Sklaven, der ihn mit Sorbet übergossen, in blinder Wuth den Schreibergriffel ins Auge gestoßen. Als er dann den Geheilten zum ersten Mal wieder sah, hieß er ihn, sich eine Gnade ausbitten. Der Sklave aber hatte stolz erwidert: „Gieb mir mein Auge wieder, Cäsar!"

Als Client, nicht als Sklave, war Hermas in das Haus des Kaisers eingetreten, und es entrüstete ihn tief, daß ihn Hadrian einen Knecht genannt hatte. Ein römischer Kleinbürger mit einigem Grundbesitz unweit der Flaminischen Straße, Bruder des römischen Bischofs Pius, war er nicht ohne Selbstgefühl. Poetisch begabt, hatte er unter den Propheten der römischen Gemeinde geglänzt, bis ihm die Eifersucht seiner Frau und das leichtsinnige Leben seiner Söhne das eigene Haus mehr und mehr verleidete. Gerne ließ er sich darum als Gemeindeboten nach außen entsenden; so war er nach Ephesus gekommen und hatte durch unvorsichtige Propaganda für die Gemeinde einen Tumult heraufbeschworen, dessen Opfer er selbst geworden wäre, hätte ihn nicht Hadrian befreit. Mit dem Kaiser war er nach Italien zurückgekehrt und hatte sich's gefallen lassen, für allerlei Geschäfte verwendet zu werden, an denen bei dem unruhigen Hadrian niemals Mangel war. Vom Kaiser, der Priester aller Gottheiten um sich gesammelt hatte, als Auskunftsperson über die Geheimnisse der Christianer betrachtet, genoß Hermas diese Stellung nicht ohne Selbstgefühl, und wie die römische Gemeinde großen Werth darauf legte, durch ihn das Ohr des Kaisers zu besitzen, hatte auch er im Anfang gehofft, Hadrian werde bei seinem unruhigen Hin= und Herspringen zwischen den einzelnen Culten sich schließlich doch noch dem Christenthum in die Arme werfen. Bald aber hatte Hermas erkennen müssen, wie fern der jüdische Genius dem Wesen des Kaisers stand. Pergamentstreifen, beschrieben mit den schönsten Sprüchen der Schrift, die Hermas ihm zwischen die Rollen schob oder auf den Tisch legte, hatte Hadrian entweder nicht beachtet, oder zum Gegenstand schnöder

Witze gemacht. Der Versuch, das kaiserliche Schwert mit dem Monogramm Christi zu zeichnen, war nun, wie wir sahen, vollends übel ausgefallen. Wie Hermas den Kaiser kannte, wußte er, daß ihm dieser Uebergriff nicht geschenkt sei, und so zog er vor, sich seiner Freiheit zu erinnern und zu seiner keifenden Ehehälfte und den leicht= sinnigen Söhnen nach Rom zurückzukehren, um, wie er sagte, im eigenen Hause zum Rechten zu sehen. So war er als Ziegenhirte vermummt vom Tempel des Herakles neben den schäumenden Cascaden des Anio hinabgestiegen bis zur Brücke, die nach der breiten römischen Straße führte. Dort aber sagte er sich, daß er bei Tage auf dem belebten Heerweg leicht erkannt werden könnte. Auch die Hitze auf der völlig schattenlosen Straße zwischen den Grabmonumenten, die rechts und links sich erhoben, schien ihm wenig einladend. Dazu hielt er für seine Pflicht, durch Antinous dem Kaiser die Gründe seines Rückzugs bestellen zu lassen und dem Knaben noch ein Samenkorn des Evangeliums vor seinem Abschied ins Herz zu senken. So beschloß er, im dichten Schatten einer Piniengruppe auf Antinous zu warten, der von der Villa zurückkehrend, hier vorüber mußte. Der Abfluß des Brünnleins, an dem Lydia gesessen, rieselte hier munter vorüber und speiste weiter unten die Kalkgruben der Arbeiter, die an der Villa Hadrian's bauten. An diesem lauschigen Plätz= chen ließ Hermas sich nieder, und auf den Rücken ge= streckt, durch die dichten Pinienkronen in den dunkelblauen Himmel hinaufschauend, dachte er nach über die Cedern des alten Bundes, über die grünen Bäume, die an leben= digen Wassern gepflanzt sind, über die Vögel, die in den Zweigen des großen Baumes wohnen, der aus dem kleinen Samen hervorsproßte.

3*

Während der Prophet diesen beschaulichen Beschäftigungen oblag, war es drei anderen Personen, die von dem Bauplatz des Kanopus her langsam den heißen Abhang in der Sonnengluth heraufstiegen, minder fröhlich zu Muth. Ohne Strafe für ihre frechen Lügen hatte der Cäsar den würdigen Tempeldiener und die biedere Obsthändlerin entlassen; aber wenn Hadrian auch mit ihnen spielte wie die Katze mit der Maus: das war den Beiden doch klar, daß ihre Tage zu Tibur gezählt seien. Dem Küster schien einleuchtend, daß Antinous ihn nicht in dem Tempel dulden könne, in dem er täglich seine Morgenandacht verrichtete. Daß es mit der Pacht der kaiserlichen Blumenbeete ein Ende habe, sobald der Obergärtner erführe, wie sie dem Liebling des Kaisers mitgespielt, konnte sich Tryphäna ebensowenig verheimlichen. Vor allem aber schien es ihnen unglaublich, daß Antinous sich nicht rächen werde, da ihr italiänisches Blut von der Seelengüte des jungen Bithyniers keine Ahnung hatte. „Laßt uns hier warten“, sagte Tryphäna kleinmüthig, „wir wollen uns ihm zu Füßen werfen und seine Verzeihung erbitten.“

„Das wird nichts helfen“, sagte der Diener des Herakles, „so lang er lebt, wird er Hadrian durch seine einfache Anwesenheit an uns erinnern.“

Dieses „so lang er lebt“ machte Tryphäna nachdenklich. Die harten Züge der Sabinerin nahmen einen entschlossenen Ausdruck an, und sie schoß unter ihrem wirren schwarzen Haar einen fragenden Blick nach der langen Gestalt des Küsters, der zur Seite sah, als ob er nichts gesagt hätte.

„Einer von uns muß wandern, wir oder er“, sagte endlich Tryphäna, „das ist sicher. Verschwände Antinous plötzlich, so würde der Kaiser über dem Suchen nach

seinem Liebling die Komödie von heute vergessen; jeden=
falls wären wir vor des Bithyniers Rache sicher."

„Komm", erwiderte der Tempeldiener mit rauher
Stimme, „ich habe einen Plan. Du siehst dort hinter
der zweiten Kalkgrube das alte Gemäuer, das bei dem
Sandrutsch gestern zum Vorschein kam, und du weißt,
daß Antinous fast mehr als Hadrian nach alten Steinen
und Scherben spürt. Wir überstreuen die Kalkgrube mit
Sand, daß sie der umliegenden Erde gleich sieht, dein
Titius kann ihm dann die Höhle weisen, und ehe er sie
erreicht hat, versinkt er im Kalk und wird zum unkennt=
lichen Klumpen, ehe jemand herausbringt, wo er geblieben.
Schlimmsten Falls glaubt man an ein Unglück. Es haben
ja schon mehr Leute in Kalklöchern geendet. Warte, ich
gehe nach dem Tempel und hole alte Münzen, das wird
der Speck, mit dem wir die griechische Ratte fangen."

Hermas war bereits eine geraume Weile auf dem
sonnendurchwärmten Boden gelegen und hatte sich der
Schönheit aller Kreatur seines Schöpfers gefreut, als in
der Tiefe unter ihm das Treiben eines Mannes und eines
Weibes und das Hin= und Wiederlaufen eines Knaben
seine Aufmerksamkeit auf sich zog. Durch einen Ausblick
aus seinen Lorbeerbüschen konnte er die drei Personen
genau beobachten, ohne daß sie ihn in seinem Dunkel
entdeckten. Seltsam genug erschien ihm die Arbeit, die
die Dreie unten vornahmen. Während der Knabe in einem
Korb der Arbeiter von dem reichlich aufgethürmten Sande
herbeitrug, waren Mann und Weib mit Schaufeln ge=
schäftig, die unmittelbar am Abhang liegende Kalkgrube
zu überdecken, so daß sie bald von dem Sande rings=
umher absolut nicht zu unterscheiden war. Hätte sich
dieses Unternehmen nicht an sich schon als ein boshaftes

und gemeingefährliches dargestellt, so würden die schaden=
frohen Gesichter der Arbeiter, zumal die höhnischen Aus=
rufe des redseligen Weibes, keinen Zweifel übrig gelassen
haben, was hier beabsichtigt werde.

„Welches Werk der Finsterniß sie wohl bereiten?"
fragte Hermas sich ängstlich. „Tryphäna scheint besorgt
zu sein."

„Wenn die Arbeiter ihn finden", tröstete der Tempel=
diener das scheu um sich blickende Weib, „so werden sie
schweigen, um nicht selbst in Verdacht zu kommen. Auch
der Unschuldige ist nicht gern auf der Folter befragt.
Nehmen wir aber sofort nach der Execution den Sand
von dem Kalk wieder weg, so kann er zu Asche verbrannt
sein, ehe die Grube nur überhaupt untersucht wird."

Die letzten Worte hatte Hermas deutlich vernommen,
und es war ihm nun nicht mehr zweifelhaft, daß hier
ein Verbrechen beabsichtigt werde. Bald kam auch der
kleine Knabe näher. „Bis hierher führst du ihn", unter=
wies ihn seine Mutter, „dann trittst du hierher zur Seite
und läßt ihn die letzten Schritte allein gehen."

„Wart'", sagte der Tempeldiener, „wir können ihn
noch sicherer machen", und er ergriff eine Stange, die
die Maurer zurückgelassen, band seine Sandalen daran,
beschwerte sie mit Steinen und drückte auf diese Weise
Fußspuren in den lockern Sand, die hart bis an die
Höhle reichten. „So", sagte er, „nun auch rückwärts ge=
wendete Fußtapfen, damit er nicht an die Höhle des
Löwen denke."

„In der That", sagte Hermas für sich, „er hat sein
Werk der Finsterniß so geschickt versteckt, daß, wenn nicht
Engel das Opfer begleiten, es unfehlbar fallen muß.
Nicht umsonst hat mich der Herr hierher geleitet. Sicht=

lich bin ich dazu berufen, diesen Anschlag des Satans zu nichte zu machen"; und er schaute sich nach einem Knüttel und einigen Steinen um, und ein freudiges Lächeln, das auf seinem Angesicht aufleuchtete, zeigte an, daß sein Plan gefaßt war.

Antinous hatte sich von Hadrian verabschiedet, um so rasch als möglich sich zu Hause der Reste seiner schmutzigen Verkleidung zu entledigen, die er mit so viel Vertrauen und Seelenfrieden hatte bezahlen müssen. Der Gedanke, dieses Nessuskleid los zu werden, beflügelte seinen Schritt. Als er am Brunnen der Lydia vorbei kam, schaute er düster bei Seite. Wenige Schritte weiter trat ihm der kleine Titius entgegen, ihm in beiden Händen Gaben entgegenstreckend und mit weinerlicher Stimme rufend: „Vergieb mir, Antinous! ich wußte nicht, daß du es warst, den ich warf."

„So", erwiderte der Jüngling, „arme Leute also darf man werfen?"

„Meine Mutter hatte mir gesagt, du wolltest sie bestehlen. Während du sie nach einer Seite nach den Birnen schicktest, würdest du auf der andern Feigen einstecken, darum sollte ich genau Acht haben. Und weil ich meinte, du seist ein böser Dieb, darum habe ich dich geworfen."

„Armes Kind", sagte Antinous mitleidig, „so wirst du selbst ein schlechter Mensch werden, wenn dich die eigene Mutter lehrt, also den Menschen zu vertrauen. Was hast du hier in deiner Hand?"

„Ich wollte dir das schenken, damit du mir wieder gut wirst", dabei reichte er ein Stück einer alterthümlichen Vase und zwei rostige Münzen dem Jüngling.

„Beim Jupiter, seltene Stücke, etruskische Scherben

und Denare, wie ich nur in den Schatzkammern des Herakles ähnliche gesehen. Wo hast du das gefunden, Titius?"

„Hier unten, wo gebaut wird, haben die Sklaven ein altes Gemäuer aufgedeckt; als ich da spielte, fand ich ein Loch, das tief in den Berg geht. Dort habe ich die Münzen aufgelesen."

„Das mußt du mir zeigen", sagte Antinous eifrig, „das ist etwas für den Cäsar. Das wird ihn auf viele Tage zerstreuen und beschäftigen. Führe mich, Titius!"

Der Knabe sprang voran, doch würde ein schärferer Beobachter entdeckt haben, wie er zuweilen zauderte. Nur langsam bog er an den Bauplätzen ab und ging stumm voran, Antinous' Fragen einsilbig oder gar nicht beant=wortend. An der offenen Kalkgrube blieb er zögernd stehen. Aber als hätte er aus den Büschen einen drohen=den Wink erhalten, schritt er dann vorwärts, bog nach ein paar Schritten zur Seite und deutete auf einen Sand=bruch, der vor ihnen lag: „dort ist die Höhle!" „Was zauderst du?" fragte Antinous, dem das ängstliche Wesen des Knaben auffiel. „Du hast wohl wieder geflunkert? Nun wir werden ja gleich sehen." Sich rasch umwendend hatte er eben den Fuß nach der tückischen Stelle erhoben, als unversehens ein schwerer Stein vor ihm niederfiel und rechts und links der flüssige Kalk aufspritzte. „Hüte dich, Antinous", rief gleichzeitig aus dem Lorbeergebüsch eine wohlbekannte Stimme, „sie locken dich in eine Falle!" Der Jüngling hatte aber bereits beim Anblick des weißen Kalks mit einem Schlag die furchtbare Gefahr übersehen, und als er entrüstet sich nach Titius umwendete, stürmte bereits die robuste Obsthändlerin als wüthende Megäre auf ihn ein, um ihn rückwärts in die Grube zu werfen.

Indessen weiblichem Angriff war der im Gymnasium ge=
stählte Jüngling gewachsen. Noch trug er den Knoten=
stock seines Hirtenkostüms, und als derselbe auf ihre
Schulter niederfiel, wich die Mänade laut aufheulend
zurück. „Halte aus, Tryphäna", ertönte nun plötzlich
eine dritte Stimme aus den Büschen, „wir werden mit
dem Bürschchen schon fertig werden!" Es war der feige
Tempeldiener, der mit einem langen Hebebaum auf An=
tinous eindrängte. Ausweichend gerieth der Jüngling
hart an die Grube, deren Grenze er nicht einmal zu
unterscheiden vermochte, während das Obstweib zu neuem
Anlauf sich anschickte. In diesem Momente aber traf
den Küster ein so gewaltiger Steinwurf, daß er rückwärts
taumelte, und als gleichzeitig die Gestalt des Hermas in
den Büschen vordrang, eine gewaltige Keule schwingend,
wandte sich das ruchlose Paar zur Flucht, den kleinen
Titius als Gefangenen zurücklassend. Den flammenden
Blick, mit dem Antinous ihn jetzt aber maß, hielt der
Knabe nicht aus. Mit einem Satz zur Seite wollte auch
er entspringen, als er bis über die Knie in der Kalkgrube
verschwand. — Zwar hatte Antinous rasch ihn erfaßt
und ans Trockne gezogen, aber das Geheul des Knaben
verkündigte, wie sehr er sich die Füße verbrannt habe.
Antinous hatte alsbald den Mantel abgeworfen und
reinigte die Beine des jungen Sünders, indem er zu
ihm sprach: „Siehe, diese Schmerzen wolltest du jeman=
dem bereiten, der dir nie etwas Uebles gethan hat! Hast
du nie die Warnung gehört, daß wer anderen Gruben
gräbt, selbst hinein falle?" Nachdem er die Beine des
halb Ohnmächtigen sorgsam vom Kalk gereinigt, trug
er ihn zur Quelle, und indem er ein Stück von seinem
zerfetzten Hirtengewand abriß, umgab er die geröteten

Stellen mit kühlendem feuchten Umschlag. In dieses Ge=
schäft versunken, hörte er plötzlich die Stimme des Hermas,
der sprach: „Wahrlich, du bist nicht weit vom Reiche
Gottes, deffen Herr gesprochen hat: liebet eure Feinde,
thut wohl denen, die euch hassen!"

„Ich verdanke dir mein Leben, mein treuer Hermas!"
sagte Antinous, die schönen braunen Augen mit einem
Ausdruck voll Dank und Liebe zu ihm aufschlagend.

„Nicht mir", erwiderte Hermas, „sondern dem Naza=
rener, den ihr verachtet, und der mich geheißen hat, auf
der Wache zu stehen, damit der Satan sein Werk nicht
vollende!"

Antinous schwieg eine Weile, indem er langsam sein
schönes Haupt schüttelte. Dann sprach er freundlich: „Gern
würde ich deinen Gott verehren, aber zwei Dinge trennen
mich von euch. Ihr verlangt, daß ich meine Götter als
Dämonen lästere: den besten Jupiter, in dessen Tempel
ich die Nähe der Gottheit so oft und deutlich verspürt,
Mercur und Herakles, die mich auf hundert Wanderun=
gen treulich beschützt, Diana und Minerva, die meinen
Speer geleitet haben, so oft ich vor dem Wurfe sie ernst=
lich anrief. Würde ich sie böse Dämonen schelten, es
wäre weit schlimmer, als wenn ich dich lästern wollte,
der mich soeben gerettet hat. Aber auch eine andere Un=
dankbarkeit verlangt ihr von mir. Ihr sagt, es zieme
sich für mich nicht, der Geliebte eines Mannes zu sein.
Wie aber soll ich Hadrian verlassen, der außer mir nie=
manden hat, an den er glaubt. Würde er nicht zu
Grunde gehen, wenn auch ich ihn verriethe?"

„Der Herr", erwiderte Hermas ruhig, „der dich heute
gerettet hat, wird dich auch zu seiner Heerde führen, so=
bald es Zeit ist. Wenn sie dir aber wiederum sagen,

er sei kein Gott, dann erinnere dich, was er heute an dir gethan hat.“ Den kleinen Patienten Antinous auf die Schultern legend, schritt er sodann schweigend neben diesem her, der noch immer mehr von Entrüstung als von Schrecken über die überstandene Gefahr bewegt, Hermas die Geschichte dieses Morgens erzählte.

„Du siehst, guter Freund“, erwiderte Hermas, „wohin die erste Täuschung führte. Mit der Lüge, nicht Antinous, nicht des Kaisers Liebling zu sein, hast du selbst dem Bösen die Thüre geöffnet, und der Vater der Lüge hat die unverwahrten Herzen überrumpelt. Nun sühne deine Schuld, indem du deinen Feinden verzeihst, und wenn dich jemand fragt, wer dich das gelehrt habe, dann sage: ein Christ!“

„Es bedarf deines Gottes nicht“, erwiderte Antinous lächelnd. „Der unselige Rath Hadrians, den ich befolgte, liegt mir schwer genug auf der Seele. Vor mir sollen sie Ruhe haben, hörst du Titius! Aber, mein Hermas, wenn ich recht sehe, hast auch du deinen Stand versteckt und schreitest, wie ich diesen Morgen, als Ziegenhirte einher?“

„Ich“, erwiderte Hermas feierlich, „bin jetzt, der ich war und der ich sein werde. Suche mich am Anio=Ufer bei den Schwefelbädern der Albula, wo mein Bruder seine Heerden hegt, wenn du mich brauchen solltest. Am Hofe duldet es mich nicht mehr, vom Hause hält mich die Ver= irrung der Meinen ferne. Ich gehe in die Wüste, ob Gott mit Hermas reden wolle, wie er einst mit Johannes sprach, denn die Zeit ist nahe zusammengerückt!“

„Du darfst nicht gehen ohne Hadrian’s Erlaubniß!“ sprach Antinous mit großer Entschiedenheit. „Er würde sofort dich für einen Verschwörer oder Missethäter halten, wenn du heimlich entfliehst.“

Hermas zögerte. „Fürchteſt du dich", ſagte Antinous gutmüthig, „ſo will ich ihn für dich fragen, aber ent= weichen darfſt du nicht."

„Ich fürchte keinen Menſchen", ſagte Hermas, „aber ich brauche auch keines Cäſars Erlaubniß, wenn der Ruf des Herrn an mich ergeht; doch um Hadrian nicht zur Sünde zu gereichen, will ich ihm meinen Entſchluß an= künden."

Als die Sklaven nach der Mahlzeit Hermas vor den Kaiſer beſchieden hatten, hörten ſie in dem Gemache, wo beide verweilten, lange erregte Geſpräche. „Hermas zeugt für den Herrn", flüſterten die Chriſten unter den Sklaven ſich zu. Und ſo war es. Hermas hatte die heiligen Rollen, die er einſt Hadrian im Namen ſeines Bruders überreicht, entfaltet. Er ſetzte dem Kaiſer mit den Weis= ſagungen der Propheten zu, er ließ die ſchönſten Sprüche des Evangeliums einfließen. Aber der Kaiſer verlangte ſtatt der berichteten Wunder von Hermas ein erlebtes. Da konnte Hermas nicht zurückhalten und erwiderte: „Für dich ſelbſt, Cäſar, hat heute der Herr ein Wunder gethan. Durch eine Lüge hatteſt du dein Liebſtes dem Teufel überantwortet, der der Vater der Lüge iſt, aber Chriſtus erweckte mich, daß ich dir Antinous errettete." Und in der Form einer Strafrede gegen Hadrian, der Antinous zur Unwahrheit verleitet, der den Glauben an die Menſchen in des Jünglings Herzen ausrotten wolle, der den Schwachen Fallen ſtelle und ſie in Verſuchung führe, erzählte Hermas nun den weitern Verlauf von Antinous' Geſchichte der Enttäuſchungen. Hadrian hörte mit grimmigem Lächeln zu. „Ich bin deinem Gotte ſehr verbunden", ſagte er, „daß er mir mein Liebſtes erhalten hat, und zum Dank verzichte ich auf die Strafe, die dir für die Besudelung meines Schwertes bestimmt war. Mein Tartarus hat viele Abtheilungen, und dir war dabei der labor improbus zugedacht, den Bewohnern des Hades durch deine Zauberzeichen den Weg zur Oberwelt zu öffnen. Du bist frei. Den Rock, frommer Mann, den du aus meinen Ziegenställen gestohlen, schenke ich dir.“

Als Antinous am folgenden Morgen vor das Atrium des Palastes trat und einen Blick nach dem Heraklestempel schickte, legte sich ein düsterer Schatten über seine Stirne, daß er nun vor seinem Gebete stets durch die widrigen Züge des Tempeldieners an den traurigsten Tag seines Lebens solle erinnert werden. Aber er beschloß, sich zu überwinden. Er wollte mit dem Feinde offen reden, ihm sein Unrecht vorstellen, ihn nöthigen, seine Hände, die nach Mord getrachtet, zu sühnen, ehe sie wieder die Arbeit des Gottes besorgten, und zugleich ihm Verzeihen und Schweigen zusagen. Aber als er den Tempel erreichte, stand ein anderer Diener am Thor, der ehrerbietig schweigend sich entfernte. Auch der Obsthändlerin Platz stand leer. Die Hütte dahinter war verschlossen. „Sie sind entflohen“, sagte Antinous. „Mögen die Wunden des kleinen Titius so schnell heilen, wie mein Groll, und die Wunden ihres Gewissens offen bleiben, daß mein unseliger Mummenschanz wenigstens etwas Gutes wirke.“ Sein Gewissen war ruhig, aber ohne das Gefühl der Erhebung und der Freude, die er sonst von dem schönen Rundtempel und dem Blick auf die rauschenden Fälle des Anio mit hinuntergenommen, suchte er heute den Weg zu den Bauplätzen der Villa.

———

Viertes Kapitel.

Gegen Abend des Tages, der für den gesammten Freundeskreis Phlegon's ein so bewegter war, stieg dieser heiß und ermüdet vom Tempel der Roma und Venus, dem Palatin gegenüber, eine schmale Treppe empor, die ihn zwischen Gärten und Weinbergmauern zur via lata hinaufleitete. „So wäre nun alles besorgt", seufzte er, „Senatsbotschaft und großes Papier für die Baupläne, Auszüge aus den sibyllinischen Büchern und Blumen=zwiebeln, eine neue Schaar Architekten und geheime Ver=bannungsbefehle. Es verlohnt sich, der Geheimschreiber dieses unruhigen Kopfes zu sein, da er von den Consu=largeschäften bis zu den Sklavendiensten alles den Un=glücklichen auflädt, deren Angesicht er noch um sich duldet, und die die thörichte Welt seine Günstlinge heißt. Mich dauert Antinous für die Zeit, daß ich weg bin. Der Cäsar wird sie benützen, um in dem Gemüthe des Knaben alles das zu zerstören, was ihn doch selbst allein an dem guten Jungen entzückt hat. Aber länger konnte der Be=such in der Villa ad pinum nicht verschoben werden, ich muß endlich wissen, was Ennia's ominöse Anspielungen über den Stand ihres Hauswesens bedeuten? Mein Herz hat ohnehin, seit sie zu Aquä mich mit den Kleinen verließ, um nach Italien zurückzukehren, lang gefastet.

Wie viele von den schönsten Jahren hat Hadrian mir ent=
zogen, seit ich meine Ennia zum ersten Mal unter den
berühmten Pinien der Villa in die Arme schloß.“ Ein
seliges Erinnern ging über das feine, ausdrucksvolle Ge=
sicht des Griechen. Vor ihm stand die hohe Gestalt der
geliebten Jungfrau, deren röthlich blondes Haar ein blühen=
des Angesicht mit zwei treuen, freundlich strahlenden Augen
umfaßte. Die vollen weichen Formen waren in süße Sinn=
lichkeit getaucht, und doch war ihre Gestalt energisch, leb=
haft, das Gesicht klug und milde zugleich. Schon als
Mädchen hatte sie etwas mütterlich Zärtliches, das sich
stets um das Wohl der Umgebung sorgte. An sie hatte
sich der durch Hadrian's Gunst mächtige Freigelassene, der
doch als Fremdling zwischen dem römischen Adel stand,
angeschlossen. Nicht, daß sie seinen schöngeistigen Bestre=
bungen besondere Ehrfurcht entgegengetragen hätte; sie
war eine praktische Römerin und hatte mehr von dem
thatkräftigen Plautius, ihrem Vater, geerbt, als von ihrer
Mutter Gräcina, die wie im Traume durch ihr eigenes
Haus wandelte, wie ein Huhn, dem man das Hirn aus=
genommen, wie der grimmige Gemahl sagte, der seine
weltscheue, jeder Superstition ergebene Gattin mit solda=
tischer Rauheit behandelte. Die kleine blonde Ennia
war die einzige Frucht dieser seltsamen Ehe, und ihr
blondes Köpfchen verbürgte dem Vater, daß die Rasse
der Plautier in ihr fortlebe, deren mehrere den Beinamen
des Rothen, Rufus, getragen hatten, und nicht der her=
abgekommene Typus der mütterlichen Familie, von der
Hadrian geäußert hatte, die letzten Pomponier sähen alle
aus, als ob der Hausaffe sie mit der Lieblingsziege er=
zeugt hätte, so verbinde sich fahrige Unruhe mit neugie=
riger Dummheit in ihren häßlichen Zügen. Zwischen dem

Poltern des Vaters und dem stillen, ewig lächelnden Schwachsinn der Mutter war Ennia herangereift mit der Stetigkeit einer harmonisch angelegten Natur. Sie hatte vom Vater den praktischen, thätigen Sinn geerbt und glich ihm auch äußerlich, nur daß die geschwollene Zornader auf ihrer Stirne fehlte, von der Mutter die unerschöpf= liche Geduld und nicht zu erbitternde Güte. So verband sie des Vaters kluge Lebendigkeit mit der stets zufrie= denen Vergnüglichkeit der Mutter, als ob die Natur es darauf angelegt gehabt hätte, aus zwei höchst unerträg= lichen Menschen eine Natur zu extrahiren, die die höchste Liebenswürdigkeit eines angenehmen Temperaments in sich beschloß. Hadrian hatte sie oft, wenn er sie neben dem früh erschöpften Plautius und der unsicher hin und her wankenden Gräcina einherschreiten sah, als Beispiel der unverwüstlichen Lebenskraft des römischen Adelstypus citirt, dessen Vollkraft selbst durch eine Mißbildung wie Gräcina siegreich hindurchschlage. Wäre Plautius am Leben ge= blieben, so hätte der griechische Freigelassene niemals die Augen zu der römischen Aristokratentochter erheben dürfen. Aber er starb, und die jungen Adeligen, die die Hand der reichen Erbin umlagerten, fanden in der blöden Gräcina einen hartnäckigeren Widerstand, als sie erwartet hatten. Mit dem Instinkt der Schwäche erkannte sie, daß jeder derselben sich als Herr auf der Villa ad pinum instal= liren, sie aber als geisteskrank in irgend einem Gelaß einsperren würde, und auch für Ennia, die mit der vollen Pietät ihrer auf Treue und Dankbarkeit angelegten Natur an ihrer schwachen Mutter hing, war diese Rücksicht ent= scheidend. Phlegon hatte sich beim Tode des Vaters als treuer Rathgeber erwiesen, und vor dem Hausgenossen Hadrian's hatten sich alle ungerechtfertigten Prätensionen,

die die Verwandten der Pomponier und Plautier an das
Eigenthum der reichen Gräcina erhoben, wieder scheu ver=
krochen. Gräcina hatte ihm dafür die Hände gedrückt und
unverständliche Worte gemurmelt von einem Samenkorn
der Wahrheit, das auch in sein Herz gefallen sei. Als
Ennia immer deutlicher ihre Neigung dem ab= und zu=
gehenden Freunde des Hauses offenbarte, wagte es Phlegon,
Gräcina zu prüfen. Statt des Widerstandes, den er fürchtete,
hatte Gräcina schon bei der ersten Andeutung seine Hände
ergriffen und mit einem innigen Blicke gesprochen: „Es ist
kein Unterschied zwischen uns, wir alle sind Freigelassene!"

Schwieriger schien ihm die Zustimmung der Familie
zu gewinnen, und nicht ohne Befangenheit trat er vor
das Haupt des Geschlechts, ihm anzukündigen: er, der
Sohn des Sklaven, der niemals den Purpurstreif und
die Fascen erhalten werde, verlange die Tochter eines so
edlen Hauses. Aber der Mann, zu dem er sprach, wußte
am besten, daß der Freigelassene Hadrian's ohne Purpur
und Fascen mehr reelle Macht besitze als der ganze Adel
Roms, und mit leichter Ironie erklärte er, man sei im
Hause der Gräcina das Außergewöhnliche gewohnt und
werde gegen sein Vorhaben nichts einwenden. So begann
eine Reihe wonnevoller Abende, an denen nach besorgtem
Hofdienst Phlegon auf der Estrade der Villa mit Ennia
saß, während der Mond voll und groß über den Pinien
des Gartens stand und das Liebespaar über die schwei=
gende Stadt zu ihren Füßen nach den noch theilweise
erleuchteten Fenstern des Palatiums schaute, während der
Grieche der klug zuhorchenden Verlobten von dem selt=
samen Treiben drüben im Hause des Kaisers erzählte,
in dem er eine so bedeutende Rolle spielte, daß man ihn
dem großen Freigelassenen Narciß verglich, der unter

Claudius das Reich regiert hatte. Oder wenn die Mit=
tagshitze über Rom brütete und Hadrian den Schlaf der
durchwachten Nächte nachholte, war Phlegon herüber ge=
wandert und saß mit seiner Ennia unter dem breiten
Schatten der Pinien und las ihr die Biographie des
Kaisers vor, die er schrieb, oder die Oden, die er ge=
dichtet hatte, während sie still auf ihre Arbeit niedersah
und rings das Summen der Bienen, das Flattern der
Vögel und Schmetterlinge, das traumhafte Rauschen der
Baumkronen die Liebenden vergessen ließen, daß sie von
der Weltstadt und ihrem Lärm rings umgeben waren.
Eine stillere Oase, mitten in der rauschenden Wüste Rom,
hatten auch all die Cäsaren nicht herstellen können, die
den gegenüberliegenden Palatin in einen großen Garten
verwandelt hatten. Trat dann freilich das Liebespaar
aus dem Schatten seiner Bäume hervor zu der mit Vasen
und Statuen gekrönten Mauer, die die Villa von der via
lata schied, so waren sie sofort hineingeworfen in die große
Welt. Zur Linken dämmerten die gewaltigen Rundbogen
des Colosseums, unter sich sahen sie die lange Reihe der
Tempel, die die via sacra und das Forum säumten,
gegenüber erhoben sich über dem Blüthenmeere der pala=
tinischen Gärten die Prachtbauten des Cäsarenpalastes.
Von Glanz, Macht, Blut redete hier alles, und nur ein
Liebespaar wie dieses, der ernste, in schwerem Druck heran=
gereifte Staatsmann und die bewegliche, energische Aristo=
kratentochter, konnte den Contrast ihres idyllischen Asyls
mit dieser Weltcoulisse ohne Disharmonie empfinden.
Alle diese süßen Erinnerungen gingen durch Phlegon's
Seele, als er den Eingang der via lata erreicht hatte.
Seit fünfzehn Jahren hatte er die Villa nicht betreten,
seit zweien Ennia nicht gesehen, die älteren Kinder viel

länger nicht. So schaute er freudetrunken in die altver=
traute Häuserreihe, von deren Vormauern herrliche Sta=
tuen grüßten und über die üppige Rebengewinde und blau
gesternte Klematisranken herabhingen und im beginnen=
den Abendwinde spielten. In seliger Trunkenheit schritt
Phlegon dahin, bis eine schwierige Stelle am Weg ihn
aus seiner Vergessenheit weckte. Eine aus einer vernach=
lässigten Thüre strömende Rinne hatte hier die Kunst=
straße in einen Sumpf verwandelt, so daß man nur von
Stein zu Stein tretend hindurch kommen konnte. „Sau=
bere Nachbarschaft!" sprach Phlegon. „Hier fehlt ein
Caligula, der dem Aedil in den Schooß der Toga den
Koth leeren ließ, den dieser auf ähnlicher Straße geduldet
hatte." Mit diesen Worten hatte Phlegon die schlechte
Stelle passirt, als er plötzlich betroffen stehen blieb. Hier
waren ja die Häuser, die nach der Villa ad pinum lagen.
War er in seinen seligen Träumen an dem stolzen Bau
vorübergegangen? Er drehte sich um. „Bei allen Göttern
Agrippa's!" rief er aus, „dies ist die Rückseite des Hauses
des Pomponius, aber wo ist die hohe Mauer, wo die
Bilder, wo die Zinne von Marmor und die Fülle der
Rosen, und, bester und größter Zeus! wo sind die Pinien,
nach denen dies Gut seit den Tagen der Scipionen seinen
Namen hat?" Und er schloß seine Augen und öffnete
sie wieder, nachdem er eine geheime Formel gemurmelt,
ob ihn nicht ein Dämon geäfft habe, — aber der Spuk
blieb. Niedergelegt war die Pracht der alten Bäume,
verschwunden die hohe Zinne, von der der fröhliche Faun,
die Psyche, Flora und Hebe und andere sinnige und heitere
Gestalten in harmonischer Abwechslung mit breithenkligen
Urnen gegrüßt hatten. Die Mauer, um die Hälfte ernie=
drigt, stand verfallen; kahl und traurig erhob sich dahinter

das Haus der Gräcina, das einst der Stolz der via lata gewesen war. „Gerechtester Zeus, hattest du keine Blitze", rief Phlegon aus, „diesen Frevel zu hindern? Mauern kann man wieder bauen, Statuen kaufen, wenn auch nicht solche, aber die Bäume, die alten Pinien, denen in Rom keine zweiten glichen!" Es war als ob die ganze Müdigkeit der gemachten Wege erst jetzt über ihn komme und als ob seine Schenkel mit zwei Schlägen plötzlich gelähmt worden wären. Traumhaft zögernd schritt er zu dem Thore, und in dem Sumpfe stehend, den die unten hervorquellende Wasserrinne bildete, erhob er den alten, wohlbekannten Hammer, um ihn gegen die Metallplatte zu schlagen.

„Nun", ertönte drinnen von der Area, die zwischen Bestibulum und der Landstraße lag, eine fettige Stimme, die einen Eunuchen oder Schlemmer verrieth, „wer hat's so eilig?"

„Oeffne!" rief Phlegon ungeduldig.

„Wenn du ein Bruder bist", erwiderte die Stimme, „so weißt du den Weg, bist du ein Fremder, so sage dein Anliegen, daß ich es, je nachdem es ist, der Herrin dieses Hauses melde."

„Oeffne, Sklave, wenn dir deine Knochen lieb sind!" schrie der gereizte Geheimschreiber Hadrian's in höchstem Zorne, indem er am ganzen Körper bebte.

„Gräcina verrichtet ihre Andacht", erwiderte die Fistelstimme, „und braucht jetzt keine Besuche"; und die schlurrenden Tritte entfernten sich nach innen, wo sie hinter dem Hause verhallten.

„Ich werde das morsche Thor auftreten, nichtswürdiger Knecht!" rief Phlegon, indem er mit aller Gewalt gegen die Thüre trat, dabei aber sofort vorwärts stürzte

und die Stirne an den ehernen Buckeln des Thors em=
pfindlich anschlug. Nicht die Thüre hatte nachgegeben,
wohl aber war der Theil des Getäfels, das er berührt
hatte, sofort zurückgewichen, da es ausgefägt und oben an
Riemen wieder eingehängt war. Das also war der Weg,
den die Brüder kannten und der offenbar dem faulen
Pförtner den Gang von den Sklavenzellen zum Thore
ersparen sollte. „So muß ich wie eine Katze in das
Haus kriechen", knirschte Phlegon, „in dem ich einst zu
gebieten hoffte." Auch der Anblick der sonst so wohlge=
pflegten Area, die sich vor den Stufen des Hauses aus=
breitete, gab Phlegon einen Stich durch das Herz. Von
dem Marmorbrunnen war der bärtige Triton abgeschraubt,
der das Waffer in das runde Becken entleert hatte, und
da sich der Abzugskanal verstopft hatte, sickerte das Waffer
in den Hof, hatte die Mauer unterwaschen, und der freie
Platz, der sich vor der Front des stattlichen Hauses aus=
dehnte, war mit Moos und Unkraut überwuchert, wäh=
rend die Mauer demnächst Einsturz verhieß. Nur die
Thüre des Vestibulums schied Phlegon von seinen Kin=
dern, deren fröhliche Stimmen er drinnen vernahm, aber
er vermochte es nicht über sich, unter dem Eindruck, der
ihn beherrschte, unter sie zu treten. Um die Stunde, auf
die er sich seit Jahren gefreut, war er nun schon be=
trogen. Er schlug sich rechts um das Haus nach den
Gärten und dem Walde. Erst wollte er den ganzen Um=
fang der Verwüstung kennen und dann als Richter vor
die greife Thörin treten und sie fragen, was sie aus der
Villa ad pinum gemacht habe? Bereits wunderte es
ihn nicht mehr, als er an der Marmortreppe, die vom
Obstgarten zur ersten Terraffe hinaufleitete, die Marmor=
götter entfernt sah. Die Treppe war eingesunken, fast

gefährlich zu betreten, die Schlingrosen, die die Rampe
bekleidet, streckten halberdrückt vom wilden Wein noch hier
und da hülfesuchend einen Zweig zum Lichte aus der
Wucherung, die sie erstickte. Der Wald war bis zur Un=
kenntlichkeit verwüstet, aber Phlegon's treues Gedächtniß
für seine Freunde sah sofort, daß es die Nutzhölzer waren,
die eine gierige Hand niedergeschlagen, während hier und
dort noch einige Tamarinden, Camelien und andere Zier=
bäume fast lächerlich auf die Verwüstung rings um sie
her herabschauten. Wie angezündete silberne Kandelaber
in der Höhle der Armuth beschienen ihre Blüthen die
Stumpfe geschlagener Stämme und fußhohes Unkraut.
Durch Schierling und Wolfsmilch, die auf den Wegen
emporgeschossen waren, kam Phlegon endlich nach den
Weinbergen. Am Rande waren noch einige alte Bäume.
„Der Schurke, der hier herrscht, hat sich doch noch für
den nächsten Winter etliches Brennholz gespart. Also von
unten nach oben haben sie gehaust, um das Holz nicht
weit tragen zu müssen, statt wenigstens am Hause die
herrlichen Wipfel zu schonen und mit den letzten Bäumen
zu beginnen, die dem Weinberg Schatten geben." Indem
Phlegon so sprach, tauchte aus den Reben eine Gestalt
empor, die mit dem Karste gebückt gearbeitet hatte, so daß
Phlegon den Mann erst wahrnahm, als er vor ihm stand.
„Eumäus!" rief Phlegon aus.

„Ich bin es, Herr", erwiderte der Graukopf, „Dank,
daß du mich noch kennst!"

„Beim Jupiter!" erwiderte Phlegon, „viel kenne ich
hier nicht mehr. Bin ich auf der Villa ad pinum, oder
äfft mich ein Dämon?"

„Die Villa ad pinum ist gewesen; sie heißt jetzt ad
palmam!"

„Doch nicht nach dem verkrüppelten, kranken Strunk, der an der Stelle der ehrwürdigen Pinien steht? Wer in aller Welt hat die Bäume, das Wahrzeichen des Grund= stückes, gemordet? Fürchtete er nicht den Genius des Ortes, hört er nicht täglich noch das Seufzen der Dryade?"

Der Alte schüttelte trübe das Haupt. „Die Christia= ner wollen es so, daß die Himmlischen seufzen. Bruder Nereus (sie sind hier alle Brüder, Herr, mußt du wissen) sagte der edlen Gräcina, die alten Sklaven gössen der Göttin des Hains, wie herkömmlich, die Wasserspende und tränkten so den Dämon; dafür würde der Zorn des Christengottes auf das Haus fallen. Alles Hohe müsse erniedrigt werden. Die Pinie sei der Baum der Götter= mutter, die Palme der Baum der Christen, und wie schön es aussehen werde, wenn eine Palme, so groß wie die des Vatikan bei den Gärten des Nero, ihr Haus be= schatten werde; wenn der Wind durch eine Palme rausche, dann winkten ihre Fächer Friedensgrüße der seligen Geister — kurz, er redete so lange, bis die schwache Greisin Ja sagte, und noch in derselben Stunde fing er zu sägen und zu hauen an, was der dicke Lump lange nicht versucht hatte."

„Aber, beim Hercules, was haben ihm die alten Bäume gethan?"

„Oh, der Nachbar brauchte Bauholz. Ich glaube, daß Nereus mindestens 10,000 Sesterzen aus all den schönen Stämmen erlöst hat."

„Gräcina ist wohl krank am Geiste, sprich?"

„Nicht mehr, als sie es auch früher war, aber es gehört das zu ihrer neuesten Superstition. Sie lehren sie so. Du mußt wissen, eine Weile ging ich auch in die Versammlungen, weil sie sagten, die Sklaven würden ihren

Herren da gleich wie an den Saturntagen. Da hörte ich, wie sie Gräcina unterwiesen, man müsse kindisch werden, sonst komme man nicht in das Reich ihres Königs, und ein Reicher müsse so dumm werden wie ein Kameel, sonst gehe er nicht durch das Nadelöhr."

„Unsinn!" erwiderte Phlegon.

„Du kannst es glauben, Herr", betheuerte Eumäus, „ich habe es mit eigenen Ohren gehört. Auf diese Weise haben sie Gräcina verwirrt, sonst ist sie ganz wie zuvor. Mich hätten sie wohl längst verjagt, auch Tertius, weil wir ihre Mysterien verachten, aber sie brauchen doch einige Hände, die arbeiten; so muß ich den Wein besorgen, den die Brüder austrinken, und Tertius das Gemüse und den Obstgarten. Es zieme sich, sagt Nereus, daß der Unge= rechte arbeite für den Erlösten. Sie lassen mich darum auch jetzt ganz in Ruhe mit ihrem Gott, weil ich sonst gleiche Rechte mit ihnen verlangen könnte."

Die Wandernden waren inzwischen wieder zum Ge= müsegarten hinabgestiegen. „He, Tertius!" rief Eumäus jetzt einem andern Graukopf zu, der in den Beeten be= schäftigt war, „komme einmal hierher. Das ist der Mann, der uns helfen wird. Er wird die Nazarener ausräuchern. Es ist Phlegon!" flüsterte er dann dem Ankommenden zu.

„Die Götter seien gepriesen, daß du da bist, Herr", erwiderte der greise Tertius, indem er Phlegon ehrerbietig grüßte. „Ein Herr thut auf der Villa ad pinum schon lange noth!"

„Es freut mich", sagte Phlegon, „doch noch zwei Diener zu finden, die arbeiten, obwohl dein Feld seltsam genug bestellt scheint, guter Freund!"

„Ach Herr, ist's meine Schuld, daß hier Kraut und Rüben getheilt sind wie in der Baumschule und die

Bohnen den Küchenkräutern die Sonne abfangen. Gräcina
theilte diesen Acker in zwölf Felder, nach den Stämmen,
wie sie sagte, des Volkes ihres Gottes, und damit ich die
barbarischen Namen behalte, hat sie mit eigener Hand,
siehe hier und hier, die Namen auf weißen Stäben an=
geschrieben. Auch erwartet sie, daß einer dieser Stäbe
Wurzel schlagen und wieder grünen werde in dem Jahre,
in dem der Messias kommt, über den sie so viel reden,
wenn ihre Versammlung beisammen ist und Bruder Ne=
reus auf dem Throne sitzt, während Gräcina auf der Bank
neben Persis und Chloe Platz nimmt. Ob es der Stab
Juda ist oder der Stab Benjamin, der wieder grünen
soll, weiß sie selbst nicht, aber jeden Morgen kommt sie
und betrachtet die dürren Stecken. Wenn ich nun daran
bin, die Bohnen aufzubinden, so ruft sie, die Schnecken
seien in das Land Benjamin eingefallen und vernichteten
die ganze Pflanzung ihres Gottes. Dann muß ich den
Morgen damit verderben, die Blätter des Kohls umzu=
wenden und die Schnecken abzulesen. Oder wäre es Zeit,
die Erbsen auszuschoten, dann findet sie, das Land Ephraim
sei zu sehr ins Kraut geschossen und ich solle dort die
Blätter ausbrechen. Oder hast du je gesehen, daß man
die Erdbeeren in den Schatten der Himbeerhecken steckt?
Aber die Stämme sollen so neben einander liegen, wie sie
in ihrem heiligen Buche aufgezählt sind, und als ich sie
bat, dann die Namen der Kräuter zu wechseln, wurde
sie sehr ernst, als ob es sich um die Consularfasten handle.
Die kleinen Rettiche müßten Benjamin heißen und die
großen Krautköpfe Ephraim und die Himbeeren Ruben,
weil das ein dorniger Gesell gewesen sei. Das ist kein
Geschäft hier, und ich wollte, sie verkaufte mich, denn ich
will lieber die Peitsche aushalten, als diesen Unsinn."

„Aber", fragte Phlegon, „wie ist sie nur auf diesen abscheulichen Unfug gekommen?"

„Es kommt zuweilen ein Christianer hierher, kein übler Mann", erwiderte Tertius, „er heißt Hermas."

„Hermas!" rief Phlegon erstaunt.

„Du wirst ihn kennen, Herr", sagte Tertius, „er war am Hofe des Kaisers und rühmte sich, er habe euch alle gewonnen. Er legte das heilige Buch aus, so wie die Sophisten den Homer auslegen, und als er an die Namen der zwölf Stämme kam, wie sie es nennen, verglich er jeden mit einer Pflanze, indem er allerlei warum und wie hinzufügte, das sich ganz gut anhörte. Davon war Gräcina ganz hingerissen, und schon am andern Tag mußte ich anfangen, den ganzen Gemüsegarten umzugraben; den theilte sie dann in zwölf große und kleine Beete ein und pflanzte der Reihe nach die Pflanzen, mit denen Hermas die zwölf Stämme verglichen hatte."

Phlegon schlug bei diesen Worten ein grimmiges Gelächter auf, in das die beiden Sklaven schmunzelnd einstimmten.

„Bitte, kaufe mich, Herr!" erwiderte Tertius. „Mir geht zwar hier nichts ab, und ich könnte so träg sein wie die Andern, aber wenn ich arbeite, so soll doch etwas dabei herauskommen."

„Sei ruhig", erwiderte Phlegon, „es soll jetzt anders werden."

Der Sklave schüttelte das Haupt. „Dein Weib, die edle Ennia, sagte das auch, Herr, und ich glaubte es ihr. Aber es ward nicht anders, und als ich sie nach einem halben Jahre einmal allein fand und sie fragte, was anders geworden sei, erwiderte sie: Willst du, daß ich meine Mutter dem Prätor überliefere und er ihr einen

Christenproceß mache? Nein, sagte ich, Gräcina nicht, aber Nereus, Chloe, Persis u. s. w. und die Nachbarn, die sich der Schurken bedienen, um sie zu plündern, der Villa das Wasser abzugraben, unsere besten Trauben und Früchte zu stehlen? — Ist nicht der Prätor selbst einer dieser Nachbarn, erwiderte sie. Wie lange meinst du, daß Celsus zögern würde, uns allen einen Christenproceß anzuhängen?"

„So zwinge deine Mutter anders zu befehlen! erwiderte ich. Sie aber seufzte und sagte: Das verstehst du nicht, guter Tertius; gegen Leute, die sich mit ihrer Schwachheit vertheidigen, ist wenig auszurichten. Sie hat wohl Recht, Herr", fügte der Alte zutraulich hinzu. „Gräcina ist nicht so verwirrt, wie sie sich stellt. Sie ist vergeßlich, das machen die Jahre, aber sie vergißt nur, was sie vergessen will. Sie ist harthörig, wie alle Alten, besonders wenn sie nicht verstehen mag. Ihre Augen sind trüb geworden, namentlich für die Diebstähle des Bruders Nereus, dem ich am Todestag der Herrin die Rippen entzwei schlagen werde, daß er mit seiner Eunuchenstimme zu seinem Gott quietsen soll wie ein Ferkel beim Schlachten."

„Sieh da, den Bruder Nereus kenne ich also schon. Er ist es wohl, der das sinnreiche Thor in der Thüre angebracht, damit die Katzen das Loch offen finden, wenn sie mausen wollen?"

„Derselbe, Herr!" erwiderte Tertius.

„Aber wie dürfen die Galiläer sich hier so breit machen? Der Prätor Celsus ist ja Gräcina's nächster Nachbar!"

„Gerade die Nachbarn sind an allem Elend schuld."

„Die Nachbarn? Sind denn Celsus und Salvianus auch Christen?"

„Das nicht, aber indem sie Gräcina fortwährend mit einer Anklage bedrohen, machen sie mit ihr, was sie wollen. Der Prätor Celsus holt ihr Geld; würde sie Nein sagen, so schickte er den Lictor, um ihr einen Christen= proceß anzuhängen. Salvianus leitet ihr Wasser ab und schlägt ihre Bäume um. Die alten Pinien mußten darum fallen, weil sie seinem Rebberg die Sonne nehmen. Auch die Grenze hat er verrückt und nimmt das Holz zu seinen Pfählen aus ihrem Walde.“

Eine erneute Wanderung längs der Grenze überzeugte Phlegon, daß die Alten nicht zu viel gesagt. Die Ent= blößung von Bäumen an der Gutsgrenze war offenbar im Interesse des Salvianus geschehen, dessen Gut über= haupt einen unerhörten Aufschwung genommen hatte. Wo früher dürftige Cisternen zum Begießen der Pflanzen das wenige Wasser sammelten, sprudelten jetzt Fontänen und Cascaden, die mit dem Wasser der Villa ad pinum ge= speist wurden. Nur gerade so viel Wasser hatte der Treff= liche Gräcina übrig gelassen, als ihre Nothdurft erheischte, damit sie nicht zum Klagen gezwungen sei oder ihn durch Bitten belästigte. Auch die Grenze war verrückt, wo ein Tempelchen, eine Laube, eine Grotte ihm wünschenswerth erscheinen ließ, die unschöne Rückseite oder Aufschüttung Gräcina zuzuwenden. An der Grenze des Celsus waren die Veränderungen weniger sichtlich. Wasser hatte er selbst im Ueberfluß; wo ihm ein Baum Gräcina's im Wege war, hatte sein Gärtner denselben an den Wurzeln an= geschnitten, daß er abging, aber gegen die brutale Ver= wüstung auf der Ostseite wollte das wenig besagen. Ueber die Geldangelegenheiten des vornehmen Mannes mit Gräcina wußten die Sklaven nichts Gewisses. Der Prä= tor selbst, meinten sie, hülle sich in officiöse Unwissenheit, aber Gräcina seufze jedesmal tief, wenn seine Gattin sich bei ihr anmelde, die so vornehm sei, daß sie die zwanzig Schritte von der einen Thüre zur andern sich stets in der Sänfte tragen lasse. Man hatte sie mit einem seltenen Halsband, einem Familienschmuck der Pomponier am Hals wieder in die Sänfte steigen sehen, Eumäus hatte schwere Lasten Geldes hinübertragen müssen, wobei Ennia den würdigen Nachbarn vor den Sklaven einen Schurken nannte.

Phlegon hatte nunmehr genug gesehen und gehört. „Das Haus ist fest gebaut", sagte er für sich. „Sie mag es im Innern verwüstet haben, der Hauptsache nach ist ein Bau, den Rabirius aufführte, nicht zu verderben. Das Wasser kann zurückgeleitet, vielleicht auch Celsus, der auf seine Stellung im Senat Rücksicht zu nehmen hat und Hadrian fürchtet, zu Rückzahlungen genöthigt werden. Aber kein Gott wird die alten Bäume wieder erwecken, die der Narrheit dieses Weibes zum Opfer gefallen und von denen jeder mehr werth war als hundert Geschöpfe wie sie!"

Im Westen des Palatins sank jetzt die Sonne und vergoldete die Zinnen des Palastes. In ein Goldmeer getaucht, schauten die lichten Linien der Stadt herüber. Die Kuppel des Pantheon, die Hochbauten Trajans tauchten empor wie verklärt vom Abendlicht. Wie die platonische Idealwelt, wo die reinen Formen wohnen, verhielt sich dieses Rom zu dem groben irdischen, das der Tag mit allen seinen Mängeln und dem Schmutze der Wirklichkeit zeigte. Phlegon aber schaute in sich und suchte sich von dem Schlage zu erholen, der trotz aller Andeutungen Ennia's ihn ganz unvorbereitet traf.

„Rache den Christen und ihren Helfern!" Dieser Ge-

danke schnellte ihn in die Höhe, und mit hastigem Schritt
ging er nun den Berg hinab. An der Brücke, die von
der untern Terrasse nach einem flachen Dach der Villa
führte, sah er eine feiste Gestalt sitzen, die ein seltsames
Lied ertönen ließ und dabei eifrig einer runden Ampulla
zusprach. „Die fette Eunuchenstimme des fröhlichen Sän=
gers sollte ich kennen", sagte Phlegon.

„Es ist Nereus", erwiderten die Sklaven finster, indem
sie hinter dem Lorbeerbosquet zurückblieben. Phlegon da=
gegen schritt auf den Sänger zu, der sich nicht von der Stelle
rührte. „Was singst du da?" fuhr er den fetten Trinker an.

„Ein Lied", erwiderte der Dicke, „das du mich nicht
gelehrt hast." Und dann die schwimmenden Augen gegen
den Himmel kehrend, sprach er: „Das Lied vom Lamm!"

„Zeige, Bursche, was du trinkst!" rief Phlegon, in=
dem er ihm die Flasche aus der Hand riß. „Vom Jahre
des Pollio und Asinius, sagt die Marke. Meinst du,
der sei dreißig Jahre für deine Sklavenkehle zurückgestellt
worden, du Hund!" und im selben Momente schmetterte
er mit Aufgebot der ganzen Kraft die Flasche auf den
Schädel des fetten Ungethüms, das, von dem rothen Wein
und rothen Blut beschüttet, sofort einen Anblick darbot,
mit dem sein Wehegeheul vollkommen übereinstimmte.
„Tertius! Eumäus!" rief er, „so helft doch, er mordet
mich! Was, ihr lacht noch, ihr Teufel!" rief er erbost.
„Gräcina, Chloe! so kommt doch, man tödtet mich!" Der
schreiende Mund verstummte eben von einer wohlgezielten
Maulschelle, die Phlegon dem ersten Schlage hinzugefügt
hatte, als in der Thüre des Obergeschosses die hohe Ge=
stalt einer Greisin erschien, der die weißen Haare unordent=
lich um den Kopf hingen und deren weißes Frauengewand
um den langen dürren Körper wie um einen Kleiderstock

flatterte. „Phlegon, du schlägst meine Brüder!“ schrie sie entrüstet und trat dem Ankommenden hastig, kurz=athmig und mit den Händen um sich greifend, entgegen. „Das sind deine Brüder?“ rief Phlegon, indem er den letzten Rest der Flasche, den er noch immer in der Hand hielt, nochmals auf den dicken Schädel des Sklaven nieder=fallen ließ, der scheinbar leblos zusammenbrach. „Morgen wandert er zum Prätor und du dazu, Weltverderberin!“ rief der gereizte Grieche. Die Greisin stand mit offenem Munde vor ihm, während ihr Antlitz fahl ward. So verharrte sie, als ob sie den Sinn seiner Worte zu fassen sich bemühe, dann wurde ihr leeres Auge stier und ging nach oben, man sah nur noch das Weiße, ein convul=sivisches Zucken lief durch den langen Körper, dann fiel sie rückwärts ihrer aus dem Dunkel hervortretenden Tochter in die Arme. „Phlegon, es ist meine Mutter!“ tönte eine weiche Stimme aus dem Hintergrund. Phlegon san=ten die erhobenen Arme am Leibe herab, und er rief: „O Ennia, welches Wiedersehen!“

„Hilf, Persis! Chloe! helft die Herrin hereintragen“, sagte Ennia entsetzt. Gräcina schlug in Convulsionen um sich, die Frauen faßten sie unter den Armen und an den Füßen und verschwanden in den Gemächern. Phlegon blieb allein, es war ihm, als habe er die Hand gegen ein Weib erhoben, und als er hinter sich blickte, ob nie=mand seinen Schimpf belauert, war auch der todte Ne=reus verschwunden. Dieser Anblick beruhigte ihn. „Die Leichname werden ja wieder lebendig bei den Christen, so wird der Dämon auch weichen, der in Gräcina gefahren ist.“ Ueber die Brücke kehrte er nach dem Garten zurück und setzte sich bei einem Brunnen nieder, der von einem Halbkreis zerfallener Mauern umfaßt war, und aus dessen ehernem Schlangenrohr noch so viele Tropfen Wasser in das große Granitbecken niederträufelten, als der biedere Nachbar Salvianus ihm zugezählt hatte. So saß Phlegon in der Dämmerung, mit einem unordentlich umherliegenden Gartengeräthe gedankenlos Figuren in den Sand zeichnend und in sich selbst unklar, wer hier im Unrecht sei, er mit seinem Zorn im fremden Haus, oder Gräcina mit ihrer wohlangebrachten Ohnmacht. Dann hörte er leise den Sand unter einem weiblichen Schritte knistern. Er wußte, wer so elastisch auftrat, sein Herz flog dem geliebten Weibe zu, und doch hielt ihn die tiefe Verstimmung der Seele auf seinem Platze nieder.

„Willst du die Kinder nicht sehen, Phlegon?" sagte eine sanfte Stimme hinter ihm, und er umfaßte mit leisem Arm die blühende Gestalt seines Weibes, die schlank und voll wie die gereifte Aphrodite vor ihm stand. Leise zog er sie zu sich nieder und ein glühender Kuß sagte ihr, daß er auch auf diesen Trümmern einer gescheiterten Hoffnung sie liebe, und als eine Weile sein Haupt an der warmen, weichen Brust gelegen hatte, löste sich der Unmuth von seiner Seele, und er erhob sich mit den Worten: „Die Villa ad pinum ist gewesen, aber ihre beste Perle ist gerettet und ist mein!" So schritten die Gatten versöhnt ihren Gemächern zu, und als Phlegon im Vorbeigehen in der Schlafstube der Gräcina eine bekannte fette Stimme Gebete murmeln hörte, durch die Bruder Nereus den Dämon der Kranken fernzuhalten bestrebt war, schloß er die Ohren von innen und bemühte sich, nichts zu hören als die hellen Stimmen seiner Kinder, die ihn alsbald jubelnd umringten, und als er so an der Seite seines Weibes, umhalst von den kleinen Mädchen, die Jüngsten auf den Knien wiegend, in dem vom Kienspan

traulich erhellten Gemache saß, wäre er sich selbst als ein
beneidenswerther Mann erschienen, hätte nicht das be=
fangene und einsilbige Wesen der älteren Kinder ihm ge=
zeigt, daß sie seine erste Begegnung mit der Ahne kannten.
Auch war noch ein anderer Zug in ihrem Angesicht, der
ihm nicht gefiel; der einfache Haarschnitt und die schlichte
Art, wie sie ihre Gewänder trugen, drängte ihm eine
Frage auf die Lippen, die er doch unterbrückte, um nicht
sofort wieder neuen Ueberraschungen zu begegnen. Als
aber die Kleinen der Amme übergeben waren und die
Aelteren ihm schließlich auch still und gemessen die Hand
reichten, um ihm gute Nachtruhe zu wünschen, fühlte er
bestimmter noch als bei der Begrüßung, daß die alten
Pinien nicht das Einzige seien, was er in seinem Hause
zu beweinen habe, und mit einem langen sorgenvollen
Blicke schaute er den beiden Knaben und den schlanken
Gestalten seiner Töchter nach, als sie durch den Vorhang
nach ihrem Schlafsaal verschwanden.

„Ennia!“ sprach er, sein Weib fest und fragend an=
schauend; aber statt der Antwort drängten sich ihm ihre
blühenden Lippen entgegen, ihre vollen weichen Arme
legten sich um seinen Nacken. Leise sagte sie: „Morgen!“

————

Fünftes Kapitel.

Während Phlegon's tragischer Anlauf in Ennia's weichen Armen ein idyllisches Ende nahm, lag Gräcina in ihrer Stube auf dem Polster und hörte der Vorlesung und den Gebeten ihrer Getreuen dieses Mal nur mit halbem Ohre zu. Ueber ihre hängende Lippe flossen zuweilen Worte wie: „nicht wieder in die alte Thrannei, nicht wieder in das knechtische Joch, Herrin will ich bleiben in meinem Hause!" und dann fuhr wieder ein Zucken durch ihre Glieder, ihre Pupille drehte sich nach oben, so daß das Auge weiß und leer erschien. Wer den Schatten der Greisin beobachtete, den die Lampe scharf an die helle Wand zeichnete, dem mußte Hadrian's boshaftes Bild von der Ziege einfallen. Der Mangel eines Kinns ließ den Mund groß und lächerlich erscheinen, die Linie von der unbedeutenden Nase über die niedere Stirne zur Haargrenze war nicht steil wie bei einem griechischen Profil, nicht geschweift wie bei einem römischen, sondern zog sich schräg nach den Ohren zurück. Unruhig und angstvoll gingen ihre Augen von einer Stubenwand zur andern, und sie gedachte vieler, vieler trüben Stunden, die sie von Jugend auf bis in ihr fünfzigstes Jahr zwischen diesen Mauern verlebt hatte. Als dem alten Pomponius, dem eine stattliche Reihe von Kindern im Hause blühte, dieser Spätling gebracht worden war, hatte er mit einem finsteren Blick auf das mißbildete kleine Haupt des schwächlichen Geschöpfes gesagt: „Tragt die kranke Spinne wieder hinüber. Die Zeiten sind vorüber, daß man solche Geburten aussetzte, aber laßt sie nicht wieder meine Schritte kreuzen, ehe sie einem Menschen ähnlicher sieht.'' Auch der Mutter, die einen Theil ihrer Gesund= heit an diese späte Geburt gesetzt hatte, war das kleine Wesen nur ein Gegenstand der Thränen, wenn es mit verrenkten Gliedern, leer mit den wässerigen Augen in die Welt starrend, in der Wiege lag und nur durch plötz= liches Zusammenschrecken verrieth, daß es lebe. Einer alten Sklavin überlassen, war so die kleine Gräcina auf= gewachsen. Da ihre Häßlichkeit den Glanz des Hauses nur verdunkelt hätte, war es den Eltern fast genehm, in ihrem schwachen Geiste einen Vorwand zu finden, sie zur Seite zu schieben. Niemals erschien die Kleine bei Tisch, nie in Gesellschaft. Sie sollte als Idiotin ernährt werden, mit ihrer Erziehung wollte man um so weniger Zeit verlieren, als man ein frühes Ende ihres. Lebens erwartete oder auch erwünschte. Gräcina litt darunter weniger als man denken sollte. Ihr Verstand war zu schwach, um die Zurücksetzung einzusehen. Sie lebte un= behindert in ihren Spielen, Träumen und krankhaften Launen in den entlegenen Winkeln des Hauses. Nie= mand trat ihrem Treiben entgegen, und die Sklaven, an die sie allein sich hielt, überlegten sich, schließlich werde Gräcina doch einmal einen kleinen Theil der großen Güter erben, und es werde gut sein, ihr dankbares, gutmüthiges Herz gewonnen zu haben. Dazu kam die starke Empfin= dung kleiner Leute für die Ungerechtigkeit hinzu, die in dem Verhalten der Eltern lag, und so wußten sie dem schwächlichen kleinen Mädchen, das aus einem Winkel des Hauses in den anderen kroch, allerlei Freuden zu bereiten. Ihr ganzes Leben war Spielen. Auch dann noch, als für alle anderen Kinder ihres Alters das Lernen begann, saß sie in ihren Winkeln, in denen sie gleichfarbige Stein= chen, Blumensamen, Gewächse und zahme Thiere zusam= mengetragen hatte. Hier konnte sie Tag für Tag ver= tändeln und ihre Schätze in kindischen Combinationen un= ermüdlich immer wieder anders aufstellen. Jetzt war das hochaufgeschossene Mädchen auch so weit, den Sklaven manche Liebe zu vergelten. Sie bat die Mutter um dieses und jenes, und diese gab es um so lieber, als sie dem armen Wesen sonst wenig zu geben hatte. Nun war es die Freude der jungen Häßlichen, ihre Gaben wieder unter die Sklaven auszutheilen. Ihre bleichen Augen strahlten dann von hellerem Ausbruck, und ihr großer Mund mit der hängenden Lippe legte sich in lustige Falten. Bald hatte sie sich auch von den Sklaven sagen lassen, eines Tages werde auch sie eine Herrin sein und selbst ein Vermögen haben, und darauf freute sie sich, denn sie wollte dann sehr viel Gutes thun. Da trat in ihrem dreizehnten Lebensjahre eine Wendung ein, die für ihr ganzes Haus und zumeist für sie entscheidend war. Auf einen Tag erkrankten die sämmtlichen blühenden Kin= der des Pomponius in einer Zeit, in der man eben die Verheirathung der ältesten Tochter und den Eintritt der Söhne in das Heer berieth. Ein räthselhaftes Siechthum ergriff sie, das bei den Einen länger, bei den Andern kürzer dauerte, aber bei allen mit dem Tode endete. Man redete von Gift, von einem Erbschaftspulver — aber warum hatte das Gift Gräcina verschont? Sie war nicht bei den gemeinsamen Mahlzeiten gewesen, sagten die Meisten. Es konnte ein Zufall mitgewirkt haben. Die Köpfe der römischen Aristokratie fielen damals wieder einmal so zahlreich, daß den Mörder sein Lohn erreicht haben konnte, ehe er die letzte Erbtochter der Pomponier aus dem Wege geschafft hatte. Roms Abel rieth auf diesen und jenen Urheber des Mordes, in den Sklabenstuben aber gingen die Vermuthungen ganz andere Wege. „Hat nicht ein Zufall sein Spiel getrieben", sagte man hier, „so haben die Günstlinge des kranken Kindes ihr zu dem großen Erbe verholfen." Von dem Augenblicke an, daß ihre sämmtlichen Kinder Asche waren, deren Namen traurig von den Urnen im Grabmal an der Appischen Straße herniederschauten, gelobten die Eltern den diis manibus ihrer Kinder, die begangene Sünde an Gräcina wieder gut zu machen, denn als Strafe für sie sah das alte Paar die Heimsuchung an. Gräcina sollte, so weit sie bildungsfähig sei, ausgebildet werden, damit eine würdige Heirath die Pläne des vielleicht doch irgendwo im Hinterhalt lauernden Giftmischers kreuze. Als man nun aber das dreizehnjährige Mädchen zu erziehen begann, sah man erst, wie viel versäumt worden war. Ihr Verstand war nicht nur zurückgeblieben, sondern er hatte auch nur für läppische und kindische Dinge Interesse, und es war unfaßbar, auf welchen albernen Wegen er am liebsten lustwandelte. Um so kräftiger hatte sich dagegen ihr Wille entwickelt, dem entgegenzutreten niemals jemand für der Mühe werth erachtet hatte. In ihren Winkeln hatte sie nichts geduldet, was nicht aus ihrem Willen hervorgegangen war. Neben der Feigheit und dem Verheimlichungstrieb, die man ihr anerzogen, indem man sie stets aus den besuchten Räumen des Hauses verscheuchte, bestand recht

wohl der Eigensinn und die Hartnäckigkeit in allen Din=
gen, in denen man ihr mit Gewalt nichts anhaben konnte.
Dieser Eigensinn war aber um so größer, als ihm durch
keinen entsprechenden Verstand die Wage gehalten wurde.
Sie wollte und wollte und wußte doch eigentlich nie recht,
warum sie wollte, genug daß es ihr unerträglich war,
etwas thun zu sollen, was nicht aus ihrem Willen ent=
sprang. Dem Pädagogen, der ihr Lesen und Schreiben,
Musik und griechische Sprache aufnöthigen sollte, setzte
sie in aller Freundlichkeit einen hartnäckigen Widerstand
entgegen. „Wie findest du meine Tochter?" fragte nach
Monaten der alte Pomponius den Lehrer. „Verspielt
und obstinat", war die erboste Antwort des Philosophen.
Der Versuch mußte aufgegeben werden. Das Mädchen
steckte wieder in seinen Winkeln bei seinen Sklaven. Da
fand die Mutter in einer Ecke des Söllers eines Tages
zahllose Wachstäfelchen, auf denen Schreibeübungen ein=
gekritzelt waren. Der alte Pomponius traf seine Tochter
im Walde laut lesend mit einem Eifer, der den sonst so
gefürchteten Schritt des Vaters überhört hatte. Auf Um=
wegen machten nun die Alten den Sklaven ausfindig,
von dem das Mädchen sein Wissen bezog. Er wurde
aufgemuntert, nach seiner Weise fortzufahren. Man be=
stach ihn dafür, daß er dem Kinde Lust mache, auch in
den andern Fächern sich auszubilden. Auf diesem selt=
samen Wege war man endlich dem Ziele näher gekom=
men, als man vordem für möglich gehalten. Gräcina
hatte nun nicht viel weniger elementare Kenntnisse als
manche normal begabten, aber faulen Töchter anderer
Häuser. Nur die Lässigkeit ihrer Haltung, die gemeine
Art der Bewegung, des Essens war nicht mehr auszu=
treiben. Sie war und blieb ein unerfreuliches Bild.

Mit der Zeit war die Theilnahme der Eltern für ihre Zukunft auch wieder erlahmt. Die Rührung über den Verlust der Kinder war vorüber, niemand rief ihren Staub wieder ins Leben. Das Unternehmen, aus Gräcina eine einigermaßen würdige Repräsentantin des Hauses heran= zubilden, erschien aussichtslos. Nur·eine kurze Zeit schien selbst sie dem Ehrgeiz der Eltern dienen zu können, als Julia, des Drusus Tochter, dem armen Geschöpfe ein mitleibiges Interesse zuwendete. Die merkwürdige Freund= schaft war aber kaum angeknüpft, als Messalina's Gift Julia hinraffte. So erfanden die Eltern die Sage, die ihrer Eitelkeit schmeichelte, der Gram um Julia's Tod habe Gräcina's Geist umnachtet. Thatsächlich schob man sie wieder zur Seite, behandelte sie mit Härte, wo sie mit ihren Albernheiten sich hervorwagte, und ließ sie in ihren Winkeln gewähren, wenn nur die Gäste des Hauses möglichst wenig von ihr gewahr wurden. Hier war sie denn bald in ihre alten Kindereien zurückgesunken. Hatte sie im Großen keinen Willen, so sollte es in ihrem kleinen Reiche um so mehr nach ihrem Sinn gehen. Die Gegenstände mußten genau daliegen, wo sie befohlen, und da ihre An= ordnungen keinen inneren Grund und Zusammenhang hatten, quälte sie ihre Sklavinnen den ganzen Tag, wie= wohl sie das gutmüthigste Geschöpf der Welt war. Keine Pflanze durfte wachsen wie sie wollte. Hatte sie auf einer Seite vier Zweige, auf der andern drei, so brach sie den vierten ab, damit sich die stärkere Seite nicht überhebe. Entwickelte sich ein Blumenstock nach der Sonne zu, flugs drehte sie ihn um und kehrte ihn mit der schönen Seite gegen die Ecke, damit die andere gleichfalls die Freuden des Lichtes genieße. Einmal hatte ihr Blutfink vier Eier gelegt, ihre Psittiche keine, so nahm·sie zwei der Eier

der Finken und gab sie jenen und war dann sehr ent=
rüstet, als nun beide Paare ihr Nest aufgaben. Bald
war zum Verdrusse des stolzen Vaters die Gesellschaft
voll von Erzählungen über die Absonderlichkeiten der
künftigen Erbin der Pomponier. Man erzählte, sie brüte
selbst die Eier der Vögel ihrer Vogelhecke aus, sie blase
Stunden lang in die Zweige ihrer Blumenstöcke, um den
Einfluß des Westwinds auszugleichen, und als die Katze
Junge bekommen sollte, habe sie ihr ein eigenes Bruch=
band gestrickt, damit das arme Thier nicht zu schwer zu
tragen habe.

Trotz dieser Lästerchronik fehlte es der reichen Erb=
tochter an Freiern nicht. So lang er sich selbst noch bei
Kräften fühlte, willigte der Alte nicht darein, seine miß=
lungene Tochter zu verheirathen. Er gedachte des Schick=
sals seines gemordeten Hauses und vermied, sich einen
Erben zu setzen. Die jungen Herren, die sich herzubrängten,
um diese Helena zu freien, flößten ihm wenig Zutrauen
ein. Dazu hatte er wenig Interesse an Enkeln, die Grä=
cina mit einem Fremden erzeugen würde. Ihm hatte es
sich darum gehandelt, sein altes Haus würdig repräsen=
tirt zu sehen. Jetzt hatte er einsehen lernen, daß mensch=
licher Hochmuth keine Gewalt habe über die Natur. Da
hatte er in späten Jahren noch eine Freundschaft mit einem
tapfern Soldaten, einem entfernten Vetter der vornehmen
Plautier, eingegangen, der nach einem ruhmvollen Solda=
tenleben sich zu Tibur, wo das Grab seiner Ahnen stand,
zur Ruhe setzen wollte. Für die Dauer behagte dem rüstigen
Manne aber seine Muße nicht, und er kam gern seinem
Kriegskameraden Pomponius in der Verwaltung seiner
Güter zu Hülfe. So entstand in diesem der Wunsch,
das Erbe der Pomponier möchte noch über seinen Tod

hinaus in der Verwaltung seines Freundes bleiben. Ob=
wohl Plautius recht wohl Gräcina's Vater hätte sein kön=
nen, schlug ihm Pomponius dennoch vor, sie zur Gattin
zu nehmen und sich so das Erbe der Pomponier zu sichern.
Nach einigem Zögern schlug Plautius ein. So ward die
Ehe geschlossen wie ein Gutskauf und war von Plautius
auch so gemeint. Gräcina's Eigensinn wurde auf dem
nunmehr bereits gewöhnlichen Wege überwunden, indem
man die Sklaven für den Plan gewann. Jener selbst
gefiel der stattliche Soldat doch auch besser als die jungen
Gecken, die sie mit Schmeicheleien verfolgt hatten, deren
Ironie sie wohl empfand. Bald nach der Vermählung
ihrer Tochter starben die Alten, und Plautius zog auf der
Villa ad pinum ein. Seine Frau gebar ihm ein Töchter=
lein, das die Abstammung von einer so häßlichen Mutter
vollkommen verleugnete. Vom ersten Tage ein liebreizen=
des kleines Geschöpf mit munteren lustigen Augen, war
die kleine Ennia dem Vater ein Lichtstrahl in seinem sonst
öden Hause, der Mutter ein Gegenstand der Anbetung,
durch den sie selbst sich hob. Das Verhältniß Gräcina's
zu ihrem Manne dagegen gestaltete sich bald nicht min=
der knechtisch als das zu ihrem Vater gewesen war. An=
fangs hatte Plautius es für leicht gehalten, eine so
schwache, niemals offen widersprechende, dreißig Jahre
jüngere Frau zu beherrschen. Bald aber sah er, daß
seine Gattin durchaus nicht so leicht zu leiten sei, wie
er meinte. Sie setzte außer einem undeutlichen Murmeln
seinen Anordnungen niemals Widerspruch entgegen, aber
sie umging sie mit einer erfinderischen Schlauheit, die er
ihr niemals zugetraut hatte. Die Unwahrheit und die
Feigheit, die in diesem Verfahren lag, empörte seinen
offenen, festen Charakter. Auf jede Frage schaute Grä=

cina nach der Zornader auf seiner Stirne, um danach
die Antwort einzurichten; schwoll sie höher, so folgte so=
fort eine entgegengesetzte Auskunft nach, und fragte er
dann, an was er sich nun zu halten habe, so konnte
er auch noch eine dritte und vierte in den Kauf bekommen,
die sich alle ausschlossen, worauf dann in der Regel die
Untersuchung mit einem Thränenerguß abschloß, dem der
Gemahl sich zornig entzog. So griff denn auch er auf
die Behandlung zurück, die Gräcina von Jugend auf ge=
wohnt gewesen war und die sie selbst, wie es schien, am
liebsten ertrug. Alle wichtigeren Dinge wurden einfach
über ihren Kopf hinweg geordnet, ihre läppischen Ein=
wände als ein unnützes Geräusch überhört; in ihren ge=
heimen Schubladen, Kammern und Winkeln mochte sie
dagegen kramen und wispern, und wie zur Zeit ihres
Vaters war sie wieder auf den Verkehr mit den Sklaven
beschränkt, deren Weltanschauung, Sympathien und Anti=
pathien sie sich auch immer mehr selbst aneignete. Ihr
Widerspruch gegen alles, was sie umgab, bezog sich in
Folge dessen namentlich auf die Härte, mit der ihr Ge=
mahl die Sklaven, die Clienten, die Armen behandelte,
und da niemand sie beachtete und sich um sie kümmerte,
träumte sie um so mehr von einer Zeit, in der sie durch
ungeheuere Wohlthätigkeit sich die Liebe aller Menschen
erwerben wolle, wo ein härteres Gemüth über Rache
würde gebrütet haben.

In dieser Verkümmerung und Vereinsamung war
sie zuerst mit dem Christenthum bekannt geworden und
hatte wie mit allen Dingen, die ihr in ihrem nutzlosen
Dasein entgegentraten, mit ihm zu spielen begonnen.
An Heimlichkeiten gewöhnt und alles Versteckenspielens
Freund hatten ihr diese geheimnißvollen Flüsterstunden

mit eigenen und fremden Sklaven zugesagt. Als Plau=
tius einmal in Geschäften des Kaisers in Britannien
länger abwesend war, wagte sie es, auf der Villa ad
pinum selbst christliche Versammlungen zu veranstalten.
Die alten Feinde des Hauses benützten den Umstand,
Gräcina bei dem Prätor wegen Ausübung eines verbo=
tenen Cults zu belangen. Der Prätor aber durchschaute
die Absicht der Anzeiger und wies nach altem römischem
Recht die Angeklagte der Jurisdiction ihres Gemahles
zu. Plautius kehrte nach Rom zurück, hielt einen Fa=
milienrath und löste Gräcina von der erhobenen Anklage.
Etwas mußte aber doch an dem Gerüchte gewesen sein.
Sklaven der Villa wurden verkauft, Gräcina strenger be=
wacht, Ennia ihrer Aufsicht entzogen. Geknechteter als
je war ihre Existenz, als der Tod des Gemahls ihre
Fesseln sprengte. Seit seine Asche in dem alten Grab=
thurm der Plautier an der Aniobrücke zu Tibur stand,
begann erst ihr eigenes Leben. Die Versuche, ihr und
ihrem Kinde das Erbe der Pomponier zu entreißen, hatte
Phlegon, Plautius' Freund, mit Hadrian's Hülfe gekreuzt.
Mit Ennia, war er dann in die Ferne gezogen, Gräcina
aber saß nun fröhlich in ihrer Villa in Mitten ihrer
trauten Sklavenstube und beschloß, sich der erlangten Frei=
heit nun auch recht gründlich zu bedienen. Von oben
bis unten wurde die Villa umgestaltet, mit welchem Er=
folge wissen wir bereits. Das Christenthum hatte für
diese ruinöse Umwälzung wenig Verantwortung, aber es
wurde dennoch wichtig, weil es dem Verkehr der Sklaven
mit ihrer Herrin bald eine bestimmte Farbe und eine
noch größere Vertraulichkeit gab.

Von den Uebungen der öffentlichen Religion hatte
man Gräcina von Jugend auf, wie von allem öffent=

lichen Auftreten fern gehalten. Ihre Superstitionen hatte sie von ihren Sklaven gelernt; was mit dem Anspruch objectiver Geltung an sie herantrat, fand sie, wie alles, was nicht aus ihrem Willen entsprungen war, thöricht und sonderbar. Als sie noch ein junges Ding war, wurde ihr als tiefes Geheimniß die Lehre vom zu erwartenden Messias der Juden zugeraunt, heilige Bücher wurden ihr anvertraut mit der flehentlichen Bitte, sie wohl zu bewahren. Ihre ganze Freude am Verstecken und Ver=
heimlichen wurde nun rege. Tieferen Antheil an dem Inhalt dieser Bücher nahm sie noch nicht. Als dann später der unerwartete Proceß unter Nero über sie kam, verleugnete sie in ihrer gewohnten Weise alle ihre Ge=
heimnisse. Die entsetzliche Verfolgung des Jahres 64 und der Haß gegen alles Jüdische seit dem folgenden jüdischen Krieg ließ sie nur mit Zittern an die Gefahren denken, mit denen sie gespielt hatte. Auch Domitian's und Trajan's Verfolgungen sorgten dafür, daß sie an diese gefährlichen Dinge nicht mehr rührte. Aber unter Hadrian's humanem Regiment hörte sie wieder mehr von jenen alten Geheimnissen. Jene heiligen Rollen, die man ihr anvertraut, hatten viele, viele Jahre vergraben unter hundertfältigem Tande geruht, und nur in ganz ver=
stohlenen Stunden hatte sie dieselben hervorgezogen, be=
trachtet und, so weit ihre griechischen Kenntnisse reichten, einzelne Sprüche entziffert. Jetzt, seit sie Herrin war, wagten sich ihre Sklaven offener mit ihren Geheimnissen heraus. Chloe las ihr und erklärte ihr die heiligen Schriften, und bald wurde es ihr zum Bedürfniß, von dem Heiland der Christen sich erzählen zu lassen, seine milden und barm=
herzigen Worte zu hören. Die Taufe zu empfangen, war ihr, wie sie nun einmal war, schon durch das Geheim=

niß, das diesen Act umgab, verlockend, und den Vor=
schlag, nunmehr die Versammlungen der Brüder bei sich
zu sehen, ergriff sie mit höchstem Eifer. Ihr stolzes Pe=
ristyl mit dem daran stoßenden Triclinium wurde in einen
Versammlungssaal verwandelt, sie selbst stieg zum Range
einer Diakonin auf und saß nun täglich vor den Bänken
der kleinen Leute, die ihr ihre Häßlichkeit und Einfalt
niemals vorrückten, im Gegentheil sie küßten und sie ver=
götterten. So zufrieden wie jetzt war sie nie gewesen.
Sie empfand zum erstenmal das süße Glück, in einem
Kreise beliebt zu sein, und wenn hie und da einmal
ein ernster Bruder oder eine verständige Schwester ihr
Vorstellungen machen wollte über den Zustand ihres Haus=
wesens, das rasch der vollkommenen Auflösung entgegen=
ging, so war sie ja viel stärkere von Jugend auf ge=
wöhnt, sie schloß die Ohren zu, dachte an etwas Anderes,
und in wenigen Augenblicken war alles vorüber.

Wollte man nun fragen, wie ernst es Gräcina eigent=
lich mit ihrem Christenthum war, so wäre das schwer
zu ergründen. Den Heiland, von dem die evangelischen
Schriften sprachen, liebte sie herzlich, aber daß er wieder=
kommen solle als schrecklicher Richter war ihr eigentlich
sehr ängstlich und unangenehm. Hätte ihr Schwester
Chloe nicht solche Furcht eingeflößt vor diesem Tage, so
hätte sie es am liebsten nicht geglaubt. So suchte sie es
gern zu vergessen, und wenn ein Bruder davon predigte,
so ging ein krankhaftes Zucken durch ihren Leib. Daß
alle Menschen Brüder seien, daß den Armen geholfen
werden müsse, daß alle Güter gemein seien für alle Kin=
der Gottes, hatte um so mehr ihren Beifall. Was sollte
sie mit ihrem Reichthum? Ihre eigene Genußfähigkeit
war äußerst beschränkt. Eigenthumssinn ging ihr völlig

ab. Wegen dieser Güter war sie ihr Leben lang gescholten worden; stets hatte man ihr vorgeworfen, daß sie unfähig sei, sie zu verwalten, alles was ihr lästig und langweilig war und sie in ihrer gewohnten Spielerei und Tändelei störte, bezog sich auf diese Güter: der einzige Gebrauch, den sie also von ihnen zu machen verstand, war zu geben, wenn man sie bat, und Andern Freude damit zu machen. Nur ein Schatten quälte sie dabei zu manchen Stunden. Von Monat zu Monat kam aus Germanien eine Rolle mit dem Siegel des Phlegon oder der Ennia, und in den Briefen ihres Eidam stand jederzeit eine Ermahnung, etwas wohl zu pflegen, was sie längst verloren oder zu Grunde gerichtet hatte, etwas zu verbessern, was längst zerfallen oder weggegeben war. Diese Ermahnungen regten sie so sehr auf, daß sie beschloß, dieselben gar nicht mehr zu lesen und sich an Ennia's liebevolle Botschaften zu halten. So war ein Jahrzehnt verstrichen. Ennia umgab eine stattliche Kinderschaar, und die Rücksicht auf die Erziehung der älteren hatte Phlegon genöthigt, seine Familie nach Rom zu schicken. Hadrian hielt sich und damit ihn von der Hauptstadt fern, und wenn der Cäsar selbst es nicht vermeiden konnte, einige Zeit in Rom zu verweilen, so ließ er Phlegon regelmäßig in der Provinz zurück, um die angefangenen Geschäfte in seinem Sinne fortzuführen. So hatten die Gatten sich trennen müssen. Phlegon war zu Aquä im Decumatenland festgebunden, wo er Hadrian's prachtvolle Bauten überwachte, seine Gattin kehrte nach dreizehnjähriger Abwesenheit in das Haus ihrer Väter zurück.

Die Entrüstung Ennia's über die Zustände, die sie in der Villa ad pinum vorfand, war kaum geringer als die Phlegon's, obwohl sie Aehnliches befürchtet hatte, da sie Gräcina kannte. Aber über geschehene Dinge sich die Gegenwart zu verderben, lag ihrem fröhlichen Sinne fern. Sie beschloß, Phlegon nicht mit Mittheilungen über diese Entdeckungen zu quälen und tröstete sich, daß nach dem Tode der alten Frau alles leicht wieder ins Geleis gebracht werden könne. Ihr aufrichtiges Bestreben war, Gräcina an so vielen Thorheiten zu verhindern als möglich, aber auch sie hatte einen vergeblichen Kampf gekämpft. Der Verheimlichungstrieb und die Verstellungskunst der Alten hatten gewaltig zugenommen, sie versprach alles, that stets das Gegentheil und berief sich dann auf ihre Vergeßlichkeit, ihr schlechtes Gehör, ihr Alter und meinte, daß Ennia ihre Gesundheit durch Aufregungen angreife. So mußte wohl oder übel Ennia die Zustände tragen wie sie waren, aber wenn sie an den Tag dachte, an dem ihr Gemahl in diese Sklavenwirthschaft zurückkehren werde, wich das Blut aus ihren Wangen, und sie fragte sich, welches Ende das alles nehmen solle? Bald trat eine neue Sorge hinzu. Ennia selbst fühlte sich in den religiösen Formen ihrer Jugend vollkommen wohl, sie ehrte die Götter ohne viel an sie zu denken, über unergründliche Dinge zu grübeln, lag ihrem praktischen Sinne vollkommen fern. Aber ihre Knaben standen in dem Alter, in dem der Mensch den Räthseln des Daseins nachzudenken beginnt. Phlegon selbst hatte diesen philosophischen Trieb der Söhne gepflegt, indem er ihnen die Schriften Seneca's und der eben berühmt gewordenen Philosophen Plutarch und Epiktet in die Hände legte. Seine eigenen sophistischen Einwände hatten den Glauben an die Volksgötter in ihnen zerstört. Noch ehe sie zu irgend welcher Klarheit sich hindurchgearbeitet hatten, waren die Knaben nach der Hauptstadt zurückgekehrt. Die formale Ausbil-

bung in Grammatik und Jurisprudenz in den Hörsälen,
die sie besuchten, genügte dem Forschungstrieb der be=
gabten Jünglinge nicht. Natalis, der Aeltere, hatte eine
Correspondenz über religiöse Dinge mit dem Vater be=
ginnen wollen, aber der vielbeschäftigte Mann verwies ihn
an seine Lehrer. Vitalis, der Jüngere, stöberte im Hause
nach Büchern und war so über die heiligen Rollen der
Gräcina gerathen. Wie ein befruchtender Regen fielen die
Worte des Evangeliums und die tiefsinnigen Briefe des
Paulus auf das empfängliche Erdreich. Von den ab= und
zugehenden Wanderlehrern der Christen, unter denen sie
treffliche Männer kennen lernten, berathen, lasen sie sich
immer mehr hinein in den neuen Glauben. Eines Tages
traf sie Ennia zu ihrem Schrecken knieend vor Gräcina,
die sie umarmte, und aus ihren Gesprächen nahm sie ab,
daß auch sie die Taufe empfangen hatten. So klug und
verständig die Mutter nun auch in den Dingen des Lebens
war, vor theoretischen Fragen stand sie rathlos, und die
festen und bestimmten Antworten der Knaben brachten sie
außer Fassung. Ihr erschien es unbescheiden und als
große Selbstüberschätzung, daß ihre Söhne einen neuen
Gott verkündigen und anders anbeten wollten, als ihr
Vater und ihre Ahnen, aber dem Einwand, daß der
Vater ja selbst die heidnischen Götter verspotte, hatte sie
nichts entgegenzusetzen. Hätte sie nicht ihre kleinen Kin=
der gehabt, sie wäre ganz vereinsamt gewesen zwischen
den Thorheiten der Mutter, dem Treiben der Sklaven
und den selbständigen Wegen, die ihre älteren Kinder
eingeschlagen hatten. Ein Theil des Verheimlichungs=
triebes der Mutter war doch auch auf sie übergegangen,
und sie hatte auch dieses wichtige Ereigniß Phlegon vor=
enthalten. Erst als Natalis und Vitalis anfingen, den

Schulen der Grammatiker ganz den Rücken zu wenden und positive Gebote ihres Gemahls nicht mehr zu beachten, hatte sie sich entschlossen an Phlegon zu schreiben und ihm den Stand der Dinge offen darzulegen, als eine unerwartete Botschaft seine Abreise nach Aegypten, zugleich aber auch seine baldige Ankunft in der Hauptstadt meldete. Was er gefunden, als er unverhofft frühe in Rom sich einstellte, wissen wir bereits. Gräcina aber hielt nun mit ihren Getreuen Rath, wie sie ihre Selbstständigkeit aufrecht erhalten könne, damit sie nicht wie einst durch Vater und Gatten, so nun durch den Gemahl ihrer Tochter zur Gefangenen im eigenen Hause entwürdigt werde. Bruder Nereus aber und die alte Chloe zitterten noch mehr als sie vor Untersuchung des Haushalts und sorgten dafür, daß sich Gräcina den übertriebensten Vorstellungen hingab über das Loos, das Phlegon ihr bereiten werde, falls sie ihm Einfluß auf ihr Hauswesen verstatte.

Sechstes Kapitel.

Das Morgenlicht fiel hell auf Phlegons Ruhelager;
der Schläfer öffnete die Augen und starrte mit schweren
dumpfen Blicken nach der Thüre, durch die das Licht ein=
drang, als ihm die Tritte auffielen, die den Gang ent=
lang sich nach dem Triclinium wendeten. So viele Die=
ner konnte Gräcina unmöglich besitzen. Auch unterschied
er jetzt deutlich, wie die Meisten durch das Gartenthor
an der via lata eintraten und Einer nach dem Andern die
Area überschritt. Ihm wurde beinahe bänglich zu Muthe
bei dem Murmeln der Stimmen, die vom Triclinium
und den anliegenden Gemächern herübertönten. Seine
Augen suchten nach einer Waffe, und er hatte bereits
seinen Dolch zu sich gesteckt, als eine plötzliche Stille ein=
trat und dann ein monotoner Gesang von wohl fünfzig
Frauen= und Männerstimmen an sein Ohr schlug. So
hatte er singen hören, als er einst im Auftrage des
Kaisers Hermas in seinem Hause an der porta Salaria
besucht hatte: langgezogene Töne, die dann mit einem
plötzlichen Aufschwung einen fast ekstatischen Charakter
annahmen, um alsbald wieder in den früheren schleppen=
den, einförmigen Ton zurückzusinken. Endlich schwiegen
die Sänger. Eine kräftige männliche Stimme schien ein
Gebet zu sprechen oder etwas zu lesen. Länger duldete
es Phlegon nicht auf seinem Lager. Er trat hinaus in

das offene Nebengemach, durch deſſen Oberlicht die Mor=
genluft kühl und würzig hereindrang. In Ermangelung
eines Sklaven wuſch er ſich ſelbſt im Impluvium den
Schlaf aus den Augen, warf die Toga um und ging
leiſen Schrittes nach dem finſtern Gemach neben dem Peri=
ſtyl, durch deſſen Vorhang er, ohne geſehen zu werden,
die ganze Flucht der Gemächer überſchauen konnte. Den=
noch fand er ſich ſchwer zurecht. Gräcina hatte den Garten
in Mitten des Periſtyls eingeſtampft, den Springbrunnen
beſeitigt, das Baſſin zugeworfen und den Boden mit einem
harten Eſtrich verſehen, der mit zwei Reihen Bänken über=
ſtellt war. Indem ſie das Triclinium zu dieſem Raum
gezogen, hatte ſie eine Baſilika mit offenem Mittelſchiff
und zwei durch die Säulen abgeſchiedenen gedeckten Seiten=
ſchiffen zur Rechten und Linken gewonnen, während ſich das
Triclinium zu dem Ganzen, nach ſpäterem Sprachgebrauch,
als Chor verhielt. Der Raum konnte weit über hundert
Perſonen faſſen, war aber in dieſer Frühſtunde nur ſpär=
lich beſetzt. Phlegon ſah ſich einem halben Hundert von
gewöhnlichen Kleinbürgern und Sklaven gegenüber, die die
an das Triclinium anſtoßenden Bänke inne hatten. Auf
der einen Seite ſaßen Frauen und Mädchen, unter denen
ihm ſeine beiden Töchter ſofort durch ihre blühende Schön=
heit vor den anweſenden Sklavinnen und Töchtern der
Plebejer aufgefallen ſein würden, auch wenn er nicht ihr
Vater geweſen wäre. „Ennia iſt nicht hier", ſagte er mit
einem Tone der Befriedigung vor ſich hin. „Aber wo mag
Gräcina ſtecken?" Ein grimmiges Lächeln flog über ſein
Angeſicht, als er den Kopf drehend die hagere Geſtalt
der Greiſin auf dem erhöhten Raum im Triclinium zur
Rechten der Lehrkanzel entdeckte, wo ſie neben einer Magd
und einer dicken, gutmüthig ausſehenden Plebejerfrau

auf einem gesonderten Stuhle saß und mit einer gewissen Wichtigkeit die Haltung der gegenübersitzenden Frauen musterte, während auf den Stühlen zur Linken die Sitze für die Aeltesten leer geblieben waren mit der einzigen Ausnahme des für Nereus bestimmten, der hier seinen Morgenschlaf fortzusetzen schien. Männer waren es nur ein Dutzend, meist Sklaven. Mitten unter ihnen saßen seine beiden Knaben, wie Phlegon jetzt mit finsterem Stirn= runzeln entdeckte. Seine Stimmung war wenig geeignet, den Worten des Redners zu lauschen, der mit einer etwas fremdländischen, orientalischen Aussprache des Lateinischen, doch gewandt und mit Wärme zu der Versammlung sprach, die ersichtlich theilweise widerwillig seinen Worten folgte. Da schien es Phlegon plötzlich, als ob von ihm selbst die Rede sei. Der kleine Jude sprach von einem Herrn, der unerwartet von einer Reise zurückkommend von seinen Sklaven Rechenschaft verlange. Er las eine Erzählung von einem Aufseher, der die Sklaven geschlagen, der sich betrunken, der das Eigenthum seines Herrn verschleudert und veruntreut habe und von dem schrecklichen Gerichte, das der Herr mit ihm halten werde. Unwillkürlich fühlte Phlegon sich von der Rede des Christen gefesselt, obwohl ihm sein Mißtrauen die Frage vorlegte, ob nicht seine Rückkehr dem Redner dieses Thema in den Mund gelegt habe? Als er einen Blick auf Gräcina warf, bemerkte er, daß ihre Lippen sich unmuthig bewegten und ein nervö= ses Zucken über ihr sonst so ausdrucksloses Gesicht lief. Auch von den Brüdern schien einer die Empfindung der Hausherrin zu erkennen oder selbst zu theilen, denn ein langgezogenes Seufzen, von den letzten Bänken ausgehend, störte von nun an den Redner. Abgerissene Sprüche wurden laut, die mit der Auseinandersetzung, daß der

Knecht das Eigenthum des Herrn treu zu verwalten habe, in offenem Widerspruch standen. „Wo sein Schatz ist, da ist sein Herz“, hörte er hart neben sich eine seufzende Stimme sagen, in der er sofort die des Nereus erkannte. Aber der Redner ließ sich nicht irre machen. „Auch ich“, rief er, „bin nach langer Abwesenheit zum ersten Mal wieder bei der Kirche im Hause der Gräcina eingekehrt, aber als ich durch euren Vorhof schritt und den Garten hinter eurem Hause durchmaß, da kam mir ein Wort der Schrift in den Sinn, das also lautet“ — und der kleine Mann entfaltete eine Rolle und las: „Vor dem Felde des trägen Mannes ging ich vorüber und vor dem Wein=berg des Thoren, und siehe, er schoß ganz empor in Nesseln, und seine Fläche war bedeckt von Dornen, und seine Stein=mauer war eingerissen. Und ich schaute es und hatte es Acht, ich sah es und nahm es zur Warnung. Ein wenig Schlaf, ein wenig Schlummer, ein wenig Händefalten — so kommt einhergeschritten deine Armuth und dein Mangel wie ein Schildbewaffneter.‘ „Ihr sollt nicht sorgen und sagen“, seufzte Nereus von seinem Stuhle. Andere riefen dem Redner Beifall; auch sie hatten sich schon gefragt, was dann werden solle, wenn Gräcina vollkommen abgewirth=schaftet haben würde? Dazu kam die Furcht vor Phlegon und das Schamgefühl des natürlichen Menschen. Nereus aber erhob sich jetzt und sprach: „Wir haben hier ein an=deres Gesetz als das, um die irdischen Güter uns zu sor=gen. Wie sagt die Schrift?“ rief er: „Heulet ihr Reichen, ihr werdet nicht ins Himmelreich eingehn!“ „Verkaufe was du hast und gib es den Armen!“ ließ sich Chloe von der Bank der Diakonissen vernehmen. Der Redner aber erhob seine Stimme stärker: „Der Herr dieses Skla=ven wird kommen und wird ihm seinen Lohn geben mit den Heuchlern!" Sofort aber wurden diese Worte von dem elstatischen Jauchzen vieler Stimmen übertönt, die wirr durcheinander riefen: „der Herr kommt! Heulet, ihr Reichen, über euer Elend, das über euch kommen wird. Euer Reichthum ist verfaulet, eure Kleider fressen die Motten, euer Gold und Silber ist verrostet." „Das Feuer soll ihr Fleisch fressen!" hörte man dann wieder die fette Stimme des Bruders Nereus rufen. Gräcina war in ihren Sessel zurückgesunken, ihr Auge war starr nach oben gerichtet, dann erhob sie sich und streckte win= kend ihre langen Arme empor, um sich Ruhe zu schaffen. Als es still geworden war, sagte sie: „Der Geist giebt mir ein, das Wort des Herrn zu befolgen: verkaufe was du hast und gib es den Armen! Noch schmachten viele Brüder und Schwestern in großer Noth. Zwar für die, die Knechte und Mägde sind, ist durch ihre Herren gesorgt, und es ist geboten, daß jeder in dem Stand verbleiben soll, in dem er berufen ist. Aber unter den Freien ist viel Armuth, und ich habe beschlossen, jedem ein Pfund zu geben, auf daß er damit hausen kann, bis der Herr kommt." Von den Bänken der Plebejer tönte ein freudiges: „Das spricht der Geist." Auch ein „Dank, Gräcina!" machte sich laut. Die Sklaven blieben still, nur Nereus murmelte wie ein Trunkener vor sich hin: „Ihr sollt nicht sorgen und sagen!"

„Um die Mittel zu schaffen", fuhr Gräcina fort, „werde ich verkaufen, was ich habe, zunächst die Weinberge."

„Nicht die Weinberge!" rief jetzt Nereus in plötzlicher Nüchternheit. „Womit willst du die Kranken stärken, denen ich täglich eine Amphora bringe, womit sollen wir den Tisch des Herrn versehen? Verkaufe den Wald, das Gemüsefeld, verkaufe das Wasser an Salvianus, der dir schon längst große Summen dafür geboten hat."

„Ich mahne", sagte der fremde Redner, „daß die Ael=
testen diese Verhandlungen verbieten, es ziemt sich nicht,
daß die Versammlung Gottes zum Kaufhaus gemacht
werde."

„Er redet wahr", riefen die Sklaven.

„Gräcina soll halten, was sie versprochen", erwi=
derte ein kleiner schmutziger Freigelassener, den Phlegon
auf den ersten Blick als einen hartnäckigen Bettler am
Hofe Hadrian's erkannte, wo er stets die neuesten Lieb=
lingsgötter des Kaisers für sich anrief. Auch das ent=
ging ihm zu seiner Befriedigung nicht, daß seine Söhne
mit sichtlichem Unmuth Blicke miteinander wechselten. Diese
Wahrnehmung trieb den lauschenden Griechen an, nun=
mehr selbst dazwischen zu treten und mit einem Schlage
dem Spul ein Ende zu machen, der ihn bedrängte, seit
er die Grenze dieses bezauberten Grundstücks übertreten.
Den Teppich zurückschlagend schritt er, in dem Gewühl
nur von den Nächsten bemerkt, nach dem Lehrgerüst, das
der fremde Christ verlassen hatte, und als er mit Aufbie=
tung aller seiner Stimme ein „Schweigt"! hinabbonnerte
in die Versammlung und mit dem Knaufe seines Dolchs
auf dem Brette hämmerte, ward es so still im Saale,
daß man ein Sandkorn hätte fallen hören. Eine schrille
Frauenstimme hatte gerufen: „Phlegon!" und der Name
des Eidams der Gräcina, dessen plötzliche Ankunft bei
Beginn der Versammlung Gegenstand der flüsternden
Unterhaltung gewesen war, genügte, um eine bange Stille
über die Versammlung auszubreiten, auch sah Phlegon,
wie von den besser Gekleideten einige rasch den Rückzug
antraten und nach dem Atrium zu verschwanden. Dieser
Anblick gab dem selbst aus niederem Stande hervorge=
gangenen und in höfischer Unterwürfigkeit aufgewachsenen

Schreiber den Muth, der Versammlung trockenen Tones
zu erklären, der Herr, von dem der Redner vorhin ge=
sprochen, sei in der That wiedergekommen, er werde
Rechenschaft darüber fordern, wo die Gelder, die Weine,
die Bäume, die Statuen des Hauses geblieben? Er werde
die fremden Gäste ausweisen, und er erkläre ihnen, daß
sie hier zum letzten Male getagt hätten. Während er
diese Worte sprach, bemerkte er, wie der dicke Nereus sich
zu Gräcina hindurchgedrängt hatte und ihr eifrig ins
Ohr flüsterte. Eben wollte er den dicken Burschen hin=
ausweisen, als die hagere Gräcina sich erhob und sprach:
„Ich fordere die Brüder auf, sich am nächsten Herrentag,
wie gewöhnlich, hier einzufinden. Herr ist hier niemand
als ich, und ich werde meine Rechte an niemanden abtreten!"
„Schön", erwiderte der Grieche, „wer Lust hat von hier
direct nach Sardinien in die Steinbrüche zu wandern oder
im Flavischen Theater mit den neuen Löwen zu kämpfen,
der ist eingeladen sich am „nächsten Herrentag" hier ein=
zufinden, ich werde euch dann einen Herrn kennen lehren,
der nicht gekreuzigt ist, aber schon viele gekreuzigt hat.
Sein Name aber heißt Hadrian, dessen erster Diener vor
euch steht!" — „Phlegon!" kreischte Gräcina, „Vater!"
riefen die beiden rührenden Mädchengestalten, die sich an
ihn herandrängten und ihre flehenden blauen Augen angst=
voll auf ihn richteten. Aber wiederum war ein Theil der
Anwesenden durch die Seitenthüren verschwunden. Als
Phlegon hinabgestiegen war, fand er nur noch die Sklaven
der Villa, die sich ängstlich an der Thüre zusammendräng=
ten, um zu hören, ob Gräcina sie schützen werde, und seine
Kinder, die sich besorgt um die Stammmutter drängten.
Ueber Phlegon aber kam die Beredtsamkeit des Sophisten,
und mit vor Entrüstung bebender Stimme zählte er alle

Gräuel auf, die er gestern bei einem Umgang in der Villa gesehen, und nachdem er die Greisin, wie er meinte, hinlänglich zerknirscht hatte, schloß er: „Ich bin vor Göttern und Menschen verpflichtet, das Erbe meiner Kinder zu erhalten, du hast bewiesen, daß du dein Haus nicht zu regieren vermagst und wirst das Regiment an festere Hände abgeben." Gräcina schaute wie irre um sich: sie war auf ihrem Sessel zusammengesunken, und ihr langer dürrer Hals schien an einer Erwiderung zu würgen, die sie nicht hervorbrachte. Ihre Enkelinnen aber umfaßten sie zärtlich: „Wir haben ein besseres Erbe, das aufbehalten ist im Himmel", flüsterten sie ihr zu, „wir wollen kein anderes." Aber auch die widerliche Stimme des Nereus ließ sich vernehmen, der hinter dem Lehrgerüst vorbei nach dem Stuhle der Greisin gekrochen war: „Verleugne den Herrn nicht vor den Menschen, gedenke des Gerichts!"

„Du hier, Hund!" rief Phlegon, indem er erbleichte vor Wuth. Nereus, der noch die Schrammen der gestrigen Flasche im Angesicht trug, kauerte stumm am Boden und erwiderte kein Wort; als ihm aber Phlegon einen Fußtritt auf den fetten Wanst verabreichte, traf ihn ein Blick aus dem geschlitzten Auge des alten Zechers, der ihn mahnte, sich den Wein, den er auf der Villa ad pinum trinke, jedesmal erst kredenzen zu lassen. Gräcina aber erhob sich bei dem Wehegeschrei des Dicken: „Genug, Phlegon! Ich dulde es nicht, daß du meine Leute nun zum zweiten Male schon vor meinen Augen mißhandelst. Gefällt dir mein Haus nicht, so suche dir ein anderes; willst du aber hier wohnen, so mische dich in nichts. Ich bin seit zwanzig Jahren glücklich gewesen und hoffe so meine Seele zu retten, deiner Scheltworte und Schläge bedürfen wir nicht."

„Vielleicht wird dich der Prätor eines andern be=
lehren“, erwiderte Phlegon kalt.

„Ich bin lang schon darauf gefaßt, vor meinen Rich=
ter zu treten.“

„Wir alle, Vater“, setzte der älteste Sohn hinzu.
„Gräcina wird nicht allein gehen.“

„Gewiß, Vater“, betheuerten die Mädchen, „wir gehen
alle mit ihr!“

Ein Beifallsmurmeln der Sklaven gab Phlegon Ge=
legenheit, die Antwort, um die er verlegen war, sich zu
ersparen. Er schritt auf die Knechte zu und sprach schnei=
dend: „Zur Arbeit, hinaus, oder ihr sollt mich kennen
lernen!“ Als er dann allein den Seinen gegenüberstand,
sagte er ernst zu den Kindern: „Auch ihr geht an euer
Tagewerk; was mit euch zu geschehen hat, werde ich mit
eurer Mutter berathen. Ihre Güter mag Gräcina ver=
wüsten, aber nicht die Zukunft meiner Kinder!“

Das „aber“, das in den Blicken der Kinder lag, er=
stickte ein barsches „hinaus!“ und auf ihre Enkelinnen ge=
stützt, verließ Gräcina das Triclinium, vor dessen leeren
Stühlen Phlegon zurückblieb, ohne doch recht das Gefühl
des Siegers zu haben. Der Sklavenduft, der den sonst
so vornehmen Raum erfüllte, die barbarischen oder läp=
pischen Gestalten, die zwischen den pompejanischen Fries
das ganze Peristyl entlang gepinselt waren, das Gemeine
der ganzen Zurüstung beklemmten ihm den Odem. Er
wollte hinaus in den Garten, um in freier Luft klare
und helle Entschlüsse zu fassen.

Als er der Thüre zuschritt, entdeckte er an einem
Pfeiler die kleine Gestalt des jüdischen Redners, der vor=
hin zu dieser unbotmäßigen Gemeinde so kräftig gespro=
chen hatte. Kalt wollte er an dem fremden Christen vor=

überschreiten, aber das große, fest auf ihn gerichtete Auge des jüdischen Lehrers fesselte ihn. „Du scheinst selbst nicht viel Freude zu empfinden", sagte er unmuthig zu dem Fremden, „über die Zustände, die ihr hier geschaffen habt?"

„Lege uns nicht zur Last", sagte der Jude, „was die Thorheit einer Greisin und die Schlechtigkeit einiger Knechte verschuldet. Die hier sitzen, nennen sich Christen, um Gräcina's Gaben zu erhalten, wie sie sich im ägyptischen Tempel Anubisdiener nennen, um die süßen Opferkuchen davon zu tragen, und wie sie der Kaiserbüste Weihrauch streuen, wenn der Cäsar seine Geschenke auswirft."

„Nichtsdestoweniger seid ihr verantwortlich für das, was ein Glied eurer Gemeinde im Namen eures Gottes thut."

„Dazu bin ich hier erschienen, um dem Bischof berichten zu können, wie furchtbare Fortschritte das Uebel im Hause der Gräcina gemacht hat. Gedulde dich nur ein Kleines, bis der Bischof hier Ordnung geschafft hat."

„Mich geht der Bischof nichts an, ich gehe zum Prätor!"

„Vergieße kein Blut, Herr!" sagte der Jude. „Du glaubst, es kühle deine Rachegluth, aber es wird gegen dich zum Höchsten schreien bei Tag und bei Nacht. Um beinetwillen, Herr, habe Geduld. Du kannst das Gitter des Löwen öffnen, aber hast du ihn losgelassen auf deine Mitmenschen, so wirst du sein Brüllen hören in deiner Todesstunde."

„Ich wage es daraufhin", erwiderte Phlegon barsch, und trat durch die Thüre in den Garten, über den sein Blick hinüberschweifte nach den glänzenden Zinnen des Kaiserpalastes, der der feste und letzte Hort seiner Zuver=

ſicht war, falls Gräcina ſich nicht fügen ſollte. Nach Ennia ausſchauend, um mit ihr Rathes zu pflegen, hörte er die Stimmen der Kinder von dem Spielplatz her, und von dort leuchtete auch das helle Gewand ſeiner Gattin. Wie ſie auf den niedern Stuhl zurückgelehnt die Kleinen regierte, die volle und doch ſchlanke Geſtalt vornehm hingegoſſen, während die ſchmale Hand und der weiße Arm leicht über die Lehne fiel und das Sonnenlicht mit ihren goldenen Haaren ſpielte, erinnerte ſie ihn in ihrer ſorglos vornehmen Haltung an die ſitzende Statue der Agrippina, die das Wunder des Kaiſerpalaſtes war. Die Kleinen umgaben ſie, indem ſie ihr Blumen brachten, mit Steinchen ſpielten oder Netze knoteten, die ihnen zum Kopfſchmuck dienen ſollten.

„Iſt es ſo ſchön, Mutter?“

„Sehr ſchön!“

„Mutter, Tullius nimmt mir meine Blumen.“

„Tullius ſoll artig ſein!“

„Mutter, ich habe ganz ſchmutzige Hände.“

„So gehe und waſche ſie!“

„Tullius iſt ſchon wieder unartig.“

„Tullius ſoll ſich gleichfalls waſchen!“

Das waren die harmloſen Geſpräche, die Phlegon hörte, während er hinter den Büſchen hergehend, zum Spielplatz der Kinder hinabſtieg.

„Der Vater!“ riefen die Kinder, indem ſie um die Wette ihm entgegenſprangen, um ſtürmiſch an ihm emporzuklettern und ihn zu ſich niederzuziehen. Nur zerſtreut und mechaniſch vermochte der innerlich beſchäftigte Mann die Liebkoſungen der Kleinen zu erwidern, nach denen er ſo lang geſchmachtet hatte. Dann ſchickte er ſie hinauf nach dem Weinberg, um mit Ennia allein zu reden.

„Du weißt", begann er, „was sich diesen Morgen zugetragen?"

„Ich weiß es."

„Und was ist deine Meinung?"

„Ich hatte gehofft, es werde anders kommen."

„Erkläre mir lieber, wie es mit der Villa ad pinum so hat kommen können?" erwiderte er, nach dem verwüsteten Gute zur Rechten und Linken deutend.

„Das Schlimmste war geschehen", sagte Ennia seufzend, „als ich aus Germanien endlich hierher zurückkehren durfte. Rückgängig war nichts mehr zu machen, und du weißt, wie schwer Gräcina an etwas zu hindern ist, was sie sich in den Kopf gesetzt hat. Sie hört Gründe an, ohne zu hören. Sie stimmt zu oder schweigt, und am andern Tage ist geschehen, was sie versprach zu unterlassen, und macht man ihr dann Vorwürfe, so sagt sie, Bruder Nereus oder Schwester Chloe habe sie eines Bessern belehrt, und sie müsse ihres Glaubens leben."

„Du wirst aber einsehen, daß das nicht so weitergehen darf."

„Was willst du thun?" sagte Ennia, indem sie ihre treuen blauen Augen forschend auf ihn richtete.

„Ich werde sie entmündigen lassen."

„Und du glaubst, ein Familienrath werde dir Recht geben? Der liebe Vetter Fabius, der sich ihres Beutels bedient, um seine ganze Sippschaft auszusteuern; Frigidius, dessen Frau hier wegträgt, was nicht an Ketten angeschmiedet ist; die Plautier, die stets gegen meine Verheirathung mit dir gewesen sind? Nenne mir e i n e Stimme, auf die du zählst!"

„Ich werde an den Prätor und den Senat appelliren."

„Phlegon, besinne dich, du weißt doch so gut wie ich,

daß die römischen Aristokraten nicht dem Freigelassenen gegen eine Pomponia Recht geben. Sie werden schreien über deinen Geiz, über deine Herrschsucht, über die Arroganz des Freigelassenen, der auf fremdem Gute den Herrn spielen will. Unterstützen wird dich Keiner. Bedenke, welche Gelegenheit zum Heldenthum für die Herren, wenn sie Hadrian's Freund mißhandeln können, ohne daß der Cäsar ihnen dafür ein Haar zu krümmen vermöchte."

„Das alles ist vollkommen richtig, meine kluge Juno, aber wenn du so klar überschaust, was nicht geschehen kann, so sage, was geschehen könnte?"

„Du kannst die Einzelnen, die Gräcina ausbeuten, aufsuchen. Sie werden den Freund des Cäsar in dir fürchten, so sehr sie den Griechen verachten mögen. Du wirst ihnen unter vier Augen erklären, daß sie die Schwäche einer Greisin nicht mehr ungestraft ausbeuten würden, daß durch dich die Stadt, der Cäsar erfahren solle, welche Sykophanten auf dem Forum die Catone der Republik spielten — dir werden sie nicht mit einer Christenklage drohen, und das Schlimmste wird jedenfalls für die Zukunft vermieden werden."

„Für Salvianus und Celsus mag das reichen, aber wie soll ich des Ungeziefers Herr werden, das sich im Hause selbst eingenistet hat?"

„Das, mein Freund, wirst du ertragen müssen. Gräcina wird sich weder von Nereus noch Chloe trennen. Aber sie werden im Großen wenig schaden, wenn nur den hauptsächlichsten Sykophanten das Handwerk gelegt ist. Die Bäume, die sie niedergeschlagen, kannst du nicht wieder aufrichten, die Kunstwerke, die sie verschleudert, sind verloren. Lasse dir genügen, daß das Grundstück und die Mauern, die Rabirius, den Göttern sei Dank, selbst für Gräcina's Thorheit zu fest gefügt hat, noch stehen, und daß Gräcina über achtzig Jahre alt ist. In zehn Jahren sollst du hier Herr sein, und ich werde dir gehorchen, wie ich jetzt der Mutter gehorchen muß."

„Wenn mir bis dahin nicht in den Kindern eine neue Zuchtruthe aufwächst, Ennia! Beim Zeus, wie konntest du zugeben, daß meine Söhne, meine Töchter mit dem abscheulichen Aberglauben vollgepfropft wurden? Willst du die Kinder bei der nächsten Christenhetze vor den Prätor geschleift sehen?"

„Mein Freund, das frage du dich, nicht mich."

„Was, ich hätte sie zu Christianern gemacht?"

„Ja, Phlegon! Wer war es, der vor den Knaben die Göttergeschichten ins Lächerliche zog, der griechische Spottverse auf die Olympier recitirte, über Hadrian's Aberglauben lachte und jede fromme Regung der jungen Herzen unbarmherzig mit beißenden Witzen heimsuchte? So vorbereitet kehrten deine Kinder in das Haus der Großmutter zurück. Ein junges Herz aber will Götter. Wenn es zum Himmel aufschaut, genügt ihm nicht deine Weisheit, das sei Luft und Aether, es sucht dort ein Herz für seine Wünsche, ein Ohr für seine Klagen. Wenn die Scheibe des Mondes am dunkeln Himmel schwebt oder der Sonnenball feurig hinabsinkt, redet es mit ihnen, die du Sterne nennst. Ich hatte ihnen gesagt, daß sie Götter seien, da sagtest ihnen, es seien brennende Lichter; nun kam Gräcina und sagte, die Eltern hätten beide Recht, es seien Lichter, die der gute Christengott hin= und her= bewege, damit die Menschen, die er geschaffen habe, den Fuß nicht an einen Stein stießen. Ueber deine häßlichen Reden gegen die Götter lachte sie und sagte, ja der Vater ist ein kluger Mann, aber den rechten Glauben hat er dennoch nicht, und dann brachte sie eine Rolle nach der anderen aus ihrem heiligen Schrein. Darin stehen viele und große Worte, die auch ich gern hörte. Aber auch andere, daß man alles Eigenthum fortgeben müsse, daß alle Reichen Sünder seien und tolle Dinge, daß ihr Gott auf den Wolken des Himmels kommen werde, um mit dem Kaiser zu kämpfen, daß sie Rom anzünden müßten, wie sie es zu Nero's Zeiten gemacht, ja daß ihr Gott sogar den Himmel und das Meer anzünden werde."

„Anzünden muß das Gesindel doch immer etwas", knirschte Phlegon. „Aber konnten meine klugen Knaben solchen abscheulichen Unsinn glauben?"

„Sie gerade glaubten am ersten. Es sind griechische Bücher, die ich nur schwer verstand. Sie aber grübelten stets darüber, und wenn ich ihnen das Aberwitzige dieser Erwartungen vorhielt, sagten sie: es sind Mysterien, oder in den sibyllinischen Büchern stehe dasselbe, und sie recitirten mir dann viele Hexameter, die die Sibylle ge= sprochen, die meinem Ohre noch viel toller klangen als Gräcina's heiliges Buch."

Phlegon versank in ein trübes Schweigen. „Es mag sein", sagte er endlich, „daß auch ich thöricht gehandelt habe. Hadrian's Göttersucht hatte mich zum Spotte ge= reizt. Ich stehe heute anders als damals, ich würde dir heute keinen Anstoß mehr geben. Das Unheil ist geschehen und wird schwer zu heilen sein. Jedenfalls müssen die Knaben in andere Luft, ich werde sie in das Haus des Bassus bringen, da werden die Grillen verfliegen. Bist du einverstanden?"

„Du bist ihr Herr."

„Kann Nereus nicht durch den Prätor beseitigt wer= den?"

„Nein, Phlegon, und wenn du mich liebst, rede mir nicht mehr von den Gerichten. Glaubst du, der Schurke würde sich ruhig abstrafen lassen, ohne meine Mutter, deine Kinder als Christen zu denunciren? Und würde Celsus sich die Gelegenheit entgehen lassen, das Andenken an die Art auszutilgen, wie er selbst Gräcina mißbraucht hat? Du wirst nichts Gewaltsames unternehmen, was uns alle ins Unglück stürzen muß. Willst du versuchen, den Schmarotzer und seine Parasiten unschädlich zu machen, so wende dich an ihren Bischof. Sie nennen ihn Pius. Er ist ein wohlhabender Händler gegenüber dem Theater des Marcellus, der Bruder des Hermas, den du kennst. Ich weiß, daß sie sich rühmen, das ganze Haus des Phlegon und bald auch Hadrian selbst bekehrt zu haben. Wenn du ihm das Treiben seines Schützlings schilderst, schreitet er wohl ein. Viel hilft es nicht bei einem so grundverlogenen Menschen wie Nereus, aber vielleicht doch etwas."

„Versuchen wir's, Ennia, und nun küsse mich, mein theures Weib!"

„Gern, Phlegon, wenn du eines versprichst?"

„Und das wäre?"

„Schone Gräcina! Sie ist meine Mutter und eine Greisin."

„Ich hoffe, sie macht es mir möglich."

„Es wird dir möglich sein, wenn du mich mehr lieb hast als Geld und Gut."

Das war das Gespräch, das am Morgen des ersten Tages Phlegon mit seiner noch immer liebreizenden, klu=
gen Hausfrau geführt hatte, und es schien auch, als ob alles leichter sich machen wolle, als der Grieche beim ersten Anblick der Verwüstung sich gedacht hatte. Grä=

cina zog sich in ihre Gemächer zurück, wo ihr die weiner=
liche, schwammige Chloe fromme Bücher vorlas und sie
von den Vorzeichen der demnächstigen Ankunft des Mes=
sias unterhielt. Den Rest des Tages brachte sie da=
mit zu, Bettler anzuhören und zu beschenken oder ihre
Sklaven mit Geld und anderen Gaben hin und her zu
schicken, wobei die Gabe freilich oft in keinem Verhält=
niß zu dem weiten Gang oder die Geldsumme in kei=
nem Verhältniß zu der angeblichen Noth war. „Man
kann nicht alles zugleich anfassen", tröstete sich Phlegon
„Erlegen wir erst die Wölfe, und dann vertreiben wir die
Motten!" So ließ er die Greisin einstweilen gewähren,
zumal sie jede Begegnung mit ihm vermied und in ihre
Gemächer huschte, sobald sie von weitem seiner ansichtig
ward. Unter die Sklaven aber war vorerst ein heilsamer
Schrecken gefahren, seit die unerhörte Rede des Bruders
Simeon durch das überraschende Auftreten von Ennia's
Gemahl eine so wirksame Erläuterung erhalten hatte.
Sie waren alle zu der lang entwöhnten Arbeit zurück=
gekehrt, die sie so recht vor Phlegon's Augen und mit
sichtlicher Salbung ausführten. Der Grieche hatte das
Vergnügen, daß jede laute Arbeit vor seiner Thüre vor=
genommen wurde. Im Garten gruben die Sklaven die
brachliegenden Beete, die längst hätten eingesäet sein
müssen, unter Hosiannah und Hallelujahgesängen, und die
Mägde klopften die Teppiche nach der Melodie vom Lamm,
die sie dabei trällerten. Selbst Bruder Nereus hatte das
Katzenloch für die Brüder wieder zugenestelt, um als
Thürhüter mit Würde den ganzen Tag nichts zu thun.
Auch das sah Phlegon mit Ruhe an. „Erst die Wölfe
und dann die Ratten!" sagte er, indem er die via lata
aufwärts zu dem ehrenwerthen Nachbar Salvianus schritt.

Siebentes Kapitel.

Sehr im Gegensatze zu dem eigenen Hause glänzte vor dem des Nachbars ein sauberer Mosaikboden, über den Phlegon die Thüre des Salvianus betrat. Auf der Schwelle strahlte ihm in hellen, farbigen Steinen ein salbungsvoller Spruch entgegen. Der höfliche Thürhüter schlug einen babylonischen Teppich zurück, und im Atrium fand Phlegon seinen Mann, der behaglich sinnend vor dem Impluvium stand, das er durch Zuleitung von Gräcina's Wasser in ein anmuthig bewegtes Bassin umgestaltet hatte, in das ein eherner Triton glitzernde Thautropfen sprühen ließ.

„Womit kann ich dir dienen, edler Grieche?" sagte der wohlgenährte Geschäftsmann, der, als ein gönnerhaftes Lächeln sein fleischiges Gesicht umspielte, Phlegon stark an Petron's Trimalchio erinnerte.

„Zunächst mit diesem Tritonen", erwiderte Phlegon, indem er gelassen die Broncefigur des Springbrunnens abschraubte, in der er sofort das Eigenthum seiner Schwiegermutter erkannt hatte. Der Dicke färbte sich blau vor Wuth und Schreck und wollte eben nach dem Thürhüter schreien, als ihm ein Blick auf Phlegon, dessen Rückkehr ihm seine Clienten als neueste Zeitung gemeldet hatten, den Mund verschloß. Es war kein Zweifel, der für all=

mächtig geltende Günstling des launenhaften Kaisers stand vor ihm, und so kämpfte er seinen Aerger nieder. Indem er die Hand auf den Tritonen legte, den Phlegon auf dem Marmortisch hinter dem Impluvium abgesetzt hatte, fragte er: „Wer bist du, und was willst du? Ich wüßte nicht, daß die Figur eine Reparatur nöthig hätte.“

„Um so lieber wird es der Eigenthümerin sein. Ich bin Phlegon und komme, um gewisse Dinge zurückzufordern, die du die Güte hattest, der edlen Gräcina für einige Zeit aufzubewahren.“

„Ich bedaure sehr“, erwiderte Salvianus, mit etwas unsicher ausfallender Würde, „daß mir solche Mißverständnisse eine Bekanntschaft verschaffen, um die ich mich lang vergebens bemühte. Diese Figur hat mir meine edle Nachbarin an den letzten Saturnalien, oder waren es die vorletzten, zum Geschenke geschickt.“

„Wie viel hast du dem Sklaven bezahlt, der dir dieses Meisterwerk des Polycult überbrachte?“

„Du wirst nicht erwarten“, erwiderte Salvianus, „daß ein Sklave, der ein Geschenk bringt, ohne Gabe das Haus des Titus Flavius Salvianus verlasse, doch da dir an der Gestalt zu liegen scheint und es mir vollkommen ferne liegt, Geschenke einer Greisin zu behalten, wenn die Kinder derselben sie mißbilligen, so gebe ich die Figur gern zurück. Der Freund Cäsars möge daraus lernen, wie loyal ich zu handeln pflege.“

„Eben dazu bin ich hier“, sagte Phlegon trocken, „um mich mit Titus Flavius Salvianus über seine Loyalität zu unterhalten. Neben diesem Tritonen, der die Area vor unserem Hause zierte, standen, wenn ich mich recht erinnere, sieben oder acht gewaltige Pinienstämme, die die ganze via lata überschatteten, in deren Schatten Menschen unb Thiere rafteten, nach ber, wenn ich nicht fehr irre, auch unfer Grunbftück feit einem Säculum bie Villa ad pinum genannt warb. Wie ich höre haft bu biefe Stämme zum Zweck eines Neubaus an bich gebracht, unb unfere Leute fagen aus, bu habeft bie Greifin zu biefer Schänbung bes Haufes unb ber ganzen Gegenb verleitet."

Der Athem bes bicken Herrn wurbe bei biefen ihm leibenfchaftlich entgegengehaltenen Worten kürzer, er verfärbte fich, bann aber erwiberte er puftenb: „Folge mir ins Tablinum! Ich habe auch bes Kaifers Secretär gegenüber nicht bie Verpflichtung mich ruhig beleibigen zu laffen. Siehe bie Rechnung über bie Stämme ein, unb bu wirft erkennen, wie loyal Titus Flavius Salvianus in allem gehanbelt hat." Vor Phlegon mit kurzen Schritten einherwatfchelnb, beugte ber bicke Mann fich keuchenb am Eingang bes Tablinum zu einer Gelbkifte nieber, öffnete ben Deckel unb brachte nach einigem Kramen eine Wachstafel hervor, auf ber ber Sklave Nereus ben Empfang einer anfehnlichen Summe für Ablieferung von acht großen Pinienftämmen bezeugte. Phlegon bezweifelte zwar innerlich, baß Nereus ben ganzen Betrag, ben er hier befcheinigte, wirklich erhalten habe, fonft würbe er fchwerlich noch auf ber Villa fitzen, fo üppig feine Exiftenz auch fein mochte, aber er konnte auf biefes Document hin boch nur fragen, wie Salvianus es über fich vermocht habe, einer kinbifchen Frau zur Ausführung eines fo unfinnigen Unternehmens bie Hanb zu bieten.

„Du zwingft mich, auf Dinge einzugehen", erwiberte Salvianus gefpreizt, „bie ich gern verfchwiegen hätte, ba es meine Gewohnheit nicht ift, bie Wunben meiner Mitbürger zu berühren. Daß Gräcina mir jenes Kunftwerk fchickte, hängt mit ihrem fchrecklichen unb ftrafbaren Aberglauben zusammen, den ich nicht nennen will, weil ein Unberufener meine Worte erlauschen könnte und ich nicht zum Zeugen aufgerufen sein möchte in dem schrecklichen Proceß, der früher oder später über dein Haus herein= brechen wird, edler Phlegon. Sie wollte das Götterbild beseitigen, und ich wollte das Meisterwerk Polyeukts vor der Zerstörung durch wahnsinnige Hände retten, darum nahm ich es an. Wie edelmüthig Titus Flavius Sal= vianus dasselbe in die rechten Hände zurücklegte, wozu ihn aus vielen Gründen niemand hätte zwingen können, wirst du bezeugen."

„Komm zu den Bäumen", sagte Phlegon ungeduldig.

„Nun, mit den Bäumen war es dieselbe Sache", meinte der Dicke mit einem humanen Lächeln. „Ihr Thürhüter erschien bei mir, seine Herrin sei entschlossen die Bäume niederzuschlagen, da sie der Göttermutter heilig seien und die Sklaven zum Dienste derselben ver= anlaßten. Ich wollte die Bäume retten, die, wie du sagtest, eine Zierde der ganzen Gegend waren. Damit kein anderer sie an sich bringe, beim gerechtesten Zeus, zahlte ich Nereus diese ansehnliche Summe, für die ich leicht passenderes Bauholz hätte finden können. Aber statt die Bäume stehen zu lassen, bis ich sie abholte — was beim gerechtesten Jupiter nie geschehen wäre — hieben die Sklaven sie noch in derselben Nacht um und warfen mir die Stämme vor die Thüre. Ich wollte nämlich durch einen Haag die Bäume und die Villa trennen, so wäre Gräcina's Gewissen beruhigt gewesen, daß ihre Leute der Göttin nicht mehr opfern, und der Straße wäre ihr schön= ster Schmuck erhalten geblieben. Daß mein Opfer an Geld mir noch Verdächtigungen eintragen werde, dachte ich freilich nicht."

„So gib mir die Quittung", sagte Phlegon barsch, „daß ich die Sache untersuche."

Der Dicke zögerte, gab die Tafel dann aber schließ=lich dennoch, indem er hinzufügte: „Ich liebe derlei Ver=wicklungen nicht, aber du selbst wirst bedenken, daß ein Proceß über Gräcina und die Deinen schwereres Unheil bringen wird als über mich."

„Deine edlen Absichten können dir ja nur neue Bür=gerkronen eintragen. Aber nun erkläre mir, welche groß=müthige Fürsorge dich bestimmt hat, Gräcina's Wasser in deine Villa zu leiten?"

„Ich brauche das Wasser!" sagte der Dicke nunmehr barsch. „Das, was Gräcina sich vorbehalten hat, reicht noch immer hin, den Platz vor eurem Hause in einen Sumpf zu verwandeln und die gemeinsame Straße zu überschwemmen. Gräcina hat sich damit einverstanden er=klärt, mir so viel Wasser zuzuwenden, als sie entbehren kann; sie hatte ihre Gründe so zu handeln, und ich rathe dir als ihr Nachbar und Freund, nicht an dieses Ab=kommen zu rühren. Werde ich fort und fort verdächtigt, so bin ich genöthigt, diese Dinge zu gerichtlichem Austrag zu bringen, und ich lege alle Folgen auf dein Haupt. Ich habe dir gedient, so weit ich konnte. Hier endet meine Nachgiebigkeit. Willst du dein Haus verderben, ich habe dich gewarnt, denn ich bin ein weicher Mann und will nicht schuld sein, wenn eine alte Frau und blühende Kinder in den Steinbrüchen sterben."

„Du bist ein Ehrenmann vom Wirbel bis zur Zehe", erwiderte Phlegon kalt. „Wer sagt dir aber, daß mir Gräcina's Sicherheit mehr am Herzen liegt als das Erbe meiner Kinder? Vielleicht wage ich es doch darauf, viel=leicht habe ich Mittel, einen Proceß für die Meinen un=

schädlich zu machen, für Gräcina aber zu wünschen; welche Rolle aber Titus Flavius Salvianus, der Mann von alter römischer Tugend, in einem solchen Processe spielen wird, wirst du selbst am besten ermessen. Du weißt, ich bin mit meiner Liste noch nicht zu Ende", setzte er aufs Gerathewohl hinzu. Der Dicke verfärbte sich und schaute Phlegon unsicher an. „Ich kann das Wasser nicht ent= behren", sagte er schließlich, „wir werden sehen, wer in einem Processe das Meiste zu verlieren hat."

„Nun", erwiderte Phlegon, „ehe wir um Köpfe spielen, biete ich dir noch einen Vergleich. Du sollst den ganzen Abfluß an Wasser nach deiner Villa leiten dürfen, von der Höhe unserer Area nach deinem unteren Garten. Ein Pumpwerk, ein Wasserthurm, oder die Eimer deiner Sklaven mögen das Wasser dann wieder in die Höhe befördern, wohin du willst."

„Und werde ich dann Ruhe haben?" fragte der Dicke lauernd.

„Du wirst die G r e n z e wieder herstellen, wie sie war, und in m e i n e, nicht in Gräcina's, in m e i n e Hände ein Document legen, in dem du versprichst, ohne mein Wissen keinerlei Tausch, Kauf oder Schenkungsacte mit Gräcina einzugehen!"

„Ich werde mir das erst noch überlegen", erwiderte Salvianus.

„Bis zum Mittag wirst du", sagte Phlegon mit befehlshaberischer Kürze, „durch denselben Sklaven, der den Tritonen nach meinen Gemächern trägt, die Urkunde in meine Hände liefern. Die Einrichtungen zur Wieder= herstellung der alten Wasserleitung oberhalb der Villa ad pinum wirst du in einer Stunde durch deine Leute beginnen lassen, und sobald die untere Leitung in Stand

gesetzt ist, nimmt das Wasser den früheren Weg. Wenn
du deinen Teich unten in Ordnung gebracht hast, werde
ich sorgen, daß dir der Abfluß zukommt." Damit wandte
Phlegon dem dicken Mann den Rücken, schritt durch Atrium
und Vestibulum und stieg die Treppen nach der via lata
hinab. Er war zu Hause eben mit seiner Erzählung an
Ennia zu Ende gekommen, als ein Sklave den alten
bronzenen Freund zurückbrachte und eine wohl versiegelte
Rolle in seine Hand legte. „Bei allen Himmlischen!"
sagte Ennia, „verbirg den guten Meergott, Gräcina wird
jeden bösen Zauber für ihr Haus fürchten, falls sie hört,
daß der eherne Pausback wieder im Hause ist."

„Das fehlte", erwiderte Phlegon, „daß die Götter
des Reichs sich vor den Nazarenern verstecken müßten!"

„Da du an diese Götter nicht glaubst, so respectire
Gräcina's Hausrecht!"

„Wir werden sehen."

Der zweite Besuch, den Phlegon bei dem Nachbar
zur Linken zu machen hatte, war schwierigerer Art. Celsus
war ein vornehmer, im Senat einflußreicher Aristokrat
und zur Zeit Prätor, seine Gattin aber eine der tonan=
gebenden Damen der hohen Gesellschaft. Gab es auch
Leute, die beide des schmutzigsten Geizes beschuldigten, so
nahm doch die Menge ihren dünkelhaften Hochmuth für
echte Vornehmheit, und mit je weniger Menschen sie sich
herabließen zu verkehren, um so erhabener erschienen sie
in ihrer aristokratischen Zurückgezogenheit der Menge.
Phlegon ließ darum mit aller Förmlichkeit anfragen, ob
es dem erhabenen Celsus genehm sei, ihn zu empfangen.
Durch einen Sklaven in's Atrium geführt, fand er einen
kleinen steifen Herrn, der selbst im Hause die Toga nicht
ablegte. Mit Würde geleitete derselbe ihn an den Bildern

seiner Ahnen, die das Tablinum füllten, vorbei nach dem Peristyl, zwischen dessen Blumenanlagen er seinen Gast niedersitzen hieß, indem er sich sofort nach dem Wohlergehen des göttlichen Hadrian erkundigte. Phlegon pries Hadrian's feste Gesundheit, ging dann zu den öffentlichen Geschäften des Prätor über und wendete geschickt das Gespräch auf Aeußerungen, die der Kaiser gelegentlich über den Unfug der Christentumulte aus Anlaß der Befreiung des Hermas gethan hatte. Er erzählte dem ihm lauernd zuhörenden Prätor einige scharfe Aeußerungen Hadrian's gegen die Sykophanten, die die Angst der Christen vor Christenprocessen ausbeuteten, und fuhr dann fort: „Du wirst einsehen, Celsus, wie wenig es deiner Würde anstände, der Zahl dieser Sykophanten beigezählt zu werden." Celsus wurde gelb wie Pergament, und seine Augen sprühten Blitze. „Wie komme ich dazu", fragte er, „mit dieser Bemerkung behelligt zu werden?"

„Ich ersuche dich hiermit", sagte Phlegon, indem er sich erhob, „die Summen zurückzuzahlen, die du Gräcina durch directe und indirecte Bedrohung mit einem Christenproceß abgepreßt hast. Verlangte dein Amt Einschreiten gegen die Christianer, so konntest du das thun; daß du aber deine Amtsgewalt mißbrauchst, um Gräcina zu plündern, gibt dir Anwartschaft auf Verbannung, falls ich genöthigt werden sollte, mich an den Kaiser zu wenden. Ich bitte also, Gräcina das Ihre zurückzugeben!"

„Hat dich Gräcina beauftragt, mich zu mahnen?" fragte Celsus.

„Du wirst binnen vierundzwanzig Stunden in die Hände meiner Frau, ihrer Tochter, deine Schuld und die deiner erlauchten Gattin zurückzahlen, widrigenfalls ich bei Hadrian Klage führen werde!" Celsus erbleichte.

Verlust des Amtes, Ausstoßung aus dem Senat, Ver=
bannung auf eine Insel würde zum mindesten die Folge
sein, dachte er für sich.

„Welche Schulden meine Frau gemacht hat", sagte er
dann kalt, „weiß ich nicht. Meine Geschäfte erlauben
mir nicht, mich um jeden Quark zu kümmern. Finde ich
deine Angaben richtig, so sollst du noch heute befriedigt
werden. Den Cäsar bitte ich jedenfalls nicht mit diesen
Albernheiten zu belästigen. Genügt dir eine Anweisung
auf meinen Pächter Quintus?"

„Vollkommen!"

„Und welche Summe soll ich schreiben?"

Phlegon zog seine Schreibtafel hervor, steckte sie aber
wieder ein, indem er sagte: „Du wolltest noch mit deiner
Gemahlin sprechen. Vielleicht sind ihre Aufzeichnungen
in meiner Rechnung noch nicht alle aufgenommen, da diese
zumeist von dir handeln. Ich bitte aber, die Sache in
die Reihe zu bringen, ehe ich meinen nächsten Rapport
an Hadrian erstatte." Damit wendete er sich ab und ver=
ließ ohne Gruß das Peristyl, dessen Herr die Ahnenbilder
seines Tablinums mit einem Gesichte anstarrte, als wollte
er sie fragen, ob je ein Celsus seit der Schlacht bei
Cannä eine so verächtliche Rolle gespielt habe wie er in
dieser Stunde. „Erzählen wird er dem Cäsar die Sache
dennoch", murmelte er vor sich hin, „aber ich muß dem
Elenden diese Waffe aus der Hand nehmen", und ärger=
lich ging er an die Geldkiste im Atrium und warf dort
die Urkunden hin und her. Bereits nach zwei Stunden
händigte Ennia ihrem Gemahl eine Rolle ein, für die
ein Freigelassener des Celsus sich Quittung erbitte.

Nach den ihn selbst überraschenden Erfolgen, die
Phlegon erreicht hatte, glaubte er nun den Augenblick

gekommen, seine Versöhnung mit Gräcina einzuleiten, und er bat seine Frau, ihn zu ihr zu geleiten. Ennia hatte in ihrer Art, ohne viel zu widersprechen, seine Erzählungen angehört, doch mußte Phlegon sich überzeugen, daß auch ihr an Geld und Gut nicht so viel lag, daß sie besondere Freude über die Summen geäußert hätte, die Phlegon den bösen Nachbarn wieder abgejagt. Eine zustimmende Bewegung des Hauptes erntete ihr Gatte erst, als er erklärte: ob damit wirklich alles Entrissene wieder beigebracht sei, bleibe sich gleich, für die Zukunft wäre Gräcina jedenfalls von diesen nächsten Drängern erlöst. „Das ist auch meine Hoffnung", sagte sie. „Von der Mutter erwarte nicht zu viel. Die Schwierigkeiten liegen in ihr, nicht in den Nachbarn oder dem Gesinde oder den Verwandten, die nicht schlechter und nicht besser sind als sonstwo."

Damit stand sie auf und geleitete ihren Gemahl nach dem Obergeschoß, in dem Gräcina hauste. Die Greisin schrak zusammen, als sie Phlegon eintreten hörte und räumte hastig eine Menge von Geldhäuschen und Täfelchen zur Seite, die vor ihr ausgebreitet waren. Phlegon's Bericht hörte sie schweigend an, indem ihre Augen von einer Ecke der Decke nach der andern irrten, und als er nach seiner Erzählung über das, was er mit Salvianus erreicht, eine Pause machte, entschuldigte sie sich über die Unordnung, die in ihrem Zimmer vorhanden sei. Verstimmt nahm Phlegon zum zweiten Mal das Wort über das, was er mit Celsus verhandelt hatte, bei dessen Namen die Alte heftig zusammenschrak. Er unterbrach sich, um zu fragen, ob sie mit Celsus etwa noch andere unangenehme Erfahrungen gemacht habe, sie aber versicherte hastig: „Oh nein, er soll ja ein ausgezeichneter

Mann sein, aber es fehlt ihm die Demuth, doch ich hoffe auch für ihn." Nach dieser Erwiderung führte Phlegon seine Erzählung rasch zu Ende. Als er ihr aber die Geldanweisung des Celsus vorlegte, steckte sie dieselbe leichthin in die Falten ihres Gewandes, wie man ein Schweißtuch einsteckt. Phlegon fragte, ob er ihr die große Summe anlegen solle. „Oh nein", erwiderte sie, „Bruder Nereus" — dann sich verbessernd, „Nereus hat für solche Geschäfte ausgezeichnete Gaben."

„Ich höre, er hat die Summen eingenommen, die du von Salvianus für die acht Pinienstämme erhalten hast. Sind die Bücher deines Oekonomen derart, daß du mir sagen kannst, wie viel du für dieselben erhieltest?"

„Oh", sagte Gräcina lebhaft, „wir führen genaue Rechnung, damit alles wohl zugehe nicht nur vor Gott sondern auch vor den Menschen." Rasch beugte sie sich über eine offene Kiste, in der eine Unzahl Abtheilungen waren, gelb, grün, blau, in allen Farben ausgeziert und mit schönen weißen Etiketten überschrieben, bei denen Phlegon sofort die zwölf Stämme Israels einfielen, die er gestern im Garten kennen gelernt hatte. Endlich kramte sie eine Schachtel hervor, auf der stand, „für die, die in den großen Wassern sind, doch nicht ohne Hoffnung." Aus derselben kam ein Täfelchen zum Vorschein, auf dem Nereus bezeugte, daß er den Ertrag der Pinien folgendermaßen verwendet habe: für Titius 3 Sesterzien, für Jone 4 Sesterzien, eine lange Reihe unbedeutender Summen, und Phlegon mußte zur Seite treten und still zusammenzählen, dann sagte er: „Das ist noch nicht der zweihundertste Theil dessen, was Nereus laut dieser Quittung von Salvianus erhalten hat."

„Oh, du wirst dich verrechnet haben", sagte die Greisin

haftig, indem sie rasch ihre Tafel wieder an sich nahm und mit krampfhaft zitternden Händen in ihre Schachtel und die Schachtel in ihre Lade räumte.

„Durchaus nicht, bitte, rechne es nach!"

„Das kann ich nicht, es greift mich zu sehr an. Nereus wird noch andere Ausgaben gehabt haben. Ueberhaupt will ich nicht immer von diesen Geldgeschichten hören. Es ist gewiß alles in Ordnung, beunruhige dich nicht. Jetzt muß ich aber mich ankleiden, es könnte Besuch kommen."

Damit ließ sie Phlegon und ihre Tochter stehen und entwischte in eine andere Kammer.

„Verfluchte Närrin!" knirschte Phlegon, indem er mit dem Fuße stampfte.

„Du hast kein Recht", sagte Ennia vorwurfsvoll, „so von meiner Mutter zu reden."

„Und du versäumst alle deine Pflichten, wenn du diesen Unfug gewähren läſſeſt!"

„Aendere es, wenn du kannst."

„Beim Jupiter, ich werde es ändern, und Nereus soll ans Kreuz, so wahr ich Phlegon heiße!"

Verstimmt stiegen die beiden Gatten nach ihren Räumen hinab. Ennia saß den Abend stumm über ihre Arbeit gebeugt. Die Kinder lasen und spannen, Phlegon ging rastlos auf und ab und erwog das unlösbare Problem, wie er Nereus ans Kreuz bringen könnte, ohne seine eigenen Kinder in die Steinbrüche zu fördern.

Auch am folgenden Tage wurde Phlegon durch die ihm nun bereits geläufigen Melodien geweckt, die dieses Mal nur von wenigen Stimmen gesungen, aus dem Triclinium zu seinem Schlafgemach, das neben dem Atrium lag, herübertönten. Es schien der gewöhnliche Haus=

gottesdienst Gräcina's zu sein, der das Gesinde drüben versammelte. Unmuthig erhob er sich. Für seine Bedürfnisse hatte Ennia gesorgt, Sklaven waren auch dieses Mal nicht vorhanden. Die Badestube neben ihm hatte kein Wasser mehr, und damit war für den verwöhnten Mann die Villa im Grunde überhaupt nicht mehr bewohnbar. Er hatte gestern gesehen, wie die Sklaven des Nachbars, gemäß dem Versprechen des Salvianus, begonnen hatten, die Wasserleitung aufzugraben; so beschloß er, bis das Gesinde unten fertig sei, zu sehen, wie weit die Arbeit gefördert worden, um dann mit Hülfe der alten Grauköpfe Tertius und Eumäus die untere Leitung wieder in Stand zu setzen. Unter den Vorbereitungen hierzu fiel sein Blick auf die drolligen Züge des ehernen Tritonen, und er konnte der Versuchung nicht widerstehen, herauszutreten nach der Area und den so lang außer Dienst gestellten Wassergott wieder in seine Functionen einzusetzen. Aber es war, als ob der Dämon der Christianer die Herrin benachrichtigt gehabt, welche Gefahr ihm drohe. Als Phlegon in den Vorgarten heraustrat, sah er, daß man ihm zuvorgekommen. Auf der Basis, auf der der Triton gethront hatte, war ein plump gearbeitetes Lamm befestigt, das aus einer Seitenwunde und aus dem Maule das dürftige Wasser träufeln ließ, das nach dem Verbrauch im Hause dieses letzte Becken noch erreichte. Ein abergläubisches Grauen befiel den Griechen, so daß er unwillkürlich den Daumen einschlug. „Unsinn!" murmelte er dann. „Nein, mein Wassergott, so lassen wir uns nicht abspeisen." Mit einem Schritt trat er über das äußere Becken nach der innern Schaale, um das blöde Thier herabzuschrauben, aber es gelang ihm nicht, die Schrauben zu lösen. Während er immer zorniger an dem Thiere rüttelte und klopfte, hörte er plötzlich Ennia's Stimme hinter sich: „Bei allen Göttern, Phlegon, was thust du? nur Das nicht! Gräcina wird dir alles eher verzeihen als eine derartige Gewaltthat. Meinst du, ihr Glaube, der sie trieb, die stolzen Pinien niederzuschlagen, um jene Palme zu pflanzen, wird sich ihr Symbol rauben lassen, um unsere Götter wieder aufzurichten?"

„Gerade zur Strafe für die geschlagenen Pinien will ich dieses läppische Unthier hier vernichten! Sollen wir vor jedem, der das Haus betritt, zum Gelächter werden?"

„Du wirst diesen Gott hier so wenig ehren, wie jenes Lamm", erwiderte Ennia sanft. „Du bist hier nicht Herr, so wird dich auch niemand verhöhnen. Lasse nicht alles scheitern an einer Sache, die doch in deinen Augen keine Bedeutung hat. Bewahre deinen Tritonen auf bessere Zeiten, er ist überall sicherer aufgehoben als hier." In der That kehrte Phlegon mit seinem Erzbild mürrisch in seine Stube zurück, wo er dasselbe in einer Truhe verbarg. Nach einer finster im Kreise der Seinen zugebrachten Stunde stieg er zum Weinberg hinauf, um zu sehen, wie Tertius und Eumäus sich mit den Leuten des Salvianus verständigt hätten. Bereits von unten sah er aber das Gewand Gräcina's wehen und unterschied bald auch ihre hastigen, kurzathmigen Reden, die auf die Leute einschalten. Offenbar hörte auch sie ihn nahen, und heute war ihr der Muth wenigstens so weit gewachsen, daß sie mit dem Rücken gegen ihn gewendet, als sähe sie ihn nicht, zu den Sklaven sagte: „Mir habt ihr zu gehorchen, nicht Phlegon — Ich bin hier Herr, nicht Phlegon! Ich will, daß die Dinge so bleiben, wie

ich sie angeordnet. Will Phlegon eine Villa mit un=
nöthigem Wasser, so lasse er sie sich vom Cäsar schenken!"

"Du ziehst also eine solche vor, die in Dürre ver=
schmachtet wie diese, Gräcina?" fiel Phlegon hier ein.

"Ich wünsche", erwiderte die Greisin mit hastigem
Zucken ihrer Lippen, "daß die Dinge so bleiben, wie ich
sie geordnet habe, ich habe meine Gründe dazu."

"Lassen diese Gründe sich auch mittheilen?"

"Ich will keine Feindschaft mit meinem Nachbar,
der mir schaden kann."

"Ich habe ihn unschädlich gemacht. Er hat mir, wie
ich dir gestern erzählte, als du mir nicht zuhörtest, schrift=
lich versprochen, dich fortan ganz in Ruhe zu lassen,
widrigenfalls er es mit dem Cäsar zu thun haben soll."

"Ich will aber die ewige Noth mit dem vielen Wasser
nicht, immer war die Leitung zerbrochen, immer ein Rohr
verstopft, immer lief ein Becken oder Teich über."

"Die Sklaven werden von nun an arbeiten, sich
darum kümmern, so wird die Leitung nicht verstopft sein."

"Ich kann aber das Wasser gar nicht brauchen. Ich
habe eine andere Figur auf den untern Brunnen machen
lassen — die Wunden des Lamms müssen träufeln, es
soll nicht einen Wasserstrahl aus dem Munde ausspeien,
wie würde das aussehen, es wäre ja ein alberner Unsinn,
das Lamm zum wasserspeienden Thiere zu entweihen."

"Ich habe den Tritonen wiederum . . .", begann Phle=
gon, aber Gräcina erhob die Hand: "Weg mit deinen
heidnischen Gräueln! Ich verbiete dir, hier wieder alle
Unsauberkeiten des Heidenthums einzuführen. Verlasse
mein Dach, wenn es dir hier nicht gefällt; wer gibt dir
ein Recht, hier als Herr zu schalten? Geht hinunter,
Eumäus und Tertius, ihr unnützen Knechte, und sorgt

für Weinberg und Feld; wer mir an die Wasserleitung rührt, den werde ich zur Bestrafung an Nereus über= geben. Hier ist die Villa ad palmam, und ihre Herrin heißt Gräcina!" Nach diesem Kraftwort drehte sich die Alte um und huschte, bald rechts, bald links wankend, wie ein Irrlicht den Berg hinab, doch selbst von hinten sah man ihr an, wie sie sich freute, den bösen Feind siegreich aus dem Felde geschlagen zu haben. „Den Muth der Feigheit hat sie wenigstens", sagte Phlegon, indem er ihr nachschaute, „es scheint wirklich, daß ich ihre Kräfte unterschätzt habe."

„Siehe, Herr", begann der alte Eumäus, „ich habe es dir vorhergesagt: im Kampfe mit Gräcina würde selbst Minerva unterliegen."

„Hat je ein Gott solche Verkehrtheit gesehen", seufzte Phlegon, „wie die dieser Christen?"

„Ach Herr", sagte der Alte, „ich kenne Gräcina seit Kindesbeinen, lang ehe sie Christin war, schon als Mäd= chen von drei Jahren war sie, wie heute. Sie schien immer die Sanftmuth selbst, und konnte doch nichts sehen und nichts dulden, was sie nicht befohlen hatte. Sie wollte alles ordnen und meistern und richtete damit alles zu Grunde. Ich schenkte ihr ein Citronenbäumchen, da brach sie an jedem Zweige sofort zwei, drei Früchte ab, weil sie wollte, daß auf jedem Zweige gleich viele seien, damit es gerecht sei, und weil sie es jede Woche versetzte, war es in einem Monat verdorrt. Ich schenkte ihr einen brütenden Vogel, sie aber jagte ihn in der dritten Woche von seinen Eiern, weil in ihrem Plinius stand, wenn bis dahin die Vögelchen nicht da seien, seien die Eier faul, und sie nicht wollte, daß das Thier sich vergebens quäle. Der Vogel aber nahm sich's zu Herzen und starb.

Schon damals meinte sie, sie müsse Jupiter regnen helfen
und Boreas blasen, sonst sei die Sache nicht in Ordnung.
Wie sie jetzt Tertius zwingt, die Bohnen und Kresse in
zwölf Gliedern zu pflanzen, so mußte damals ihre Brei=
schüssel auf einem bestimmten Quadrat des Citronentisch=
chens stehen, ihr Brod auf einem anderen, ihr Teller in
der Mitte eines dritten, sonst hätten keine Schläge sie ver=
mocht, auch nur einen Bissen zu essen. So hat sie denn
auch in ihrem Garten an allem herumgezirkelt und herum=
geschnirkelt, ausgegraben, versetzt, bis das Meiste zu Grunde
gerichtet war, noch ehe sie Christin wurde. Dann freilich
ist es noch schlimmer geworden. Zuerst hatte sie es auf
die Zierbäume abgesehen. Die mußten umgehauen werden,
weil sie nur solches Holz wolle, das Frucht bringe. So
pflanzten wir in den Ziergarten Pflaumen und Aepfel."

„Sind sie aber reif", setzte Tertius hinzu, „so läßt
sie sie verfaulen."

„Ja, warum brecht ihr das Obst nicht, wenn es reif
ist?" sagte Phlegon ärgerlich.

„Ach, glaube nicht, Herr, daß sie es duldet, wenn
einer etwas arbeitet, was sie nicht befohlen hat. Sieht
sie eine Leiter tragen, hört sie mit einer Stange schlagen,
alsbald ist sie auf dem Dach und ruft mit ihrer Stimme,
die einen gebrochenen Ton hat und doch auf eine halbe
Meile gehört wird: ,Tertius, ich habe Geld für einen
Armen ins Transtiberinische Gebiet zu schicken!' und dann
schickt sie mich mit einem halben Aß an das Ende der
Stadt; bis man zurückkommt, hat dann Nereus mit des
Nachbars Knechten das Obst gestohlen, — da lasse ich es
noch lieber verfaulen. Schlägt man ihr aber eine Arbeit
vor, so kann man erst recht sicher sein, daß sie sofort
das Gegentheil anordnet."

„Heute wird es lustig hergehen", setzte dann Eumäus mit häßlichem Lachen hinzu. „Sie hat durch Chloe in der Gemeinde umhersagen lassen, ihr Gott habe ihr gestern vor Sonnenuntergang ungerecht geraubtes Gut zurück- erstattet, sie aber wolle es den Armen, die um der Ge- rechtigkeit willen leiden, wiederum vor Sonnenuntergang ausspenden, damit die Sonne nicht über ihrem Zorn untergehe. Da werden die Staffeln des Vestibulums abgetreten werden. Siehe, die Procession beginnt schon."

In der That sah Phlegon von der Terrasse, zu der er mit seinen beiden Begleitern herabgestiegen war, eine alte Bettlerin in erbaulicher Langsamkeit über die Area wandeln und im Vestibulum eintreten. Nach einer Weile kam sie mit einem Päckchen zurück, das sie sofort im Vor- garten aufriß, dann sah er, wie sie hastig Geldstücke zählte und in die Tasche schob, worauf sie beflügelten Schrittes verschwand. „Das ist die alte Philänis, die drüben junge Mägde zum Herrendienst abrichtet", sagte Tertius giftig. „Sieh, da ist schon ihre Nachbarin, die würdige Messia. Sie ist vom gleichen Handwerk. Doch wer kommt hier mit dem Buben an der Hand? Die war noch nie hier."

„Ich kenne sie", sagte Phlegon. „Es ist die Obst- händlerin bei dem Hause des Quirinus in Tibur mit ihrem Titius. Wer der nur die Wege gewiesen haben mag, wo die Feigen so billig sind. Sollte ich in Tibur mit Antinous das Obst meiner Schwiegermutter gegessen haben? Das ließ ich mir freilich nicht träumen." Bald kehrte auch Tryphäna wieder, ein Päckchen in ihrer Hand wiegend, während der kleine Titius vergnüglich ein glei- ches in der Luft schwang. „Ein ekelhafter Anblick!" zürnte Phlegon, indem er sich abwandte, um die neuen

Gruppen, die nun immer zahlreicher sich einstellten, nicht auch beobachten zu müssen.

„Ja, lieber Herr", sagte Eumäus, „wie konntest du das Geld in ihre Hand legen? Das sind wir längst gewohnt, daß unerwartete Summen, die Gräcina als Geschenke ihres Gottes ansieht, den Weg zu den Brüdern oder den sogenannten Armen finden.

„Das also war mein erster Erfolg", murmelte Phle=
gon vor sich hin, „auf den ich so stolz war." Für heute war ihm der Tag gründlich vergällt, auch die Vertrau=
lichkeit der beiden Knechte verdroß ihn, da sie ihn wie eine Art von Bundesgenossen behandelten. Rasch kehrte er ihnen den Rücken und ging ins Haus.

„Der wollte Gräcina zur Vernunft bringen und ärgert sich am ersten Tage grün und gelb. Lang wird er's nicht aushalten."

„Nun", erwiderte der andere, „Nereus hat wenig=
stens sein Loch im Kopf und die Schramme im Backen, die er jeden Morgen neu aufkratzt, um Gräcina zu er=
innern, daß er nicht nur ein Confessor sondern sogar ein Martyr sei. Komm, wir wollen die Pfirsiche brechen und in die Küche schaffen, ehe der Märtyrer sie auffrißt."

„Das Loch, das ich ihm einmal schlage, braucht er nicht aufzukratzen, das hält länger!" beendete Tertius diesen erbaulichen Sermon, indem er in die Hand spuckte und dann eine Bewegung machte, die ihm jedenfalls von Herzen kam.

Achtes Kapitel.

Die ersten Schlachten hatten Phlegon gezeigt, daß Gräcina nicht so leicht beizukommen sei, wie er geglaubt hatte. Entmuthigt und niedergeschlagen saß er auf dem Dache der Villa und schaute auf die kahlen, verwahrlosten Terrassen hinab, die einst in so stolzem Schmuck geglänzt hatten, als er einen leisen Schritt hinter sich vernahm. Er glaubte, es sei Ennia, aber verstimmt, wie er war, drehte er das Haupt ab. Da ließ eine weiche Mädchenhand eine Pergamentrolle auf seinen Schooß gleiten. „Du bist es, Paula! was bringst du deinem Vater?" fragte er, zärtlich zu den reinen, morgenfrischen Zügen seiner fünfzehnjährigen Tochter emporschauend.

„Du hältst unsern Glauben für schlecht, mein Vater, und nach dem, was du gehört und gesehen, wundert mich das nicht; aber es ist hier nicht immer so gewesen, und das Evangelium hat Nereus und Chloe ihre Trägheit und Schlechtigkeit nicht gelehrt."

„Sagte nicht euer Prophet gestern: an ihren Früchten sollt ihr sie erkennen. Warum soll ich von eurer Lehre nicht dasselbe sagen?"

„Ich kann nicht mit dir streiten, Vater", sagte das Mädchen sanft. „Aber ich bitte dich, lies dieses Buch, ob es uns eines von den Dingen lehre, die du uns vorwirfst? Du bist so gut und edel, du wirst nicht anders können als den Herrn auch lieb haben.“ Phlegon hatte während dieser Worte mechanisch die Rolle aufgezogen und indem er sie rückwärts faltete, sagte er: „Sieh, hier stehen ja die Worte, die Nereus gestern immerfort stöhnte: Warum sorget ihr für die Kleidung? Sehet die Lilien auf dem Felde, wie sie wachsen, sie arbeiten nicht, auch spinnen sie nicht . . . .“

„Aber, Vater“, unterbrach ihn das Mädchen, „komme nur in unsere Stube und sieh, wie viel wir in° diesem Winter gesponnen haben. Sieh, ob es bei uns nicht ordentlicher zugeht als bei Nereus und Chloe.“ „Dann thut ihr also nicht, was in euerem heiligen Buche steht“, erwiderte Phlegon, „hier heißt es ja, daß man nicht spinnen und nicht arbeiten solle.“

„Ach, das ist nicht so gemeint. Man soll sich nur nicht darum grämen, man soll so ruhig und gottvertrauend sich seine Nahrung und Kleidung schaffen wie die Blu=men, die ja doch auch sich nähren und kleiden, ohne viel Lärm davon zu machen.“

„Aber wie sollen denn die Leute im Winter satt wer=den, wenn niemand mehr in die Scheunen sammelt?“

„Bitte, Vater“, sagte die Kleine, „komme einmal in unsere Vorrathskammer und in die Küche und an den Speiseschrank, wie die Mutter alles in Ordnung hält. Da sieht es anders aus, als bei der trägen Chloe!“

„Das macht, eure Mutter ist eben keine Christin!“

„Dann will ich dich bei anderen Mitgliedern der Ge=meinde herumführen, daß du siehst, wie es bei ihnen aus=sieht.“

„Ich habe gestern genug gesehen“, erwiderte Phlegon unmuthig.

„Bitte, so lies wenigstens diese Rolle ganz und nicht nur einzelne Sätze."

„Dir zu lieb, mein Kind", sagte er, indem er einen Kuß auf ihre reine Stirne hauchte.

Fröhlich huschte die Kleine hinaus, und Phlegon drehte die Rolle hin und her. Endlich fing er doch an, da er es dem Kinde versprochen, ein Weniges zu lesen. Aber er war innerlich viel zu tief verbittert, als daß er in dem Buche etwas Anderes gefunden hätte, als die Bestätigung seiner Vorwürfe. „Was lese ich denn hier weiter", sagte er, „als was ich stets behauptet? Man soll sich schlagen und treten lassen wie der feige Nereus, man soll sein Eigenthum an die Bettler verschleudern, wie die weise Gräcina, man soll nicht nähen noch spinnen, wie die faule Chloe, so steht es hier geschrieben, so haben sie's gemacht. Das Buch ist so wie die Leute und die Leute so wie ihr Buch", und damit warf er es in eine Ecke, wo die arme Paula es des Abends betrüblich auflas und an sich nahm.

Die Ruhe und Milde, die von Ennia ausgehend in dem Kreise der Seinen herrschte, verfehlte indessen doch auch auf ihn nicht ihrer Wirkung. Er beschloß, jede stürmische Erörterung zu vermeiden. Ja, er überwand seinen Unmuth so weit, daß er sich Gräcina wieder näherte und es versuchte, durch freundliche Erörterungen, durch Gründe auf sie einzuwirken. Aber auch diese Methode erwies sich als fruchtlos. „Ennia hat ganz Recht", sagte er schließlich, „denen ist am schwersten beizukommen, die sich mit ihrer Schwäche vertheidigen. Amtlich einschreiten, heißt die arme Greisin den Gerichten überliefern; sie schelten, heißt der armen Kranken ihre Krämpfe zuziehen; ihr die Dinge in der Stille aus der Hand nehmen, heißt eine Geisteskranke bestehlen.“ So beschloß er denn, da er nun einmal einen längeren Urlaub erbeten hatte, noch eine Weile zuzuwarten, ob vielleicht ein günstiger Zufall sich ins Mittel lege. Das ruhige Zuschauen wurde ihm doch schwerer, als er gedacht hatte. Zwar die Sklaven waren wieder an ihre Arbeit gegangen, wie Ennia mit Vergnügen wahrnahm. Sie fürchteten in Phlegon immer= hin den kommenden Herrn. Aber Gräcina schien das eher mit Verdruß als mit Freude zu sehen, und Phlegon konnte sich von der Richtigkeit der Behauptung der alten Knechte überzeugen, wie erfindungsreich die unruhige alte Frau war, die Sklaven unter allen möglichen Vorwänden in ihrer Arbeit zu stören, abzuberufen oder auch die Unord= nung wieder herstellen zu lassen, die sie in guter Absicht hatten beseitigen wollen. Nach einigen Tagen bereits ließ der Eifer der so zwecklos hin und her gehetzten Leute nach, und erst als das süße alte Nichtsthun sich über die Villa ad pinum gelagert hatte, wurde ihre Herrin wie= der ruhiger. Phlegon hatte wohl hier und da versucht, sie auf groben Unfug aufmerksam zu machen, aber sie hatte das nie gesehen oder sehen wollen, was ihm vor Augen lag. Eine Verständigung war zwischen ihnen voll= kommen unmöglich. Die Motive, aus denen sie handelte, exiftirten für ihn nicht, die Motive, aus denen er han= delte, exiftirten für sie nicht. Sie ließ die Dinge thun, weil sie rührend, symbolisch, bedeutungsvoll waren, ihr als Barmherzigkeit erschienen oder sie an einen schönen Spruch oder ein heiliges Erlebniß erinnerten. Er wollte Ordnung, Sparsamkeit, Gewinn und strenge Gerechtig= keit zur Norm des Hauswesens gemacht wissen. Starrte er sie an wie eine Geisteskranke, wenn sie ihm mittheilte, sie liebe Tertius hauptsächlich darum nicht, weil er mit dem Spaten immer so wüthend in das Erdreich stoße, als ob er dem Boden recht geflissentlich wehe thun wolle, so konnte sie ihn nur bedauern, daß er in den schwimmenden Augen des Bruders Nereus nichts als die Folgen des Trunkes sehen wollte, und nicht die innere Ergriffenheit eines wiedergebornen Herzens. Fand er die Thüre der Villa bei der Rückkehr aus der Stadt wieder für Bettler und Diebe offen stehend, so fluchte er wohl: „Welcher Dämon hat sich hier wieder ein Loch offen gehalten?" Sie schaute in gleichem Fall gerührt zum Himmel und sprach: „Er hat seine Engelein vor mir hergesandt, damit ich nicht zu klopfen brauche, was immer einen so häßlichen Lärm macht und gar nicht so erwecklich klingt, wie wenn ich Nereus von weitem das Lied vom Lamm singen höre." Machte Phlegon sie aufmerksam, daß auf der Treppe des Vestibulum schon den dritten Tag Schmutz liege, an dem man kaum mehr vorüber könne, so erwiderte sie mit innigem Vergnügen über sich selbst: „Ich danke dem Herrn täglich, daß ich solche widrige Eindrücke gar nicht mehr in mich aufnehme. Ich sehe zur Seite, und im nächsten Moment ist es vorüber."

Den Sklaven selbst solche Dinge zu verweisen, konnte er sich nicht überwinden. Sie ließen ihn fühlen, daß nicht er ihr Herr sei. Strafen, auch wenn Ennia sie aussprach, wurden nicht vollzogen, denn wenn es dazu kommen sollte, hatte Gräcina immer alles „vergeben" und zürnte nur Phlegon, daß er sie fortwährend mit solchen Erbärmlichkeiten behellige. Als er einst Gräcina wiederum vor einen verborgenen Schrein ihrer trefflichen Chloe geführt hatte, wo eine Geldsumme, wie sie keine Sklavin ersparen konnte, neben längst vermißten kostbaren Gegenständen aufgespeichert war, und die Greisin der hin und her lügenden Vettel schließlich auf's Wort glaubte, sie habe das alles nur für Gräcina aufgespart, wenn einmal die Villa würde verkauft werden müssen, riß ihm die Gebuld. Er verlangte von Ennia, sie solle mit ihm nach Tibur ziehen und Gräcina ihrem Schicksale überlassen.

„Zu helfen ist ihr nicht", schloß er seine zornige Rede. „Sie kann weder befehlen noch gehorchen. Leute, die sie heute arbeitsam und willig bekommt, sind in Jahresfrist Trinker, Diebe und Lumpen. Wohin ich sehe, sehe ich Aberwitz und Unfug. Ich will, daß du diesem Zustande ein Ende machst. Mag sie mit ihrem Gute zu Grunde gehen, ich will nicht, daß meine Kinder in einer solchen Narrenwirthschaft aufwachsen und selbst zu Narren werden."

Aber Ennia weigerte sich aufs bestimmteste, ihm zu folgen. Sie erinnerte ihn an alle seine früheren Versprechungen. Sie werde sich nie von ihrer kranken Mutter lossagen, erklärte sie mit aller Festigkeit. Nur unter der Bedingung sei sie sein Weib geworden, daß er Gräcina's Schwächen ertrage, denn ohne diese Schwächen würde sie einen Freigelassenen auch niemals haben heirathen dürfen. Gleichgültig könne es ihm doch auch nicht sein, wenn das so herrlich gelegene Gut ganz verloren gehe, und daß die Luft an Habrian's Hof für seine Töchter heilsamer sei als die in dem Hause der Ahne, konnte er selbst nicht behaupten, denn Ennia führte ihren gesonderten Haushalt für sich, eben dazu, damit die Kinder sich nicht an Unordnung und Fahrlässigkeit gewöhnen sollten. So schleppten sich die Tage unlustig hin, und indem in trauriger Einsamkeit jeder seinen Weg für sich ging, mußte schließlich Phlegon sich selbst zugestehen, daß

durch ihn weniger Glück in dem eigenen Hause sei, und
daß es besser wäre zu scheiden. Stand er doch selbst unter
seinen Kindern wie ein Fremder. Nicht, daß sie irgend
welche Zeichen der Ehrerbietung oder den schuldigen Gehor=
sam hätten vermissen lassen, aber es lag etwas Fremdes
zwischen ihm und ihnen, und wenn sie lebendig wurden und
anfingen zu erzählen von den Geschichten, mit denen die
Sklaven sie erfreut, von den armen Leuten, oder ihre Verse
und Sprüche auskramten, schnürte es ihm immer die Kehle
zu. Sagte er ihnen dann irgend einen kräftigen Spruch
aus Phokylides oder Archilochus, so fanden sie ihn nicht
schön, und erzählte er ihnen aus Homer und Virgil, so
erwiderten sie, Gräcina sage, das sei alles nicht wahr!
— Endlich mußte er doch zu einem Entschluß kommen.
Unter den Verwandten Ennia's war einer, mit dem er in
freundlichen Beziehungen lebte und der für seine Söhne
einen gelehrten Griechen als Pädagogen hielt. Er hieß
Bassus. Zu ihm führte mit Ennia's Zustimmung Phle=
gon eines Tages Natalis und Vitalis, mit der Erklä=
rung, sie würden ein Jahr hier bleiben. Die Knaben
ließen sich das gern gefallen, da das Neue sie reizte.
Gräcina erfuhr erst die vollzogene Thatsache, und als sie
sah, daß ihre „aber" und „wenn" ihr dieses Mal nicht
das Geringste helfen würden, tröstete sie sich damit, daß
sie nun eine neue Gelegenheit habe, erbauliche Briefe zu
schreiben, eine Gewohnheit, der sie mit eben solcher Lei=
benschaft ergeben war, wie Bruder Nereus dem Falerner.
Noch am selben Tage ging eine dicke Rolle an die Knaben
ab, der Phlegon mit Unmuth nachschaute.

Endlich war es auch für ihn Zeit, nach Tibur zurück=
zukehren, und er nahm am letzten Abend einen kühlen Ab=
schied von der Alten. Als er am andern Morgen seine

Sachen nach der Sänfte tragen ließ, die ihn bis vor die Stadt führte, wo ein kaiserlicher Wagen ihn aufnehmen sollte, trat Ennia heiter an ihn heran: „Die Mutter macht dir auch noch ein Gastgeschenk!"

„Nun, will sie mir die Summen überlassen, die ich ihr eingetrieben?"

„Da kennst du sie schlecht."

„Nun, was denn?"

„Den Tritonen! Auch sollst du einen Korb voll Feigen an Hermas bestellen, einen Korb voll Pfirsiche an die Obsthändlerin Tryphäna, einen Sack voll Nüsse an den kleinen Titius."

— — „Nicht auch einen Wagen voll Kraut an die Straßenbettler?"

„Bitte, Phlegon!"

„Nun denn, im Namen des Erebus, packe auf! Wo ist der Wassergott? So — nimm diesen Kuß, und nun weiter zum Eingang der via Tiburtina, wo der Karren wartet."

Mit Thränen in den Augen schaute die schöne Frau der Sänfte nach und kehrte dann gesenkten Hauptes nach dem Hause zurück, aus dem ihr die Morgenhymnen des Gesindes entgegenschallten.

Phlegon saß lang in dumpfen Unmuth versunken in seiner Sänfte, indem er überdachte, um wie viel ärmer an schönen Zukunftsträumen er die Villa ad pinum verlasse, der er vor einer Woche so freudig entgegengeschritten war. Wohl ließ sich an dem Platze, falls es Ennia gelang, wenigstens den Verkauf zu verhindern, eine neue Schöpfung hervorzaubern, aber dazu mußte nun Phlegon Mittel aufhäufen, er aber befaßte sich so ungern mit ökonomischen Dingen, und seine Stellung bei Hadrian beruhte nicht zum kleinsten Theil darauf, daß der Cäsar seine Uneigennützigkeit erprobt hatte.

„Möglich", sagte er vor sich hin, „daß sich aller Schaden heilen läßt, aber bis die alte Thörin in der Gruft der Pomponier beigesetzt sein wird, ist mir dann, dank ihr, in meinen Söhnen eine neue Sorge aufgewachsen. Hat der Kampf gegen die Hartnäckigkeit der Alten ein Ende, so fängt der gegen die Verkehrtheit der Nachwachsenden an. Großer Jupiter! es ist ein übles Geschäft, was du dem Menschenvolke aufgetragen. Ist man kein Halbgott, so wäre man besser ein Thier oder ein bewußtloser Fels. Leben und Fühlen ist Leiden .... Zwischen dem ersten Schrei ins Leben und dem letzten Todesröcheln liegen wenig Freudelaute!"

Mit Neid betrachtete er rechts und links die Gärten und Villen, deren Besitzer es bei ungleich kleineren Mitteln verstanden hatten, ihr Eigenthum zu einer Zierde der Stadt zu machen, während Gräcina es so trefflich fertig gebracht, ein Grundstück zu verwüsten, das durch ein Jahrhundert der Stolz der via lata gewesen war.

Unter so trüben Gedanken war Phlegon am Eingang der via Tiburtina angelangt, wo einer der Wagen, die täglich zwischen der Villa Hadrian's und Rom hin- und hergingen, seiner wartete. Zu seinem Verdruß hatte aber sein College Suetonius, der magister epistolarum, auf demselben Platz genommen, einer der geschwätzigsten Hausbeamten, der seinen Beinamen Tranquillus sehr mit Unrecht trug. Eine Weile wegen seiner Aufdringlichkeit und taktloser Vertraulichkeiten, die er sich gegen die Kaiserin Sabina erlaubt hatte, vom Hofe verwiesen, war er seit der Trennung des kaiserlichen Ehepaars von Hadrian zurückgerufen worden, da des Kaisers eifersüchtiges Ge=

müth an der Lästerchronik Gefallen fand, mit der Sueton das Andenken der vergangenen Regierungen verfolgte. Der durch Plinius emporgekommene Streber, ein Anekdotenkrämer gewöhnlichster Art, verachtete zwar in Phlegon grünblich den Griechen und Freigelassenen, dennoch drängte er sich ihm auch heute auf, um sich die drei Stunden der Fahrt grünblich satt schwatzen zu können und zu gleicher Zeit sich die Neigung Phlegon's zu erringen, der für äußerst einflußreich galt. „Wer des Cäsar's Verse feilt, ist eine wichtige Person", sagte der alte Schwätzer, „ich muß Phlegon warm halten, wer weiß wozu man es noch einmal brauchen kann!" Zerstreut und einsilbig hörte dieser die Hofchronik der letzten Woche. Nur als er von dem Anschlag auf das Leben des Antinous vernahm, zeigte er ein lebhaftes Interesse, wiewohl er aus dem wirren und vielfach übertriebenen Gerede seines Begleiters nicht klug zu werden vermochte. Zu seiner Stimmung paßte die lärmende Geschäftigkeit desselben, der ihm jeden Augenblick einen anderen Dienst erweisen wollte, wenig; sie benahm ihm den Athem wie der süßliche Schwefelgeruch, der von den Schwefelbädern der aquae · Albulae zu ihm herüberdrang. Bei dem prächtigen Badhaus an den Schwefelseen wurde Halt gemacht, und da sein Genosse, während die Pferde verschnauften, sich bei den Badegästen neue Abnehmer seiner Nachrichten suchte, benutzte Phlegon die Gelegenheit, dem Wagenlenker zu sagen, er werde den Rest des Weges zu Fuß machen, und ihm sein Gepäck anzuempfehlen, dessen seltsame Beschaffenheit ein letztes unerwünschtes Andenken an Grächa war, und das ihm gleichfalls wünschenswerth erscheinen ließ, nicht in Person mit demselben in Tibur einzufahren. Indem er einen Seitenpfad nach den Steinbrüchen einschlug, aus denen vor fünfzig Jahren Vespasian die kolossalen Steine seines Amphitheaters gebrochen hatte, entzog er sich den Blicken der Hofdiener, deren Wagen nun der Reihe nach hier sich sammelten, erklomm die Höhe über den Brüchen und schaute mit Entzücken die blauen Sabinerberge vor sich ausgebreitet, verfolgte den silbernen Faden des Anio, schlürfte die von Osten wehende Morgenluft, die die Schwefeldämpfe nach der anderen Seite jagte, und ging so mit einem gewissen Wohlgefühl seinen Weg, dem Zirpen der Cicaden lauschend, die ihn in seinen Gedanken weniger störten, als das endlose Gerede des Höflings. Wie rechts und links die Bienen summten, so träumte sein eigener Sinn in angenehmer Dumpfheit dahin, bis an einer Thalfalte ihn die Töne einer Schalmei aus seinem Sinnen aufstörten. „Verfolgen mich die Stimmen aus dem Hause der Gräcina bis hierher, oder bin ich bereits unklug im Kopfe geworden?“ sagte Phlegon, „aber kein Zweifel, da spielt wieder Einer das Lied vom Lamm, das Bruder Nereus so erbaulich zu plärren versteht.“ Auf der nächsten Höhe tauchten die Rücken einiger Schafe empor, und Phlegon erklomm dieselbe, um sich den Christianer zu betrachten, der sich die beschauliche Beschäftigung des Schafehütens zu seinem Berufe erwählt hatte. Er fand eine lange Gestalt in den gewöhnlichen Mantel der Ziegenhirten der Sabinerberge gehüllt, das Gesicht beschattet von dem breitkrämpigen Hute. „Siehe, Phlegon“, sagte eine ihm bekannt klingende Stimme, „die heiligen Töne haben dich herabgezwungen von deinem bequemen Wagen und dich, ohne daß du es wußtest, hierher gezogen in diese Wüste. Bekenne nun, daß mein Gott noch heute Wunder thut.“

„Beim Hercules, der die Burg von Tibur hütet“, sagte Phlegon, „du bist es, Hermas! was soll der Mummen-

schanz? Seit wann bist du unter die Ziegenhirten ge=
gangen?"

„Schafe hüte ich, Phlegon, träge und fröhliche. Auch
hier giebt es Sünder und Heilige, aber so sauer ist der
Dienst nicht als bei deinem Cäsar, und bis das Ende
kommt, bin ich lieber Hüter der harmlosen Creatur als
der Bosheit der Menschen."

„Ich hörte schon von Sueton, daß du im Zorn von
Hadrian schiedest, obwohl du seinem Liebling das Leben
gerettet hast. Aber Tranquillus meinte, du seiest zu den
Deinen zurückgekehrt und wollest deinem Bruder Pius
helfen einen Thurm bauen, von dem ihr die Ankunft
eures Herrn vom Himmel her als die Ersten sehen könntet."

„Sueton wird Rechenschaft geben, wenn der Herr
kommt, von jedem unnützen Wort, das er geredet hat."

„Da wird's ihm schlecht gehen!" lachte Phlegon.

„Ich ging allerdings zu den Meinen nach Rom zu=
rück, aber da mir ihr Wandel nicht gefiel, sagte ich Pius,
ich wollte seine Schafe hier in der Wüste hüten; hier be=
sucht mich der Herr, hier spricht der Geist mit mir, und
als ich drüben das Treiben in den Steinbrüchen beobach=
tete, da schrieb ich eine Prophetie von dem Bau der Welt,
der wie jeder Thurm schließlich ein Mal zu Ende ge=
führt werden muß, und zeigte, wie jeder Mensch ein Bau=
stein in diesem Thurme sein soll. Das hat Sueton ge=
hört durch die Brüder, die mir täglich Speise aus der
Villa herübertragen und denen ich dann mein Buch vor=
lese, und hat sich nach seiner Weise eine Lästerung daraus
gemacht."

„Du weißt dir die Zeit zu vertreiben in der Einsam=
keit, wie ich sehe."

„Ich bin nicht einsam", sagte Hermas geheimnißvoll.

„Eine Frau besucht mich, das ist die Kirche, ein Hirte redet mit mir, das ist mein Engel; der Geist kommt auf mich, und jegliche Creatur wird mir zum Gleichniß seines Reiches. Wenn die Büffelheerden der Landgüter den Staub auftreiben auf der Landstraße, gedenke ich der Nöthe, die dem Kommen des großen Drachen, des Behemot, vorangehen werden, der uns auch so anstarren wird mit glühenden rothen Augen wie die Büffel, daß uns das Herz erstarrt. Wenn ich im Walde sehe, wie die einen Aeste grün werden, die andern kahl bleiben, so daß man jetzt erst erkennt, welche erfroren waren und welche saftig, dann gedenke ich, daß man in dieser Zeit die Heuchler nicht von den wahrhaft Gläubigen unterscheiden kann, wenn aber der Frühling des Herrn kommt, dann wird offenbar werden, in welchem wahrhaft der Lebenssaft ist. Oder wenn ich drüben die sieben Berggipfel sehe, jeden anders beleuchtet, anders bewaldet, anders bewohnt, dann sagt mir der Geist, daß hienieden auch jeder auf seinem besondern Berge wohnt. Die Weidenzweige, die du hier siehst, habe ich gepflanzt, daß sie mich erinnern, wie der Mensch wächst in der Gnade oder welk wird. Die, die von den Raupen angefressen sind, das sind die Zweifelsüchtigen, die der Teufel weich fand, die, welche die Kronen hängen, sind nicht tief genug gepflanzt im guten Erdreich . . . . .“

„Wie schade“, unterbrach ihn Phlegon grimmig, „daß deine Schülerin Gräcina nicht hier ist, sie könnte wieder eine neue Gartenanlage von dir erlernen, um die Villa ad pinum vollends zu einem Narrenhause zu machen.“

Hermas erröthete. „Das Haus deiner Schwiegermutter“, sagte er, „wird von zwei Geistern regiert, dem Geiste der Liebe, der gut ist, und dem Geiste des Eigenwillens, der schlimm ist. Ich habe Gräcina oft gesagt, der Gläubige sollte mehr Ehrfurcht haben vor der Creatur und nicht Bäume abschlagen, die ihren Schöpfer durch ihre Schönheit loben, aber Gräcina nahm aus meiner Rede, was ihr paßte; das Uebrige, schien es, hörte sie nicht."

Phlegon schaute Hermas scharf in die Augen, als er aber in dem treuen, ehrlichen Blick keinerlei Unklarheit zu entdecken vermochte, erzählte er dem betrübt zuhorchenden Propheten, was die Villa ad pinum früher gewesen, was sie jetzt sei, und welcher Sklavenunfug unter dem Namen der neuen Sekte sich in dem Hause breit mache. „Ich will sehen, ob ich dir helfen kann", erwiderte Hermas. „Ich wußte wohl, daß viele falsche Brüder unter euch sind, und Gräcina hat weder die Gabe, die Geister zu unterscheiden, noch den Willen, das Beste zu behalten, wenn es ihrem Eigensinn Zwang auferlegt. Aber, mein Bruder, wenn ich die bösen Geister der Andern bekämpfe", fügte er hinzu, indem er Phlegon innig ansah, „möchte ich den deinen nicht groß ziehen. Merkst du nicht, daß der Mammon dein Plagegeist ist, der dir bei Tag und Nacht keine Ruhe läßt? Siehe hier die blühende Flur, die dich mit hundert guten Stimmen grüßen wollte, du aber bist hindurchgegangen, und dein Dämon raunte dir in's Ohr: jetzt hat Gräcina dem Celsus wieder Geld gegeben, und er klimperte dir mit den Denaren am Ohr, daß du es hörtest. Die Berge warfen dir ihre blauen Grüße zu, da sagte der Dämon: gewiß nimmt Salvianus der Gräcina jetzt das letzte Wasser. Gott sendete dir im Morgenhauch seinen Engel entgegen, um dir heitere Gedanken zuzuwehen, dein Dämon aber fragte dich: wie viel Flaschen des alten Falerners glaubst du, daß Nereus noch übrig gelassen hat? Wenn Gott dir den

Engel Schlaf sendet, so verscheucht ihn der Dämon, du wälzest dich im Fieber auf deinem Lager, dein Herz krampft sich zusammen, und du nimmst deinen Teufel noch an die Brust und läßt dir von ihm erzählen, was Gräcina noch alles vergeuden und verderben könnte. Das Verlorne wird dir keine Angst und Sorge mehr zurückbringen, und es ist nur die teuflische Bosheit deines Dämons, daß er dir auch noch die Gegenwart verdirbt mit der Vergangenheit und dich damit gleich unbrauchbar macht für die Zukunft."

„Vielleicht", erwiderte Phlegon, „hast du nicht ganz Unrecht, aber es ist doch kein böser Geist, der mir sagt, ich solle mich um die Zukunft meiner Kinder sorgen."

„Wie viel Kinder hast du?" fragte Hermas.

„Nicht weniger als acht", seufzte Phlegon.

„Und wie viel könnte die Villa jährlich ertragen?"

„Wie Gräcina sie verwüstet hat, kaum sechzehn große Sesterzen."

„Also daß nach deinem und Ennia's Tod, in dreißig Jahren, jedes deiner Kinder zwei Sesterzen weniger einnehmen wird, wenn sie Legaten, Procuratoren, Präfekten oder Gattinnen von solchen sind, deren jeder zehn Sesterzen vielleicht als solcher einnimmt, darüber grämst du dich, wirst gelb und grau? Merkst du denn nicht, wie dich dein Dämon plagt? Hu, ich rieche den Schwefelgeruch."

„Den Schwefel der Albula riechst du, alter Thor", sagte Phlegon unwillig. „Doch du meinst es gut", fuhr er milder fort, „mein guter Hermas. Ich habe aus euren Büchern vorlesen hören, daß man nicht an den kommenden Morgen denken soll, daß man sich das Futter suchen soll wie die Vögel des Himmels, die den Straßenkoth und Pferdemist nach unverbauten Körnern durchsuchen — das mag für die

große Welt der Sklaven und Bettler eine richtige Lebens=
weisheit sein, ich aber will nicht vierzig Jahre dafür gearbei=
tet haben, damit meine Kinder wieder von vorn anfangen,
um vielleicht nicht halb so weit zu kommen. Daß eines
der großen geschichtlichen Grundstücke der Stadt im Besitz
meiner Familie sei, das wird die Welt vergessen lassen,
daß der Großvater meiner Kinder ein Sklave war. Darum
will ich das alte Gut der Pomponier festhalten, obgleich
auch eine sichere Rente, sei sie noch so klein, ein Strick
ist, der eine Familie hindert, im Schlamm zu versinken."

„Ich fürchte nur", erwiderte Hermas, „du wirst dieses
Gut nicht dazu brauchen, wozu uns Gott Güter verliehen
hat. Siehe jener Ulmenbaum ist ein unfruchtbares Holz,
aber indem er der Rebe zur Stütze dient, bringt auch
er süße Früchte. Ohne ihn wären es weniger Trauben,
und man kann darum wohl sagen, daß auch er Wein
gebe. So kann der Reiche, der die Gläubigen unterstützt,
gleicherweise es fertig bringen, daß mehr Glaube, Liebe
und Gebete sind, auch wenn er selbst nicht glaubt. Willst
du dessen eingedenk bleiben?"

Phlegon machte eine unwillige, abwehrende Bewegung.

„Nun ich sehe", erwiderte Hermas, „du willst deinen
Dämon nicht ausgetrieben haben. Da du nicht im Herrn
bist, habe ich auch kein Recht dazu, dich gegen deinen
Willen von ihm zu befreien. Von Nereus aber, Chloe
und den Andern, die gleichfalls von unsaubern Geistern
besessen sind, werde ich dir helfen. Sie müssen Kirchen=
buße thun, und dann will ich kommen und deinen Garten
hüten. Auch die Bäume sind eine gute Creatur Gottes,
ich will nicht, daß sie im Namen des Herrn von Heuchlern
geopfert werden. Gegen Abend kommt ein Knecht aus
der Stadt, um mir neue Schafe zuzuführen, der mag die

ganze Heerde zusammenhalten, damit ich mit Pius und den Aeltesten über die Kirche in euerem Hause verhandeln kann; ich will nicht, daß Aergerniß sei, ich will nicht, daß eine Seele verloren gehe um der Heuchler willen." Phlegon reichte ihm die Hand und wanderte schweigend Tibur zu. Lange schaute Hermas ihm nach, indem er bedenklich das Haupt schüttelte. Die Schalmei ruhte, die Schafe zerstreuten sich oft weit, ehe der Hirte es merkte. Es war gut, daß zum Mittag ein Knecht eintraf, der ihm Speise brachte und dem er die Heerde übergeben konnte, denn Hermas war kein guter Hirte, wenn seine Träume über ihn kamen und bei dem Thurmbau im Geist war mehr als ein Schaf des Pius zu Schaden gekommen. —

Auf dem gedeckten Solarium, dem geräumigen Söller des Productenhändlers Pius beim Theater des Marcellus, waren zu später Abendstunde mehrere Presbyter, Vorsteher der sieben beträchtlichsten Gemeinschaften der Hauptstadt und zwei Wanderlehrer versammelt, um die Fragen zu be= rathen, die der Bischof Roms ihrer Begutachtung vorlegte. Der gegen die Gallerie wegen der Nachtluft mit Leinwand abgeschlossene Raum war durch eine Fackel erleuchtet, die an einer eisernen Stange geklammert war und um die die Männer einige Bänke und Tische zusammengerückt hatten. Die Versammelten hatten meist das mittlere Lebensalter schon hinter sich, und die von dem flackernden Lichte be= leuchteten Charakterköpfe der wetterharten alten Plebejer boten einen eben so malerischen als die Neugierde heraus= fordernden Anblick dar. So stellte der biedere Pfahlbürger, der die Ruhe der Kaiserzeit und den Römerfrieden pries, sich eine Verschwörung vor. Der Vorsitzende, der statt= liche Pius, eine jener sichern Gestalten, die sofort durch ihre feste Haltung Zutrauen einflößen und denen jeder gern gehorcht, weil das Vertrauen, das sie zu sich selbst fühlen, sich auch Anderen mittheilt, rollte eben ein Buch zusammen und legte es vor sich. „Nach dem Allen", sagte er, „stimme ich Niger bei. In dieser Bearbeitung des Buches habe ich nichts mehr gegen die Zulassung desselben im Gebrauch der Gemeinde einzuwenden. Die mit der Bearbeitung beauftragten Brüder haben das Aergerniß der Leugnung einer persönlichen Wiederkunft des Herrn beseitigt. Clemens hat deutliche Hinweise auf die Auferstehung des Fleisches hinzugefügt. Die abenteuerliche Erzählung von der Wasserspende ist durch die bis jetzt übersehene von der Ehebrecherin ersetzt, und ich glaube, wir thun gut, ein Buch, das doch überall gelesen wird und nicht mehr zu verdrängen sein dürfte, in dieser Form zuzulassen."

„Ich widerspreche nicht gern", sagte ein hager aussehender älterer Mann, dessen Profil den gebornen Juden verrieth. „Ich habe immer gefunden, wenn jemand einen Fall nicht in der ersten Viertelstunde begreift, so begreift er ihn in den folgenden zehn Jahren auch nicht. Ein Buch, das aus der Schule des Valentinus hervorgegangen ist, das alle Erzählungen vom Leben des Herrn zu Gleichnissen gnostischer Weisheit herabsetzt, kann weder durch Auslassungen noch durch Zusätze zu einer gesunden Lehrschrift für die Gläubigen werden. Ich muß eurer Kirche auch heute, wie früher, abrathen, euch nicht von den bestechenden Worten einer menschlichen Weisheit berücken zu lassen, durch welche dieses Werk sich auszeichnet. Mir ist diese ganze schöne Sprache eine glänzende Schlangenhaut. Die Kirchen Judäa's wenigstens werden dieses Buch nicht aufnehmen."

„Hegesipp also ist gegen die Zulassung", sagte Pius mit ruhiger Gelassenheit, „die Presbyter der römischen Kirche haben sich jedoch schon neulich einstimmig für dasselbe ausgesprochen. Ich höre aber, Pescennius habe nachträglich noch Einwendungen erhoben.

„Es ist, wie du sagst, ehrwürdiger Vater", erwiderte ein jüngerer Mann. „Dein Bruder Hermas, mit dem ich braußen auf deinem Gut an der tiburtinischen Straße das Buch las, weil er ein gesundes Urtheil hat, meinte, der Apostel, den unsere Vorgänger für den Begründer der römischen Gemeinde erklärt haben, Simon Petrus, werde allzu unfreundlich in dem Buche behandelt. Ueberall müsse er hinter Johannes zurückstehen, seine Verleugnung des Herrn werde erzählt, aber nicht seine bittere Reue, deren Thränen die Schuld wieder abwuschen. Hermas hat darum aus Erzählungen, die mündlich, wie er sagt, umlaufen, noch einen Nachtrag entworfen, der die Restitution des Petrus enthält, und ich glaube, es verlohnte sich, wenn die dafür geordneten Brüder denselben einer Prüfung unterwerfen wollten. Clemens selbst tritt den Vorschlägen des Hermas bei."

„Es wird dem Versuch des Pescennius nichts im Wege stehen", sagte Pius. „Da Niemand widerspricht, ermächtige ich dich, die Schrift nochmals deinen Mitarbeitern vorzulegen, ob sie es für nöthig finden, die nachträglich erhobenen Bedenken in Betracht zu ziehen. — Nun läge noch eine Angelegenheit für heute zur Berathung vor", fuhr Pius fort, „die gleichfalls Hermas anregte, nämlich der Zustand der Kirche im Hause der Gräcina, der schon mehrmals unsere Sorge in Anspruch genommen hat. Nereus, den die dortige Gemeinde zu unserer Verwunderung mit ihrer Vertretung betraut hat, ist heute, wie meistens, hier nicht anwesend, und einen würdigeren Aeltesten zu senden konnte die Kirche ad palmam be-

bauerlicherweise nicht bestimmt werden. Halten die Brü=
der für angemessen, daß wir trotzdem die Klagen gegen
Nereus hier vornehmen?"

„Da er eingeladen war und wußte, um was es sich
handelte", erwiderte Simeon, „würde ich doch um eine
vorläufige Besprechung bitten. Auch ich habe dort Wahr=
nehmungen gemacht, die ein Einschreiten als wünschens=
werth erscheinen lassen, und da ich morgen nach Jllyrien
und Macedonien abgehe, möchte ich noch zuvor mein Herz
von der Verantwortung, die uns alle trifft, entlasten."

„Gut", erwiderte Pius, „die Sache ist also die: das
üppige und träge Leben im Hause der Gräcina hat trotz
unserer Warnungen an die Brüder auch in dem letzten
halben Jahre sich nicht gebessert. Der Zustand des Hau=
ses und Gutes ist ein Bild der Unordnung und erinnert,
wie Simeon sich ausdrückte, an den Acker des Thoren
und den Weinberg des Faulen, von dem der weise König
des alten Bundes spricht. Gräcina's großes Vermögen
ist so erschöpft, daß sie an den Verkauf ihres Gutes denkt,
wobei es ohne große Aergernisse nicht abgehen wird. Grä=
cina wird zum abschreckenden Beispiel für die ganze Haupt=
stadt werden, wohin man komme, wenn man sich mit den
Jüngern Christi einlasse. Es kann daraus eine neue
Verfolgung der Brüder erwachsen und jede andere Ge=
fahr. Zu dem Allen kommt, daß der Mann ihrer Tochter
Phlegon ist, der Geheimschreiber Habrian's, der jeden Tag
ein neues Edict gegen uns erwirken kann. Nach lang=
jähriger Abwesenheit kehrte er nach der Villa ad pinum
zurück und sah die Verwüstung, die Gräcina mit Hülfe
einiger den Lüsten ergebenen falschen Brüder dort ange=
richtet hat. Im Zorn verließ er das Haus, nachdem er
vergebliche Versuche gemacht hatte, Ordnung zu schaffen.

Ich sehe es als eine besondere Fügung des Herrn an, daß er auf dem Wege nach Tibur Hermas begegnete. Hermas erzählt, Phlegon habe zu seiner eigenen Ueberraschung plötzlich seinen bequemen Wagen verlassen und habe sich durch Dorn und Dickicht nach dem Weideplatz herübergearbeitet, indem er wie ein Traumwandler den Tönen des heiligen Liedes folgte, durch das Hermas auf seiner Schalmei ihn lockte.“ Ein Lächeln ging durch die Reihe der Presbyter, dann fuhr Pius fort: „Sei dem wie ihm wolle, er klagte Hermas sein Leid, und dieser versprach ihm, das Presbyterium werde Gräcina zu einer verständigeren Verwaltung ihrer Glücksgüter bestimmen und insbesondere verhindern, daß dieselbe das Gut ihrer Väter dem Verkaufe aussetze.“ Als Pius geendet, fügte Simeon aus seinen Erfahrungen eine drastische Beschreibung der Zustände auf der Villa ad palmam hinzu und erklärte, es sei hohe Zeit, den immer mehr in seinen Lüsten verkommenden Nereus seiner Würde zu entsetzen und die Armenunterstützung der Gräcina einer Aufsicht zu unterstellen, damit nicht Gräcina, in der Meinung Liebe zu üben, die Trägheit fördere. Auch Andere sprachen sich in diesem Sinne aus. Nur Hegesipp war auch bei dieser Verhandlung anderer Meinung.

„Mir scheint“, sagte er, „die Furcht, Gräcina könne euch eine Verfolgung zuziehen, hat euch ungerecht gemacht gegen ihre Tugend. Was thut sie anderes, als was der Herr vorschreibt: verkaufe, was du hast, und gieb es den Armen. Seit wann ist es Aufgabe der Aeltesten, ihre Gemeindeglieder zu ermahnen, sich ihres Mammons nicht zu entledigen? Predigen wir doch überall, daß die Reichen schwer in's Himmelreich kommen. Mich hat es gefreut, nach langem Suchen eine Schwester zu finden, die wirklich die Vorschrift des Evangeliums erfüllt, die das thut, was wir predigen. Ist Nereus ein Säufer, so setzt man Nereus ab, die Schwester Gräcina aber verfolge man nicht darum, weil sie thut, was der Herr geboten hat."

„Was der Herr gebot", sagte Pius mit Festigkeit, „galt jenen Tagen, da das Reich mit Gewalt gegründet werden sollte. Die sein heiliges Angesicht schauten, hatten freilich Wichtigeres zu thun als Fische zu verkaufen oder an der Zollstätte zu sitzen. Auch leugne ich nicht, daß Zeiten des Kampfes wiederkehren können, in denen wir alles irdische Gepäck abwerfen müssen, um die Arme frei zu haben, wie damals. Als aber das Reich begründet war, sagten seine Apostel nicht mehr, man solle Handel und Arbeit lassen, sondern es solle alles ehrlich zugehen im Handel, und es solle jeder mit eigener Hand schaffen, daß er niemandes bedürfe, und wer nicht arbeitet, soll auch nicht essen."

„Euer Lügenapostel!" murmelte Hegesipp halblaut vor sich hin. Zornig fuhren die Nachbarn von den Sitzen auf, aber Pius fuhr fort, als ob er die Unterbrechung nicht gehört habe: „Ich werde Phlegon nicht zumuthen, daß er, der Ungläubige, ein Schalten mit dem Erbe seiner Kinder dulde, das ich mir im eigenen Hause verbitten würde. Wir werden einschreiten, und da Simeon leider uns morgen verläßt, schlage ich vor, daß wir einen andern Bruder mit der Untersuchung der Zustände der Kirche im Hause der Gräcina beauftragen." — „Hermas!" riefen einige Stimmen. „Hermas ist Kläger", erwiderte Pius. „Also Hermas und Niger!" Ein Murmeln der Zustimmung wurde laut. „Ich habe nichts dagegen", sagte Pius, „bitte dann aber Niger in erster Reihe das Wort zu nehmen und die Untersuchung zu führen, damit . . . . ."

Weiter kam der Redner nicht, denn in diesem Moment flog ein schwerer Stein durch die Lücke des Vorhangs von der Straße herauf und schlug polternd auf den Saal=boden, andere fielen auf die Leinwand. ,,Löscht das Licht!" rief Pius rasch hinter sich. Von der Straße er=scholl ein Hohngeschrei, und ein Hagel von Steinen flog gegen die Wand des Hauses, von der der Kalk abbröckelte, oder prallte polternd gegen die Laden und die hölzerne Gallerie des Söllers. Dann hörte man, wie die Thäter eilig weiter sprangen, um den Wächtern nicht in die Hand zu fallen. ,,Wann wird diesem Unfug des Pöbels ein Ende gemacht werden", sagte Pius kopfschüttelnd, nachdem er im Tablinum eine Lampe angezündet hatte. ,,Mir war, als hörte ich vor dem Werfen die fette Stimme des Nereus unter den Flüsternden", sagte Pescennius, der am weitesten gegen die Straße zu gesessen hatte.

,,Wir sprachen eben von ihm, da ist die Täuschung begreiflich."

,,Wie sollte er zu solchem Verrath kommen?" sagte ein Anderer.

,,Wann willst du dein verdrießliches Geschäft begin=nen?" fragte Pius den alten Niger. ,,Wenn es Hermas möglich ist, gleich morgen", erwiderte der Greis. ,,Man muß dem Teufel den Hals umdrehen, ohne ihn lang zu betrachten."

,,Solltet ihr nicht noch hier eine Weile abwarten, bis sich die Rotte zerstreut hat?" mahnte Pius die zum Auf=bruch Rüstenden.

,,Es waren nicht mehr als drei oder vier, und wir sind neune."

,,So behüte euch der Herr. Ich danke euch für den Frieden, den ihr meinem Hause gegeben", sagte Pius,

indem er Hegesipp die Rechte reichte, die dieser kräftig
schüttelte. Dann schloß der bedächtige Kaufherr selbst
hinter den Gästen die Thür durch zwei gewichtige Eisen-
stangen und zog sich in sein Schlafgemach neben dem
Atrium zurück, wo erst nach Mitternacht die Lampe über
seinem Ruhepolster verlosch.

Neuntes Kapitel.

———

Als Phlegon die Aniobrücke erreicht hatte, von der
der Weg zur Villa rechts abbog, und unter den hohen
Steineichen und Olivenbäumen rastete, die das Grabmal
der Plautier beschatteten, fiel ihm der gewaltige Fort=
schritt der Arbeit auf, den die Cohorten von Sklaven,
Maurern und Gärtnern in der kurzen Zeit ermöglicht
hatten, die er bei seiner Familie in Rom hatte zubringen
dürfen. Als er Hadrian vor drei Wochen verlassen, waren
hier Pyramiden von Backsteinen aufgethürmt, der Wald
scholl vom Geschrei der an zwanzig Stellen bauenden
Arbeiter, die Fundamente der Gebäude ragten mancher
Orten erst mannshoch über die Erde hervor. Jetzt lagerte
feierliche Stille über dem blühenden Abhang, die rothen
Backsteinhaufen waren abgefahren, die Kalkgruben zuge=
worfen, die Erde ausgeebnet und der Rasen eingesäet.
Rechts und links grüßten Marmorgestalten, die sich strah=
lend von den dunkeln alten Bäumen abhoben. Die Façade
des griechischen Theaters grenzte sich in leuchtender Pracht
von der dahinter liegenden Laubwand ab. Aus der Pa=
lästra, die in dem Lorbeergestrüpp versteckt war, hörte
Phlegon die volle dunkeltönende Stimme seines Lieblings
Antinous, der die Spiele der Knaben befehligte. Am
Nymphäum vorbeigehend, entzückte ihn das Rauschen des
köstlichen Wassers in der tönenden Halle. Ein breiter
Cypressengang, in dem rechts und links die herrlichsten,

von den griechischen Inseln entführten Statuen grüßten, leitete an der Bibliothek vorüber zur höher gelegenen Wohnung Hadrian's hinauf. „Sei mir gegrüßt, du liebes Centaurenpaar!" sagte Phlegon zu den aus rothem Marmor gefertigten Werken der Meister von Aphrodisias, die die Treppe zierten, von denen das zur Rechten einen alten Pferdmenschen darstellte, den Amor, der kleine Dämon, reitet, indem er ihm von hinten die Arme bindet, während der junge zur Linken fröhlich der Liebe Spiel entgegentrabt. Oben auf der Terrasse, wo man das Hippobrom, die Akademie und das ägyptische Kanopus überblickte, fand Phlegon seinen Herrn. Der Kaiser hatte die windige Höhe des Heraklestempels in der Stadt bereits verlassen, und obwohl hier und dort noch ein kunstfertiger Architekt mit einigen Arbeitern leise ab und zu ging, war das Haus des Kaisers bereits so vollkommen ausgestattet, als ob es seit Jahren bewohnt wäre. Die Leibwache hatte gleichfalls ihre Zellen schon bezogen. An den übrigen Gebäuden, die auf den Umkreis von sieben Miglien zer= streut waren, wurde noch gearbeitet und namentlich die Architekten des Elysium, des Tartarus, sowie die des Kanopus und der zahlreichen Tempel hatten schwere Tage, da Hadrian täglich noch zu bessern fand und je nach der neuesten Mittheilung über die ältesten Cultformen auch wieder bauliche Aenderungen beliebte, die oft schwer her= zustellen waren, obwohl der Kaiser selbst die Risse mit gewohnter Meisterschaft auf die Holztafeln hinwarf. Wäh= rend Phlegon diese neue Welt musterte und sich in den Gartenanlagen erging, zwischen deren Büschen man über die Ebene nach den fernen Giebeln der Hauptstadt hin= übersah, überkam ihn selbst der Reiz des Schaffens, und er gelobte sich, unter Benutzung aller Erfahrungen dieser granbiofen Schöpfung bereinst den Garten der Villa ad pinum zu neuer Pracht erstehen zu lassen. Noch biesen Abend wollte er Ennia schreiben, um jeden Preis solle sie das herrlich gelegene Grunbstück festhalten, damit er bereinst einen Fleck wie biesen mitten zwischen dem Staub unb Lärm der Hauptstabt pflanzen könne.

Der Kaiser empfing ihn gnäbiger als je. Das machte, er war des geschwätzigen Sueton, der Phlegon vertreten hatte, grünblich satt. Mit .herzgewinnenber Freude wurde das Geschenk des Tritonen von ihm entgegengenommen unb Phlegon eingelaben, den Platz selbst zu suchen, wo sein bronzener Freunb aufgestellt werden solle. Ueberhaupt, sagte Habrian, brauche er Hülfe an allen Ecken unb Enben. Die Villa sollte ihm eine Erinnerung werden an alles Große unb Schöne, das er in seinem langen Wanberleben gesehen. Wie der vornehme Römer sich die Bilber geliebter Gegenben an den Wänden seiner Woh= nung malen ließ ober auch kleine in Silber gefertigte Mobelle der Tempel unb Burgen, die er gesehen, im Hause aufstellte, so hatte Habrian sich vorgenommen, die Höhen um Tibur zu einem großen Reisealbum zu machen, bessen Skizzen in Natur die Originale nachahmten, unb so weit die Originale transportabel waren, waren sie keineswegs sicher, selbst biesem Album einverleibt zu wer= ben. Tempel, Theater unb Statuen waren abgebrochen unb hier wieder aufgestellt worden neben den Copien der großen Bauwerke Griechenlanbs unb Aegyptens, die Habrian aufs sorgfältigste hatte fertigen lassen. „Wo sinb wir?" fragte der Cäsar seinen Getreuen, als sie in die Halle hinausgetreten waren. „Nun, in der Stoa Poikile!" erwiberte Phlegon lächelnb. „Die Halle hätten wir, es fehlt nur der Zeno." Von hier stieg Habrian mit seinem Freunde einen Waldweg hinauf, nicht ohne von Zeit zu Zeit sich auf den kleineren Phlegon zu stützen, um asthmatische Beschwerden vorübergehen zu lassen. Zwei Stelen, einen Homerkopf und einen Achilles tragend, bezeichneten einen schmalen Fußweg, der zwischen dichten Lorbeerbüschen nach einer Aussicht leitete. Jenseits der Thalfalte erhob sich auf kahlem Bergrücken eine hohe Eichengruppe. „Dobona!“ rief Phlegon betroffen aus. „Gehen wir hinüber“, erwiderte Hadrian, darüber erfreut, daß Phlegon das Bild erkannt hatte. „Die Orakel=befrager werden dort den steilen Pfad vom Tempe her heraufklettern“, sagte Hadrian, „wir halten uns hier oben, wo uns der milde West umfächelt. Sieh, wie deutlich heute die Giebel Roms herüberblicken. Ich meine, ich sehe den Tempel der Venus und Roma. Hörst du die Becken von Dobona klingen?“ Dem Klange nachgehend hatten die beiden Wanderer die grauen Steineichen bald erreicht, die einen weiten kahlen Platz beschatteten. Ein Tempel war nirgends zu sehen. Unter den Bäumen waren einige dunkle Gestalten hingestreckt. In erdfarbene Mäntel gehüllt lagen sie regungslos am Boden, das Ohr hart auf die Erde gedrückt, als ob sie lauschten, was drunten die Unterirdischen beschlössen. „Die Sellen“, sagte Hadrian halblaut. „Es ist noch sehr die Frage“, dachte Phlegon für sich, „ob Homer mit den Sellen Prie=ster meinte“, aber er wußte, daß Hadrian Einwendungen gegen sein Wissen Keinem vergab, und so begnügte er sich, die Verse zu citiren:

„Zeus, dobonischer König, pelasgischer, der du allein wohnst,
Herrscher, im frostigen Hain Dobona's, wo dir die Sellen
Reden im Geist, ungewaschen die Füß', auf Erde gelagert!
Der du bereits vormals mich hörtest, wenn ich dich anrief!“

Als ein stärkerer Windhauch sich erhob, fing es in den Zweigen der Eichen wunderbar zu klingen und zu läuten an. An jedem Baume war ein Erzbecken aufgehängt, daneben aber war eine Peitsche befestigt, an der drei eherne Ringelketten silberne Kugeln wiegten, die bald hell aneinander klingend, bald bei stärkerem Windzug an das dunkeltönende Becken anschlagend, dem Baume eine ununterbrochen mittheilsame Stimme verliehen. An die Eiche gelehnt, als wäre sie mit ihr verwachsen, starrte eine wettergebräunte Greisin, deren weißes Haar in wirren Strähnen über ihr zerklüftetes Gesicht hing, in eine seltsam geformte und mit abenteuerlichen Bildern bemalte Urne, in der die heiligen Loose lagen. Gerne hätte Phlegon gefragt, was die Himmlischen heute bereiteten, aber Hadrian schien gleich einem Kinde sich vor seinem eigenen Spielzeug zu fürchten. Er schlug den Daumen ein gegen den bösen Blick der alten thessalischen Hexe und schritt rasch nach Tempe herunter. Am Abstieg saß bei einer dunkeln Brunnenstube, die tief in den Berg zurückreichte, eine junge, bleich aussehende Dirne, in deren Schooß ein Bündel Fackeln lag. „Die Zeusquelle“, sagte Hadrian, und Phlegon schaute in das trübe Wasser, auf dem einzelne Blasen standen. Hadrian hatte eine Fackel entzündet und fuhr über den Wasserblasen hin, daß sie platzten, und verlöschte dann zischend sein Licht in der Quelle; dann hielt er das andere Ende seiner Fackel nahe über den Wasserspiegel und langsam entzündete sich die Fackel aufs neue an dem brennenden Gas. „Sieh, wir haben alle Geheimnisse von Dodona nach den Bergen von Tibur getragen. Hast du heute schon von dem Wasser getrunken, bleiche Prophetin?“ Die zarte Gestalt am Fuße des Brunnens nickte trübe mit dem Haupte. „Was sagen die chthonischen Götter?" „Sie sagen, was sie mir täglich sagen", erwiderte das Mädchen, „ich solle heim= kehren nach Epirus, oder ich würde bald unten sein bei ihnen."

„Gebuld, Kind", tröstete der Cäsar. „Du weißt, daß die Alte dich nicht missen kann. Ich darf sie nicht reizen, daß sie mir die Unterirbischen nicht aufregt. Vielleicht kann ich dich ihr bei Gelegenheit in Güte abbingen." Unb in gutmüthiger Inconsequenz setzte der gläubige Herrscher hinzu: „Trinke nicht mehr von dem sumpfigen Wasser, Pytho, es schafft Fieber. Dein Orakel könnte sonst nur allzubald eintreffen." Das Mädchen legte ihr bleiches Angesicht zwischen die langen, mageren Hände, während Habrian sich rasch nach unten wendete. „Siehe, Tempe!" rief Phlegon erfreut. „Wie der Zeustempel wohl gelungen ist, unb alle Winbungen des Peneus hast du dem Bache zu geben gewußt." Befriebigt schaute der Kaiser das Thal mit seinen künstlichen Felsen unb neu eingesäeten Rasenflächen entlang. „Wenn die Fichten sich schön entwickeln, wirb die Aehnlichkeit vollkommen sein."

Durch Tempe ging es weiter zum Elysium. Eine anbächtige Cypressenallee leitete an Genien, bie die Fackel senkten, unb der sinnigen Statue des Tobtenführers Hermes vorbei zu einem Thore empor, bessen Seiten Reliefbilder von Hercules unb Hebe auf der einen, von Amor unb Psyche auf der andern Seite schmückten. Durch basselbe trat man in eine büstere Tuffhöhle, bie boch schon bei ber nächsten Wenbung einen Ausblick über einen lachen= ben See unb wonnige Auen gewährte; wieber wurde der Gang bunkler, um bann nach der andern Seite ein ma= lerisch umspanntes Bilb der buftigen Ebene unb der blauen Sabinerberge zu zeigen. So setzte sich die Wanberung zwischen immer neuen reizenden Ausblicken fort, bis der blaue Himmel über der sich spaltenden Höhle immer lockender zum Vorschein kam. Durch blühende Stauden und duftige Rosenhecken kamen die Wanderer auf einen lachenden Rasenteppich heraus, wo wieder der See vor ihnen erglänzte, in dem ein Kuppeltempel und zahllose Palmen und Statuen sich spiegelten. Kähne lagen am Ufer, weiße und dunkle Schwäne gleiteten über die silberne Fläche, und schmetternde Chöre der Vögel erinnerten Phlegon, daß es nicht ein Traumbild sei, das hier sich ausbreite. „Das ist das Schönste, was ich jemals sah, Cäsar!" sagte er mit einer Einfachheit, die am besten bewies, wie tief er ergriffen war. Aus dem dunkeln Gebüsch zur Seite trat ein weißes Reh hervor und wandelte langsam auf den Kaiser zu, an den es sich schmeichelnd anschmiegte. „Warte nur, Phlegon", sagte der Kaiser, „bis wir hier unser erstes Fest feiern, wenn Nachen und Wimpeln und die unverschleierte Schönheit diese Ufer beleben, wenn die syrischen Tänzerinnen und Flötenspielerinnen hier auf großen Kugeln gaukeln und ihre wechselnden Kreise ziehen! — Was die Dichter vom Elysium geträumt, wollen wir hier die Augen schauen lassen." Dabei setzte er sich nieder. „Das Beste freilich fehlt, der Trank der Jugend, den keine Hebe uns reicht. Was hilft aller irdische Nektar dem Greise mit schwachem Magen, was ist Ambrosia der belegten Zunge des Kranken, — und die Jungen sind nicht mehr wie wir. Antinous verträumt die Jahre seiner Kraft in trüber Schwermuth, und Verus wollte genießen, ehe er reif war, nun hat er alle Greisenübel mit zwanzig Jahren. Komm", fügte er aufstehend hinzu, „wir können ohne die Götter kein Elysium schaffen, nur mit dem Tartarus ist's uns besser geglückt. Unsere Fähigkeit zur Lust ist begrenzt, nur der Schmerz ist hier schon unendlich. Gehe hier weiter, ich scheue die Kälte da unten. Dort bei den blühenden Tamarinden werden wir wieder zusammentreffen, aber nimm deine Toga fest um dich, es ist kühl im Orkus." Ohne sonderlichen Trieb schritt Phlegon einem Thore zu, an dessen Eingang ein Cerberus mit dreifach aufgerissenem ehernem Rachen meldete, durch welche Pforte der Wanderer eingehe. Nach wenigen Schritten strauchelte Phlegon und wäre fast eine im Dunkeln unkenntliche Treppe hinabgefallen, während er bei dem Aufraffen sich wieder die Stirne an den Tropfsteingebilden anschlug, die tief herabhingen. Unmuthig zögerte er eine Weile, bis das Auge sich besser an das Dunkel gewöhnt hatte, dann ging er dem Scheine eines Lämpchens nach, das in der Ferne dämmerte, während Geräusch wie von Wasser an sein Ohr drang. Bei der Lampe bog der Weg um, und Phlegon erreichte ein durch ein geisterhaftes Licht von oben erhelltes Wasser, an dessen dunkeln Felswänden seltsame Schatten und Nebelgestalten hin- und herzogen. Als er sich umwandte, schrak er zusammen, denn hart neben ihm auf einem Nachen stand Charon, der ihm seine Hand unbeweglich entgegenstreckte, in der einige Kupfermünzen lagen. Einen Augenblick hatte Phlegon geglaubt, dieser Charon lebe. Jetzt erst entdeckte er, daß auch dieser Führer nur ein Bild sei. So trat er in den Kahn, um sich selbst nach dem andern Ufer zu rudern. Kaum aber hatte er sich niedergesetzt, als das Schiff, an einem Seile von unten gezogen, sich selbst in Bewegung setzte. Ein widerlicher Qualm wie von Schwefeldämpfen wirbelte in abenteuerlichen Figuren über den dunkeln See. „Er muß eine Ader der Albula

hierher geleitet haben", sagte Phlegon. Nischen, von oben
erleuchtet, zeigten, durch den hin und herziehenden Nebel
scheinbar bewegt, die lebendigen Bilder des Orkus. So=
bald das Schiff einer Höhle vorbeifuhr, fingen die Grup=
pen an sich zu drehen. Hier wälzte Sisyphus seinen Stein,
der in einförmiger Monotonie immer wieder herabfiel,
hier quälte sich Tantalus nach seinen Früchten, hier füllten
die Danaiden ihr Sieb, hier drehte sich das Rad des
Ixion, hier fraß ein Geier mit grauenhaftem Flügel=
schlag die Leber des Prometheus. Immer tiefer herab
reichten die Felszacken von der Decke, so daß Phlegon
sich schließlich flach gleich einer Leiche in das Schiff legen
mußte, und so hingestreckt kam er am andern Ufer an.
Noch immer streckte ihm Charon grinsend die Hand mit
den Münzen entgegen. „Ich will Habrian doch seinen
Obolus mitbringen, zum Zeichen, daß den Schüler der
Stoa auch die Schrecken der Unterwelt nicht erschüttern."
Fest griff er nach der Münze, als die Figur die Hand
zuschlug, ihr Haupt von innen gräßlich erglänzte und ein
tückisches Licht in den grünen Augen aufging. Dann
öffnete sich die Hand des Ungethüms wieder, und Phlegon
zog eilig seine geklemmten Finger zurück. Unwillig über
die ungesalzenen Scherze der Tobten, sah sich Phlegon
nach einem Aufstieg zu dem Ufer um. Nur ein schmaler
glitscheriger Pfad leitete nicht ohne Gefahr nach oben.
Doch zeigte eine Handhabe in der Felswand, wie dorthin
zu gelangen sei. Als er sie aber ergriff, drehte der Fels=
block sich um, und durch einen schmalen Spalt klemmte
sich Phlegon in eine dunkle Höhle, während der Fels sich
aufs neue drehte und Phlegon sich in einer dunklen Zelle
gefangen sah. In der Nähe rauschten tobende Wasser=
fälle, das Arbeiten von Maschinen, menschliche Schmer=

zenslaute und Weherufe vereinigten sich, um alle Qualen des Tartarus auf die erregbaren Nerven des Griechen einstürmen zu lassen. Zornig stampfte er auf den Boden über die Art, wie der Kaiser ihn in die Falle gelockt, sofort aber hob sich die Zelle, in der er stand, und Phlegon schwebte nach oben, in dem dunkeln Schacht von eisernen Stäben langsam emporgezogen, die er jetzt erst wahrnahm. Jetzt fiel ein heller Lichtstrahl durch einen Seitenstollen und Phlegon schaute auf einen Wasserfall, der menschliche Glieder nach unten schmetterte, jetzt fiel rother Feuerschein auf des Schwebenden Antlitz, und es öffnete sich zur Seite die Aussicht auf eine glühende Esse, in der roth angeglühte Gestalten sich wanden und seufzten. Jetzt sah er durch ein Gitter in einem Kerker zerlumpte Gestalten umherliegen. Doch was war das? Das war eine menschliche Stimme, die aus einer Kluft emporscholl. „Antinous, rette mich! Antinous, verzeihe mir! Antinous, du bist so gut, so bitte doch bei dem Cäsar.“ Bereits war aber Phlegon weiter, sein Luftschiff stand, er befand sich in einem hohen dunkeln Gewölbe, aber von unten schallte es noch schauerlich: „Antinous! Antinous!“ Im Marke erschüttert suchte Phlegon wieder nach dem Griff. Wie vorhin drehte sich der Fels, ein blendendes Licht schlug ihm in's Auge. Er konnte die Gestalt nicht erkennen, die vor ihm stand. „Willkommen in der Oberwelt!“ hörte er jetzt die Stimme Hadrian's sagen. „Schlechte Späße, Cäsar“, sagte Phlegon verstimmt. „Das werden die Todten im Tartarus 'auch sagen.“ „Mir scheinen nicht alle todt, die da unten wohnen“, rügte Phlegon im Tone der Mißbilligung. „Ich meine, ich kenne die Stimme, die so kläglich nach Antinous ruft. Ist es nicht der Tem= pelbiener, der, wie mir Suetonius erzählte, ihn ermorden wollte." „Derselbe", sagte Habrian, „aber sorge, daß sein Ruf nicht zu Antinous dringe, sonst käme die Nemesis um ihr gebührendes Opfer."

„Wer weiß", sagte Phlegon, „ob es nicht seinen Sinn verdüstert, daß bei Tag und Nacht ein gequälter Mitmensch seinen Namen ruft. Suetonius sagte mir, er schaue oft so verstört, als ob eine Larva des Nachts an seinem Lager stehe." Habrian überhörte die Warnung und griff nach der Hand des Griechen, die dieser schmerzhaft zurückzog. „Sieh diese Athener!" sagte der Cäsar spottend, „selbst auf dem Styx können sie das Stehlen nicht lassen, der Obolus ist nicht sicher in der Hand des Charon." „Dieses Mal war es der Stoiker, der sich die Finger verbrannte, als er seine Unerschrockenheit beweisen wollte", erwiderte Phlegon lachend, als die Stimmung Habrian's bereits wieder umschlug.

„Ich werde diesen eigensinnigen Gorgias noch in den Tartarus schicken, damit er den Larven heulen hilft! Nun hat er die Oelbäume doch nach der Südseite gesetzt, so daß das ganze Bild der Akademie unkenntlich wird. Ich sagte dem Thoren doch, wie er sie stellen müsse, um das kleine Nachbild treu zu machen und zugleich die geringeren Verhältnisse hinwegzutäuschen. Auch mit Aristeas ist es nichts; das ganze Modell der Akademie von hier ist Pfuscherei, wem die Aehnlichkeit auffällt, der lacht darüber, und wer sie nicht kennt, findet das Ganze erst recht albern. Scheute ich die Verwüstung nicht, ich ließe den ganzen Bau wieder abreißen. Fort mit Aristeas, mag er an der Donau gegen die Geten Castelle bauen, ich kann den Pfuscher nicht länger gebrauchen."

Die Scene, die die heutige Wanderung beschloß, hatte nicht zum ersten Mal gespielt. Auch von seinem Pryta=

neum, seinem Odeum und der Stoa Poikile war der Cäsar oft verstimmt heimgekehrt. Hadrian selbst fühlte hier und dort das Kleinliche seiner Nachbildungen. Dann aber schalt er auf seine Architekten und suchte in ihnen die Schuld, daß sein kleinlicher Versuch nicht großartiger ausfiel. Am schlimmsten freilich war das Kanopus gerathen, nach welchem Hadrian nunmehr seine Schritte lenkte, indem er in eine lange Sphinzenallee einbog. Die rasch gearbeiteten Kolosse konnten, wie Phlegon auf den ersten Blick erkannte, mit den Originalen, an denen Generationen gemeißelt und geglättet hatten, sich nicht vergleichen. Ihre Haltung war pedantisch und schülerhaft. Der Nil in schwarzgrauem Marmor sah lächerlich modern aus, die Löwen von grünem Basalt schnitten sentimentale Gesichter, die Götter hatten nicht die starre Gebundenheit, die der Darstellung einer blinden Naturkraft wohl ansteht, sondern die Steifheit eines Rekruten, der seine Glieder in der ungewohnten Rüstung nicht zu brauchen vermag. Dem Kaiser entging das feine Lächeln nicht, das die Lippen des Griechen bei diesem Anblick kräuselte. „Auch ich", sagte er, „bin mit diesen Klötzen wenig zufrieden, doch ist die Sendung echter Statuen und Heiligthümer aus Heliopolis gestern Morgen eingetroffen. Ihr priesterlicher Führer hat das Aussehen, als ob er alle Bosheit und alle Geheimnisse der Pyramiden hinter seinem gelben Gesichte verberge, und hat sich beim Morgenempfang geberdet, wie ein Nachtthier, das man in ein helles Zimmer gesperrt hat. Er lauerte auf dem hintersten Polster in der Ecke, so daß mir Antinous mit dem Stecken den Winkel weisen mußte, wo er kauzte." In der That war auf zwölf Frachtwagen am vorigen Tage eine Schiffsladung voll Mumien, Bronzen, Vasen,

Scarabäen und Särgen aus den Ruinen einiger Tempel von Heliopolis, sammt dem weit berühmten Amenophis, einem gelehrten Priester der Isis, angekommen, der die Heiligthümer ordnen sollte. Der Greis, ein kluger aber unheimlicher Geselle mit vollkommen kahl geschorenem Kopf, tief liegenden düstern Augen und einem verschlagenen bösartigen Gesichtsausdruck, hatte Habrian kurz erklärt, daß sein ganzes Kanopus allen Gesetzen der heiligen Baukunst widerspreche. Er hatte gleich bei dem ersten Zusammentreffen den seitherigen Priester aus dem Isistempel in Massilia, einen Gallier, der sich Menephta nannte, sammt seinen Genossen als Betrüger durchschaut und an ihren Versehen erkannt, daß keiner der römisch= gallischen Isisdiener, die Habrian sich aus Rom und Massilia hatte kommen lassen, im Stande war, die Hiero= glyphen zu lesen, die sie mechanisch an den Wänden nach= pinselten. Habrian hatte ihm aber befohlen, einstweilen auszupacken, er werde gegen Abend selbst sich zur Ord= nung des Verhältnisses einfinden. Als Habrian und sein ehrfurchtsvoll folgender Begleiter jetzt ermüdet und erschöpft vom vielen Sehen und Wandern bei dem Kanopus an= langten, erscholl dort wilder, leidenschaftlicher Zank. In großen verdeckten Wagen war das Tempelmaterial, das Habrian von Aegypten hatte kommen lassen, aufgefahren. Nubische Sklaven standen bei den Pferden, der Führer der Karavane aber, der dunkelfarbige Aegypter, erging sich in leidenschaftlichem Zank gegen die Gallier, die ihm den Weg verlegt hatten. Mit geballten Fäusten standen sich die großen Theologen, der neu angekommene Ame= nophis und der aus Gallien verschriebene Menephta, gegen= über. Bei Habrian's Ankunft verstummten die Massilioten und ihr Haupt, während Amenophis trotzig und wenig

ehrerbietig sich auf den Sockel einer Sphinx neben dem
Eingang setzte. Hadrian fragte finster blickend nach dem
Grunde des Zerwürfnisses. „Herr“, erwiderte Ameno=
phis, „laß mich mit meinen heiligen Geräthen wieder an
den Nil zurückkehren! In die Schaubude, die diese Söhne
des Typhon gebaut und bepinselt haben, werde ich nicht
die ehrwürdigen Heiligthümer der Sonnenstadt stellen.“

„Was hast du an meinem Kanopus auszusetzen?“
fragte Hadrian befremdet. „Habe ich nicht alles nach
den Angaben dieser Priester deiner Göttin fertigen lassen?“

„Sie mögen Priester der Pandemos sein, die Geheim=
nisse der großen Göttin aber kennen sie nicht. Prüfe
sie doch, ob sie eines der heiligen Zeichen zu deuten ver=
mögen.“

„Ich habe meinem Herrn alle Zeichen gedeutet“, er=
widerte Menephta, „er weiß, daß du lügst.“

„Nun“, erwiderte Hadrian, indem er seinen Siegel=
ring vom Finger zog, „lies diese Hieroglyphen, Menephta,
und du, Amenophis, sieh zu, ob er Bescheid weiß!“

Verlegen betrachtete Menephta die krausen Zeichen
auf dem dunkeln Talisman. „Es sind die Tauben der
Göttin . . . ich will die heiligen Rollen zu Rathe ziehen.“

Amenophis schlug eine höhnische Lache an. „Laß doch
du die heiligen Rollen in Ruhe, wenn du welche hast!
Jeder Tempelknabe zu Philä könnte dir sagen, daß dieses
das Zeichen des Königs Sotis ist.“

„Und wer ist dieser da“, sagte der Alte grimmig zu
dem bis an die Ohren erröthenden Gallier, „den du
hier an den Eingang gepflanzt hast, der sich die Lippen
mit dem Finger zuhält?“

„Harpokrates“, erwiderte Menephta mit unsicherer
Stimme, „der Gott des Schweigens.“

„Daß er dich doch schweigen gelehrt hätte, dein Har=
pokrates!" erwiderte Amenophis grimmig. Dann zu Ha=
brian gewendet, sagte er: „Es ist Horus, der Isisgesäugte,
den die Göttin mit ihrem rosigen Finger stillte und der
zur Erinnerung daran an dem eigenen Finger saugt. Ins
innerste Heiligthum gehörte er, falls er wäre, was er
sein will, nicht als Thürhüter ins Atrium wie euer deus
silentii."

Menephta zog sich bleich vor Schrecken zurück, denn
er war einem Blicke Habrian's begegnet, der ihm weis=
sagte, sein kugelrundes Haupt werde nicht mehr lang seine
viereckigen Schultern zieren. „Dann hier", fuhr Ame=
nophis unerbittlich fort, „hat dieser Hundesohn dem ehr=
würdigen Gotte Anubis griechische Gewänder gegeben und
eine schlanke Gestalt wie einem Windhund, weil er so
den Götterhund Hermeias oder Hermes, wie ihr sagt,
zu Elis gebildet sah. Dazu diese Hieroglyphen, von denen
keine richtig gemalt ist! Nicht ein Wort kann er lesen!
He, Menephta oder Menelaus oder Mengetorix oder wie
du heißest, lies hier den Spruch des Ptah!"

Der Priester von Massilia schwieg und hing sein
Haupt. Habrian heftete einen bösen Blick auf ihn, und
ein hartes Urtheil schien auf seinen Lippen zu schweben,
als er Phlegon's milde bittendem Auge begegnete. Da
strich der Cäsar langsam mit der schmalen, magern Hand
über die Stirne und sagte vornehm, als ob er im Senate
spräche: „Ich könnte dich nach meinem Tartarus bringen
lassen, wo du einen würdigen Collegen fändest. Doch soll
Gnade für Recht ergehen, damit", setzte er mit einem
Blick auf Phlegon griechisch hinzu, „die Herren in Rom
nicht darüber lachen, wie sehr ich mich wieder habe täu=
schen lassen. Statt dessen", blitzte er dann Menephta an,

„mache ich dich hier und alle deine Genossen für ein Jahr zu Hierobulen des Amenophis. Unter der Zucht der Kameelpeitsche, die er dort am Gürtel trägt, mögest du lernen, wovon du behauptetest, daß du es bereits wüßtest", und damit wandte er kalt dem Tempel den Rücken. „Beginne dein Werk, Amenophis!" sagte er noch im Abgehen. „Ich werde morgen deine Schätze besichtigen."

Amenophis schaute ihm mit einem düstern Blicke nach, dann, mit einem herrischen Griff nach dem Stiel seiner Peitsche, wendete er sich zu Menephta: „Du kennst den Willen des Cäsar. Er kann alles, aber aus einem Gallier einen Priester der großen Göttin machen, kann er nicht. Dazu muß einer geboren sein. Du wirst also mit den Geschäften dich befassen, die ich dir zuweise. Das Studium der heiligen Rollen bleibt dir versagt. Hier, der erste Wagen enthält die Geräthe, die wir einstweilen in den Kammern eueres Tempels aufstellen wollen, damit die Wagen wieder abziehen, um die zweite Ladung in Ostia zu holen. Sei dienstbeflissen, so soll es dein Schaden nicht sein. Kennst du die Götter Aegyptens nicht, so bin ich in Italien wenig vertraut. Du siehst also, daß wir beide uns nützen können. Diener, die mich hassen, dienen mir schlecht, darum fürchte die Kameelpeitsche nicht. Ich bin kein Römer. Ein Priester des Osiris behandelt Kameele wie Kameele und Menschen wie Menschen, falls sie sich nicht als Thiere erweisen."

Die Züge des Galliers klärten sich nur wenig auf, obwohl es ihm leichter ums Herz ward. „Befiehl", sagte er, „ich werde gehorchen, bis meine Brüder mich lösen." Amenophis gab seine Weisungen, und die Wagen wurden nun, einer nach dem andern, abgepackt. Schon am folgenden Morgen war der Kaiser wieder zur Stelle und be-

fahl, die nächſtſtehende Kiſte zu öffnen. Nur ungern ging Amenophis daran und brachte eine Unzahl von Lampen, Altärchen, Palmzweigen, Schlangenſtäben, metallenen Hän=
den, Urnen mit Schlangenhenkeln, myſtiſchen Kiſten, Schiff=
chen u. dgl. zum Vorſchein. Eine andere Kiſte förderte einen Anubis mit halb ſchwarzem, halb goldenem Hunds=
kopf, eine aufrecht ſtehende goldene Kuh, Götter mit Stier= und Sperberhäuptern, die Sonnenſcheibe auf dem Kopf, zu Tage. Im Vergleich mit dieſen echten Heiligthümern konnte Hadrian die Nachbildungen, die ihm die römiſchen Steinmetzen geliefert hatten, ſelbſt nicht mehr anſehen, und auf Schritt und Tritt überführte der Aegypter die Theologen der Hauptſtadt, die die Arbeit geliefert, der lächerlichſten Mißverſtändniſſe. Mit Entrüſtung erklärte Amenophis dieſe Zerrbilder für Beleidigungen der Gott=
heit und ſetzte es durch, daß ſie in den unterſten dun=
keln Keller geſtellt wurden. Zum Erſatz hatte er bereits ein Verzeichniß des noch Nöthigen angefertigt, deſſen Hieroglyphenſchrift er offen Hadrian hinwarf, wobei er kurz erklärte, einer ſeiner Begleiter müſſe die Dinge ſelbſt in Heliopolis beſorgen, durch wen, bei wem, wann, wo, verbiete der heilige Brauch dem Ungeweihten mitzutheilen. Für die Koſten bitte er um ein großes Seſterz, welche Summe er mit einem Beſen in eine Büchſe kehrte und ſich mit ihr entfernte, als ob er Kehricht hinauszutragen habe. Hadrian ſchaute ihm grimmig lachend nach, aber es gefiel ihm, auf dieſe Weiſe betrogen zu werden. Waren die Dinge echt, ſo galt es ihm gleichviel, was ſie koſteten und was ſie werth waren.

Mußten die Angelegenheiten des Kanopus nunmehr Amenophis unbeſchränkt überlaſſen werden, ſo machten die griechiſchen Tempel Phlegon um ſo größere Noth. Hier

war Hadrian selbst Autorität in Sachen des Cultus, und
Männer wie Plutarch von Chäronea konnten noch von
ihm lernen. Um so schwerer war er zu befriedigen, und
Phlegon sah sich, kaum angekommen, in die griechische
Bibliothek gestürzt, um Stellen aufzusuchen, Citate abzu=
schreiben, Verse zu Inschriften zur Auswahl vorzulegen,
so daß er vom Morgen bis zum Abend hin= und her=
gehetzt wurde, und hätte ihn nicht der Kaiser oft wieder
holen lassen, um Stunden lang über Aenderungen der
Bauten mit ihm zu berathen, so hätte er von dem schönen
Frühling, der den Abhang von Tibur mit blauen Finka=
blüthen, rothen Veilchen und weißen Narcissen über=
deckte, wenig gesehen. Antinous traf er selten. Der
Jüngling war gedrückt und wortkarg. Er sah bleich und
verstört aus, die Augen nach innen gerichtet, ging er
am liebsten dem alten Freund aus dem Wege. „Die
Frische ist weg", sagte Phlegon. „Seines Herrn Ex=
perimente haben ihn innerlich angegriffen, nun wird Ha=
drian ohne Zweifel ihn ebenso hastig wieder zu heilen
suchen, wie es ihn reizte, die innere Harmonie zu stören,
die das Bezaubernde an dem guten Knaben gewesen ist."

Eines Tages, als Phlegon vor den Strahlen der
heißer stechenden Frühlingssonne in der kühlen Schlucht
bei den Wasserfällen Schutz suchte, sah er plötzlich Anti=
nous vor sich, wie er im Rasen ausgestreckt stumpf in
die tobenden Wellen starrte. Der Jüngling hatte im
Tosen des herabstürzenden Anio die Schritte des Griechen
überhört. Jetzt sprang er auf und wollte sich zurückziehen,
Phlegon aber schob seinen Arm unter den des Knaben
und zog ihn nach einem abgelegenen Waldplätzchen, wo
sie sich unter einer Stele des Hermes niederließen.
Antinous war trüb und wortlos, Phlegon aber, wie

sonst sein krauses Haar streichend, fragte ihn, was denn
seit seiner Abwesenheit zwischen sie getreten sei.

„Es ist nichts", sagte der Knabe.

„Aber dieses Nichts macht dich bleich und stumm und
unwirsch gegen deine alten Freunde."

„Das ist das Nichts, daß ich keine Freunde habe.
Hadrian hat nur noch Auge und Ohr für dieses Krokodil,
den häßlichen Aegypter, der stets um ihn herumschleicht
mit seinem platten Kopf, wie ein Ichneumon, das Eier
aussaufen will. Hermas ist weggelaufen, seinem Gotte
nach. Du steckst in der Bibliothek. Was ist euch Antinous? Zu den anderen Knaben passe ich nicht mehr.
Will ich mit ihnen ringen, so fassen sie mich an, als ob
sie fürchteten mich zu zerbrechen und der Kaiser zanken
könnte, daß sie seine liebste Kunstfigur beschädigten. Will
ich den Discus mit ihnen werfen, so sehen sie vor Be=
fangenheit das Ziel nicht. Ich habe neulich von hinten
zugesehen, wie fröhlich sie waren ohne mich. Da kehrte
ich wieder um. Ich will nicht Spielverderber sein. Für
das Vergnügen, das Hadrian mir raubt, läßt er mich
dann Stunden lang in der Werkstätte des Decrianus
sitzen, wo ich zum Verdruß des schwindsüchtigen Verus
noch öfter modellirt werde als der junge Cäsar selbst, als
ob ich nun nicht genug ausgehauen und abgegossen wäre.
Ich wollte, ich dürfte in der Caserne hausen, statt in
seinem Schlafgemach, in dem man knietief in Teppichen
versinkt. Ich bin der Ueppigkeiten müde."

Antinous war nach diesen hastig hervorgestoßenen
Worten wieder in sein dumpfes Brüten zurückgesunken.
Phlegon, der den Knaben genauer beobachtet hatte, als
dieser wußte, legte ihm die Hand auf die runde Schulter
und sagte dann: „Ist das dein ganzer Schmerz?"

Antinous schaute ihn trotzig an und erwiderte: „Nein!" Phlegon wartete ruhig auf ein weiteres Be= kenntniß, und in der That sagte der Jüngling nach einer Weile, indem ihm die Thränen in die großen Augen traten: „Die Menschen hat er mir bereits entleidet, nun raubt er mir auch die Götter!"

Nachdem so die Schleußen seines geheimen Kummers einmal aufgezogen waren, folgte nun eine Reihe schmerz= licher Geständnisse, die Phlegon einen tiefen Blick in dieses verdüsterte junge Gemüth thun ließen und ihn mit herz= licher Theilnahme erfüllten. Der Spott über den Volks= glauben, der in der griechisch gebildeten Gesellschaft her= kömmlich geworden, war an Antinous spurlos vorüber= gegangen. Diese Spötter schienen ihm weder besonders achtungswerth, noch besonders glücklich zu sein und wären die Letzten gewesen, nach denen er sich innerlich hätte richten mögen. Aus der glücklichen Dumpfheit des Knabenalters kaum zur Reflexion erwacht, horchte er im Grunde nur auf das, was in ihm innere Anknüpfungspunkte fand, das Andere ging an ihm vorüber, als ob sein Ohr von innen dagegen verschlossen gewesen wäre. Wie hätte er sich selbst um die Freude bringen mögen, im Wehen der Luft, im Wogen der klaren Fluth die Gottheit zu suchen, zu ihr am köstlich heiteren Morgen die Hände mit from= mem Spruch zu erheben, hier einen Stein, der auf fern= blickender Höhe errichtet war, mit Oel zu salben, dort einen Feldgott, dessen muntere Züge über die wogenden Aehren herausschauten, mit einem Kranze rother und blauer Blumen zu schmücken und in diesem frohen Ge= schäfte sich einer lieblichen, unverdorbenen Hirtin zu ge= sellen und im harmlosem Gespräch unschuldige Erfahrun= gen auszutauschen. Er liebte die Götter und wußte nicht anders, als daß sie ihm viel Gutes gethan hätten. Darum waren ihm Spottreben gegen die Olympier wider= wärtig, und er dachte so wenig daran sie zu prüfen, als ein gutgearteter Sohn die Lästerung seiner Eltern erst auf ihren wahren Kern untersuchen möchte. Seit Hadrian nun aber täglich auf der Villa Tempel einrichten und wieder abändern ließ, Altäre aufstellte und wieder ab= riß, Götterbilder von der Ebene auf die Höhe schleppte und dann wieder in die Ebene, oder wie ein ästhetischer Feinschmecker prüfte, ob eine Minerva sich besser vor einer Taxuswand ausnehme oder unter einer Ulmengruppe, war ihm sein einfaches kindliches Verhältniß zu den vertrauten Freunden seiner Kindheit zerstört. Droben am alten Heraklestempel hatte es ihn sonst bei jedem Vorüber= gehen zum Gruße des Gottes getrieben, er wußte ja, daß der Gott selbst hier hatte wohnen wollen. Wie aber sollte er jetzt an einen Willen der Götter denken, da er es täglich mit ansah, wie der Kaiser aus Laune die Bilder hin und hertrug, und er genau verfolgen konnte, auf welche Anregungen hin es ihm gefiel, wieder eine neue Cella aufzubauen. In dieser innern Verwaistheit war er hinaufgegangen zu den Wasserfällen, um an dem alten Heiligthum zu beten. Aber indem er in die Regen= bogen hinabstarrte, die mit ihrem Perlglanz die sprühen= den Fälle umrahmten, erfuhr er, daß ihm die Natur entgöttert sei. Er fand auch hier das Gefühl der Nähe der Gottheit nicht mehr wie zuvor. Wer bürgte ihm dafür, daß ein Gott gewollt, daß dieser schöne Rund= tempel an diesem herrlichen Aussichtspunkt stehe? Viel= leicht war es eben so profan zugegangen bei seinem Bau, und er war nach eitlem Hin= und Herzanken von un= gläubigen Weltverschönerern hierher gestellt worden, weil

er sich hier am schönsten ausnahm. Als er in solcher
Stimmung einsam und verwaist ins Leere starrte, fielen
ihm plötzlich wieder Worte ein, die ihm einst Hermas
aus einer seiner heiligen Rollen vorgelesen hatte, wie
die Künstler die Götterbilder fertigten, so daß sie mit dem=
selben Holz sich einen Tisch machten und einen Gott,
sich die Suppe erwärmten und mit dem Rest das Bild
vollendeten. Damals hatte ihn Antinous zurückgestoßen
mit dem einfachen Ausruf: „Ich will solche Dinge nicht
hören, es ist Sache der Albernen nachzufragen, was aus
den Splittern des Marmorblocks wurde, aus dem Phidias
seinen Zeus meißelte.“ Aber was sollte er jetzt erwidern,
wenn Hermas ihm jene Worte wiederholte. Hatte er
nicht Recht? Phlegon wußte trotz aller Sympathie wenig
Rath für diese Schmerzen. „Es ist Hadrian's Art“,
sagte er, „das Ernste als Spiel und das Spiel wieder
ernst zu nehmen. Er hat zu viel gesehen und erlebt,
um einfach fromm zu sein. Bleibe du bei deinem Glau=
ben, Knabe“, sagte er, „und hüte dich vor den Christen,
sie sind Weltverderber, und falls sie siegen, hat aller
Glanz und alle Macht auf Erden ein Ende.“ Schwei=
gend schieden die Freunde: der Mann unzufrieden mit
sich, so wenig Trost gespendet zu haben, der Knabe voll
Reue, daß er einem Andern sein Herz so weit geöffnet.

In diesen Nöthen fand des Knaben verletztes und durch
die täglich wiederholten Reizungen wund geriebenes Ge=
müth eine Art von Trost in den alten ernsthaft blickenden
Götter= und Thiergestalten, die der fremde Aegypter im
Kanopus ausgepackt hatte. Die wenigstens waren nicht
auf Hadrian's Bestellung gemeißelt. Hier brauchte er
nicht zu hören, daß der Künstler den Arm hätte höher
nehmen sollen und den Schenkel dicker. Der ganze schwere

Ernst dieser Gestalten bezeugte, daß die unbekannten, längst verschollenen Urheber dieser Werke auch an ihre Götter glaubten und einen heiligen Typus ohne eigenwitzige Zuthat wiederholten. So lag er oft stundenlang zwischen den finstern Basalten oder starrte einer Sphinx in ihr steinernes Angesicht und träumte eine Deutung in diese Bilder, wie er es eben vermochte. Gegen den ab- und zugehenden Priester, der dieses Heiligthums wartete, empfand er zwar die instinctive Abneigung einer reinen Natur gegen eine unreine, aber es gefiel ihm doch, wie schroff und rauh der finstere Pfaffe die Einfälle und Vorschläge des Cäsar oft ablaufen ließ. „Wer er auch sei", sagte sich der Jüngling, „es ist ihm doch Ernst mit seinem Tempel, wo die Anderen ihr Spiel treiben." Seit er sich an die düstere Physiognomie dieses Heiligthums gewöhnt hatte, wollten ihm die hellen, freundlichen Gestalten des Olymp nicht mehr wie früher gefallen. „Es sind Götter für die Glücklichen", sagte Antinous, „wen aber schweres Leid bedrückt, der wendet sich Isis und Serapis zu, auf deren stillen Zügen ein ähnlicher Druck zu lasten scheint." Amenophis hatte anfangs das immer häufigere Kommen und längere Verweilen des Jünglings scheinbar nicht bemerkt, ja es schien ihn mehr zu belästigen als zu erfreuen. Bald warf er jedoch ab und zu eine erläuternde Bemerkung hin, wenn er Antinous mit einem Symbole beschäftigt sah. Allmählig weihte er ihn in den schwermüthigen Mythus von Osiris und Isis ein, und das Leiden des Gottes, die Klage der Göttin, die selige Wiederauferstehung des gemordeten göttlichen Gemahls nach schmerzvoller Passion erschien dem weichgestimmten Jüngling als tröstende Offenbarung in seinem eigenen Leid. „Die Gottheit selbst mußte leiden in dieſer Welt", ſagte Amenophis, „und ſo zu einer neuen Herrlichkeit eingehen, ſo muß auch der Menſch ſein Leiden auf ſich nehmen, um in einer andern Welt mit Oſiris zu thronen." Der Aegypter zeigte ihm, wie in der Natur überall ſich dieſes Leiden der Gottheit darſtelle, wie die Erde glühe im Sonnenbrand, wie die Fröſte die Kinder des Frühlings morden, die Stürme Felſen und Eichen zerbrechen, wie ein tückiſcher Typhon die verlechzende Creatur bald mit ſengendem Wüſtenhauche erſticke, bald ihren ſchutzloſen Nacken mit Schnee und Hagelſchlag heimſuche, wie aber immer wieder die milde und ſegnende Allgöttin die Oberhand behalte, ihr mildes, ſchwichtigendes Licht als Mondgöttin über die vom Tage ermüdete Welt ausgieße, als Meeresſtille die tobenden Fluthen ſchlichte und die von Krankheit und Mord zerfleiſchte Creatur als Todtenführerin in die ſtillen Kammern ihres Oſiris geleite.

Wenn der ägyptiſche Prieſter ſo eintönig recitirend ſeinen Mythus vortrug, erſchien er Antinous weniger häßlich, und er hatte bereits eine Art von Zutrauen zu ſeinem Tempel gefaßt, als Hadrian ihm auch dieſe Illuſion zerſtörte. Antinous hatte das Serapisbild mit ſeinem halbgeöffneten Munde ſtets mit beſonderer Ehrfurcht betrachtet, als eines Tages, während Amenophis in einem andern Theile des Heiligthums beſchäftigt war, der Kaiſer erſchien und mit ſeinem Gefolge die hellen Vortempel und die halbdunkle Cella in Augenſchein nahm. Gewohnt, mit ſeinen Heiligthümern zugleich zu ſpielen, bediente er ſich des dienſtfertig ſich herzudrängenden Menephta, um die Geheimniſſe des Amenophis auszuſtöbern. Von ihm geleitet, während Antinous halb widerwillig folgte, ſtieg er mit Phlegon und Sueton in die Gewölbe unter dem Tempel hinab. Die hier aufgeſtellten Bilder wurden mit rothem und blauem Lichte beleuchtet. Eine Drehscheibe wurde beaugenscheinigt, die je nach ihrer Stellung zu jeder beliebigen Stunde einen plötzlichen Lichtstrahl auf die Lippe des Gottes fallen ließ. Der neugierige Sueton konnte sich nicht enthalten, selbst in die kleine Kammer zu kriechen, die hinter dem Götterbild angebracht war, um von dort die Orakel ertönen zu lassen, weil er aus= probiren wollte, ob dieselbe groß genug sei, um jeden erwachsenen Mann aufzunehmen. Sein fades Gerede vor allem nahm für Antinous den Bildern den Zauber und die Weihe, die sie bis dahin umgeben hatte. Dann stiegen sie wieder in den Obertempel, während Menephta durch das Schallrohr, das in die Lippen des Gottes führte, fromme Sprüche ertönen ließ. Besonders widerlich er= schien dem Jüngling der verschmitzte Gallier, als er ein verlängertes Rohr ansetzte, das, hinter einem Balken ge= borgen, bis zum Eingang des Vortempels führte, und durch das man den Gott auch sprechen lassen konnte, ohne daß jemand in der Kammer hinter dem Bilde war. „Man ist dort oft nicht in der Lage, genau zu beobachten“, erläuterte der Gallier, „oder rechtzeitig sich unterrichten zu lassen. So gibt es Fälle, in denen man besser von der Tempelthüre aus dem Gott die Worte in den Mund legt, und gerade die etwas undeutlichere Aussprache, bei der die Worte wie aus der Ferne kommen, ist für ein Orakel besonders angemessen und klingt um so mystischer.“ Hadrian hatte mit sichtlichem Behagen alle diese Ma= schinerien in Augenschein genommen. Er war offenbar froh, seine Sammlung von Göttern auch nach dieser Seite hin vollständig zu wissen, und nöthigte seine Ge= nossen aufs Neue in die unteren Räume, wo sie Ame= nophis' Schätze bei seiner Abwesenheit betrachten wollten.

Der falsche Aegypter legte die geheimen Gänge, die der Hauptsache nach doch so geblieben waren, wie sie vor Amenophis' Ankunft gebaut worden waren, ungescheut bloß. Boshaft sah er zu, wie Hadrian sich an die geheimen Laden des Amenophis machte, seine aus Aegypten mitgebrachten Truhen aufriß und die Priestergewänder auseinander wirrte. „Wie schön du dich in einem solchen Anzug ausnehmen würdest, mein Knabe", sagte der Cäsar lächelnd zu Antinous, indem er ihm die Spangen seiner Tunica löste, ihm den ägyptischen Schurz um die Hüften schlug und einen Kopfgurt mit breit über die Ohren herabhängenden Bändern aufsetzte. Menephta vollendete den Anzug, indem er dem Jüngling die goldene Schlange um den Hals legte. „Herrlich, herrlich!" klatschten Sueton und Phlegon Beifall, als die schöne Gestalt des Jünglings, gehoben durch das von oben einfallende Licht und den dunkeln Hintergrund in dieser sparsamen Bekleidung vor ihnen stand. Da ertönte plötzlich aus dem Schatten einer Säule eine harte Stimme: „Der Gott nimmt dich zum Opfer an! Du trägst die Binde des Osiris, komme nicht zu seinem Strom, er wird dich einfordern!" Mit diesen Worten trat Amenophis aus einem dunkeln Gange hervor, indem er mit seinen grünen, geschlitzten Augen Blitze auf die erschreckten Genossen des Kaisers schoß. Hastig fuhr der Knabe nach der Binde und schleuderte sie von sich. Ein Schauer überlief seinen nackten Körper in dem kühlen Tempelraum. Von plötzlichem Fieberfrost geschüttelt, mußte er sich niedersetzen.

Der Ueberfall war so unerwartet hereingebrochen, und die ungeheuchelte Leidenschaft des Aegypters hatte selbst Hadrian so erschreckt, daß in Allen der Aberglaube

die Oberhand behielt. Mit einer gebieterischen Hand=
bewegung hatte der Kaiser den unheilvollen Mund des
Aegypters geschlossen und hatte sich dann rasch mit seinem
Gefolge nach oben in den Tempel entfernt. Klatschende
Peitschenhiebe von unten und schmerzvolles Jammergeschrei,
das durch das Schallrohr aus dem Munde des Gottes
dem Tempel kund wurde, machten offenbar, daß Menephta
nunmehr doch die Kameelpeitsche kennen lernte, der ihn
Hadrian überantwortet hatte, und dieser, bei dem die
Spottsucht bereits wieder die Oberhand gewonnen hatte,
wollte sich vor Lachen ausschütten, wie kläglich das würde=
lose Jammergeschrei aus den Lippen des Gottes in den
Tempelraum drang, als ob Serapis selbst dieses Gewinsel
ausstoße. Erst ein Blick auf den vom Fieberfrost ge=
schüttelten Knaben gab ihm seinen Ernst zurück. Er
schickte Sueton hinunter, um den Gallier dem Wüthen
des Aegypters zu entreißen, während Phlegon Antinous
nach den Gemächern des Kaisers führte. Zum ersten
Mal war Antinous erkrankt, und obwohl unter Phlegon's
treuer Pflege und Hadrian's freundlichem Zuspruch die
Krankheit rasch vorüberging, so war doch eine sichtbare
Schwäche und eine krankhaft reizbare Stimmung bei ihm
zurückgeblieben. Der Grieche hatte bei der Last der Ge=
schäfte, die auf ihm ruhte, ihn wieder aus dem Auge
verloren, aber eingedenk jenes Gespräches im Garten, sagte
er sich, es würde gut sein, wenn Antinous sich mit dem
Kaiser aussprüche, und als nach langer Unterbrechung sie
endlich wieder beide mit dem Kaiser nach der Mahlzeit
wie sonst in der Halle der Akademie lustwandelten, wo
die von der Abendsonne vergoldete Ebene vor ihnen lag,
und in dämmernder Ferne die sieben Hügel und die
Umrisse der Paläste Roms so deutlich herüberwinkten,

daß Phlegon sein Haus auf dem Esquilin zu erkennen meinte, nahm letzterer die Gelegenheit wahr, indem er sagte: „Unser Kranker fürchtet, o Cäsar, daß wir uns in jüngster Zeit um die Tempel und Götterbilder zu viel Sorge machen, und mißbilligt insbesondere, daß wir uns erkühnen, auch zu Tibur Orakel einzurichten."

„Orakel", erwiderte Hadrian in lehrhaftem Ton, „sind nöthig. Die Menge wird niemals die Wahrheit aus innern Gründen einsehen. Sie muß ihr als ein Gegebenes gegenüber treten. Gründe sind dem Volke nichts, aber Orakel verehrt es." — „Eine schöne Wahrheit", murrte Antinous, „die Menephta, dieser kriechende Nilwurm, oder der böse Amenophis aushecken wird!"

„Wir werden ihnen die Orakel mittheilen, die ihr Serapis zu spenden hat."

„Die Götter mögen das gnädig von uns abwenden", sagte der Knabe unwillig ... „wenn wirklich Götter sind!" setzte er dann seufzend hinzu.

„Wenn Korn ist", sagte Hadrian, „ist auch Ceres, wenn Obst ist, ist auch Pomona, wenn ein All ist, ist auch Zeus. Oder bist du den Christianern in die Hände gefallen, die unlogisch genug die Vielheit der Götter leugnen, obwohl sie die Vielheit ihrer Offenbarung vor Augen haben?"

„Ich glaube an die Götter, wenn ich sie fühle, auf dem Wege der Schulgespräche offenbaren sie sich mir nicht. Wie aber soll ich an diesen neuen Altären und aufpolirten Statuen des Gottes denken, habe ich doch noch das Geschrei deiner Architekten in den Ohren, die den einen Gott hierhin, den andern dorthin commandirten, um am folgenden Tag wieder den ganzen Olymp durcheinanderzuwerfen und umzuordnen? An Serapis wollte ich eben glauben lernen, als ich ihn aber heulen hörte wie einen geprügelten Hund, ist auch dieser Glaube mir geschwunden." Und der Knabe stützte das Antlitz in beide Hände und sah stumpf vor sich hin.

"Geduld, Antinous!" erwiderte Phlegon. "Mit diesen neuen Tempeln werden sich mit der Zeit auch schöne und heilige Erinnerungen verknüpfen, so daß du vergissest, wie sie wurden. Auch Dobona wurde nicht in einem Jahr zum Heiligthum." Solche und ähnliche Gespräche wurden nun täglich zwischen den drei Freunden unter den Säulengängen der Akademie geführt, aber je mehr der Glaube besprochen wurde, je mehr Antinous sein Innerstes herauswinden, sein Heiligstes sollte betasten lassen, um so tiefer versank er in Schwermuth. In sein Herz war ein Riß gekommen, und die süße, selbstvergessene Einheit mit sich selbst, durch die er so rührend auf den mit sich stets entzweiten, in rastloser Dialektik sich zerreibenden Hadrian gewirkt hatte, war dahin, und ohne ein bestimmtes Pensum des Lebens und der Arbeit versank sein erregtes Gemüth in thatlose Schwermuth. Dem Cäsar selbst erschien sein Geliebter als ein Anderer; aber auch dieser Ausdruck zielloser Sehnsucht und Schwermuth kleidete den Jüngling, und wenn dieser vor ihm stand, das Haupt leicht geneigt, zur Erde schauend, seine Ermahnungen ruhig hinnehmend, wallte immer wieder die alte zärtliche Liebe zu dem schönen Knaben in Hadrian auf, und mehr als er bei seiner selbstsüchtigen Beschäftigung mit seinen eigenen Leiden es gewohnt war, dachte er darüber nach, was geschehen könnte, um den an sich irre gewordenen Freund wieder zurecht zu bringen.

Zehntes Kapitel.

„Laß deine Söhne Natalis und Vitalis herüber nach
Tibur kommen!" sagte Hadrian eines Tages zu Phlegon.
„Antinous besteht darauf, im Lager der Leibwache regel=
mäßigen Dienst zu thun und sich für die Armee vorzu=
bereiten. Die Jünglinge mögen eine gemeinsame Zelle
beziehen und ihren besondern Evocatus haben, denn die
Einreihung in die Manipel kann ich aus vielen Gründen
nicht zugeben." Als Phlegon unmuthig schwieg, fuhr
Hadrian fort: „Du wirst alles Einzelne selbst ordnen.
Es kommt mir nicht bei, in deine väterliche Gewalt ein=
zugreifen, aber leiste mir den Freundschaftsdienst um
Antinous' willen." Phlegon verneigte sich und sagte: „Ich
werde sie rufen." Mißmuthig sah er dann dem Cäsar
nach, der, nachdem er seinen Zweck erreicht, sich in die
Gemächer des Aelius Verus begab und auf diesen gestützt
durch die sonnigen Lorbeergänge der Villa lustwandelte.
„Man wird in Rom sagen, Phlegon's Söhne sind der
Knabenheerde Hadrian's zugetheilt worden, man wird sie
auf einen Fuß stellen mit dem Bithynier, Ennia wird
sich grämen, Gräcina erbauliche Briefe schreiben. Ver=
fluchter Herrendienst, der nur erhebt, um innerlich um
so tiefer zu erniedrigen." Widerspruch war indessen nicht
wohl möglich. So schrieb Phlegon eine kurze Weisung

an Bassus und einen ausführlichen Brief an Ennia. Nachdem er beide bestellt, ging er hinüber nach dem Lager der Leibwache, um mit einem jungen Centurio, mit dem er befreundet war, solche Ordnungen zu verabreden, daß es jedem unzweifelhaft werden mußte, seine Söhne dienten in der Armee, nicht in den Gemächern des Kaisers. Dennoch blieb er niedergeschlagen, und seine größte Sorge war, wie die Knaben selbst die Zumuthung aufnehmen würden, die Genossen des kaiserlichen Favoriten zu sein. Ihr römischer Stolz, wie ihre christliche Ueberzeugung mußte dagegen sich sträuben, und Phlegon selbst hätte es ihnen übel genommen, wenn sie anders empfunden hätten. Um so peinlicher fühlte er die ungünstige Stellung, in die er den Jünglingen gegenüber gerieth, da er von ihnen nicht erwarten durfte, daß sie seine Zwangslage richtig würdigten.

So trafen nach einigen Tagen, während die Dinge auf der Villa ihren Gang gingen, von der römischen Straße her bei der Aniobrücke zwei Jünglinge ein, die ermüdet und bestaubt sich am Grabmal der Plautier niederließen. „Laß uns hier rasten, mein Vitalis, und dann ein Bad nehmen", sagte der Aeltere, „damit wir dem Vater und dem Cäsar erfrischt und gesammelt gegenübertreten können." Die beiden Jünglinge legten ihren Reisebündel zur Seite und setzten sich. „Ein ungewisses Dasein, mein Natalis", nahm der Jüngere das Wort, „das wir seit des Vaters Rückkehr führen. Ich hatte eben angefangen den juristischen Studien einigen Geschmack abzugewinnen, nun sollen wir plötzlich wieder die Bücher Scävola's mit dem Helme und dem Schwerte vertauschen. Was mich dabei am meisten beunruhigt, ist die Frage, ob der Kriegsdienst nicht gegen das Evangelium streitet?

Der Herr hat Petrus geboten, sich vom Schwerte zu lassen, er hat geboten, Schläge mit Demuth zu erwidern, ist es da nicht gegen sein heiliges Wort, daß wir Waffen tragen werden?" „Nein, mein Bruder", erwiderte Natalis. „Erzählt uns nicht die heilige Schrift eine Reihe der schönsten und herrlichsten Kriege? Hat sie nicht die großen Helden Israels gepriesen und ihr Andenken verherrlicht? Die Grenzen des Reichs gegen Geten und Alemannen zu beschützen, kann nicht gegen Gottes Gebot sein. Gedenke der blühenden Gefilde von Aquä, in deren duftigen Tannenwäldern wir die schönsten Jugendtage verlebten, sollen die wilden Germanen dort ungestraft wieder alles vernichten dürfen, was römischer Fleiß geschaffen? Sieh ein Mal zu, was aus den Theilen Daciens geworden ist, die Hadrian preisgab. Für solche Zwecke Leben gegen Leben zu setzen, halte ich für eben so erlaubt wie den Kampf Simsons gegen die Philistäer." Vitalis schwieg, indem er sich langsam seiner Tunica entledigte und die Sandalen abstreifte, um in die klaren Fluthen des Anio hinabzusteigen. „Dennoch", sagte er, „kann ich mir den Herrn nicht mit Helm und Schild vorstellen."

„Wird er doch", erwiderte Natalis, „nach der Offenbarung, kommen auf weißem Roß und eine Entscheidungsschlacht kämpfen gegen Gog und Magog. Daran wollen wir denken, wenn sie uns zum Kampfe einüben. Vielleicht heißt es auch von uns ein Mal wie von den beiden Thieren des Evangeliums: der Herr bedarf ihrer!" Damit folgte Natalis dem Beispiele seines Bruders, und in dem Geplätscher der Wellen verstummten die ernsten Gespräche; die Jugendlust kam in dem frischen Elemente über die beiden jungen Asketen, und sich spritzend und neckend boten die schlanken Jünglinge einen gefälligen Anblick, der nicht ohne Zeugen blieb. Aus dem Gebüsche tauchte ein Mädchenkopf hervor, unter dessen ungeordneten Haaren zwei brennende schwarze Augen sich auf die Gestalten der beiden Jünglinge richteten. Eine Weile schien dieser Anblick die Lauscherin ganz in Anspruch zu nehmen. Dann streiften ihre Augen nach den abgelegten Kleidern der Badenden hinüber. Sie glitt leise zu denselben und untersuchte sie. In der Tasche des einen fand sie einige Denare, die sie rasch in die ihre gleiten ließ, in der des andern ein Büchlein, das sie verächtlich zur Seite warf. „Du, du!" rief jetzt Natalis aus dem Wasser, „warte, diebische Elster, wirst du unser Eigenthum in Frieden lassen!" Als sich die kleine Lydia, denn sie war es, entdeckt sah, packte sie rasch den Reisebündel, der neben den Kleidern lag, und floh den Berg hinauf in die Höhe. Natalis wollte ihr nach, aber Scham hielt ihn zurück. Er mußte erst seine Tunica überwerfen, inzwischen gewann Lydia einen Vorsprung, und als der Jüngling mit nackten Füßen den Berg emporklettern wollte, trat er sich einen Dorn in den Fuß, und er mußte von der Verfolgung abstehen. Vitalis, durch das Schicksal seines Bruders gewarnt, band sich die Sandalen an, aber inzwischen hatte Lydia das Ende der kahlen Böschung erreicht und war nur noch wenige Schritte vom Walde entfernt, wo sie geborgen gewesen wäre. Da kehrte sie plötzlich mit einem Aufschrei um und stürzte den Abhang wieder abwärts, am Waldesrande aber wurde die Gestalt eines Jünglings sichtbar, der sich zur Verfolgung des Mädchens anschickte. „Halte die Diebin!" rief Natalis hinauf. „Halte die Diebin!" rief der Jüngling von oben zurück. Lydia aber, obwohl unter ihrer gestohlenen Last keuchend, gab den Kampf noch immer nicht auf. Dem entgegenstürmenden Vitalis ausbeugend, huschte sie hart an dem hinkenden und kampfunfähigen Natalis vorbei; Vitalis sprang ihr mit Aufgebot aller Kräfte nun gleichfalls abwärts nach, verwickelte aber den Fuß in eine Wurzel und schlug zur Erde. Lydia ließ einen höhnischen Ruf hören und hatte bereits die Brücke gewonnen, als der unbekannte Verfolger die Straße erreicht hatte und wie ein Läufer von Olympia in großen Sätzen ihr nachstürmte. Vergeblich ließ die Flüchtige nun den Bündel fallen, mit einem Griff hatte der Fremde die Dirne ergriffen, die hell aufschrie. Da sahen Natalis und Vitalis plötzlich ein Messer in ihrer Hand glänzen. Der Fremde taumelte zur Seite, hatte aber sofort wieder mit der andern Hand den bewaffneten Arm der kleinen Dirne gefaßt, den er so drückte, daß sie das Messer fallen ließ. Nunmehr trug er die Gefangene zu dem Bündel zurück, wo er mit den beiden Brüdern zusammentraf. Diese sahen einen Jüngling von athletischem Körperbau und wunderbarer Schönheit, den sie sofort als Antinous würden erkannt haben, dessen Bild in Rom bekannt genug war, wäre nicht sein Angesicht mit Blut überströmt gewesen, das aus einer Wunde oberhalb des Auges hervorquoll. „Einen Finger breit tiefer", sagte Natalis, „und die kleine Hexe hätte dich um dein Auge gebracht. Wir danken dir doppelt für deine Hülfe!"

„Du hast uns warm gemacht, schwarzer Dämon", sagte Antinous. „Dieser Fremde hat sich die Stirne aufgeschlagen, der andere hinkt, ich habe die Wange voll Blut und sah recht wohl, Wahnsinnige, wie du nach meinem Auge zieltest. Was werden wir nun mit dir beginnen? Soll ich dich den Knechten des Calpurnius ausliefern?" Das Mädchen schwieg verstockt, aber bei der Nennung dieses Namens wich alles Blut aus ihren Wangen.

„Prüft euern Bündel", sagte dann der Verwundete zu Natalis, „ob ihr alles findet!"

„Sie hat keine Zeit gehabt, ihn zu öffnen", gab dieser zurück.

„Und wo ist mein Beutel, Lydia?" fuhr Antinous fort.

„Ich habe ihn nicht mehr."

„Sehen wir zu", sagte dieser und griff der sich Sträu=benden in die Tasche.

„Hier sind fünf Denare."

„Ach, unser Reisegeld!" sagte Vitalis. „Richtig, meine Tasche hat sie auch geleert."

„Hier ist ja der Beutel", sagte Antinous zornig, „ver=stockte Lügnerin! Nun wird Calpurnius doch daran müssen."

„Und das kleine Büchlein aus meinem Rocke", sagte Vitalis, „wo hast du das hingebracht?"

„Es liegt dort im Grase", sagte Lydia mit heiserer, angstvoller Stimme. Vitalis, der inzwischen sein Buch wieder gefunden hatte, nahm, als die Anderen rathlos schwiegen, zuerst wieder das Wort. „Es war ein gutes Buch, das du in den Graben geworfen hast, ich will dir ein Wort daraus mittheilen, das merke dir für dein ganzes Leben. Dasselbe heißt: ‚Wer gestohlen hat, der stehle nicht mehr, sondern er sehe, daß er mit seinen Händen etwas Gutes schaffe'. Was mich betrifft, ich vergebe dir!"

„Auch ich will dir verzeihen", erwiderte Natalis, „aber denke täglich an die Angst, die du heute ausgestanden, als du im Begriff warst, von diesem edlen Herrn gefaßt zu werden. So wirst du einst von den Dämonen nach dem Tode umhergehetzt werden, wenn du dich nicht besserst. Denke daran!"

„Was mich angeht", sagte Antinous, „so halte ich dich für eine arme Verführte, der ich es nicht zurechnen will, daß du mich fast um das Auge gebracht hättest. Das Geld kann ich dir nicht zurückgeben, denn du würdest es schlecht anwenden; wenn du aber bei dem Gärtner Albinus, der ein wackerer Mann ist und eine verständige Frau besitzt, als Gehülfin eintreten willst, werde ich das Geld bei ihm für dich niederlegen und das Doppelte in einem Jahre hinzufügen, falls er dir bezeugt, daß du dich gut gehalten hast." Lydia schaute Antinous starr an und erwiderte keine Silbe. „Nun, damit du siehst, daß wir dir verziehen haben", fügte Antinous hinzu, „gehe dorthin, wo der Holzkübel in der Tränke liegt und schöpfe uns frisches Wasser, damit wir unsere Wunden waschen können, die du, kleiner Dämon, uns beigebracht. Das Mädchen blickte nochmals lang auf Antinous, dann ging sie langsam nach dem Wasser und brachte das Verlangte. Antinous wusch sich das Gesicht ab und drückte einen angefeuchteten Zipfel seiner Tunica auf die noch immer fließende Wunde, daneben saß Natalis als Dornzieher, während Vitalis sich ähnlich wie Antinous den Kopf hielt. Bei diesem Anblick fingen die Dreie nun selbst an zu lachen, und Natalis fragte: „Wer bist du, der du so edel an der kleinen Sünderin gehandelt hast?"

„Ich gehöre zum Hause des Kaisers", sagte Antinous ausweichend, und seine Blicke suchten die Erde. „Und dein Name?" fragte Natalis unbefangen. „Antinous!" Die Brüder blickten sich betroffen an. Unschuldig in der Provinz und der Abgeschiedenheit der Villa ad pinum, unter den Augen der Mutter aufgewachsen, hatten sie doch so viel von dem Wesen der römischen Welt bei ihren gemeinsamen Wanderungen mit anderen Knaben gehört, daß sie scheu zurückwichen vor einem Namen, den sie von ihren Mitschülern nur mit Spott hatten nennen hören, und den ihnen die Mutter auszusprechen untersagt hatte. Antinous gehörte ihnen in eine Reihe mit den berühmten Tänzern, Mimen, Gladiatoren, die dem Vergnügen der Reichen dienten, mit denen aber ein freier Römer nicht verkehrte. Das, was sie bei diesem Namen fühlten, zu verbergen, dazu waren sie zu wenig weltgewandt. Als jedoch Antinous' Stirne sich umwölkte und er trotzig die Lippen aufwarf, erwiderte Natalis in schneller Fassung: „Du hast edel gehandelt, und wir haben von dir zu lernen. Erlaube, daß wir uns an dem guten Werke betheiligen, das du an der Unglücklichen thun willst. Wir sind die Söhne des Phlegon, den du kennst.“

„Ich dachte es“, sagte Antinous. „Ich war euch entgegen gegangen, da auch ich mit euch das Waffenhandwerk erlernen soll.“

„Oh das ist schön“, erwiderte Natalis herzlich, „aber nach deinem Laufen von vorhin zu schließen, werden wir den Kürzern ziehen, wenn wir mit dir fechten.“

„Ich werde andere Dinge von euch lernen, die wichtiger sind“, sagte Antinous. „Seien wir Freunde! Euer Vater ist auch mein Freund.“

„Uns sind alle Guten Freunde, und du bist gut“, sagte Natalis, „aber ehe wir deine Hand annehmen, müssen wir dir sagen, daß wir Christen sind.“

„Christen!“ rief Antinous. „Wie, ihr glaubt nicht, daß Götter walten in all den schönen Elementen, die uns hier umgeben?“

„Wir glauben an einen Gott, der Himmel und Erde gemacht hat, der im Himmel thront.“

„Im Himmel?“ rief Antinous, „und diese schöne Erde sollte nur durch Menschen bewohnt sein? Die Berge sollten keine Dreaden, die Quellen keine Nymphen mehr

haben, kein Gott mehr auf dem glänzenden Gestirn ein=
herfahren, keine Dryade im Baume flüstern, nicht mehr
Leukothea in der Meereswoge walten? Sie alle willst
du verleugnen, die Erde zu Staub und Schmutz machen,
in dem nur Menschen und Thiere umherkriechen? Oh,
wie seid ihr arm und unglücklich! In diese entgötterte
Welt folge ich euch nicht."

„Uns ist überall der eine unsichtbare Gott in seinen
Werken!"

„Was hilft mir das Werk, wenn es leer steht. Und
wie soll ich mir den einen Allesmacher vorstellen? Was
das Wesen Apollo's und Diana's ist, sehe ich an ihren
Strahlen, was das des guten Jupiter, wenn ich zu seinem
ewigen Himmel aufblicke; was das Wesen der Ceres, wenn
ich über ihre Kornfelder hinschaue. Jeder Najade, jeder
Dryade Natur lehrt mich das Haus, das sie bewohnt.
Mit ihr kann ich reden, ihr kann ich die ihr geziemenden
Opfer darbringen. Ich salbe ihre heiligen Steine, werfe
Blumen in ihre Wellen, hänge Kränze an ihre Bäume.
Aber wie soll ich mir euern Unsichtbaren denken? Wie
kannst du die Gottheit lieben, die du nicht siehst?"

„Sie redet mit mir durch ihr Wort."

„Oh", erwiderte Antinous, „tiefsinnige Worte haben
auch die Götter. Ruft mir nicht Apollo zu Delphi zu:
,Du bist!' oder: ,Lerne dich selbst kennen!' Sagt er nicht
zu Tanagra: ,Als ein Guter tritt ein, als ein Besserer
gehe von hinnen!' — Oder wenn ich zum Heraklestempel
gehe, sagen mir die welterlösenden Werke, die ich da ab=
gebildet sehe, nicht mehr als lange Sprüche?"

Vitalis griff nach der Rolle, die noch immer neben ihm
lag und nahm nun auch das Wort: „Höre, ob Gottes
Offenbarung nur so klingt wie euere Priesterweisheit, und

er fing an da zu lesen, wohin sein Auge zuerst fiel, in der Ueberzeugung, der Herr selbst werde ihm das beste Wort zeigen, und er begann: „Kommet her zu mir, alle, die ihr mühselig und beladen seid, ich will euch erquicken!" Aufmerksam hörte Antinous zu, während Natalis mit gefalteten Händen daneben saß. Wohlklingend und schwermüthig klang der einfache Vortrag des Knaben; der Abendwind rauschte durch die Pinien, die Wasser des Anio plätscherten und strubelten in der Tiefe, die Cikaden begannen ihr Abendlied, und noch immer las Vitalis. Bereits war er bei der Passionsgeschichte angekommen. Bald mit getheilten Empfindungen, bald tief ergriffen und hingerissen hörte Antinous zu. Zwei Wanderer traten aus dem Walde und kamen näher, ohne daß darum Vitalis abgebrochen hätte, im Gegentheil, er erhob seine Stimme stärker. Der gute Samen sollte ausgestreut werden für Bekannte und Unbekannte.

„Ihr habt es ja eilig, euern Zeltgenossen in eure Superstition einzuweihen!" sagte eine rauhe Stimme, und als die Dreie aufschauten, sahen die Brüder Hadrian vor sich und hinter ihm ihren Vater, der mit einem Ausdruck der Bekümmerniß und des Schmerzes sie anschaute, der ihnen weh that, so sehr sie sich in ihrem Rechte fühlten. „Erst habt ihr euch die Schädel zerschlagen", fuhr Hadrian fort, „und nun sollen die Zaubersprüche die Wunden wohl wieder heilen? Beim Aeskulap, das ist ja ein Stich, mein Knabe! Welcher der beiden Bursche hat nach deinem Auge gezielt? Antinous, ich will Wahrheit!"

„Keiner, Herr!" erwiderte Antinous, „wir sind alle durch denselben Feind verletzt worden."

„Und der war?" sagte der Cäsar zornig.

„Wir haben ihm verziehen", erwiderte Antinous, „und

da ziemt es sich nicht, ihn nachträglich anzugeben." Die Brüder schauten inzwischen nach der kleinen Lydia, diese aber war in der Stille verschwunden.

„Mit solchen Ausflüchten täuschest du mich nicht", erwiderte Hadrian, die Knaben des Phlegon mißtrauisch musternd. „Ihr habt den Kürzern gezogen und dann zum Dolche gegriffen?" sagte er.

„Nein, Herr!" erwiderte Natalis ruhig.

„So nennt den Thäter!"

„Das können wir nicht."

„Ihr könnt es nicht?" rief Hadrian zornig, „mein Tartarus wird es euch lehren!"

„Ich bürge für die Wahrheit ihrer Aussagen", sagte Phlegon nunmehr hervortretend, „aber du siehst, Herr, daß bei dem Unternehmen so wenig Segen ist, als ich vorhersagte. Gieb auf, was unter so schlechten Auspicien begonnen wird. Laß meine Söhne nach Rom zurückkehren, sie sind hier nicht an ihrem Platze."

Hadrian schüttelte den Kopf. „Sie gehen hinüber nach ihrer Zelle! Antinous aber kehrt mit mir nach meinen Gemächern zurück bis seine Wunde geheilt ist. Ich denke, er wird sich bis morgen anders besonnen haben und mir berichten, was hier vorging. Dieses Zauber= buch aber nimm an dich, Phlegon! Wenn deine Knaben im Lager der Leibwache jüdische Umtriebe machen sollten, könnte auch ich sie nicht vor strenger Strafe schützen." Vitalis steckte ruhig seine Rolle ein.

„Gib!" sagte Phlegon.

„Ich liefere heilige Bücher nicht aus!" sagte der Jüngling.

„Du wirst gehorchen!" erwiderte Phlegon.

„Ich darf nicht."

„Ennia hat ja deine Knaben herrlich erzogen!" spottete Hadrian. „Nun wird doch der Tartarus nachhelfen müssen." Phlegon trat ruhig an Vitalis heran und sprach leise mit ihm einige Worte. Der Knabe zögerte eine Weile, dann reichte er dem Vater das Buch. Hadrian war diesen Verhandlungen mit Unmuth gefolgt, dann drehte er sich ab, indem er Antinous gebot, ihm zu folgen. Phlegon aber wandte sich zu seinen Knaben und sagte: „Noch seid ihr keine Stunde in Tibur und bereits habt ihr euch den Mann zum Feinde gemacht, von dem unser aller Schicksal abhängt. Konntet ihr nichts Klügeres thun als hier auf der Landstraße Bücher zu verlesen, von denen ihr wißt, daß schon der Besitz Strafe nach sich zieht?"

„Diese Strafe falle auf mich, Vater", sagte Vitalis, „darum gieb mir die Rolle zurück, wie du versprachst."

Phlegon reichte sie ihm seufzend. Er wußte, wie wenig bei den Christen mit Gewalt auszurichten sei, und ihm handelte es sich zunächst darum, das Vertrauen der Söhne zu gewinnen, bei deren Erziehung er so grobe Verstöße begangen hatte. So schritten die Drei lautlos nach der Caserne am nördlichen Waldesrande hinüber. Die ‚hundert Kammern‘, wie die Reste der Caserne der Prätorianer heute genannt werden, und deren eine Natalis und Vitalis jetzt bezogen, liefen in einem Winkel zu= sammen, der einen dreieckigen Exerzierplatz abgab und durch ein Castell geschlossen war. Ein Gemach war von dem andern abgesperrt, um die Communication der Sol= daten untereinander zu verhindern, doch lief eine hölzerne Gallerie von außen längs der Gemächer. Ueber dieselbe gelangten Phlegon's Söhne an den Stuben der neugierig nachschauenden Soldaten vorüber in ihre Wohnung. Die dritte Lagerstätte des kleinen Raumes, die Antinous hatte einnehmen sollen, wurde einem Evocatus zugetheilt, der Phlegon's Söhne in die Pflichten des Dienstes einführen sollte.

„Seltsam, wie es uns hier ergeht", sagte Vitalis, als Phlegon und der Soldat sich entfernt hatten. „Ich sinne stets darüber nach, welches Verbrechen wir eigentlich begangen haben, daß man seit jüngster Zeit uns so rück=sichtslos hin= und herstößt."

„So denke an das Wort des Apostels, mein Bruder", sprach der Aeltere: „Wir wissen, daß Trübsal Geduld bringet, Geduld aber bringet Hoffnung, Hoffnung aber läßt nicht zu Schanden werden!"

Elftes Kapitel.

Aus Antinous' Hoffnung, nach der Wache der Prätorianer übersiedeln zu dürfen, war nun nichts geworden. Ohne zu murren verrichtete er wieder seine gewohnten Dienste, denn er sah in Hadrian nicht nur den Cäsar und Wohlthäter, sondern auch den Kranken, den man schonen müsse. Dennoch reizte es ihn, daß der Kaiser seiner Versicherung, nicht den Söhnen des Phlegon seine Schramme zu verdanken, hartnäckig den Glauben versagte, und noch ehe er sie kannte, den neuen Freunden seines Lieblings Heuchelei und Bekehrungswuth zum Vorwurf machte. Dabei waren die Worte des heiligen Buches, aus dem Vitalis ihm vorgelesen, nicht spurlos an ihm vorübergegangen. War das alles wirklich geschehen? fragte er sich, oder war auch das nur ein Mythus, den kluge Priester ersonnen, wie Hadrian täglich Orakelverse ersann? Die Auseinandersetzungen über den Opfertod der Gottheit, mit denen Natalis die Vorlesung des Bruders je und je unterbrochen hatte, erinnerten ihn vielfach an die Erzählungen des Amenophis von den Leiden des Osiris oder den blutigen Wunden des Adonis, die er jährlich beim großen Feste des Gottes in Bithynien gehört, dort aber hatte es sich um ein Symbol des Naturlebens gehandelt, wie niemandem unbekannt war. Die Erzählung der Brüder dagegen trat mit dem Anspruch

auf, wirkliche Geschichte zu sein. Noch nicht drei Gene=
rationen waren dahingegangen seit dieser Gott auf Erden
gewandelt und gerufen hatte: „Kommet her zu mir, die
ihr mühselig und beladen seid." „Wer wäre das nicht?"
seufzte trüb der Liebling des Cäsars, und indem Worte
des Evangeliums, wie er sie früher schon von Hermas
gehört, Worte des Aegypters und fromme Erinnerungen
der eigenen Jugend sich ihm verwirrten, träumte er, das
Zeichen des Christengotts, das er dem Schwerte des Kai=
sers eingegraben, brenne sich ihm selbst tief ins Herz,
dann fühlte er wieder die Binde des Osiris um seine
Schläfe, und wähnte, Amenophis reiße ihm wüthend die=
selbe vom Haupt und stoße ihn in den Wasserfall hinab,
bis ihn ein tiefer, traumloser Schlaf von diesem Kampfe
der Götter um seine Seele erlöste.

Als Hadrian am andern Morgen erwachte, hatte
Antinous sich bereits weggestohlen. Daran war, wie der
Cäsar seinen Liebling verwöhnt hatte, nichts Ungewöhn=
liches. Hadrian kleidete sich selbst an und begab sich
hinaus in die Halle. Erst als er hier die Stimme des
Bithyniers vom Stadium herübertönen hörte, vermischt
mit den bewundernden Zurufen von Phlegon's Söhnen,
schlug seine Stimmung um. Es stand ihm sofort fest,
daß die Neulinge seinen Liebling schon am vorigen Abend
zu dieser Rücksichtslosigkeit gegen seinen Herrn verleitet
hätten. Durch einen versteckten Lorbeergang nahte er sich
dem Stadium. Doch konnte er sich des Wohlgefallens
an den drei Jünglingsgestalten nicht erwehren und sah
mit Vergnügen zu, wie sicher Antinous die jungen Rö=
mer im Werfen des griechischen Discus unterrichtete. Wie
Blitze flogen seine Scheiben über die Arena, um sicher
am Ziele aufzuschlagen. „Du mußt die Hand weiter

einwärts stellen, die Scheibe so halten, und nun schleudre den Arm zurück, zwei mal, drei mal, bis er den rechten Schwung hat und du das Ziel fest siehst. So — schon besser!" Wohl eine halbe Stunde sah Hadrian diesem Treiben zu und setzte dann seine Wanderung fort. Bei seiner Rückkehr vernahm er den Commandoruf des Bithyniers nicht mehr, sondern heftiger Zwist schien die Knaben zu entzweien. Ungestüm drangen die Stimmen von Natalis und Vitalis auf Antinous ein. Nur einzelne Worte konnte Hadrian auffassen. Da hörte er Vitalis eifrig sagen: „Wer den Discus wirft wie du, dem ziemt es nicht, dem Cäsar Weiberdienste zu leisten!" Das Folgende blieb Hadrian unverständlich, aber er stieß zornig mit seinem Stabe auf die Erde: „Warte, Natter!" Rasch nahm er den Weg zum Stadium, aber das bittere Wort schien eine Scheidung herbeigeführt zu haben. Als er eintrat, sah er nur noch Antinous mit trotzig aufgeworfenem Kopfe das Stadium verlassen, während die Söhne des Phlegon die Scheiben zusammenlasen, mit denen sie gespielt hatten. Beim Anblick des Kaisers begrüßten sie ihn mit einem ehrerbietigen: „Salve Caesar!"

„Hat der Centurio euch beurlaubt?" fragte Hadrian streng.

„Auf Antinous' Bitte, Cäsar", erwiderte Vitalis.

„Dann meldet ihm von Hadrian, kein Neuling habe in den ersten dreißig Tagen die Caserne zu verlassen; das gelte von euch wie von Allen!"

Die Knaben neigten das Haupt, und als Hadrian stumm vorüberging, sprachen sie: „Ave Caesar!"

„Mir ist es recht, wenn wir nicht zum Spielen hier sind", sagte Vitalis, als der Kaiser weg war. „Mich dauert nur Antinous. Ich fürchte, wir haben ihn zu hart angefaßt."

Als Hadrian nach seinen Gemächern zurückkehrte, wo ihm Antinous den Morgentrunk zu credenzen pflegte, fand er den Knaben an der Brüstung der Terrasse mit trüben Blicken ins Leere starrend. Die Tadelworte, die der Kaiser über sein Verhalten am Morgen auf den Lippen hatte, blieben ungesprochen. Der Trübsinn des Jünglings drückte Hadrian. Er nahm vom Tische den Rosenkranz, der auf dem silbernen Teller den Krug mit dem Morgentrunk umgab, und wollte ihn Antinous, wie oft schon, um's Haupt legen. Dabei sah er ihn fragend an: „Nun, mein Ganymed?“

„Ich will nicht geschmückt sein wie eine Buhlerin!“ rief Antinous unwillig, indem er die Blumen von sich schleuderte. „Ich hasse diese Liebe, die mich vor mir selbst erniedrigt.“

„Gut, mein Sohn“, erwiderte Hadrian gleichmüthig, „auch ich bin zum schmachtenden Liebhaber zu alt; wolle dich also des Herrn erinnern!“

„Und ich bin zum Spielzeug zu alt; du versprachst mir, ich dürfe in die Caserne“, erwiderte der Knabe, indem die Thränen ihm in den Augen standen.

„Dein Wille soll geschehen, sobald die Christen weg sind“, erwiderte Hadrian. „Ich will nicht, daß sie dich lehren, die Götter verachten und mir meine Liebe mit Undank vergelten.“ Der Knabe schwieg verstockt. „Wolltest du Freunde haben“, fuhr der Kaiser fort, „die grußlos an den Götterbildern vorübergehn? Die noch nie einen Stein mit Oel gesalbt, nie eine fromme Gabe an heiligem Baume befestigt?“ — „Sie beten auch“, sagte Antinous, „und scheuen ihren Gott mehr als Andere!“

„Halt“, erwiderte Hadrian mit zornigem Aufblitzen seiner matten Augen, „rede nicht weiter! Ich übersehe die Christianer, so lange sie sich ruhig halten. Versuchen sie aber hier Unfug zu stiften, Neophyten zu werben, ihre mystischen Bräuche in mein Haus zu tragen, dir den Kopf zu verdrehen, so ist der Steinbruch ihnen sicher, so leid es mir um Phlegon wäre. Und nun gehe! Den Morgen hast du mir glücklich verdorben."

Stumm schritt Antinous hinaus, einem jener inhaltlosen und verlorenen Tage entgegen, die stets sein Loos waren, wenn Hadrian zürnte. Er hatte am vorigen Abende noch mit dem Gärtner Albinus gesprochen, dem er Lydia empfohlen hatte. So beschloß er, nunmehr nach ihr zu sehen, aber er erfuhr, daß das Mädchen sich nicht eingestellt habe. Da er Anderes nicht zu thun hatte, ging er nach dem Walde, um nach der kleinen Hexe zu spähen, an die die Schramme auf seiner Stirne ihn noch immer erinnerte. Auch fühlte er eine Art von Verpflichtung dazu. Allen, die ihm an jenem Unglücksmorgen in seiner Verkleidung als Hirte begegnet waren, hatte er Unheil gebracht. Seine Lüge hatte sie, nach Hermas' Ausdruck, dem Vater der Finsterniß überliefert. So viel an ihm lag, sollte wenigstens diese eine nicht verloren gehen. Er durchstreifte den Wald, in dem Lydia gestern sich umhergetrieben, er kletterte nach dem Brunnen, wo sie einst Blumen feilgeboten, er durchsuchte die Abhänge des Citronengartens, den Oelwald über dem Elysium und fand sich, als er aus einer Lichtung trat, auf dem Bergrücken, an dessen Ende die immergrünen Eichen von Dodona läuteten. Sein Fuß zögerte. Nur ein Mal war er mit Hadrian dort gewesen, aber die Sellen hatten ihm Grauen und Widerwillen eingeflößt. „Sollten diese steinernen, im Schmutz verkommenen Gestalten wirklich mehr von den unsterblichen Göttern wissen, als wir?" hatte er Hadrian gefragt. „Auch die Unterirdischen wohnen in Schmutz und Staub“, hatte Hadrian nach seiner Weise geantwortet. Antinous aber gelobte sich damals, die Unterirdischen niemals aufzustören. Er wäre auch jetzt umgekehrt, aber nachdem er Lydia nirgend gefunden, schien es ihm verkehrt, nicht auch hier Umschau zu halten. So schritt er den alten Steineichen zu, die ein kräftiger Windstoß zu lärmendem Klingen und Tönen bewegte. Hundert Stimmen schienen aufgeweckt und begrüßten den jugendlichen Wanderer. Die greise Prophetin saß wie sonst starr an ihrem Eichenstamm, von dem sie nur ein Theil schien. Ihre Augen waren stier auf Antinous gerichtet, der sich unheimlich von ihnen gebannt fühlte. Um sein eigenes Grauen abzuschütteln fragte er: „Prophetin, die du weißt, was die Unterirdischen bereiten, kannst du mir sagen, wo Lydia sich aufhält, das kleine Blumenmädchen?

„Suche sie nicht, ein zweites Mal wird sie dich nicht verfehlen. Mit Einem Auge bist du nicht mehr der schöne Antinous!“ und ein widriges hartes Lachen tönte aus dem Munde der Hexe.

„Weißt du, von wem ich diese Wunde habe, so weißt du wohl auch mehr von ihr?“

„Nach dir frage, Liebling des Cäsar, höre wie die Himmlischen dich grüßen, horch wie sie sprechen: ‚Basileus, Basileus, herrschen wird er, glücklich herrschen, vom Cäsar beschenkt, mit Kronen beschenkt, Basileus, Basileus!‘“ So rhythmisch schmiegten diese Worte sich dem Klang der Metallbecken an, daß Antinous selbst sie nunmehr als Text aus den Tönen heraushörte. Mit abergläubischem Grausen sah er die Hexe an. „Horch“, sagte die Alte, „wie die Unterirdischen pochen. Zarobal, lausche, was sie sagen!“ Antinous, dem Blicke der Alten folgend, gewahrte jetzt erst die Sellen, die am Boden hingestreckt, das Ohr auf den Boden drückten. „Kronen wird er tragen, Kronen, so lang er die Götter ehrt.“

„Basileus, Basileus!“ klimperte es wieder oben in der Eiche.

„Kronen, Kronen! Meide die Weiber, die Chaldäer fliehe, tödte die Christianer!“ fuhr der Selle fort. „Basileus, Basileus!“ klimperten die Becken. Deutlich hörte er dann eine Stimme aus der Ferne: „Nutze die Tage, Hadrian ist sterblich, Aelius liebt Antinous nicht. Nutze die Tage. Basileus, Basileus!“ — „Hörst du die Stimmen der Luft? Zeusbegnadigter, lege dein Ohr hierher! Du selbst sollst die Stimmen der Unteren vernehmen“, sagte das Weib. Antinous folgte ihrem Winke. Sein Ohr, als er es auf die Erde legte, vernahm ein dumpfes Brausen, als ob er eine Muschel ans Ohr hielte. Dann aber hörte er Rufe, Wehklagen. „Hadrian! Hadrian! herunter, Hadrian! Antinous werde König, bitte! bitte! ehe es zu spät ist!“

„Abscheulicher Spuk!“ rief Antinous und erhob sich. „Das sind nicht Götter, die so Gemeines rathen.“

Aber die Priesterin gab keine Antwort. Sie starrte ihn unverwandt an, ohne ihre hölzernen Züge weiter zu bewegen.

„Wird Hadrian wirklich sterben?“ fragte Antinous traurig. Aber es war, als ob er zu einem Holzbild rede. Sie blieb starr, und gleich gefällten Eichenstrunken lagen die Sellen an der Erde. Schaudernd wendete Antinous sich ab, aber hinter ihm tönte es von der Eiche: „Basileus, Basileus!“ Wie von Furien gepeitscht rannte der Jüngling vorwärts. Was sollte Hadrian denken, wenn er erfuhr, er habe die Sellen um die Dauer seiner Tage befragt? und er wußte, der Cäsar hatte überall seine Lauscher.

Als er den Absteig zum Tempe erreicht hatte, blieb er bei der dunkeln Brunnenstube der kranken Pytho stehen. Die Zeusquelle schien verlassen. Ermüdet setzte sich Antinous auf den sonnendurchglühten Rasen und schaute nach der duftigen, dämmernden Ebene. Andächtig summte um ihn das stille Weben der Natur, der Duft von Erica und Thymian stieg traumhaft zu ihm empor, der Harzgeruch der Fichtenstämme strich über den warmen Haideteppich, die Eichen und Pinien rauschten, und er entschlummerte. Im Traume war ihm, als ob aus der Zeusquelle geheimnißvolle Töne hervorströmten. Er hörte das summende Geräusch eines Kreisels, dazu einförmiges Singen einer tonlosen Stimme: „Roll, o Kreisel, und zieh in das Haus mir unfehlbar den Jüngling. Hekate, Heil! du Schreckliche, komm und hilf ihn gewinnen! Mehl muß erst in der Flamme verzehrt sein, ich streu' es! Und ich sage dazu, es ist Antinous' Asche. Roll, o Kreisel, und zieh in das Haus mir alsbald den Jüngling! Mir sei Antinous hold, so verbrenn' ich Antinous' Lorbeer. Wie sich jetzo das Reis mit lautem Geknatter entzündet, plötzlich sobann aufflammt und selbst nicht Asche zurückläßt, also müsse das Fleisch in der Lohe Antinous' brennen. Roll, o Kreisel, und zieh in das Haus mir alsbald den Jüngling! Wie ich schmelze dies wächserne Bild mit Hilfe der Gottheit, also schmelze vor Liebe sogleich der schöne Bithynier. Und wie die eherne Rolle sich umdreht durch Aphrodite, also drehe sich jener herum nach unserer Pforte. Roll, o Kreisel, und zieh in das Haus mir alsbald den Jüngling!" Aus dem Halbschlaf müde den

Blick nach der Höhle richtend, sah Antinous eine bläuliche Wolke über dem Eingang derselben schweben. Noch hörte er das Summen des Kreisels, dann ward es still. Unmuthig erhob er sich und trat an den Eingang der Höhle. Im Hintergrunde regte sich eine Gestalt. Er rief: „Pytho!"

„Was soll's?" antwortete eine heisere Stimme.

„Wo sind die Fackeln? ich will die Unterirdischen befragen."

„Sie reden heute nicht."

„Haben sie oben geredet, so werden sie auch hier nicht stumm sein." Die Stimme schwieg.

„Kannst du mir sagen, wen ich suche?" Alles blieb still. „Bist du wirklich eine Prophetin, so sage mir, wo die kleine Lydia, das Blumenmädchen weilt?" Es schien, als ob ein Seufzer aus der Ecke dränge. Auf's Gerathewohl ging Antinous tastend vorwärts, da fühlte er sich plötzlich von heißem Hauche angeweht. Brennende Lippen bedeckten ihn mit Küssen, und harte, magere Arme schlangen sich fest um seinen Nacken. Es war, als ob der heiße Mund das Auge suche, das gestern die Wunde davon getragen. War es ein Weib, war es ein Kind, das sich so an ihn anklammerte? Da, indem sie ihn niederzog, sah er in einer Nische einen Lichtschimmer, der den wohlbekannten Fackelbündel streifte. Fest hielt er nun mit der Rechten die kleine Unbekannte, und indem er mit dem Fuße die Thüre von der Nische wegschob, fiel ein Strahl hell auf das Gesicht der vermeinten Pytho. Antinous prallte zurück und rief: „Lydia, du hier?"

„Ich bin nicht Lydia, ich bin Pytho", antwortete die Kleine. „Du — Pytho?" lachte Antinous, dann setzte er ernst hinzu: „Wo ist deine Vorgängerin, das bleiche Mädchen aus Epirus?"

„Gestorben", erwiderte Lydia leichthin, „am Heim=
weh, an dem giftigen Wasser, an den Schlägen der alten
thessalischen Hexe."

„Davon weiß Hadrian ja gar nichts!"

„Weil ich schon drei Wochen als Pytho aus dem
Dunkel der Kammer weißsage. Wenn sie eine Fackel
begehren, siehe, dann streiche ich die Haare so über das
Gesicht, zünde sie an und stoße ihnen mit dem brennenden
Spane gegen die Augen, daß sie ihn rasch mir ent=
reißen, und dann husche ich zurück in's Dunkel."

„Aber fürchtest du nicht, auch zu Grunde zu gehen, wie
die arme Pytho?"

„Oh, am Heimweh sterbe ich nicht, ich bin hier zu
Hause, und meine Mutter besucht mich, und von dem
Wasser trinke ich nicht. Ich setze es an die Lippen, und
im Dunkeln gieße ich es wieder weg. Ich kann auch ohne
das gerade so dummes Zeug schwatzen wie die verrückte
Pytho."

„Mädchen, reize die Unterirdischen nicht auf!" sagte
Antinous erschrocken.

„Die Unterirdischen?" lachte Lydia, „wie dumm du
bist, großer Knabe!" und sie kicherte.

„Weißt du", sagte Antinous, dem die Geheimnisse
des Kanopus einfielen, „wie sie die Stimmen machen?"
Lydia lachte, dann faßte sie ihn: „Küsse mich, und ich will
dir den ganzen Hades zeigen." Widerstrebend erduldete
Antinous ihre Liebkosungen. Endlich sagte sie: „Komm!"
nahm die Lampe aus der Nische und leuchtete hinter einen
Felsen, wo sich eine versteckte Oeffnung aufthat. Der
hurtigen kleinen Katze nachschlüpfend fand sich der Jüng=
ling in einem Gang, der durch den weichen Fels gearbeitet
war und in eine natürliche Höhle auslief, die mehrere

Oeffnungen nach oben hatte, durch die ein dämmerndes Licht einfiel, während der durchziehende Luftzug im Gestein ein eigenthümliches Brausen und Klingen und Rauschen hervorrief. „Sieh dort das Rohr, das wie ein Bogen durch die Höhle geht. Auf der einen Seite ruft der schlaue Zarobal hinein, was auf der andern Seite wie eine Stimme von unten heraufkommt. Doch kann Mutter Hunnik auch schön aus der Ferne reden. Du mußt bei den Stimmen aus der Luft nur sehen, wie sie den Leib einbiegt, und genau ihren Hals betrachten, wie sie würgt und schnappt, obwohl sie es recht geschickt verbergen kann. Es hat den Cäsar viel Geld gekostet, bis er eine so geschickte Bauchrednerin auftrieb. Aber eine Hexe ist sie doch, sonst hätte sie mich nicht lehren können, wie ich dich fange", und wiederum umschlang sie mit heißen Armen den Jüngling. Antinous bebte vor Entrüstung: „Und was habt ihr hier?" fragte er, nach allerlei Säcken und Kisten deutend. „Nun, in diese Kisten wäre der Bündel deiner beiden Genossen gewandert, wenn du gestern nicht so lange Beine gemacht hättest." Sie öffnete einen der Säcke, aus denen Bronzen, Teller, Schnallen, Gold= und Silber= waaren hervorglänzten, die sicherlich aus aller Herren Länder zusammengestohlen waren.

„Lydia", sagte er, „mache dich los von diesen schlimmen Leuten. Werde ein braves Mädchen und lebe nicht von Betrug und Heuchelei! Willst du nicht zu dem Gärtner Albinus?" Lydia schüttelte den Kopf. „Ich mag nicht arbeiten. Es macht so müde und ist so langweilig."

„Aber hier wirst du zu Grunde gehen", sagte Antinous.

„Ich will auch nicht immer hier bleiben, nur bis ich größer bin. Aber spute dich, es könnte jemand zur Quelle kommen, und wenn ich fehle, giebt es Lärm. Bitte, ver=

rathe nicht, was ich dir zeige!" und wieder drängte sie sich zärtlich an ihn, und Antinous mußte ihre Zudringlichkeit erdulden, bis sie die Brunnenstube wieder erreicht hatten.

Als er sie mit ihren schmutzigen Geheimnissen endlich abgeschüttelt hatte, war es ihm, als ob er sich selbst vor dem Tageslicht zu schämen habe. "Das also sind deine Götter, Hadrian!" sagte er für sich. "Ob er seine Sellen eben so genau kennt, wie seine Aegypter? — Mag er sein Spiel weiter treiben, wer aber giebt mir den Glauben wieder, mit dem ich auf dem Bergesgipfel zu Zeus' Auge empor=schaute und am brausenden Meeresstrand Poseidon's Odem spürte? Wenn Lydia ungestraft die Pytho spielen darf, so giebt es keine rächenden chthonischen Götter. Giebt es aber keine Unteren, wer bürgt mir für die Oberen? Ich wollte, wir wären nie hieher gekommen. Als wir am Danubius mit den Germanen kämpften und auf dem tyrrhenischen Meer vom Sturme hin= und hergeworfen wurden, damals erschien mir der Cäsar frömmer als ich. Wenn ich aber hier noch lange mit ihm die Culte studire und nachäffe, werde ich zum Götterfeind wie Hermas. — Ich will mir aber den Glauben an die Götter nicht rauben lassen wie den an die Menschen!" sprach er, während seine Augen blitzten. "Hin=aus aus diesen Irrgärten! Da wo keines Menschen Odem weht, will ich den Odem des besten und größten Jupiter einathmen, und wo eine Gottheit sich mir offenbart, will ich ihr selbst einen Altar aufrichten mit truglosen Händen."

Wie er gesagt, so that er. Er lag von nun an jeden Tag draußen auf den Höhen der Sabinerberge, ohne den Neuschöpfungen der Villa das geringste Interesse zuzuwen=den. Wo er dagegen auf den von braunem Heidekraut und einsamen Piniengruppen gekrönten Kalkbergen ein andäch=tiges Plätzchen fand, an dem die Gottheit sein empfäng=

liches Gemüth ansprach, richtete er einen Altar aus un=
behauenen Steinen auf, salbte ihr einen glatten Felsblock
oder hängte ihr Blumen als Weihegaben auf. Sein
Lieblingsplatz wurde eine Grotte der Nymphen, die, hoch
über den Wasserfällen gelegen, nur auf einem schmalen
Wege von oben zugänglich war. Zwei gegeneinanderlie=
gende Felsen überragten den spärlich erleuchteten Raum,
in dem an einer stillen, klaren Quelle das alterthümliche
Bild der Nymphen stand; rohe, schwere Gestalten, ein
herbes Lächeln auf den ernsten Gesichtern, waren sie so
ganz anders als Hadrian's glatt polirte Götterbilder.
Die Verwahrlosung der von Steineichen, Juniperus und
Buchs überwucherten Höhle muthete ihn schwermüthig an.
Diesem vergessenen Genius wollte er dienen. So klet=
terte er täglich hierher herauf, legte Blumen vor dem
Eingang des Heiligthums nieder, aß sein Brot, nachdem
er eine Krume in die heilige Quelle geworfen und von
seinem Tranke gespendet hatte, und träumte von einem
thätigeren Leben, sobald ihm der Cäsar seine Freiheit
würde zurückgegeben haben. An den Vorgängen in der
Villa betheiligte er sich nur soweit seine Pflichten gegen den
Kaiser es mit sich brachten. Phlegon's Söhne aber mied er
ganz. Sie hatten ihn verletzt, seine Götter gelästert. Wie
auch ihr Evangelium lauten mochte, die Dankbarkeit gegen
Hadrian und gegen die Oberen stand ihm zu fest, als daß
er sich von ihr hätte lösen mögen. Gerade aber, weil in dem
Verhältniß zu dem Einen wie zu den Anderen ein wunder
Punkt war, mied er die Freunde, die denselben mit rauher
Hand berührt hatten. Er wollte die Weiberrolle im Pa=
laste abschütteln, aber er erkannte Niemandem ein Recht
zu, ihn zu schelten über das, was er gewesen.

Zwölftes Kapitel.

Wiederum schlich das Leben auf der Villa träg und langsam dahin, und Hadrian's Menschenhaß lagerte wie eine schwüle Atmosphäre lähmend auf allen Bewohnern von Tibur. Da kam ein Morgen, an dem plötzlich alles aufgestört schien, so daß die Menschen ameisenartig durch=einander wimmelten. Ein Eilbote war mit einem Fell=eisen aus der Stadt gekommen, das diese Bewegung in die stillen Räume getragen hatte. Der Kaiser hatte eine Botschaft erhalten, in Folge deren er den Aegypter Amenophis vor sich beschied, während gleichzeitig Boten nach Rom und nach etlichen Landgütern hinaussprengten, um einen Staatsrath nach Tibur zu laden. Die Tiener=schaft aber, während sie die Vorkehrung zum Empfang so zahlreicher Herren und ihrer Begleiter traf, steckte zu=weilen die Köpfe zusammen und erzählte, daß in Aegypten höchst gefährliche Unruhen ausgebrochen seien.

Phlegon war eine Rolle seines Weibes Ennia zuge=stellt worden, nach deren Lesung er bleich, aufgeregt mit sich selbst redend, im Garten einherging, indem er bald im Selbstgespräch stehen blieb, bald mit den Händen fechtend auf und nieder rannte.

Auch für Vitalis und Natalis war ein Brief von Gräcina angekommen, in Folge dessen die beiden Knaben an Antinous die Bitte sandten, ob er sie nicht im Lager besuchen wolle.

Amenophis leistete der Ladung des Kaisers nicht ohne Befremden Folge, aber während er innerlich die Angelegenheiten überdachte, die ihn etwa mit einer Untersuchung bedrohen könnten, nahm er äußerlich um so mehr den kalten, finstern Ausdruck an, der zu sagen schien, daß Leben und Tod, Menschen und Dinge gleich weit unter ihm ständen. So trat er in das Peristyl des Palastes, wo er Hadrian vor einigen Karten Aegyptens sitzend in unruhiger Erregung fand. Die Botschaft, die ihm Hadrian, nachdem er ihn sich hatte niedersetzen lassen, mittheilte, nahm Amenophis mit größerem Interesse entgegen als irgend etwas, was sich seit seiner Ankunft in Tibur zugetragen.

Im Bezirke von Memphis war nach langer Zeit des Zorns ein Apis gefunden worden, der alle Anzeichen der Aechtheit hatte. Glänzend schwarz trug er auf der Stirne ein weißes Dreieck, auf dem Rücken einen weißen Flecken in Gestalt eines Adlers, auf der rechten Seite ein Zeichen in Gestalt des gehörnten Mondes, unter der Zunge einen Knoten in Gestalt eines Scarabäus. Je länger diese volksbeliebteste Incarnation der Gottheit gefehlt hatte, um so ausgelassener war die Freude und der Jubel durch ganz Aegypten. Das heilige Thier war nach Pi-Hapi, d. h. der Stätte des Apis, einer üppigen Weidetrift am rechten Niluser in der Nähe von Heliopolis, gebracht worden. Ganz Aegypten strömte zusammen, um den lang entbehrten heiligen Gast zu begrüßen, der die Seele des Osiris in sich barg. Man sah den Gott mit Wohlgefallen weiden, behaglich wiederkäuen und die Kühe liebkosen, die man ihm zu Genossinnen gegeben hatte.

Als nun aber nach Ablauf von vierzig Tagen das goldene Boot das Thier nach Memphis bringen sollte, warb dasselbe von Priestern der Thebais überfallen. Gewaltthätig schleppten sie dasselbe stromaufwärts, um es nach Theben zu entführen. Der Procurator glaubte solchen Landfriedensbruch nicht dulden zu dürfen und legte, noch ehe die räuberischen Priester die Thebais mit ihrer heiligen Beute erreicht hatten, auf das goldene Schiff Beschlag. Die Frage nach dem Besitze des heiligen Thiers' wagte er aber nicht sofort zu entscheiden, und deshalb verbrachte er den heiligen Stier nach Besa, einer Orakelstätte an der Grenze der streitenden Bezirke. Die Priester des dortigen Osiristempels bemächtigten sich mit Freuden der Gelegenheit, das Ansehen ihres Heiligthums zu mehren. Eine grüne Trift ward ganz wie zu Pi-Hapi eingezäunt, Genossinnen für den heiligen Stier wurden gesucht, ein kostbares Doppelgitter hergestellt und ein Stall, der Palast des Gottes, in den gesetzlichen Maßen gebaut. Der Landschaft war großes Heil widerfahren, und die Priester von Memphis verlangten vergeblich ihr Recht. Als nun vollends bei einem nächtlichen Versuche der memphitischen Priester, ihn von der Weide wegzustehlen, der Stier, vom Fackelschein wüthend gemacht, die Tempeldiener übel zurichtete, loderte der ganze Bezirk in Aufruhr auf, der Nachen mit der goldenen Kapelle wurde zerstört, drei fremde Priester erschlagen, mehrere übel zugerichtet, und der römische Procurator entschied nun, der Stier habe da zu bleiben, wo er sei. Nun aber griffen die Bewohner von Memphis zu den Waffen und verlangten Rückgabe des Gottes, der noch zudem auf ihrer Flur geboren worden war, während die Bewohner der Thebais sich auf die Seite der Besalten, ihrer Nachbarn, schlugen. Der Procurator, der den Fanatismus der Menge kannte, hatte sich aufs Verhandeln gelegt und schließlich erklärt, er müsse Hadrian's Befehle einholen. Inzwischen wuchs der Geist der Zuchtlosigkeit und Anarchie; nicht nur, daß die beiden Bezirke sich fortwährend kleine Scharmützel lieferten, mancher Orten wurden auch die römischen Garnisonen in ihren Castellen belagert, und bei dem unberechenbaren Charakter der heißblütigen Bevölkerung konnte ein falscher Schritt zu einem allgemeinen Aufstand führen.

Amenophis las diesen Bericht ohne eine Miene zu verziehen, dennoch sah Hadrian in seinen Augen etwas wie Freude aufleuchten. „Dich freuen diese Nachrichten, wie es scheint?" fragte der Kaiser den Aegypter argwöhnisch.

„Jeder Sohn der schwarzen Erde wird sich freuen, wenn Osiris ihr wieder geschenkt wird."

„Und wem ist nach deiner Meinung der heilige Stier zuzuführen?"

Amenophis wiegte das Haupt. Dann sprach er zögernd: „Im Allgemeinen ist das Anrecht von Memphis nicht zu bestreiten; soll von der alten Uebung abgewichen werden, so dürfte weder Besa noch Theben, sondern Heliopolis der Vorrang gebühren, denn die Priesterschaft von Heliopolis ist jetzt die bedeutendste. Vielleicht wird sich Memphis zufrieden geben, wenn ihm das Privilegium der Apisgräber bestätigt und die heilige Mumie auch in diesem Fall zugesichert wird. Doch sind das Verhandlungen, die nur ein Aegypter führen kann."

Hadrian sah ihn mißtrauisch an und schwieg. Indem er aber den Fall überdachte, kam er zu dem Entschluß, selbst, in Amenophis' Begleitung, nach Aegypten zu reisen und die unruhige Bevölkerung zu beschwichtigen. Ein Procurator konnte die Sache bis zum Kriege treiben, um sich wichtig zu machen, und Kriege mit Aegypten waren seit den Tagen des Pompejus und Cäsar schicksalsvoll gewesen. Dazu fand Hadrian's Interesse an Cultfragen in diesem Fall neue Nahrung, und er sah schon seinen Namen in ägyptischer Hieroglyphenschrift allen Tempeln eingemeißelt als der römische Pharao, der Frieden gestiftet zwischen Memphis und Theben. So entließ er Amenophis mit dem Bescheid, er solle bereit sein, sich mit ihm nach Alexandrien einzuschiffen. Am Abende scherzte er mit Antinous, wie sie wohl beide in ägyptischer Kleidung, die Brust von vorn, die Köpfe im Profil, mit mandelförmig geschlitzten Augen, die Hände bittend emporgehalten, in den Apisgräbern würden abgebildet werden, segnend vor dem gehörnten Gotte einherschreitend. Antinous aber sagte abwehrend: „Amenophis hat mich gelehrt, daß, wie die Gottheit hier in heiligen Bäumen wohnt, so verkörpert sie sich im Nilland in heiligen Thieren. Ehe der Strom durch Gottes Schickung anschwillt, erscheint stets der heilige Reiher, der dem Volke die Weisung bringt, seine Vorkehrungen zu treffen. Vom Sonnenstrahl befruchtet, gebiert die erwählte Kuh den heiligen Stier, der wunderbar gezeichnet ist, wie es in keinem andern Lande vorkommt. Das Verhalten der Götter, das wir in Symbolen andeuten, kommt dort in dem steten Verhalten der Thiere selbst zum Ausbruck, darum ist es billig, daß die befruchtende Kraft des Osiris im Apis angebetet werde, wie die vernichtende des Typhon im Krokobil. Die Gottheit selbst ist in ihnen lebendig geworden und hat ihr Wesen zur Erscheinung gebracht; sie betet Amenophis an, nicht das Thier als solches."

„So gefällst du mir, mein Liebling!" sagte Hadrian. „Ich sehe, du hast den Aberwitz der Christianer abgeschüttelt. Dafür sollst du mich nach Aegypten begleiten, und wir werden dich wieder, wie das letzte Mal, mit Lotosblumen kränzen."

„Gieb mir lieber wieder Pfeil und Bogen! Du weißt, daß ich in Aegypten meinen ersten Löwen erlegte. Die Jagd wird mir die finsteren Gedanken vertreiben."

„Gut, mein Sohn, auch jagen werden wir, und da dir nun doch einmal unsere neuen Tempel mißfallen, so hoffe ich, du wirst am Nil welche finden, die dir alt genug sind."

Antinous dankte und pries sich innerlich glücklich, daß er dem Himmel von Tibur entrückt werde, der so schwer auf ihm lag.

„Auch Phlegon muß mir nach Rom und Aegypten folgen! Rufe ihn, ich habe über den morgigen Staatsrath mit ihm zu verhandeln." —

Die Nachricht, die Phlegon in solche Aufregung gesetzt hatte, war eine kurze Nachricht Ennia's gewesen, welche in Betreff der Villa ad pinum die schlimmsten Erwartungen Phlegon's noch übertraf. Ennia schrieb, daß die Einmischung des römischen Bischofs und ungestüme Strafreden des Hermas Gräcina vollends in die Hände des heuchlerischen Nereus und seiner Verbündeten getrieben hätten. Sie habe erklärt, daß sie sich durch Niemanden wieder in das knechtische Joch werde fangen lassen. Die römische Kirche habe darauf die Gemeinschaft mit der Gemeinde im Hause der Gräcina aufgehoben, allein seit sie Mutter einer eigenen Kirche heiße, habe Gräcina's Unverstand den Gipfel erreicht, und ihre Brüder sagten ihr zudem täglich vor, daß nur bei ihr die rechte Lehre zu finden

fei. Nereus, hieß es dann weiter, fuche Gräcina nun=
mehr dazu zu beſtimmen, ihren Grundbeſitz auf ihn zu
übertragen, unter dem Vorwande, daß nur ſo das Haus
für den Fall ihres Todes der Gemeinde erhalten werden
könne. Dabei ſage man der alten Frau, daß in ihrer
Stellung thatſächlich ſich darum gar nichts ändern ſolle.
Der erſte Schritt ſei bereits geſchehen, indem Gräcina den
Nereus vor dem Richter freigegeben habe. So werde er
als Freigelaſſener nunmehr auch Grundeigenthum erwerben
können. Wie weit der Verkaufsact ſelbſt vorbereitet ſei,
könne Ennia nicht ermitteln, allein ſeit ſeiner Freilaſſung
ſpiele Nereus nun auch unverhohlen den reichen Mann,
der wohl im Stande ſei, die ganze Villa baar zu bezahlen.
Wolle Phlegon einen Verſuch machen, ſeinen Kindern das
Grundſtück zu erhalten, ſo möge er ſelbſt kommen. Ennia
habe jede Gewalt über ihre Mutter verloren, die viel=
mehr ganz in den Händen ihrer Sklaven ſei.

Das waren die Nachrichten, die Phlegon Eſſen und
Trinken und Schlafen vertrieben, ſo daß er fieberkrank, mit
überwachten Augen in die Welt ſchaute. Er hatte ſich eben
entſchloſſen, den Cäſar um Urlaub zu bitten, als er zu
Hadrian entboten wurde, um, wie ihm Antinous ſofort
zuflüſterte, Befehle zum Aufbruch nach Rom und Aegypten
entgegen zu nehmen. Befremdet ſchaute Hadrian den ein=
tretenden Diener an, und mit der Humanität, die ihn
auch in den Tagen ſeiner Verdüſterung nie ganz verließ,
faßte der Cäſar des Griechen Hand und ſagte: „Was iſt
dir, mein Phlegon, du biſt krank, deine Hände fiebern.“

„Würde mein Herrſcher erlauben, daß ich damit be=
ginne, von mir zu ſprechen?“ ſagte der Grieche demüthig,
„ich würde den Geſchäften beſſer folgen können, wenn ich
mein Herz zuvor entlaſten dürfte.“

„Du weißt, daß ich dein Freund bin", erwiderte der Kaiser, „sprich rückhaltlos!" So berichtete denn Phlegon, wie er bei seinem letzten Besuche in Rom sein Hauswesen gefunden, Gräcina's zunehmende Geistesschwäche, die schein= heilige Ausbeutung durch ihre Sklaven, die schamlosen Erpressungen der Sykophanten, sammt Ennia's neuester Botschaft. Hadrian hatte aufmerksam zugehört, und seine zornigen Ausrufe bewiesen seine Theilnahme. Als Phlegon geendet, sagte er: „Wir werden etwas gegen die Christianer thun müssen. Ihre Frechheit und Zudringlichkeit nimmt täglich zu. Ich werde den Prätor anweisen, statt der seitherigen Nachsicht die Strenge des Gesetzes walten zu lassen."

„Meine Bitte wäre, die Ordnung der Angelegenheiten der Mutter Ennia's mir zu überlassen. Ich wollte dich um Erlaubniß bitten, Cäsar, nach Rom zu gehen. Wie ich höre, wirst du selbst nach dem lang gemiedenen Palatium aufbrechen. Dann könnte ich diese Angelegenheiten be= reinigen. Es wäre mir schmerzlich, wenn durch meine Klagen die blutigen Processe wieder in Gang kämen. Du weißt es leider, daß Gräcina auch meine Knaben und Töchter verführt hat. Gönne mir Zeit, sie den Göttern wiederzugewinnen. Wenn Natalis und Vitalis mit der achten Legion nach Obergermanien abgehen dürften, wären sie vor Gräcina's Einfluß am besten gesichert."

„Ich gewähre diese Bitte um so lieber", sagte Hadrian, „als ich, wenn die Processe wieder in Gang kommen, keine Ausnahmen machen kann, und deine Söhne scheinen mir sehr heißblütige Sectirer zu sein, die nicht geneigt sein werden, sich durch eine Hand voll Weihrauch loszukaufen. Schreibe eine Ordre ihrer Versetzung, ich werde sie unter= zeichnen; morgen reisen wir ab, dann können sie nächste

Woche schon auf dem Wege nach den Alpen sich befinden.“ Phlegon verneigte sich dankend und ging dann an die Verlesung der eingegangenen Briefe.

Während Phlegon diese Berathung mit dem Kaiser hatte, saßen seine beiden Knaben niedergedrückt und ermüdet vom Dienst in ihrer engen Soldatenzelle, in die die untergehende Westsonne ihre letzten glühenden Strahlen versendete. Vor ihnen lag der Brief Gräcina’s, der wenig geeignet war, ihre ermattete Stimmung aufzurichten. Die Ahne schrieb ihnen, daß sie sich von der Gemeinde des Pius getrennt habe, da die römische Kirche ein Haus der Heuchler geworden sei. Pius habe ihr verbieten wollen, sich Freunde zu machen mit dem ungerechten Mammon, und sie unter die Aufsicht eines von ihm bezeichneten Armenpflegers gestellt. Sie aber halte sich an das Wort des Apostels, daß Niemand ein Herr sei des Glaubens, und habe sich von dieser Thrannei des Bischofs losgesagt. Um aber ein Beispiel zu geben und dem Evangelium ganz gerecht zu werden, habe sie beschlossen, die Villa ad palmam der Gemeinde zu erhalten, indem sie dieselbe auf den Namen des Nereus einschreiben lasse, der seinerseits wieder Chloe als Miteigenthümerin anerkennen werde. In allen diesen Verhandlungen habe sie nur Hermas als im rechten Geiste stehend erfunden, obwohl er ihr am meisten Widerspruch entgegengesetzt habe. Sie habe ihn gebeten, damit er besser ihren Geist würdigen lerne, sich in Tibur ihre Briefe an ihre Enkel geben zu lassen, durch die sie das Wort der Wahrheit habe kund werden lassen im Hause des Kaisers. Der eifrige Mann habe nun in sie gedrungen, ihm bei einem Plane behülflich zu sein, von dem er sich großen Erfolg verspreche. Falls er komme, empfehle sie den Brüdern, ihm beizustehen, denn wenn er

ihr auch viel Thörichtes über ihren Haushalt gesagt habe,
wobei sie statt zuzuhören im Stillen gezählt habe, wie
viele Brüder jetzt zu ihrer Gemeinde gehörten, wenn sie
noch alle da wären, so sei er doch ein wahrer Jünger,
und falls es ihm gelinge, den Kaiser zu bekehren, so sei
das ein großes Glück, denn viele Brüder sagten, der Senat
verlange von Habrian ernstlich eine neue Verfolgung der
Gemeinde. Das Schreiben war weitschweifig und unklar
und nach Gräcina's Weise mit allerlei selbstgefälligen Re=
flexionen durchzogen, aber was die Knaben aus demselben
entnehmen mußten, war wenig geeignet, sie aus der trüben
Stimmung aufzurütteln, die in der Vereinsamung der
Caserne über sie gekommen war. Die Gemeinde ad palmam getrennt von der römischen Kirche unter der Leitung
des Nereus, wobei die gute Frau zwischen den Zeilen
merken ließ, daß eigentlich sie es sei, die das Ganze be=
sorge, das waren Neuigkeiten, über die insbesondere der
reifere Natalis nicht wenig den Kopf schüttelte. Die Ge=
meinde hatte ihnen in der letzten Zeit ohnehin nicht mehr
wie früher gefallen. Die Zahl derer, die nur Gaben
und Brot suchten, hatte immer mehr überhand genommen,
und hätten nicht einzelne Wanderlehrer einen frischeren
Hauch hereingetragen, es wäre wenig Segen bei den Ver=
sammlungen gewesen. Daß Nereus ein Heuchler sei, stand
den beiden Jünglingen trotz des erbitterten Widerspruches
der Großmutter fest, da sie ihn mehr als einmal voll=
kommen betrunken gesehen hatten. Daß er nun der un=
umschränkte Lenker der Gemeinde sein solle, erschien ihnen
als Schmach, und sie waren darin einig, daß es dabei
nicht bleiben dürfe.

Noch mehr beunruhigte aber die Knaben die Ueber=
tragung der Villa auf Nereus. Wie würde der Vater

das aufnehmen? wo sollte die Mutter nach Gräcina's Tode bleiben? Wohl hatte man ihnen oft vorgestellt, welches Unglück für die Kirche es sei, wenn nach Gräcina's Tode Phlegon die Gemeinde aus der Villa austreibe. Natalis hatte darauf ein Mal unmuthig geantwortet, wie dem Einzelnen, so gelte auch der Kirche das Wort: ihr sollt nicht sorgen um den kommenden Tag. Jetzt war ohne ihr Vorwissen über ihr Eigenthum verfügt worden, war das nicht sehr seltsam? und ob Nereus die Vollmacht, die die leichtsinnige Greisin in seine Hand gelegt hatte, nicht mißbrauchen werde, war doch sehr zweifelhaft. Welche Pein, nun hier unwiderruflich gefesselt zu sein, während drüben in der Stadt, deren Rauchsäulen sie am Abendhimmel aufsteigen sahen, sich so wichtige Entscheidungen vollzogen. Dazu hatte Gräcina gerade diesen wichtigsten Abschnitt ihres Briefes nach ihrer schlauen Weise in so geheimniß= volles Halbdunkel gehüllt, daß die Leser von dem Sachver= halt unmöglich ein klares Bild gewinnen konnten. Eben= sowenig konnten sie verstehen, in welcher Weise Hermas sich die Bekehrung Hadrian's vorstelle. „Diese ausgebrannte Kohle wieder in Brand zu setzen, wäre Sache eines Engels, nicht eines Menschen", seufzte Vitalis, dabei aber gedachte er des Versprechens, das sie beide dem Vater gegeben, nie wieder ohne bringenden Anlaß den Weg des Kaisers zu kreuzen, dessen böser Blick sie einmal getroffen hatte.

Während sie noch über diesen so unerwartet herein= gebrochenen Nachrichten brüteten, ertönte hinter ihnen durch das vergitterte Fenster der Zelle eine fröhliche Stimme: „Nun, ihr laßt ja die Köpfe hängen wie Weidenschößlinge, denen das Wasser des Lebens fehlt! Frisch auf, Brüder, freuet euch allewege, und wiederum sage ich euch, freuet euch!"

„Hermas!" riefen die Knaben.

„Ja, ich komme mit dem Geiste der Kraft und der Tröstung und des Zeugnisses, und wenn der Herr Gnade giebt, werden wir dem großen Drachen in sein Maul treten und ihm die Zähne ausbrechen."

Die Jünglinge lächelten trübe. „Kannst du uns diese wunderliche Epistel auslegen?" sagte Vitalis, indem er ihm die Rolle der Gräcina hinschob.

„So bekomme ich also doch eines der inspirirten Schreiben der Schwester Gräcina zu lesen", sagte Hermas, und ironisch die lange Rolle übersehend sagte er: „Es ist schade, daß ihr nicht früher von der Großmutter getrennt wurdet; hätte sie täglich ein solches Werk verfaßt, so würde sie weniger Zeit zu ihren anderen Thorheiten erübrigt haben, und die Gemeinde der Heiligen wäre nicht dem Munde des Lästerers verfallen. Eines nämlich habe ich bei Grä= cina gelernt. Vordem meinte ich, daß der Bettel her= vorgehe aus Abscheu vor der Arbeit, sie hat mich gelehrt, daß es auch eine Wohlthätigkeit giebt, die in der Abnei= gung vor ernster Beschäftigung ihre Wurzel hat. Sie meint, der Herr habe gesprochen: geben ist unterhalten= der als arbeiten!"

„Bitte, lies", unterbrach Vitalis den redseligen Mann, „und erkläre uns den Inhalt!" So mußte Hermas sich entschließen, das lange Schreiben der Schwester Gräcina zu durchlaufen. Er that es mit der kunstfertigen Eile, mit der ein Prediger die Predigt des andern zu lesen pflegt, indem er aus dem Eingange jedes Abschnittes immer schon ersah, wohin das Ganze hinaus wolle. Ein über= legenes Lächeln gab dabei seiner Geringschätzung des pro= phetischen Geistes seiner Collegin deutlichen Ausdruck. Indessen die anerkennenden Aeußerungen über seine Person am Ende des Schreibens stimmten ihn wieder milder, und indem er das Blatt sinken ließ, sagte er mitleidig: „Die arme Frau, sie will gewiß das Beste, aber sie hat nicht die Gabe, das Mögliche von dem Unmöglichen zu unterscheiden und die Geister zu prüfen." Auf Vitalis' Bitte um näheren Bericht, erwiderte der Prophet, der ungern auf irdische Dinge einging: „Es ist, wie sie schreibt. Pius legte ihr auf, sie müsse die gesammte Armenpflege der Gemeinde in ihrem Hause der Aufsicht eines benachbarten Diakonen unterstellen, von dem sie sagte, er sei zu einseitig. Auf einen andern Vorschlag erwiderte sie gar nichts. Am folgenden Tage aber zeigte sie an, daß sie nicht mehr zur Kirche des Pius gehöre, da jeder Knecht seinem eigenen Herrn stehe oder falle. Eigentlich also hat sie uns excommunicirt, nicht wir sie. Da wir aber für das, was der Heuchler Nereus mit der thörichten Greisin noch vornehmen mag, nicht verantwortlich sein wollen, haben auch wir der Kirche ad palmam die Gemeinschaft aufgesagt, bis sie der Forderung des Bischofs genügt habe. Nereus aber ist die Gemeinschaft des Leibes und Blutes des Herrn ausdrücklich gekündigt, er soll sein Theil haben mit Dathan und Abiram, kein Bruder darf ihn grüßen, und er ist uns wie ein Heide und Zöllner."

„Und der Verkauf der Villa?" fragte Natalis.

„Davon höre ich erst hier", sagte Hermas. „Ich fürchte, daß Gräcina von Nereus sehr mißbraucht werden wird. Aber genug nun von den Werken der Finsterniß! Wir sind hier, damit das Licht offenbar werde, und ihr sollt ihm die Thüren aufthun. Hadrian wird gedrängt, gegen die Gemeinde zu wüthen wie Nero und Trajan, teuflischen Angedenkens. Der giftige Fronto hielt an den Calenden des Junius eine Rede im Senat, in der er all' die Kindermärchen wieder vorbrachte, wie wir das Fleisch eines Hellenen essen und sein Blut trinken beim Herrenmahl, wie wir in einem Buche die Verbrennung Roms durch Nero preisen, wie nur e i n e Fackel bei unseren Versammlungen leuchte, die einem Hunde an den Schwanz gebunden ist. Wenn es dann den Jünglingen zu lange dauert, die wilde Lust zu entfesseln, giebt einer dem Hunde einen Tritt, die Fackel wird auf die Erde geworfen, und in der Finsterniß beginnen die Werke der Nacht. Zum hundertsten Mal haben sie den Wahnsinn gehört, und zum hundertsten Mal haben sie ihn geglaubt. Denn das ver= stehen sie, das Wort der Wahrheit verstehen sie nicht. „Man setzt sich nicht der Folter aus, um aus einem Buche vorlesen zu hören und Lieder auf Schafe und Löwen zu singen", sagte mir der eitle Sueton mit einem Grinsen, als ich ihn heute bei dem Bade an der Albula traf. Doch mag er grinsen. Ihr aber sollt wissen: ich werde eine Versammlung auf dieser Villa selbst abhalten, und ihr müßt sorgen, daß Hadrian sie behorcht, damit er selbst sehe, ob zum Evangelium, das wir treiben, solche Bräuche stimmen, wie ein leerer Kopf gleich Sueton sie uns nachsagt."

Die Jünglinge schüttelten trübe das Haupt. „Was? Ihr zögert?" rief Hermas, „Hadrian versammelt hier ja alle Götter. Alle Mysterien will er ergründen. Da kann es doch nicht schwer sein, ihn dahin zu bringen, auch ein Mal unseren Mysterien beizuwohnen? So sagt ihm doch nur . . ." „Er haßt uns", erwiderte Natalis, „du mußt dich an Antinous wenden."

„Er haßt euch? Und Gräcina schwelgt in dem Ge= danken, daß ihr seine Lieblinge seid und ihn schon halb bekehrt habt!"

Die Knaben lächelten bei dem Gedanken an die gute Greisin, dann erzählten sie das Mißgeschick ihrer Begegnungen. Ihre Soldatenpflicht halte sie in der Caserne fest, und auch das dem Vater gegebene Versprechen hindere sie, dem Unternehmen Vorschub zu leisten, nur dazu waren sie zu bestimmen, durch einen dienstfreien Soldaten nach Antinous zu schicken, der auch alsbald erschien. Nicht ohne Verlegenheit betrat er zum ersten Mal nach so langer Trennung die Zelle der Brüder. Er schämte sich der Vernachläffigung, deren er sich den Beiden gegenüber schuldig gemacht hatte. Auch die Brüder waren in Erinnerung an den letzten Zwist befangen. Aber Hermas ließ es zu keinem Aussprechen der beiderseitigen Empfindlichkeiten kommen. Stürmisch trug er dem Bithynier sein Verlangen vor. „Lang war es mein Wunsch“, sagte der ernste Jüngling, „eure Mysterien einmal von Anfang bis zu Ende mitzumachen, um mir ein Urtheil zu bilden, wie eure Bräuche mit dem schönen Buche stimmen, das Vitalis einst mir vorlas. Aber wie Hadrian's Gesinnung gegen euch derzeit ist, glaube ich nicht, daß er auf euere Bitte eingeht.“

„Frage ihn doch erst!“

„Das wäre vergeblich.“

„So lasse die Thüre des Peristyls nach der Gallerie offen, dann kommen wir mit Aufgang der Sonne und er soll wider seinen Willen das Wort der Wahrheit vernehmen.“

„Auch das darf ich nicht, ohne ihn zuerst zu bitten.“

„Gut, er mag sich verschanzen, wie er will, die Barmherzigkeit Gottes wird ihn dennoch finden. Wir schleichen uns nach der Gallerie, und unter seinen Fenstern, wenn wir das Peristyl verschlossen finden, lesen wir das Evan-

gelium, bis uns die Soldaten mit dem Schwerte vertrei=
ben. Was mir der Geist eingegeben, soll mir kein Klein=
müthiger ausreden. Oh ihr Kleingläubigen, wenn ihr
nur Glauben hättet gleich einem Senfkorn!"

Antinous lächelte: „Ich will ja deinen Glauben gerne
anhören. Ehrlicher als der der Sellen wird er schon
sein, das glaube ich dir auf dein gutes Gesicht und deinen
Dienst bei der Kalkgrube, aber es giebt heute zu Tage so
seltsame neue Götter, daß man nicht für alle Priester die
Thüre auflassen kann. Ich fürchte, ehe ihr eure Hymnen
singt, hat mir die Pytho des Jupiter von Dodona das
ganze Peristyl ausgeplündert. Aber der alten Freundschaft
zu Ehren will ich Hadrian deine Bitte vortragen."

So schieden sie. Als am Abend Antinous die Spangen
an Hadrian's Schwertgurt löste, sagte er: „Ich habe
heute zum ersten Mal Phlegon's Söhne besucht."

„Man hat es mir gemeldet. Was hast du mit den
Christen?"

„Sie haben einen Anschlag auf dich, Cäsar", sagte Anti=
nous lächelnd, aber dieser warf ihm einen finstern Blick zu.

„Ihre Bitte ist nicht unbillig", fuhr Antinous treu=
herzig fort. „Sie meinen, du könntest doch eine ihrer
Versammlungen anhören, ehe du sie den Löwen vorwirfst,
und ich gestehe, mich würde es mehr gelüsten, einmal
ihre Mysterien gründlich kennen zu lernen als die der
Sellen oder des Serapis, von denen ich bereits mehr
weiß als mir lieb ist."

Hadrian schwieg unmuthig. „Sie haben es dir auch
ganz bequem gemacht, sie wollen morgen bei Sonnenauf=
gang alle ihre Uebungen in deinem Peristyl vornehmen."

„In meinem Hause?" rief Hadrian. „Bist du toll,
Knabe! Hier eine Versammlung der Galiläer? Das wäre

so recht etwas für die Freunde des Servianus, um über die Begünstigung der morgenländischen Superstitionen zu schreien und dem Senat zu zeigen, wie ich die Edicte des vergötterten Trajan mit Füßen trete. Haben dir deine Freunde Natalis und Vitalis diesen Knabenstreich vorgeschlagen?"

"Es ist Hermas' Einfall", sagte Antinous. "Warum du nur Phlegon's Söhne haffest, und du warst es doch selbst, der sie hierher kommen ließ?"

"Phlegon selbst hat sie mir entleidet, indem er that, als wären sie zu gut für dich. Dann ist ein fremder Zug in ihrem Gesicht, der mich verdrießt. Es sind Devote. Als ich sie das erste Mal sah, wie sie dich bearbeiteten, wußte ich sofort, sie wollten dich mir abtrünnig machen. Ich kenne diese Christenpossen. Sie warnen die Knaben, wie die Isispriester es auf die Mädchen abgesehen haben mit ihren sauberen Enthaltungen. Als ich die Beulen sah, die ihr euch geschlagen, wußte ich sofort, worüber ihr gezankt."

"Aber . . ." wollte Antinous unterbrechen.

"Schon gut, schon gut", fuhr Hadrian fort, "ich habe mit eigenen Ohren gehört, wie der schmächtige Vitalis dir zurief, es zieme dir nicht, dem Cäsar Weiberdienste zu leisten!"

Antinous erblaßte. "Haben sie darin so Unrecht?" sagte er nach einer Weile mit beklommener Stimme. "Laß mich dein Freund sein, nicht dein Geliebter! Gieb mich frei! Als Mann will ich dir doppelt treu dienen."

"Das ist nun der Christenunsinn", erwiderte Hadrian. "Als ob man so schön sein könnte wie du, ohne auch der Geliebte des ältern Freundes zu werden. Die Jahre werden dich schon zum Manne reifen, und wenn du nur erst von einem häßlichen Barte starrst, wird niemand mehr diese volle Wange streicheln."

Antinous senkte das Haupt und schwieg. Nach einer

Weile fragte er, indem er sich anschickte, die Lampe weg=
zunehmen: „Ich darf also die Galiläer nicht einlassen?"
„Mögen sie thun, was sie wollen", sagte Hadrian un=
wirsch, „die Folgen fallen auf ihr Haupt." Damit kehrte
er sich gegen die Wand, als ob er schlafen wolle.

Antinous stellte das Licht in die Nische. Die Thüre
des Peristyls stand noch offen. Antinous schloß sie, ohne
jedoch den Riegel vorzuschieben. Dann suchte er selbst
sein Lager. Es war eine lange, schlaflose Nacht für ihn
wie für den Cäsar. Als das erste Licht im Osten den nahen=
den Tag verkündete, stiegen aus dem Säulengange, der das
Viridarium umgab, leise summende Gesänge empor, die
aber stellenweise zu jauchzendem Jubel sich erhoben. Der
Kaiser, vom Halbschlaf gefesselt, hörte gelassen zu. Die
Lieder schwiegen. Ein Gebet begann, das dem Kaiser
ein orphischer oder pythagoräischer Spruch schien. „Herr
du erforschest mich und kennest mich", hörte er beten, „ich
sitze oder stehe, so weißt du es, du verstehest meine Ge=
danken von ferne. Ich gehe oder liege, so bist du um
mich und siehest alle meine Wege. Denn siehe, es ist kein
Wort auf meiner Zunge, das du, Herr, nicht alles wissest."
Mit Beifall hörte der Ruhende zu und dachte: „Das
mag auch ein Weg sein, wie die Lehren des Pythagoras
und Plato in das gemeine Volk einbringen. So lang
es nicht schlimmer kommt, wollen wir sie gewähren lassen."
Aber dieses Wohlgefallen wich plötzlich dem Ausbruck
grimmigen Hasses, und als ob eine Natter ihn gestochen
hätte, fuhr er von seinem Polster empor, indem er wü=
thend nach dem Peristyl hinaushorchte. „Sollte der freche
Bursche dennoch die Caserne verlassen haben", knirschte
er. Eine wohlklingende Knabenstimme tönte hell und
vernehmlich von drüben herüber: „Der Kaiser Augustus

ließ ein Gebot ausgehen, daß das ganze Reich geschätzet würde, und dieser Census war der erste und geschah zu der Zeit, daß Quirinius Präses von Syrien war."

„Warte, Bursche", rief Hadrian wüthend, „ich will dir zeigen, wer heute Kaiser ist!" Rasch schlug er den Mantel um sich, schritt quer über das Atrium zum Peristyl, und als er den Teppich zurückschlug, sah er beleuchtet von dem schräg einfallenden Strahl der Sonne den Leser des Evangeliums sich gerade gegenüber. Aber nicht Vitalis war es, wie er gemeint hatte, sondern ein junger Sklave, über dessen fleißigen und stillen Dienst im Garten sich der Kaiser schon oft gefreut hatte und der zu seinen ent=schiedenen Günstlingen gehörte. Sein Zorn legte sich, zumal er auch unter den Theilnehmern Phlegon's Söhne nicht entdeckte. „Der alte Narr", murmelte er, als er Hermas erblickte, der mit gespanntester Aufmerksamkeit nach ihm herüberschaute. Da hörte er unter der Gallerie die Leibwache aufziehen. Der Tribun, angelockt durch den ungewohnten Gesang, schritt vier Prätorianern voran. Hadrian trat hinaus und winkte ihn zu sich. „Mache die Veranstalter dieser Versammlung ausfindig und über=gieb sie dem Prätor. Die Anderen lasse unbehelligt, es sind von meinen besten Leuten. Die Fremden aber sollen für das Eindringen in meine Gemächer bestraft werden. Den Uebrigen will ich ihre Thorheit zu gut halten." Der Tribun salutirte. Der Kaiser zog sich in sein Zimmer zurück. Der sonore Vortrag des Evangeliums stockte plötzlich, und ein böses Lächeln flog über Hadrian's An=gesicht. Da stürzte Antinous herein: „Cäsar", rief er schmerzlich, „sie verhaften Hermas!"

„Sie thun, was ihres Amtes ist, Knabe", erwiderte Hadrian kalt.

„Gehe, du haſt ihn in eine Falle gelockt", rief An=
tinous. „Das iſt deiner nicht würdig."

„Ich ſagte dir, er handle auf ſeine Gefahr. Ich
habe die Wache nicht gerufen, ſie kam von ſelbſt. Nun
kann ich nicht dulden, daß man ſage, ich ſelbſt halte
Chriſtenverſammlungen in meinem Periſtyl. Wer hieß
euch mit dem Feuer ſpielen."

„Cäſar, ein Wort von dir, und er iſt frei!"

„Ich kann nicht, Knabe."

„Kein Menſch ſoll es erfahren!"

„Thörichtes Gerede! In dieſem Augenblick weiß es
die Villa, in einer Stunde Tibur, in einem Tage ganz
Rom."

Antinous ſchluchzte verzweifelt. „Hermas verdanke
ich mein Leben, er hat mich gerettet!"

Da fuhr ihm Hadrian mit ſeiner Hand über das
gelockte Haar und ſprach gütig: „Danke den Göttern,
Knabe, daß deine Freunde Vitalis und Natalis ſo viel
ſoldatiſche Zucht beſaßen, in ihrer Zelle zu bleiben, und
damit du ſiehſt, ich fröhne nicht meinem Haſſe, laufe
hinüber zu Phlegon, der meine Unterſchrift ſchon in
Händen hat, er ſolle ſeine Söhne ſofort aufpacken und
auf ſeinen Wagen nehmen, damit ſie aus dem Wege ſind,
noch ehe die formelle Unterſuchung beginnt." Antinous
wiſchte die Thränen von der Wange und that wie ihm
befohlen. Hadrian ſchaute ihm lange nach. „Sei es,
wie es ſei. In Germanien werden ſie ihn nicht mehr
mit ihren Skrupeln beläſtigen."

Dreizehntes Kapitel.

———

An dem Mittag, an dem der Hof die Kaiserpaläste auf dem Palatin bezog, herrschte gegenüber auf der via lata vor dem Hause der Gräcina ein reges Leben. Gruppen von zerlumpten Bettlern und kümmerlichen Kleinbürgern standen vor dem Thore und innerhalb der Area und begrüßten Genossen, die aus der Thüre des Hauses kamen, mit neugierigen Zurufen, während andere hineindrängten, um gleichfalls die Abschiedsgaben der edlen Gräcina in Empfang zu nehmen. „Was hast du erhalten?“ schrie die Obsthändlerin Tryphäna ihrem Titius zu. Der streckte ihr einen silbernen Leuchter entgegen, Tryphäna wog ihn mit sachverständiger Hand. „Jetzt warte ein wenig, mein Knabe, bis sie vergessen hat, daß ich schon zweimal drinnen war, dann will ich mein Glück noch einmal versuchen.“ „Glück gehabt, Justus?“ fragte sie dann einen zerlumpten und halbbetrunkenen Vagabunden, der aus der Hausthüre hervorwankte. „Reicht immer zu einem neuen Krug“, sagte der Zecher, indem er mit einigen Geldstücken klimperte.

„Verfluchte Närrin!“ keifte hinter ihm eine reinlich angezogene Bürgersfrau, „ich meinte wunder, was ich bekomme, giebt sie mir diesen Korb voll Rosen, die sie selber gepflückt habe, und wie ich ihr sage, meine Kinder könnten keine Rosen essen, giebt sie mir einen Brotlaib dazu. Das verlohnte sich, vom Janiculus herüberzulaufen."

„Warum hast bu bich so gut angekleidet", sagte eine andere, bie ihre reichliche Beute in einem alten Korbe barg. „Hätteft bu bich angezogen wie ich, so wäre es bir besser geglückt."

„Heil, Heil!" tönte es aus der Menge, als hinter ber Scheltenden ein Sklave bes Spartianus erschien, ber einen mannshohen bronzenen Leuchter trug. „Beim Hercules, bas wirb ausgeben!"

„Der wirb an ben Juben Jacobus verkauft, bafür kann ich mich loskaufen auf meine alten Tage!" Auf biese Worte brängte eine neue Gruppe eifrig nach ber Thüre. „Laßt bie Tryphäna nicht mehr hinein", riefen Einige, „sie war schon zweimal brinnen unb ihr Titius auch!"

„Was geht es euch an", erwiberte bie Angerebete, inbem sie sich von ber Hanb bes Sprechenben losmachte.

„Halt! bie comites unb assessores bes Gerichts", hieß es plötzlich. „Platz für ben Assessor bes Prätor!" Die kleinen Leute traten auseinanber, ein geckenhaft aufgeputzter junger Beamter ging tänzelnben Schrittes, gefolgt von zwei Secretären, burch bie Bettlerschaar unb betrat bas Haus, vor bem ber Gerichtsbiener stehen blieb unb burch seine Anwesenheit weitern Zubrang abwehrte. „Das wirb ein Hauptvergnügen", sagte ber junge Mann zu seinen Begleitern. „Der Besitz ber Pomponier verkauft an einen alten Sklaven unb bem Einbringling Phlegon, ber anfängt ben Patricier zu spielen, vor ber Nase hinweggenommen, — beim besten Jupiter, bavon wirb heute Abenb bas ganze Amphitheater reben."

Als er bas Atrium betrat, bot sich ihm ein wunber-

liches Schauspiel. Wie ein Schiffsmast ragte die lange Ge=
stalt Gräcina's über einer Gruppe von Bettlern, die um
sie knieten, während sie in eine Truhe griff oder mit ihren
langen Armen von den Nischen an den Wänden Gefäße,
Kleider, Kostbarkeiten, versiegelte Bündelchen, Geldpackete
und Früchte herabholte und den Einzelnen mit seligem
Lächeln überreichte, wobei sie jedem einen Spruch sagte, der
sich aber immer auf sie bezog und nicht auf den Empfänger:
„Verkaufe, was du hast, und gieb es den Armen!" „Geben
ist seliger denn Nehmen!" „Machet euch Freunde mit
dem ungerechten Mammon!" Im Hintergrunde bewegte
sich in sichtbarer Aufregung und Ungeduld der dicke Ne=
reus, das Angesicht geröthet vor Freude über den Tag,
an dem das stolzeste Grundstück Roms in seine Hand fallen
sollte, und doch wieder ärgerlich über die Schmarotzer,
wie er seine Genossen jetzt nannte, die das Haus noch
rasch leerten, ehe es in seinen Besitz überging. Endlich
konnte er seinen Aerger nicht mehr bemeistern, und er
rief: „Tryphäna hat schon zweimal erhalten!" Ein un=
williger Blick Gräcina's traf den unbescheidenen Mahner.
„Hebe dein Gewand auf, Tryphäna", sagte die Greisin,
darauf nahm sie von den Packeten so viele als sie nur
mit ihren langen Armen auffassen konnte, und indem sie
dieselben in den Schooß Tryphäna's regnen ließ, sprach
sie: „Habe ich nicht Macht mit dem Meinigen zu thun,
was mir gut deucht?"

Der junge Beamte hatte bis dahin mit sichtlicher
Belustigung dem bizarren Schauspiel zugesehen, jetzt trat
er vor und sagte: „Das Gericht kann nicht länger warten,
edle Gräcina, ich habe die Urkunde des Verkaufs aus=
gefertigt, wo ist der Käufer und die Zeugen, damit der
Act vollzogen werde?"

„Der Käufer ist mitten unter uns", erwiderte Grä=
cina, „da wir versammelt sind in seinem Namen, und
hier sind die Zeugen." — „Die Zeugen müssen freigeborne
Bürger sein!" Gräcina schaute sich hilflos um. Nereus
trat hervor und sagte: „Genügen nicht Freigelassene?"
„Nein, beim Verkauf eines Familiengutes nicht!"

„Dann will ich rasch Boten in die Nachbarschaft ent=
senden."

„Darauf hättest du gleich Bedacht nehmen sollen, glück=
licher Käufer. Doch der edlen Gräcina zu Ehren will
ich dir eine Stunde Zeit lassen und inzwischen die Acte
vollenden."

Von der Thüre her erscholl in diesem Moment ein
klägliches Geschrei der Tryphäna: „Sie nehmen mir
meine Gaben, Gräcina, Nereus, helft mir doch!"

„Schließe die Thüre und treibe das Gesindel hinaus!"
befahl der Assessor dem Gerichtsdiener. Die Thüre des
Atrium wurde geschlossen, während draußen der Lärm
weiter ging und in eine allgemeine Schlägerei ausartete.

Der junge Richter fragte nun Gräcina: „Du verkaufst
also die Villa ad pinum mit allen Pertinentien, Rechten
und Privilegien — an wen?"

„Die Villa ad palmam", murmelte Gräcina.

„In der Rolle heißt die Villa ad pinum, und dein
Haus hatte in der Stadt nie einen andern Namen."

„Es ist dieselbe", sagte Nereus, „schreibe nur ad pinum,
edler Herr!" Gräcina starrte ins Leere.

„Wie heißt der Käufer?" Dieser selbst erwiderte:
„Der Freigelassene Nereus."

„Die Verkäuferin hat zu antworten!" sagte der Richter
scharf. „Ich habe sie dem Herrn geopfert", erwiderte
Gräcina.

„Welchem Herrn?" sagte der Beamte ungeduldig.

Der Freigelassene erwiderte statt ihrer: „Nereus!"

Gräcina seufzte: „Christus!"

„Nun habe ich zwei Käufer, wie heißt der rechte?"

„Ich trage auch den Beinamen Chrestus", erwiderte Nereus.

„Er lügt", rief aus der Ecke der Sklave Tertius, „er hat nie Chrestus geheißen!"

Indem lief ein convulsivisches Zittern durch die Glieder der Gräcina, sie murmelte: „Der Mammon hat Gewalt über ihn bekommen."

„Soll ich Nereus schreiben?" sagte der Richter. „Nereus", stammelte Gräcina.

„Und du verkaufst ihm die Villa als unbeschränktes, freies Eigenthum?"

„Als freies Eigenthum, jedoch so, daß Alles bleibe wie bisher und ich in meinen Gewohnheiten nicht gestört werde."

„Das ist kein freies Eigenthum", erwiderte der Assessor. „Du behältst dir also die freie Nutznießung für Lebenszeit vor?"

Nereus fiel hier ein: „Was zwischen mir und der edlen Gräcina verabredet ward, gehört nicht in den Kaufact. Schreibe nur: ,als freies Eigenthum'!"

„Sobald Gräcina es verlangt", erwiderte der Richter, „sprich, Gräcina!"

Gräcina starrte ins Leere. „Die Villa ad palmam", murmelte sie dann, „wollte ich verkaufen, nicht die Villa ad pinum, Christo, nicht dir, Nereus. Mir scheint, daß du vom wahren Wege gewichen bist, es wird besser sein, wenn wir beide unsere Herzen noch prüfen."

„Aber bedenke doch, Gräcina", sagte Nereus bemüthig,

wie lange wir uns schon geprüft haben, jetzt ist dieser edle Herr hier, die Brüder sind ausgesendet, Zeugen zu holen. Zum zweiten Mal wird das Gericht nicht gleich bei der Hand sein."

„Was das Gericht thun wird, das überlasse ruhig mir, Bursche!" erwiderte der Richter hochmüthig. Gräcina stand auf, während Nereus sie flehend am Kleide fest= hielt. Sein ganzer Plan schien gescheitert, und das An= gesicht des alten Zechers wurde blau vor Erregung, als ein Schlag an die Thüre Gräcina, die sich schon zum Gehen gewendet hatte, auf ihren Platz zurückscheuchte. „Oeffnet!" rief draußen eine Allen wohlbekannte Stimme.

„Es ist Phlegon", stammelte die Greisin, indem sie auf ihr Polster zurücksank.

Gefolgt von dem alten Eumäus, der beim Beginn der Gerichtsverhandlung sich nach dem Palatium gestohlen hatte, trat der Grieche ein. Gräcina wollte entfliehen. Da stand er schon vor ihr, und den Tisch mit den Papieren, die Beamten und Nereus musternd, fragte er zornig: „Was geht hier vor?"

„Wir nehmen einen Verkauf vor", erwiderte der junge Beamte nachlässig, „die edle Gräcina verkauft die Villa ad pinum an den Freigelassenen Nereus."

„Das wird nicht geschehen!" erwiderte Phlegon mit Entschiedenheit. „Gräcina ist nicht im Stande, Kaufacte dieser Art vorzunehmen, du siehst selbst, daß sie geistes= schwach ist", indem er auf die Alte deutete, die in ihren Zuckungen dalag und deren Augenstern kaum zu sehen war, so daß das Weiße des Auges gräulich hervorstarrte.

„Ist sie entmündigt?" fragte der Richter.

„Nein."

„Ist ein Entmündigungsverfahren eingeleitet?"

„Ich werde es heute im Namen ihrer Tochter und Enkel einleiten lassen."

„Das hätte früher geschehen müssen, und ich kann den seit drei Wochen in den gesetzlichen Fristen beantragten Rechtsact nicht unterbrechen, wenn nicht Gräcina selbst zurücktritt."

Phlegon sah nach der Alten und erblickte hinter ihr Nereus, der ihr ins Ohr flüsterte: „Sieh, wie er den Herrn spielt!"

„Gräcina, ist es dein Wunsch, daß das Geschäft abgeschlossen werde?" fragte der Beamte.

„Ja, Herr", erwiderte Gräcina, die Blicke gegen die Wand richtend.

„Im Namen Ennia's, im Namen beiner Enkel", rief Phlegon außer sich, „schiebe biese Sache auf, ober bu wirst es bereuen!"

„Ich will Herr bleiben in meinem Hause", rief Gräcina. „Damit ich Schutz finde gegen biesen, verkaufe ich es."

„Wo sind bie Zeugen?"

„Hier", melbeten sich zwei einfach aber gut gekleibete Bürger.

„Nereus!" schrie Phlegon, „noch einen Schritt weiter und ich verlange vom Prätor deine Bestrafung wegen verbotener Versammlungen!"

Nereus lächelte kalt.

„Ich scherze nicht!"

„Du willst wohl beine Söhne im Amphitheater auftreten lassen und deine Töchter den Glabiatoren preisgeben wie Danae und Dirce?" sagte der Dicke höhnisch.

„Davor wirb Habrian sie zu schützen wissen!" erwiderte Phlegon stolz.

„Thue, was bu willst", gab Nereus zurück.

„Voran, voran!“ sagte der Richter ungeduldig. „Euere Privathändel gehören nicht hierher. Ich gebiete Stille! Die Acte lautet also folgendermaßen.“ Während der Richter mit der Verlesung der langen Urkunde begann, trat Phlegon, bleich und zitternd vor Wuth, an den Tisch der Schreiber, riß ein Stück Pergament an sich und schrieb eine Anzeige an den Prätor: der Freigelassene Nereus halte christliche Versammlungen auf der Villa ad pinum und habe unter Benutzung der schändlichen Superstition Gräcina’s das alte Grundstück der Pomponier an sich ge=bracht, weshalb er Namens der gesetzlichen Erben um Einschreiten bitte. Nereus sah dem gleichgültig zu, hörte aber um so aufmerksamer auf die Verlesung des Kauf=briefes. „Noch ist der Preis nicht eingefügt“, sagte der Richter.

„Fünfhunderttausend Sesterzien“, erwiderte Nereus.

„Woher hat der Sklave der Gräcina solche Summen?“ rief Phlegon.

„Das ist seine Sache“, erwiderte der Richter. Aber neben Nereus trat Chloe und sagte ihm leise: „Treibe es nicht weiter! Phlegon benuncirt uns.“

„Ach was!“ erwiderte Nereus.

„Ich ziehe meine Ersparnisse zurück“, flüsterte Chloe, „siehe, wer dir die Achtzigtausend giebt. Ich will nicht vor den Löwen.“

„Sei doch nicht thöricht, wenn Phlegon klagt, so schwören wir ab. Die Villa ad pinum ist schon eine Handvoll Weihrauch werth.“

Chloe erwiderte ängstlich: „Ja, wenn es damit ge=than wäre.“

„Sei ruhig, ich kenne die Gesetze.“

„Ich habe die Summe eingetragen“, sagte der Richter.

Bleich wie eine Kalkwand, mit glühenden Augen trat Phlegon vor seine Schwiegermutter und hielt ihr die Rolle, die er mit seinem Siegelring eben verschlossen hatte, vor die Augen: „Hier ist die Anzeige an den Prätor. Trittst du zurück oder nicht?" Gräcina begann zu zittern. Da trat der junge Richter zwischen Beide. „Ich kann hier keine Einschüchterungen und Drohungen dulden. Gräcina hat das Recht zu thun und zu lassen, was sie für gut findet. Willst du unterzeichnen oder willst du nicht, edle Frau?"

„Ich will", sagte Gräcina, indem sie ihren langen dürren Arm nach dem Rohre ausstreckte.

„Eumäus", sagte Phlegon mit heiserer Stimme, „trage diesen Brief zum Prätor!"

„Ich fliege, Herr!" sagte der alte Graukopf, indem er alsbald durch die Thüre verschwand.

„Alles Unheil, das über dieses Haus nun herein=brechen wird, lege ich auf dein Haupt, alte Thörin!" rief Phlegon in höchster Leidenschaft, indem er den Arm wüthend erhob, als ob er den kahlen Schädel der Greisin zerschmettern wollte. Aber er faßte sich, und indem er dem jungen Assessor einen Blick zuschleuderte, der diesem doch nicht gleichgültig war, verließ er das Atrium. Grä=cina hatte, von Nereus geführt, eben den Kiel angesetzt, um die Verkaufsurkunde zu unterzeichnen, als der Assessor, der Zeit gewinnen wollte, dieselbe zurückzog und rauh bemerkte, erst müsse das Duplicat ausgefertigt werden. Diese Arbeit konnte eine Stunde in Anspruch nehmen, die der junge Herr zur Ueberlegung benutzen wollte, ob die Bewunderung, die er für einen solchen Streich gegen Phlegon bei seinen Standesgenossen ernten werde, den Haß des kaiserlichen Günstlings werth sei? Auch war er begierig, welche Botschaft Phlegon dem Prätor gesendet haben mochte. Rannte dieser in blinder Leidenschaft selbst in den Spieß, um so besser, dann hatte er seine Hände aus der Sache, die doch anfing, sich etwas heiß anzufühlen. So sehr Nereus pustete und bat, doch wenigstens die Urkunde selbst einstweilen unterschreiben zu dürfen, da die Abschrift gerichtlich beglaubigt werden könne, der junge Mann ließ sich nicht dareinreden. So saß der dicke Sünder erregt und stets nach dem Erfolg von Phlegon's Sendung hinhorchend auf seinem Platze, während Gräcina durch das offene Dach des Atrium zum blauen Himmel emporstarrte, indem sie unermüdlich einen Daumen um den andern drehte, während ihre hängende Unterlippe zuweilen unverständliche Worte fallen ließ.

Phlegon hatte sich über die Treppe, die links emporführte, nach den Gemächern seiner Gattin begeben, die ihn mit roth geweinten Augen empfing, indem sie schluchzend sprach: „Phlegon, glaube mir, daß ich alles gethan habe, die Mutter von dieser Thorheit abzuhalten." Phlegon machte sich unwillig von ihr los. „Auch ich habe das Meine gethan, den Rest thut nun der Prätor."

„Bei allen Göttern Rom's", rief Ennia entsetzt, „du hast den Prätor angerufen?"

„Ich bin nicht verpflichtet, das Erbe meiner Kinder an die Galiläer auszuliefern."

„Phlegon, so hältst du deine Eide, so schonst du meine Mutter, deine Kinder? Unseliger, um diese Scholle Erbe, diesen Steinhaufen zu retten, stürzest du uns alle ins Verderben? Ich flehe dich auf meinen Knieen an, nimm die Klage zurück! Phlegon, halte mir Wort!" Und die schöne Frau sank weinend vor ihrem Gatten nieder, während Schmerz und Furcht ihren ganzen Körper erschütterte.

„Es ist zu spät", sagte Phlegon, „sie sind hier." Schritte mehrerer Personen wurden auf der Treppe hörbar. Phlegon schlug den Vorhang zurück, um die Kommenden zu begrüßen. Aber nicht der Lictor und sein Gefolge, sondern seine Söhne standen vor ihm.

„Was sucht ihr hier?" sagte der Grieche entsetzt. „Wenn euch euer Leben lieb ist, begebt euch in das Lager der Leibwache, wohin ihr eingewiesen seid. Eine neue Thorheit, und ihr seid verloren!"

„Wer sein Leben hingiebt, wird es gewinnen, Vater", erwiderte Natalis. „Chloe schickte uns Botschaft, Gräcina leide um des Herrn willen, wir werden die Greisin nicht verlassen."

„Fort in die Caserne, denkt an euern Soldateneid!"

„Wir sind erst auf Sonnenuntergang beschieden." In diesem Augenblick ertönten die Schläge des Lictors am Thore.

„Es ist zu spät", sagte Phlegon tonlos, „nun flehe ich euch an, haltet an euch! Es soll Gräcina nicht geopfert werden. Ich wollte sie nur verhindern, euch zu Bettlern zu machen. Ihr offenbarer Schwachsinn deckt sie gegen jede Gefahr."

Als ob dieser Trost sofort zunichte gemacht werden sollte, erschien im gleichen Augenblick, gestützt auf ihre blühenden Enkelinnen Paula und Cornelia die Greisin, ein Bild des Jammers. Ihr Kopf wankte hin und her, ihre Füße schleiften nach. „Rette mich, Ennia, rette mich! Der Lictor, die Soldaten, oh ich sterbe!" und ihr Kopf sank auf die Brust. Leidenschaftlich war Ennia aufgesprungen und hatte die geängstete Frau auf ein Polster gebettet und fing an ihre Füße und Hände zu reiben, als von unten die kreischenden Stimmen von Nereus und Chloe

emporbrangen. Aber einige klatschende Hiebe machten
dem Lärm ein Ende. Nur noch wimmernde Schmerzens=
laute drangen von unten empor. Phlegon wollte hinunter,
um zu vermitteln, da stand der Centurio bereits vor ihm:
„Wir haben Befehl, Gräcina und alle Christianer dieses
Hauses dem Prätor vorzuführen.“ Gräcina wendete die
Augäpfel nach innen und ihre Krämpfe begannen.

„Pomponia Gräcina ist krank!“, sagte Phlegon, „ich
stehe für ihr Verbleiben. Kann die Verhandlung nicht
aufgeschoben werden?“

„Meine Befehle sind unbedingt“, erwiderte der Soldat,
und sich nach der Treppe kehrend, rief er herunter: „Qua=
bratus, laß die geschlossene Sänfte bringen!“

Wie vom Fieber geschüttelt fuhr Gräcina empor und
stierte den Centurio an wie einen bösen Geist.

„Folge mir, edle Frau“, sagte der Soldat, „sonst
muß ich dich führen.“

„Weg, weg“, rief die Alte kreischend, „weg von mir,
ich bin die Tochter des Pomponius, die Wittwe des
Plautius, dieser hier ist mein Schwiegersohn, des Kaisers
Freund!“

„Er ist's“, sagte der Soldat achselzuckend, „der die
Anklage gegen euch erstattete.“

„Quabratus“, rief er dann, „thut eure Pflicht!“
Zwei Soldaten erschienen unter der Thüre. Gräcina
beugte sich nach vorn, dann fuhr sie mit der Hand nach
dem Herzen und fiel todt Ennia in die Arme.

„Sie ist todt!“ jammerten die Kinder.

„Vater, du hast sie getödtet!“

Phlegon sah ungerührt den Ausgang dieses verhaßten
und unnützen Lebens. Sein einziger Gedanke war, was
hätte sie mir erspart, hätte sie einige Jahre früher sterben

wollen. Der Centurio war vor die Leiche getreten und hatte ruhig den Körper geprüft.

„Gegen Todte lautet mein Auftrag nicht, laß dem Beamten unten sagen, er solle urkundlich bezeugen, daß der eingetretene Tod der Pomponia Gräcina deren Vorführung unmöglich mache. Sind die Sklaven geschlossen?"

„So viele wir fanden, die meisten sind entflohen, doch gelten Nereus und Chloe, wie der Sklave Eumäus sagt, als die Anstifter. Sie sind unter den Gefangenen."

„Es ist gut", sagte der Centurio, und dann sich zu Phlegon wendend, fuhr er fort: „Mein Auftrag ist noch nicht zu Ende."

Phlegon erbleichte.

„Wer unter den Anwesenden hat die Versammlungen der Galiläer besucht, die hier gehalten wurden?"

„Ich!" riefen Natalis und Vitalis gleichzeitig. „Auch wir!" riefen Paula und Cornelia. „Seid ihr alle Christen?" „Wir sind's!" riefen die Kinder des Phlegon wie aus Einem Munde.

„So werdet ihr statt Gräcina mir folgen. Herbei, Lictor!"

„Sie sind freie Bürger", sagte Phlegon bittend, „Abkommen des Pomponius. Nimm Bürgschaft!"

„Ich habe meine Befehle auszuführen", erwiderte der Soldat, „Bürgschaft biete dem Prätor!"

Ennia hatte mit Augen, die immer größer wurden, ihre Kinder angeschaut und ihre Hände erhoben, um sie zu schützen. Als der Lictor dieselben zur Thüre drängte, trat sie vor: „Ich scheide mich nicht von meinen Kindern, auch ich bin Christin."

„Ennia, Mutter!" riefen Vater und Kinder aus Einem Munde.

„So komm, edle Frau", sagte der Centurio mitleidig.

„Sie lügt", fuhr Phlegon auf, „sie hat noch heute geopfert!"

„Das habe ich nicht zu untersuchen", erwiderte der Centurio, „auch sie folgt mir vor den Prätor."

„Dürfte ich nicht diese vier Kleinen auch mit mir nehmen", sagte Ennia mit weichem Tone. „Hier ist niemand, der sie liebt. Sie werden sich fürchten ohne mich, sie werden weinen, vielleicht sterben."

„Ennia, und was lässest du mir?"

„Die Villa ad pinum", sagte Ennia kalt.

„Ich habe keinen Befehl, Kinder vorzuführen, edle Frau, aber der Prätor wird gewiß gestatten, daß sie deine Haft theilen. Quadratus", rief er dann nach der Treppe, „noch eine Sänfte!"

„Aber habe Vernunft, Centurio", begann nochmals Phlegon. „Es ist stadtbekannt, daß Ennia unter den Matronen Roms stets im Tempel gesehen wurde, Mädchen und Kinder hat der Prätor gewiß nicht geladen, und die Knaben sind für heute nach dem Lager der Leibwache einberufen. Begnüge dich mit den Missethätern unten. Gegen sie allein ging meine Klage."

Der Centurio erhob verächtlich das Haupt: „Du mußtest wissen, daß mit Christenprocessen nicht zu scherzen ist. Du erntest, was du gesäet."

„Lebe wohl, Vater!" riefen Vitalis und Natalis.

„Lebe wohl, Phlegon", sagte Ennia, „auf ewig lebe wohl!" Der Vorhang fiel zurück. Phlegon stand allein mit der Leiche der Gräcina. Er hielt sich die Hand vor die Augen und lehnte wie zerschmettert an der Wand. Das Zimmer drehte sich mit ihm, die Amoretten der Wandverzierung lachten ihm höhnisch zu, und immer und immer sah er in der Mitte die Leiche der Gräcina. Enblich wurde der Unselige so weit seiner Herr, daß er beschloß, sofort hinüber zu Celsus zu eilen und ihn zu bitten, das Verfahren einzustellen. Aber wie konnte er von dem tückischen Schurken, den er so blutig beleidigt hatte, Gnade erwarten? Dann wollte er nach dem Gefängniß. Aber vor vollendetem Vorverhör wurde niemand eingelassen, und welches Wohlwollen er von den Beamten zu erwarten hatte, das hatte er ja soeben erfahren. Besser, er ging sofort zu Hadrian. Aber nach der Reise am Vormittag schlief der Kaiser, und vor dem kommenden Morgen war an keinen Empfang zu denken. Aber was konnte alles geschehen bis dahin. Sein blühendes Weib, seine holden Töchter in der Hand dieser Menschen. Wie war das gewesen, was Nereus ihm zurief? „Wie Danac und Dirce!" Entsetzen schauerte durch seinen Körper, und kalter Angstschweiß trat auf seine Stirne. Er vermochte das ganze Elend, das er über alle gebracht, die er liebte, nicht auszudenken. Auch wenn alles so gut ging als nur denkbar, seine Söhne standen unter den Kriegsgesetzen. Sie waren nicht zu retten. Er sah das Schwert gegen ihren Nacken zücken, er sah sie gepfählt, gekreuzigt. „In Hadrian regt sich immer mehr die Nero=Natur, wer weiß, welche neuen Spiele der aberwitzige Kranke sich ausdenkt?" Und wiederum fiel sein Blick auf die Leiche vor ihm. Eine unaussprechliche Bitterkeit kam über ihn. Sie, die all das Unglück angerichtet, — als es Ernst ward, wie hatte sie demselben gestanden? Winselnd wie eine feige Hündin hatte sie sich unter Ennia's Gewand verkrochen, und als das Verhängniß, das sie heraufbeschworen, die Hand nach ihr ausgestreckt, hatte sie das Bequemste gethan, was sie thun konnte, sie hatte ihr Leben ausgehaucht, weggeblasen wie einen Dampf. Sein ganzes Gerechtigkeitsgefühl em= pörte sich gegen diese Lösung, und er trat wüthend vor die Leiche, die kalt und wächsern vor ihm lag, zusammen= gefallen wie ein abgelegtes Kleid, sein Gehirn begann zu fiebern, die Augen kreisten in ihren Höhlen. „He, Grä= cina", rief er heiser, mit wahnsinniger Wuth, „wach auf, erhebe dich! Du willst ja Herrin bleiben in deinem Hause, nun verantworte auch, was du angerichtet! Nicht wahr, es freut dich, daß du mich so gestraft? Antworte, Gräcina, oder ... du willst nicht, alberne Ziege? Warte ich lehre dich reden!" und er nahm die Todte am Arme und schüttelte sie hin und her. „Du schüttelst das Haupt, du bist es nicht gewesen? War ich es etwa? Du nickst auch noch? Was?" Wüthend schüttelte er die Todte auf's neue. „So, auch noch lachen kannst du? Wie schön der große Ziegenmund in die Höhe geht. Warte, ich will dich heulen lehren. Herunter die Lefze! Herunter den ganzen Balg!"

Und er stieß die todte Frau vor die Brust, daß der Leichnam vom Polster fiel und der Arm starr in die Luft griff. Es war ihm, als wolle sie ihn fassen. Da ergriff ihn ein Schauder, er floh hinab in seine Kammer, dort brach er zusammen. ...

Als er nach längst eingebrochener Nacht durch die Kühlung, die durch Fenster und Thüre strich, erwachte, griff er sich nach der Stirne. Ihm war es, als hätte die Todte die ganze Zeit neben ihm gestanden und hätte ihm die Kehle gewürgt mit ihrer kalten Hand. Er fühlte am Herzen einen stechenden Schmerz, und es ward ihm schwer sich aufzurichten. Der Wind spielte mit dem Tep= pich an der Thüre, die Läden der Fenster knarrten. Auf der Treppe, die zu dem Gemach der Todten führte, lag ein breiter Lichtstreif des aufgegangenen Vollmonds. Hie und da krachte das Getäfel, daß Phlegon entsetzt zusammenschreckte. Sein Haar sträubte sich. „Sie wird sich aufrichten, sie wird hierher kommen", murmelte er. Er schloß die Augen, aber bei jedem Geräusch glaubte er den knisternden, schleifenden Schritt der alten Frau zu vernehmen. Dann hörte er wieder Ennia's weinende Stimme: „Phlegon, du hast meine Mutter geschlagen, meine todte Mutter!" Darüber kehrte ihm das Bewußtsein wieder. Er sah die Todte vor sich, wie sie droben mit dem Angesicht auf dem kalten Estrich lag und die Hand in die Luft krampfte. Diese Hand wurde länger und länger und legte sich wiederum würgend um seine Kehle, es benahm ihm den Athem. Wie oft er sich auch gegen die Wand kehrte und den Teppich über sein Haupt zog, er wurde das Bild nicht los. Er fühlte, er werde es sich in seinem ganzen Leben nicht vergeben können, wenn er nicht wieder gut gemacht, was er im Wahnsinn seiner Wuth gethan. Mechanisch zog es ihn nach dem Zimmer hinauf. Das Mondlicht zeigte ihm tausend Phantome. Er schloß die Augen, um die Lemuren und Larven nicht zu sehen, die um die Säulen des Peristyls huschten. So vorwärts tastend kam er in das Gemach, wo Grācina lag. Der Vollmond stand am Fenster und goß Tageshelle in die enge Kammer. Phlegon zwang sich vorwärts, er ergriff die Leiche und bettete sie auf ein Polster, indem er sanft ein Kissen unter das kleine Haupt schob und ihre Arme friedlich übereinander legte. Freundliche Milde lag jetzt auf dem Angesichte der Todten. Der Zug ängstlicher Beschränktheit und selbstgefälliger Vordringlichkeit hatte der Ruhe des Todes Platz gemacht, und nur

der Ausdruck der großen Seelengüte war geblieben, der
die Grundstimmung dieses von Klugheit und Vernunft
so wenig beherrschten Lebens gewesen war. Und wie in
dem Mondlicht ihm dieser Ausdruck entgegendämmerte,
kam es wie eine bittere Reue über den beweglichen Mann.
Nicht mehr an das, was sie gefehlt hatte, vermochte er
dieser frieblichen Leiche gegenüber zu denken, sondern an
das eigene schmerzende Herz drückte er die Hand und
er fragte sich: „Hast du auch wirklich alle Mittel er=
schöpft, um einen Ausgleich zu finden zwischen eueren
verschiedenen Lebenszielen? Hast du an die Motive appel=
lirt, für die sie ein Verständniß hatte, oder nicht vielmehr
immer auf die gepocht, von denen du wußtest, daß sie für sie
nicht existirten? Hast du sie nicht stets kindisch gescholten
und bist doch mit ihr in's Gericht gegangen, wie mit einer
Urtheilsfähigen?" Er verstummte auf diese Fragen. Das
Bewußtsein seiner Schuld ging wie ein Schwert durch seine
Seele. Schluchzend kniete er nieder, und das Angesicht auf
die Gewänder der Todten gepreßt, weinte er bitterlich. Nach
einer langen Stunde fruchtloser Reue erhob er sich dann.
„Retten wir", murmelte er, „was noch zu retten ist!"
Nachdem er die Lampe bei der Leiche angezündet, um die
bösen Geister zu bannen, ging er nach seiner Kammer
mit dem Vorsatz, in der Frühe bei Hadrian einen Ver=
such zu machen, daß der ganze Proceß niedergeschlagen
werde. „Ich werde als Preis meiner langen Dienste die
Befreiung meiner Familie verlangen. Wenn Hadrian
ein Mensch ist, kann er dem, den er seinen Freund zu
nennen pflegt, diese Bitte nicht abschlagen." Etwas
beruhigt durch diese Hoffnung, legte er sich nieder und
verfiel in einen unruhigen Halbschlaf. In seine Träume
mischte sich gegen Morgen ein Summen und Murmeln

wie von Gebeten. Dann drangen seltsame Gesanges=
weisen an sein Ohr, wie er sie bei seinem letzten Besuche
gehört. Aber es war kein so starker Chor mehr wie da=
mals, die Reihen der Sänger mußten sich sehr gelichtet
haben. Auch der Hörer war ein anderer geworden. Nicht
mehr widerwillig hörte der müde, gebrochene Mann nach
diesen Tönen hinüber. Sie klangen ihm nicht mehr fremd
und unheimlich. Es war, als ob ihm der tiefere Sinn
dieser Töne aufgegangen wäre, seit ein so schweres Leid
auf ihm lag. Sie sagten ihm etwas, was lange auf dem
Grunde seiner Seele geschlummert. So wenig als eine
andere Musik konnte er diese Lieder in Worte bringen,
aber sie erzählten ihm etwas von Leiden, Ergebung, Re=
signation. Sie sagten, daß der Kern des Lebens bitter
sei, daß aber, wer sich der Gnade der Gottheit überläßt,
emporgetragen wird zu einer höheren Welt, um deren
Süßigkeit zu schmecken. Noch lange, nachdem die Klänge
verstummt und die Schritte der Versammelten sich wieder
über die Area verloren hatten, lag Phlegon im traum=
haften Gefühl der Ergebung und eines Friedens, den er
noch gestern nicht gekannt. „Mag meine oder ihre Gott=
heit uns helfen", sagte er endlich, „gerettet müssen sie
werden." So erhob er sich, brachte seine Kleidung in
Ordnung und beschloß sofort nach dem Palatium hinüber=
zugehen. Als er noch einmal nach der Todtenkammer der
Gräcina hinaufstieg, um nach ihr zu sehen, war die Leiche
verschwunden. Er konnte sich den Zusammenhang denken,
aber er zürnte nicht. „Möge sie in den Grüften der Na=
zarener ruhen, statt in dem stolzen Grabmal der Pompo=
nier oder Plautier, zu denen sie nie gehört hat." Auch
daß er der Verlegenheit der Bestattung überhoben worden,
daß er die spöttischen Beileidsbezeugungen der Verwand=

ten in seinem Elend nicht zu hören brauchte, war ihm eine Erleichterung. Auf der Schwelle des Thores fand er Eumäus und Tertius, die ihm sagten, Antinous habe ihn gestern gesucht, sie hätten aber geglaubt, er sei beim Prätor. Er empfahl ihnen, das Haus abzuschließen und niemanden einzulassen und stieg die Treppen hinab zur via sacra.

———

Vierzehntes Kapitel.

Es hatte Phlegon Mühe gekostet, beim Kaiser vor=
gelassen zu werden, der es liebte, sich unsichtbar zu ma=
chen, wenn er versagen wollte. Auf eine flehende Bitt=
schrift Phlegon's, die ihm Antinous überreichte, konnte
der Cäsar dem treuen Diener doch sein Gehör nicht ver=
sagen. Aber Phlegon fand ihn vergraben in Papyrusrollen
mit hieroglyphischen Zeichen und Amenophis an seiner
Seite, der ihn über die Bedeutung des Streites in Aegyp=
ten mit tiefem Ernste unterhielt. Trocken, wie einen
Fremden, begrüßte Hadrian den alten Genossen. Dieser
setzte auseinander, daß Ennia nie Christin gewesen sei,
daß seine Söhne in Germanien beim Heere ihre Thor=
heiten vergessen würden, er bat für seine Töchter, die
das Opfer einer thörichten Aeltermutter geworden. Ha=
brian erwiderte kurz, Phlegon wisse, daß er in Processe
niemals eingreife, ehe der Richter gesprochen, er könne
für einen Diener des Palatiums am wenigsten von die=
sem Grundsatz abweichen, ohne sich gerechtem Tadel aus=
zusetzen. Phlegon bat inständig, leidenschaftlich, ihn so
nicht wegzuschicken, und den Jammer seines Vaterherzens
zu bedenken. Da warf Hadrian die Papyrusrolle, die er
bis dahin unruhig hin= und hergewendet hatte, zornig zur
Erde und herrschte Phlegon an: „War ich es, der die

Anzeige gegen dein Haus beim Prätor eingereicht? Habe ich etwa aus gemeiner Habsucht, Gräcina, deine nächste Anverwandte, dem Löwen überliefern wollen? Du warst dieser Ehrenmann, der sich an den giftigen Celsus wendete, mit dessen Gesinnungen du bekannt warst. Nun, nachdem das Beil anders fällt, als du wünschtest, und mehr in den Abgrund zu stürzen droht, den du aufgethan, nun soll ich mit kaiserlicher Gewalt die Gesetze beugen! Daraus wird nichts. Ein Begnadigungsrecht kennt Hadrian nur nach gesprochenem Urtheil. Hüte dich, daß du mir nicht vollends verleideft, es zu gebrauchen. Was du dir eingebrockt, das laß dir nun schmecken!"

Damit kehrte der Kaiser zu seinen Rollen zurück, und Phlegon verließ verstörten Geistes den Freund, der es vermochte bei solcher Noth in diesem Tone mit ihm zu reden.

„Es wäre das Beste", murmelte er, „mich gleich zu tödten, damit ich das Weitere nicht erlebe. Doch versuchen wir es noch mit dem Prätor!"

Wiederum stieg er zur via sacra hinab und schleppte sich müde die Treppen zur via lata empor. Mehrmals mußte er sich setzen. Endlich hatte er die Villa ad pinum erreicht. Als er nun das Haus des Celsus vor sich sah und sich erinnerte, unter welchen Verhältnissen er es zuletzt betreten, da stand sein Herz ihm still. Was konnte die Entwürdigung helfen, die er im Begriff war über sich zu nehmen? Aber vielleicht ließ sich der habgierige Mann die Opfer ablaufen? Wozu hatte er die Knaben, die Jungfrauen, die niemanden gekränkt hatten, verhaften lassen als dazu, Geld zu erpressen? Dazu stimmte ja seine ganze Vergangenheit. Niedergeschlagen sagte Phlegon zu sich selbst: „Nun muß ich heute das Erbe, um

deſſentwillen ich geſtern die Meinen opferte, daran geben,
um ſie zurückzukaufen. Hätte ich geſtern dieſem Hauſe,
auf dem der Fluch der Götter ruht, mit den Meinen den
Rücken gewendet, wie glücklich wäre ich jetzt. Ob es
Nereus, ob es Celſus hat, was gilt das mir — ich aber
hätte ein gutes Gewiſſen und die Meinen wären glück=
lich. Oh, Jupiter, welche Binde hatteſt du mir vor
die Augen gelegt! Ich bitte, nimm nun das Opfer an.‟
So ergriff er den Hammer am Thore des Celſus. Ein
Schlag, und ein glänzend gekleideter Sklave öffnete und
fragte nach ſeinem Begehren. Nach einer Weile führte
er ihn in die Area und hieß ihn bei anderen Clienten
warten. Sie alle wurden vor ihm vorgelaſſen. Dann
durfte auch er an den Fascen des Lictors vorbei in das
Atrium eintreten, wo ihn Celſus mit höflicher Kälte
empfing. Phlegon gab dem Prätor die gleichen Ausein=
anderſetzungen wie Hadrian. Er erklärte Ennia's Ver=
haftung für eine Rechtswidrigkeit, verlangte, daß ſeine
Söhne ins Lager entlaſſen werden möchten, bat für ſeine
Töchter. Celſus erwiderte kalt, er habe einen Proceß
nur ungern eingeleitet; ſein Jahre lang geübtes Ueber=
ſehen deſſen, was in der benachbarten Villa unter ſeinen
Augen vorgegangen, ſei ein Beweis ſeiner Schonung,
die er einer Greiſin und einem vornehmen Geſchlecht
erwieſen. Da habe er an einem Tage einen Beweis
Hadrian's für ſeine Nachſicht, am folgenden eine Anklage=
ſchrift Phlegon's erhalten, er habe alſo nicht anders an=
nehmen können, als der Cäſar wünſche die größte Strenge.
Nachdem nun amtlich eingeſchritten worden ſei, gehe es
nicht an, den Proceß wieder fallen zu laſſen, der begreif=
licher Weiſe in der Stadt großes Aufſehen mache. „Denn
natürlich verwundert man ſich ſehr‟, ſetzte er mit einem

boshaften Lächeln hinzu, „daß Phlegon selbst als Kläger gegen seine Familie aufgetreten ist." Der Grieche bot nun für die Freilassung der Seinen Bürgschaft. Als Celsus die Achseln zuckte, fügte er mit gesenktem Auge hinzu, er werde die deponirten Summen auch niemals zurückverlangen, falls eine Freisprechung erfolgen sollte. „Die Villa ad pinum selbst soll mir kein zu hoher Preis sein."

„Und welche Sicherheit bietest du für Erfüllung dieses Versprechens?" fragte Celsus lauernd. Phlegon athmete auf. Der Mann war also zu kaufen. „Ich werde dir einen Schuldschein in jeder Form ausstellen, die mich ebenso sicher stellt wie dich." Celsus schien sich zu besinnen, dann reichte er Phlegon eine Wachstafel. „So schreibe: 'Für den Fall der Freilassung meiner Familie, erkläre ich mich bereit, an den Prätor Celsus die Villa ad pinum gegen einen von diesem zu bestimmenden Kaufpreis zu überlassen'." Phlegon schrieb diese Worte und fügte mit einem Seufzer seinen Namen hinzu. Auch Celsus schrieb dann einige Zeilen, band beide Täfelchen zusammen und schlug an ein Metallbecken.

„Der Lictor soll eintreten und der Läufer Celer!"

Phlegon glaubte, der eine werde nach dem Gefängniß, der andere zu dem Richter entsendet werden, aber Celsus hatte vornehm seine Arme ineinander geschlagen, zog die Toga eng um sich, und hoch aufgerichtet stand der kleine Mann mit der Miene eines Cato vor dem Griechen, und als die Beamten eintraten, sagte er kalt: „Der strafbare Bestechungsversuch, den du dir erlaubt hast, Phlegon, würde es rechtfertigen, wenn ich dich sogleich durch den Lictor nach dem Prätorium würde abführen lassen. Mir genügt, dir den Austritt aus deiner Villa, die du in

Ruhe genießen mögeſt, zu verbieten bis der Kaiſer wird
entſchieden haben. Lictor, du bürgſt dafür, daß dieſer
Mann ſein Haus nicht verläßt!" Dann ſich zu dem Läuſer
wendend, ſagte er: „Trage dieſes Schreiben ins Palatium
und entbiete dem Kaiſer meinen Gruß!" Darauf ver=
ließ er mit einem Winke an den Lictor das Atrium und
zog ſich in das Viridarium zurück, und wer ihn beobachtet
hätte, wie er vor ſeinen Blumenbeeten ſtand und ſie
ſcheinbar ſinnend betrachtete, der hätte in dem gelben
Geſichte ein Gefühl hoher Befriedigung wahrgenommen, er
würde ſich aber wohl auch gefragt haben, ob wohl jemals
die harmloſen Kinder Flora's mit einem ſo boshaften
Lächeln betrachtet worden ſeien wie die hier von dieſem
ſinnigen Blumenfreund.

Phlegon folgte wie zerſchmettert dem Lictor, der vor
ihm herſchritt. Nun war alles verloren, nun mochte er
ſich nur gleich an der verkrüppelten Palme Gräcina's auf=
knüpfen als paſſendes Symbol dieſes entweihten Hauſes,
ehe er alle Gräuel an den Seinen würde erlebt haben,
den Tod ſeiner Söhne, die Schändung ſeiner Töchter,
Ennia's Wahnſinn oder Selbſtmord. Wie losgelaſſene
Hunde ſtürzten alle dieſe, einige Stunden lang zurückge=
drängten Vorſtellungen aufs neue auf die abgehetzte
Seele des bedauernswürdigen Mannes ein. Der Lictor
nahm am Thore Platz, bis zwei Poſten aus der benach=
barten Caſerne am Palatin ihn ablöſten, Phlegon ſchleppte
ſich nach dem oberſten Zimmer des Hauſes und maß die
Tiefe nach der Area, ob ſie hinreiche, ihn zu zerſchmettern,
falls er ſich hinabſtürze. Aber er brach ohnmächtig zu=
ſammen, ehe es ſo weit kam. So fanden ihn Eumäus
und Tertius und trugen ihn in ſeine Kammer. Phlegon
lag am folgenden Tag noch in derſelben Agonie auf

seinem Lager, als Antinous aufs neue in der Villa er=
schien und nach Phlegon fragte. Die Sklaven führten ihn
leise hinein, und als Phlegon die Augen aufschlug, saß
Antinous vor ihm, der ihn zärtlich fragte, wie er sich
befinde. „Was hat der Kaiser vor?" antwortete Phlegon,
erschreckt vom Kissen auffahrend. Dann sank er wieder
zurück, mit der matten Hand nach dem Herzen greifend,
das ihn schmerzte zum Brechen. „Ruhe, Ruhe, Freund!"
sagte Antinous sanft, „ich bringe Nachricht, die wenigstens
Hoffnung läßt, es werde nicht alles verloren sein."

„Nicht alles?" murmelte Phlegon. „Für Ennia ist
ein Kind alles! Ob er alle acht tödtet oder eines —
Niobe bleibt Niobe."

„Ich hoffe, er wird keines tödten", sagte Antinous.
„Er ehrt Ennia, ich weiß es. Kinder und Mädchen zu
harten Strafen zu verurtheilen, ist Hadrian nicht fähig,
so reizbar er auch jetzt gestimmt ist. Daß er Befehl gab,
sie in gesonderter Wohnung rücksichtsvoll in freier Haft
zu halten, spricht doch nicht für schwere Anschläge."

„Den Göttern sei gedankt", rief Phlegon, „und dir!"
indem er dem Knaben die Hand drückte. „Nur für Na=
talis und Vitalis", fuhr Antinous fort, „fürchte ich,
und Hermas gebe ich verloren."

„Ja wohl, ich weiß, Hermas ist auch verhaftet. Ueber
meinem eigenen Unglück hatte ich es ganz vergessen. Ihn
habe ich auch mit ins Verderben gerissen, als ich bei
Hadrian über die Galiläer klagte."

Antinous schüttelte das Haupt. „Hadrian war nach
der schlaflosen Nacht so erbittert, daß ich glaube, auch
ohne deine Anzeige wäre der Sturm losgebrochen. Er
war deinen Söhnen feind seit der unglücklichen Begegnung
an der Brücke. Dennoch gebe ich die Hoffnung nicht auf,

denn ich bin hier, um deinen Handel mit Celsus beizu=
legen, der sehr schlimm hätte ausfallen können, wenn
Hadrian dir wirklich grollte. Hier ist dein unglücklicher
Brief an Celsus und hier der Rapport des Prätors.
Hadrian läßt dir sagen, um dir zu zeigen, daß er der
Unmensch nicht sei, für den du ihn hältest, wolle er deiner
Aufregung diesen Bestechungsversuch zu gut halten. Daß
er Celsus mißtraut, war freilich das Beste an der Sache.
Im Uebrigen bleibe es bei seiner Erklärung, er könne
den Proceß nicht aufhalten. Du aber habest das Pala=
tium zu meiden und dich still in deiner Villa zu halten.
Es sei das die gelindeste Strafe, die er nach dem Berichte
des Celsus über dich verhängen könne. Im Grunde sei
es keine, denn er gebe dir damit die Villa, die du Cel=
sus versprochen, zurück." „Immer die Villa, die Villa",
stöhnte Phlegon. „Ich danke dir", fügte er dann matt
hinzu. „Ich will nun abwarten·und die Götter bitten
. . . Ich hatte keine glückliche Hand in dieser Sache.
Nimm du dich bei Hadrian der Meinen an. Deine Für=
sprache wird mehr helfen. Mir bleibt nur noch der letzte
Trost des Stoikers, und ich schrecke nicht vor demselben
zurück."

„Sühne lieber den Zorn der Himmlischen durch Ge=
bete und Gelübde", sagte Antinous leise. „Seit ich die
Beleidigungen kenne, die in diesem Hause den Göttern
angethan wurden, begreife ich das Elend, in das es ge=
stürzt ist. Du siehst jetzt, daß Apollo's und Artemis' Pfeile
treffen."

„Wenn sie die Schuldigen träfen, so müßten sie ja
mein verschonen, da ich der Lästerung steuern wollte. Mir
ist alles dunkel hier unten und dort oben. An welchem
Gott ich gefrevelt, an den unseren oder an dem der Christen,.

ich weiß es nicht mehr. Als ich diesen Morgen die Chri=
stenklage um Gräcina hörte, da erschien ich mir selbst als
der schuldige Theil, weil ich Gräcina verrieth, und wenn
ich dich höre, bin ich gestraft, weil ich ihrer Gottlosigkeit
nicht früher steuerte. So werde ich wie ein schwimmen=
des Holz von einer Brandung der andern zurückgeworfen,
und doch weiß ich nicht, wie ich sie hätte meiden sollen."

„Auch ich war wankend geworden", sagte Antinous,
„die Gesänge der Christen, die Hadrian so erbitterten,
hatten mich wunderbar ergriffen. Ich war zu Hermas
auf die Wache geschlüpft, und seine Zuversicht erschütterte
die meine. ‚Wie Hadrian‘, sprach er, ‚hier Tempel und
Götter, Orakel und Mysterien ersinnt, so sind sie alle
entstanden.‘ Nach dem, was ich mit Menephta und den
Sellen und euern Orakelversen erlebt, konnte ich ihm nicht
widersprechen. Auf der Fahrt hierher setzte ich mich, trotz
Hadrian's drohenden Brauen, auf den Wagen zu Natalis
und Vitalis, und obwohl er das Buch von neulich nicht
bei sich hatte, sagte mir Vitalis aus dem Gedächtniß alle
Reden ihres Gottes her, welche er selig gepriesen und
über welche er Wehe! gerufen. Vieles schien mir seltsam,
so, daß man sein Eigenthum wegwerfen müsse, daß man
nicht bei den Göttern schwören solle, daß man sich unge=
straft solle bestehlen und mißhandeln lassen. Aber dann
kamen wieder herrliche Sprüche von der Barmherzigkeit,
dem Frieden und manches Andere, was mich tief ergriff.
Ich war in mir noch nicht eins geworden, als der ge=
schwätzige Sueton gelaufen kam und mir sagte, ich solle
auf Hadrian's Wagen Platz nehmen. Ich fand Hadrian,
wie ich ihn nicht liebe. Er fragte scheinbar gleichgültig
nach dem Inhalt unserer Unterredung, und doch fühlte
ich, wie seine Augen argwöhnisch auf mir ruhten. Ich

sagte ihm, daß sie mir von ihrem Gotte erzählt. Er aber antwortete unwirsch, es wird keine Ruhe geben mit diesem Gotte, bis ich wieder ein paar Hundert Christen in die Steinbrüche geschickt. Als wir dann drüben an= kamen, trat der Staatsrath zusammen, und ich konnte gehen, wohin ich wollte. Ich wollte also Pius, den Bruder des Hermas, benachrichtigen, daß Hermas gefangen sitze, was ich dem Armen versprochen hatte. Endlich hatte ich das Haus am Fischmarkt gefunden, aber niemand wagte den Episcopus, wie sie ihn nennen, herunterzurufen. Es sei Versammlung der Aeltesten auf dem Solarium. Habe ich eine Botschaft, die Hermas betreffe, so möge ich selbst hinaufgehen und sie bestellen. So erklomm ich das Ober= gemach, aber als ich den Vorhang zurückschlagen wollte, hörte ich solchen Streit, daß ich dachte, ich müsse erst einen ruhigeren Augenblick abwarten, um Pius abrufen zu können. Durch einen Spalt sah ich drinnen wohl fünfzehn ältere Männer zusammensitzen und sich heftig streiten. Es schien sich um eine Schrift zu handeln, die Einige in ihren Versammlungen haben wollten, Einer aber belegte dieselbe mit den verächtlichsten Namen. Gut, dachte ich, da komme ich ja ganz erwünscht hinter eure Geheimnisse. Ich möchte wohl wissen, ob es bei euch auch zugeht wie unter den Sellen und bei Menephta. Pius, der Bruder des Hermas, schlug vor, daß man diese und jene Stellen in dem Buche weglassen könnte. Dem widersprachen die Meisten, der Hauptstreiter aber schlug auf den Tisch und sagte, wenn dieses Buch in den heiligen Versammlungen verlesen würde, dann werde er sich von der Kirche des Pius trennen. Die Anderen aber schrieen heftig auf ihn hinein, Einige, er solle nur gehen, Andere, man wolle ja das Buch ihm nicht aufzwingen. Der kleine hitzige Gegner mit wüthenden schwarzen Augen und einer Arabernase redete immer heftiger: die Kirche des Pius sei eine Herberge aller Ketzer geworden; auch Grä= cina habe man Unrecht gethan. Dann schrieen sie wieder über das Buch, und Pius kam aufs neue mit seinen Vor= schlägen, was man an dem sogenannten heiligen Buche auskratzen solle und was hineinschreiben. Da hatte ich genug. Gut, sagte ich, mich sollen euere Sprüchlein nicht mehr beunruhigen. Ich wußte jetzt, daß ihre heiligen Bücher gerade so gemacht werden wie deine und Hadrian's Orakelverse in Tibur. So ging ich still hinunter und sagte dem Pförtner, er solle Pius bestellen, daß Hermas als Gefangener im Lager der Leibwache sitze und ihn zu sprechen wünsche. Ich selbst aber ging wie im Traum durch den Lärm der Straßen bis ich die Carinen erreicht hatte, indem ich bei mir dachte, wunderbar, daß so heilige Worte auf so unheilige Weise ersonnen werden. Als ich zur via lata kam, sah ich vor deinem Hause einen großen Haufen von Leuten, die Bündel und allerlei Geräth= schaften trugen. Einige suchten sich dieselben zu entreißen, Andere sprangen davon, als ob sie gestohlen hätten. Eine Frau schrie und schimpfte furchtbar, man habe sie beraubt. Ich dachte, diese Stimme sollte ich doch kennen und trete näher, plötzlich schreit sie auf, biegt um die Ecke und springt wie von Hunden gehetzt die Treppe nach der via sacra hinab. Jetzt erst fällt mir ein, daß es ja Tryphäna, die wüthende Obsthändlerin aus Tibur war, die mich in die Kalklöcher hatte werfen wollen, und richtig, wie ich deiner Thüre mich zukehre, tritt ihr Titius heraus, der unter beiden Armen allerlei Päckchen und Bündel trägt. Ich halte ihn an und frage, ob seine Beine wieder ge= sund seien? Erst ist er furchtsam und will entwischen, dann wird er doch wieder zutraulich und erzählt mir, hier wohne Gräcina, eine wunderliche Frau, die habe ein Gesetz, daß man alles den Armen geben müsse, und heute habe sie das Meiste vertheilt, und das alles habe er bekommen. Da die Anderen es ihm aber wieder hätten nehmen wollen, habe er sich versteckt, bis sie Alle fort seien. Indem traten zwei alte Sklaven vor die Thüre, die ihn mit Schimpfworten hinauswiesen und ihm seine Gaben wieder entrissen hätten, wäre ich nicht dazwischen getreten.“

„Die Alten erklärten mir nun, daß Gräcina eine Christin sei, und daß sie glaube, man müsse seine Habe den Armen geben, alles was schön sei als böse Augenlust fortschaffen, nichts Gutes essen und keine Götterbilder dulden. Dann zeigen sie mir, wie früher ihre Villa sei eingerichtet gewesen, zeigen mir die Sockel, auf denen Marmorbilder gestanden, die Strunke der heiligen Bäume, die Gräcina niedergehauen, die leeren versumpften Grotten, in deren Sumpf und Schlamm noch die zerbrochenen Mar= morglieder der Nymphen und Najaden steckten, bis deine Schwiegermutter hatte zertrümmern lassen. Und wie ich in der Ecke einen Hermeskopf fand, dessen Nase abge= schlagen war und dessen schön geformte Lippen noch zu klagen schienen über die freche Nazarenerfaust, die den Gott mißhandelt, da ergriff mich Zorn auf mich selbst, daß ich die Märchen dieser Schändlichen so lang angehört, und ich begriff nicht, wie so edle weiche Seelen wie Natalis und Vitalis an diesen Gräueln Gefallen finden konnten.“

„Verstehst du nun“, erwiderte Phlegon mit bebender Stimme, „wie ich mich so weit konnte hinreißen lassen, durch meine unvorsichtige Anklage selbst mein Liebstes zu gefährden?“

„Ich begreife am wenigsten, wie du es so weit konntest kommen lassen", erwiderte Antinous ausweichend. „Ich jedenfalls bin geheilt für immer. Als ich Hadrian zu deiner Rechtfertigung erzählte, was ich gesehen, erwiderte er: ,Eben darum muß diese Sekte ausgerottet werden. Aller Glanz, alle Herrlichkeit der Welt, alles was uns das Leben lebenswerth macht, würde zu Grunde gerichtet, wenn diese Leute siegten. Das Reich, das ich mit Herrlich= keit erfüllt habe, würde bald aussehen wie die Villa ad pinum, Bettlerschaaren würden die Welt bevölkern, Faul= heit und Aberglaube würde um sich greifen. Ich will Phlegon helfen, so gut ich kann. Aber keine Gnade für diese Weltverderber!' Nachdem er so sich für deinen Schmerz interessirt hatte, kam er in mildere Stimmung. Er erzählte mir von dem Rapport des Celsus, und ich schmeichelte ihm beide Urkunden ab. Es · werden keine weiteren Unannehmlichkeiten für dich daraus erwachsen. Dann schrieb ich eine Weisung, Ennia und ihre Töchter und Kleinen seien in custodia libera als Patrizier zu behandeln, und Hadrian unterzeichnete sie lächelnd und drückte seinen Siegelring darunter. Es schien ihn selbst zu erleichtern, daß er diesen Vorwurf los ward. Das Einzige, was ich fürchte, ist, daß deine Söhne ins Exil geschickt werden. Du aber sei getrost, wir werden schon eine Stunde finden, in der wir ihm die Begnadigung abschwatzen."

Gerührt schaute der Kranke auf den schönen Jüngling. „Mögen die Götter dir lohnen, Antinous!" sagte er leise.

„Die Götter, Phlegon, ja von ihnen wollte ich mit dir reden. Wir wollen ihren Zorn sühnen. Bauen wir dieses verwüstete Haus wieder auf! Die leuchtenden Ge= stalten der Olympier sollen wieder herniederschauen auf die via lata, die heilige Quelle soll wieder in stillen Grotten die Füße der Najaden bespülen, die heiligen Bäume sollen wieder gepflanzt werden. Du hast erfahren, wie die Himmlischen sich rächen; wir wollen sie nun bitten zu verzeihen, und sie werden verzeihen."

Phlegon schüttelte das Haupt. „Wie kann ich das geloben, was meinen Kindern wieder als größter Gräuel erschiene! Ihr alle seid glücklich, jeder in seinem Glauben. Ich bin müde und kalt, mein Kind. Erhalten mir deine Gebete die Meinen, so ziehe ich weit, weit weg von hier nach Aquä im Decumatenland, wo wir zehn Jahre so glücklich waren, und wo niemand fragt, welchen Gott wir ehren. Ennia wird zu den Göttern beten, ich werde in den Philosophen lesen, meine Kinder werden dem Ge= kreuzigten dienen, und wir werden einander tragen, weil wir erfahren haben, wohin der Eifer führt."

„Ich habe eine andere Antwort von dir erwartet", sprach Antinous unwillig. „Meine beste Zuversicht schwin= det, wenn du kalt hinweg gehst über das Unrecht, das hier ungesühnt den Zorn der Götter gegen euch wach= ruft. Doch du bist krank, ich will nicht mit dir rechten. Morgen komme ich wieder, und wenn du nur erst wieder du selbst bist und draußen es wieder vor Augen hast, wie hier den Göttern mitgespielt wurde, dann wirst du auch gestatten, daß wir zusammen wieder gut machen, was die Deinen gesündigt."

Mit diesen Worten hatte Antinous sich von Phlegon verabschiedet und stieg zum Tempel der Roma und Venus hinab. Vor demselben machte er Halt, um Athem zu schöpfen. „Ich mag diesen Prachtbau nicht mehr, seit ich weiß, wie Hadrian seine Heiligthümer baut", sprach er für sich, „und wenn ich zur Göttin beten will, fällt mir immer der alberne Witz Apollodor's ein, daß, falls sie aufstehe von ihrem Stuhl, ihr Kopf ein Loch in die Decke stoßen würde." Ohne den gewohnten Gruß schritt er weiter. Dann fragte er sich doch selbst, wie dieses Verhalten zu der Strafrede stimme, die er eben an Phlegon gerichtet hatte.

Auf der via sacra drängte sich eine müßige Menge, und im Hindurchschreiten hörte er überall von den Christenprocessen, von Gräcina, von Phlegon reden. „Nun bekommen die Löwen des Amphitheaters Futter!" rief die überlaute Stimme eines Stutzers.

„Auf die blonde Ennia freue ich mich und ihre schlanken Töchter", sagte ein Anderer.

„Was sie sie wohl werden aufführen lassen?"

„Am liebsten Lucretia oder den Raub der Sabinerinnen oder Danae mit dem Goldregen. Schön wird es jedenfalls!"

Ein Schauer durchrieselte den Bithynier, als er das faunische Lächeln der jungen Herren sah, das diesen Worten folgte. Betrübt, der Götter und Menschen müde, stieg er den Palatin hinan, und nachdem er vom Pförtner vernommen, daß der Staatsrath noch immer nicht zu Ende sei, schlich er in die Lorbeerhecken der Kaisergärten hinaus, wo die brausende und unruhige Stadt, mit ihren wimmelnden Menschen, rauchenden Schlöten und dämmernden Thürmen und Kuppeln unter ihm sich hinbreitete. Getrennt von allen seinen Freunden, überkam ihn in dieser rauschenden Wüste Rom ein Gefühl unendlicher Verlassenheit, Zwecklosigkeit, Hoffnungslosigkeit. Der treue Hermas gefangen, des Löwen gewärtig, der schon nach ihm knirschte, Phlegon's süße Kinderschaar, von der der Grieche so oft erzählt, qualvollen Martern preisgegeben! Drunten aber Bestien in Menschengestalt, die ihr Hirn anstrengten, welche Gräuel sie am liebsten an ihnen verübt sähen! Und Phlegon, der Urheber all dieses Elends, wie klein, wie feig hatte er sich benommen. Aus gemeiner Habsucht, Hadrian hatte ganz Recht, hatte er dieses Unglück über die Seinen gebracht, nachdem er die Schmach, die die Götter erbuldet, ruhig ertragen hatte. Vor seinen Augen hatten sie sein Weib und seine Töchter zur Schande abgeführt, und er hatte es überlebt. Der Jüngling schüttelte das Haupt. „Mitleid habe ich mit ihm, aber die Achtung ist zu Ende.“ Aber auch Hadrian kannte er nicht wieder. Alle diese Barbarei konnte er gewähren lassen aus elender Furcht vor dem Senat, vor dem Staatsrath, vor Servianus! Schwarz und trostlos schien ihm Alles. Kein Halt bei den Menschen, keiner bei den Göttern. Als er drunten die Leute auf dem Forum in Gruppen zusammenstehen und einzelne Vielgeschäftigte hin und wieder laufen sah, während er noch die Gespräche im Ohr hatte, die er vorhin im Hindurchschreiten gehört, da ballte er die Faust: „Wie sich die Bestien freuen auf Menschenblut und Menschenfleisch! Ja, ja, Hadrian hat Recht, sie sind gleich unerträglich im Einzelnen und im Ganzen, und ein edles Pferd ist mehr werth als hunderte von diesen blutdürstigen, boshaften Affen.“ Wenn der verworrene Lärm der Stimmen von unten heraufdrang, so war es ihm, als ob er die Namen rufen hörte: „Hermas, Vitalis, Natalis, Ennia.“ „Warum ruft ihr nicht auch Antinous? Der schöne Antinous, ha, ha, ha! Wer weiß, ob nicht Hadrian auch noch einmal das Schauspiel genießen will, wie der schöne Bithynier von herrlich gefleckten Panthern zerrissen wird, oder als Adonis vom Eber zerfleischt? Du bist ihm ja doch nichts als seine Dirne!“

Und der Jüngling barg sein Angesicht in den Händen und senkte sein schmerzendes, überwachtes Haupt. Er war einsam, von Göttern und Menschen verlassen. Eine gute Weile mochte er so gesessen haben, da erglänzte ein weißes Gewand in den Lorbeerbüschen, und Augen tauchten auf, die schon seit Tagen den jungen Schwermüthigen verfolgten. Die Zweige bogen sich auseinander. Amenophis stand vor Antinous und folgte gespannten Auges den verzweifelten Gebärden des Knaben. Einsam im Palast, gemieden von den Römern, in steter Gefahr, wegen verbotener Superstition gerichtet zu werden, mußte der Aegypter, nachdem er mit Menephta gebrochen, keinen Menschen an diesem seltsamen Hofe, an dem er einen Anhalt finden könnte, als Antinous. Da der Bithynier aber seit langer Zeit das Kanopus nicht wieder betreten, hatte Amenophis keine Gelegenheit gefunden, sich ihm zu nähern. Wie sich die Nähe eines Menschen oft, ohne daß wir ihn sehen oder hören, dem Geiste fühlbar macht, so hatte Antinous' Gedankengang eben den Weg nach ihm genommen. Von Natalis und Vitalis trennte ihn für immer der tempelschänderische Anblick, den er drüben gewahrt. Hadrian's spielender Glaube war ihm so widerlich wie Phlegon's schwächliche Unentschiedenheit. Wer glaubte denn noch so an die Götter, daß er an ihm sich aufrichten konnte, daß sein Herz wieder fest und sicher ward? Da fiel ihm Amenophis ein, der starr und streng am Brauch seiner Väter hielt und dem es noch nie eingefallen war, heilige Dinge anders zu behandeln als die heilige Ueberlieferung begehrte. Während der Aegypter ihm eben durch den Sinn ging und er die Augen aufschlug, sah er plötzlich seine hohe Gestalt, umflossen von der flammenden Gluth des Abends, sich gegenüber.

„Amenophis!“ stammelte Antinous betroffen.

„Mir war am andern Ende des Gartens“, sagte der Aegypter, „als ob hier mir Einer rufe, ich solle ihm helfen, er sei am Ertrinken, und als ich der Stimme nachfolgte, sah ich dich, Knabe. Hast du gerufen?“

„Im Geiste wohl, Amenophis. Aber täusche mich nicht, ich bitte dich bei Serapis und allen unteren Göttern, täusche mich nicht!. Siehe ich bin so viel betrogen wor= den in diesen Tagen von Göttern und Menschen, Prie= stern und Sklaven. Amenophis, sei wahr, denn mir steht das Wasser an der Kehle, du sagst richtig, ich war am Ertrinken.“

„Ich will dir gern helfen, Knabe, wenn ich kann“, sagte der Aegypter milder als sonst. „Ich betrüge nie= manden! Ist der heilige Brauch, wie die Alten ihn auf uns gebracht, ein Trug, so mögen sie es verantworten. Ich habe nichts davon genommen und nichts hinzugethan, von einem Priester aber wird nichts verlangt, als daß er treu des Altars warte und die Mysterien hüte.“

„Ach, wenn deine Götter dich lieben, so bitte sie, daß Hermas und die Kinder des Phlegon freigesprochen werden.“

„Mein Sohn“, erwiderte der Aegypter, „ich könnte dir vorspiegeln, die Götter hätten mir das Gegentheil geoffenbart, aber ich bin kein Magier und kein Betrüger. Nicht von den Göttern, sondern von Celsus, der eben zum Rapport beim Kaiser sich einfand, erfuhr ich, daß das Urtheil gesprochen ist. Hermas, Natalis und Vitalis sind zum Thierkampf verurtheilt. Ennia und ihre Töchter sollten in die Steinbrüche geschickt werden, Hadrian hat sie zum Exil begnadigt und sein Hofgut in Aquä, wo er Ennia kennen lernte, ihr zum Aufenthalt angewiesen.

Die beiden nichtswürdigen Sklaven, die den ganzen Un=
fug an der via lata angerichtet, Nereus und Chloe, gehen
zur allgemeinen Verwunderung leer aus. Der alte Wein=
schlauch und die lüderliche Vettel schworen ab, opferten
und erklärten, ihre Herrin habe sie als Sklaven gezwun=
gen, sich als Christen zu stellen. Die Zerstörung der
Götterbilder schrieben sie Natalis und Vitalis zu, die
sich viel zu großmüthig in ihrer Verachtung der Schurken
erwiesen. Hadrian zürnte sehr, aber Celsus berief sich
auf das Edict Trajan's, nach dessen Wortlaut kein Gali=
läer gestraft werden solle, falls er opfere und Christus
fluche. Beides hätten der Freigelassene und die Sklavin
gethan. Man hätte also höchstens Chloe als Sklavin
der Strafe Ennia's, ihrer Herrin, überantworten können.
Aber diese war ja selbst straffällig. So war gegen Celsus
Spruch juristisch nichts einzuwenden, der Kaiser aber hegt
den Verdacht, Celsus habe des Nereus Schweigen über
gewisse Geldgeschäfte, die er mit der blödsinnigen Gräcina
gemacht, durch diese Milde erkaufen müssen. Die Schurken
sind schon auf freiem Fuße und werden sich zu verstecken
wissen. Ennia bleibt mit ihren Kindern bis zu ihrer
Abreise in custodia libera. Hätte die Arme nur erst
den Schreckenstag der Circusspiele hinter sich!"

„Den Göttern sei Dank, Amenophis, und dir, daß du
so empfindest! Bitte, hast du kein Mittel, meine drei
Freunde zu retten?"

„Wir haben alle ein und dasselbe Mittel, die Götter
zu bitten. Ob sie gewähren, weiß ich so wenig wie du."

„Aber ihr habt einen Zwang, der die Götter geneigt
macht, ich weiß es", sagte Antinous flehend. „Siehe, du
schweigst. Du kannst, wenn du willst. Bitte, Amenophis,
sei menschlich!"

Der Aegypter sagte ernst: „Zwingen kann die Götter kein Mensch, keine Beschwörung, kein Talisman. Aber es giebt Mittel, die sie rühren, weil sie den Ernst des Bittenden beweisen. Willst du dich diesen Uebungen unterziehen, so liegt in deinem flehenden Auge, in deiner herzlichen Bitte etwas, was mich hoffen läßt, die große Göttin könne dir ihren Willen zuwenden. Mißlingt der Versuch, so suche in deinem Ernst, nicht in mir, den Grund; ich sagte dir, daß wir über die Götter nichts vermögen als durch ernstliches Gebet."

„Und was soll ich thun", fragte Antinous.

„Du sollst bis zum Tage der Spiele fasten nach der Regel des Serapis, die du kennst; sollst vor Sonnen= untergang und Sonnenaufgang zu diesem Bilde (er reichte ihm ein kleines Abbild des Gottes in grünem Basalt) dreimal das Gebet sprechen, das hier unten in eurer Sprache eingegraben ist und in der heiligen Schrift über den Rücken des Gottes läuft." Antinous las die Worte auf der Basis des kleinen Götzenbildes. Sie lauteten: „Apis=Osiris, großer Gott, welcher im Amenti sitzet, ewig lebender Herr, Herrscher für immer, rette, erhalte, denn du bist der lebende Osiris, du bist Tum, alle deine Federn sind auf dir, du gewährest das Leben auf immer."

Amenophis fuhr dann fort: „So lange die Spiele währen, wirst du den Arm ausstrecken und das Bild ge= rade vor dich halten. Lasse den Arm nicht sinken, sondern denke, daß das Geschick deiner Freunde sich neigt, wie dein Arm, daß der Lebensfaden sich weiterspinnt, wie du festhältst. Durch jene Fensterreihe des Palastes kannst du die Spiele sehen. So lange gekämpft wird, halte fest und sprich die Formel. Serapis sei dir gnädig! Ich aber werde auf meiner Stube die Götter so stellen, wie ihre

Conjunctur am günstigsten ist, und sie mit allen Formeln, die ich kenne, angehen. Er holte dabei eine Schnur aus der Tasche, an der zahllose Götterbildchen von blauem Stein aufgereiht waren, wie an einem Rosenkranz, und zeigte sie Antinous, der die seltsamen Gestalten schaudernd betrachtete. „Werden unsere Gebete nicht erhört, so sei gewiß, mein Sohn, daß die Frevel der Christianer so schwer waren, daß sie nur mit Blut gesühnt werden konnten.“

„Ich will thun, wie du geboten“, sagte der Jüngling. „Sind deine Götter mir gnädig, so will ich mich ihrem Dienste mein Leben lang weihen und die ehrwürdigen Tempel der schwarzen Erde sollen keinen dankbareren Verehrer gesehen haben als den Bithynier Antinous.“

Amenophis legte dem Knaben segnend die Hand auf das Haupt und machte drei, diesem unverständliche Zeichen auf Stirne und Wangen, dann sprach er nach der scheidenden Sonne sich wendend: „Laß uns beten!“ Und gehorsam sprach Antinous mit ihm das Gebet zu Apis-Osiris, der im Amenti sitzet. Dann kehrten beide schweigend in den Palast zurück.

Fünfzehntes Kapitel.

Ein frischer Morgenwind jagte Staubwirbel von der via sacra dem Capitole zu. Die Sonne war noch nicht aufgegangen, und nur ein heller Schein am östlichen Horizont verkündete ihr Nahen. Bereits aber umlagerten Gruppen von kleinen Leuten die Thüren des Flavischen Amphitheaters, um, sobald die Thüren geöffnet würden, hinaufzustürmen nach den oberen Gallerien, die der Plebs zugetheilt waren. Derselbe Centurio, der die Verhaftung der Familie des Phlegon vollzogen hatte, commandirte vor dem Haupteingang des Theaters die Wache und machte die Runde bei den Posten, die die Nebeneingänge des colossalen Rundbaues besetzt hielten. Er war unwirsch und grämlich gestimmt, denn da der Zufall gerade ihm die Wache bei der Hinrichtung der von ihm Verhafteten zugespielt hatte, erschien er sich selbst nicht wie ein Soldat, sondern wie ein Henker. „Zurück, verfluchter Pöbel!“ donnerte er mehr als einmal die drängenden Massen an, denn ihr blutdürstiges Gerede, ihre Gier nach den Spielen ekelte den Tapfern an, dem die Scene nach Ennia's Abführung noch immer auf der Seele brannte. Um diesem widerlichen Schauspiel zu entgehen, ging er hinein und schritt den innern Corridor ab, der von Lampen trüb erhellt war. „Was hatte der Aegypter gestern Abend mit euch", fuhr er die nubischen Sklaven an, die den Löwen warteten, „daß ihr ihn in die Fleischkammer führtet?" „Er wollte den Löwen sehen." „Ich sah ihn aber Fleischstücke mit einer Flasche beträufeln."

„Es ist das Fleisch, das zum Zurücklocken der Thiere bestimmt ist, und da schenkte er uns eine Essenz, die die Lust der Thiere reizt und ihre Wildheit bändigt."

„Was geht ihn das an?"

„Er ist aus dem Hause des Kaisers und spricht unsere Sprache. Ein weiser Mann, der die Thiere des Gottes Tum zu Heliopolis unter sich hatte, und uns viele kluge Regeln sagte."

„Ich will hoffen, daß ihr die Thiere nicht gefüttert habt?"

„Gewiß nicht, Herr, sie sind scharf. Höre, wie sie brüllen!" Ohne Gruß schritt der Centurio weiter. Als er am nächsten Thor wieder ins Freie trat, begrüßte ihn Suetonius. „Theurer Freund, dürfte ich heute in der untersten Reihe zwischen den Soldaten stehen, die die Brüstung vertheidigen, ich muß jeden Augenblick hinaus, weil der Hof noch heute nach Ancona aufbricht, und möchte doch das Schauspiel nicht versäumen?"

„Wenn du den Muth dazu hast, habe ich nichts dagegen."

„Muth wie ein Löwe", sagte Sueton, und der Centurio ging weiter. Sueton aber winkte einigen befreundeten Frauen und Hofdienern, und bot ihnen an, die besten Plätze für sie zu besorgen, falls sie sich nicht scheuten, den Bestien direct in ihre gelben Augen zu sehen.

„Wir werden uns doch nicht zu den Plebejern setzen

follen, Chloe, jetzt da wir reiche Leute find", kreischte die
fette Stimme eines kleinen watschelnden Herrn, deffen
safrangelbe Toga weithin leuchtete. „Drängen wir uns
in die Reihen der Ritter, dort kennt man uns am
wenigsten."

„Ach Nereus, ich kehrte am liebsten um", sagte Chloe,
die sich gleichfalls in eine wohlgekleidete Matrone ver=
wandelt hatte.

„Edler Herr", wendete Nereus sich jetzt an Sueton,
„wüßteft du für einen fremden Provinzialen nicht einen
guten Platz? Wir würden dir auch gern mit unseren
Vorräthen dienen." Dabei deutete er auf einen Korb,
den seine Begleiterin trug, und aus dem runde Flaschen
Falerners, edle Trauben und Melonen gar lieblich her=
vorglänzten.

„Das kommt gelegen", dachte Sueton mit einem be=
gehrlichen Blick nach den Flaschen. Dann sagte er mit
der Miene des Protectors: „Kommt nur mit mir, würdige
Gäste, der Centurio erlaubte mir, in der erften Reihe
zwischen den Soldaten Platz zu nehmen. Ich will euch
führen. Siehe, eben werden die Thore aufgeriffen. Beim
Jupiter, welches Gedränge! Wenn nur nicht wieder ein
paar Hundert erstickt und zertreten werden. So, hier
links. Jetzt find wir geborgen."

„Nun, nun, Freund Nereus, bift du so vornehm ge=
worden, daß du alte Freunde nicht mehr kennft", sagte
plötzlich eine kleine dicke Frau, in der Chloe zu ihrem
Schreck die Obfthändlerin Tryphäna erkannte. „Ach,
Tryphäna!" rief Nereus erschrocken.

„Verrathe uns nicht", flüfterte er dann, „wir sagten,
wir kämen aus der Provinz."

„Nun, darf man sich anschließen?"

17*

„Komm nur mit", sagte Sueton, und zwei Stufen abwärts steigend gelangten die Schützlinge des magister epistolarum in die Reihe dicht über dem Podium, in der sie dem Spiel, aber auch der Gefahr am nächsten waren. Geborgen setzten sie sich auf ihre Polster, während draußen das Lärmen und Drängen und Stoßen fortdauerte. Als der erste Sturm vorüber war, kamen auch die besseren Gäste. Hier und da tauchte schon die weiße Toga mit dem Purpurstreif auf, die den Weg nach den Logen der Patrizier und Senatoren nahm. Der Prätor Celsus selbst war einer der Frühsten, und an ihn hatte sich Salvianus gehängt. „Wir sind nicht schuld, edelster Celsus, wir haben als treue Nachbarn sie hinlänglich gewarnt", sagte der Dicke salbungsvoll, „und wenn ich die guten Knaben noch retten könnte, ich gäbe das ganze Schauspiel daran." · Der leberfarbene Celsus lächelte ironisch und wendete sich seinem Ehrenplatze neben den Consuln zu.

Auch in der kaiserlichen Loge wurden Zurüstungen getroffen, die darauf deuteten, daß Hadrian den Spielen in Person beiwohnen werde. Ein Diener rückte die Kissen zurecht und zog rechts und links die schweren Vorhangsstoffe tiefer zu. Mit jeder Minute füllten sich die Lücken, und es war ein majestätischer Anblick, wie in dem Rundbau das Volk dem Volke gegenüber Platz nahm. Endlich begann auch auf der untersten Tribüne die schrille Musik phrygischer Pfeifen, die sowohl das Brüllen der hungernden Thiere, wie das brausende, summende Gespräch der Menge und das betäubende Geräusch der Schritte übertönte, welche durch die engen Corridore noch immer nach den obersten Gallerien emporstrebten. Während so überall das regste Leben herrschte, fingen auch die Händler mit

Erfrischungen und Unterhaltungen, Blumen und kleinen Geschenken für schöne Nachbarinnen an, ihr Wesen zu treiben. Namentlich stark vertreten waren heute kleine Victualienhändler, die sich mit Vorliebe in den untersten Reihen zu schaffen machten. „Kauft Speisen, edle Herren!" rief eine Knabenstimme, „die Spiele werden acht Stunden dauern, Würste, gebratenes Fleisch, Rippenstücke, alle reinlich in Blätter geschlagen. Würste, gute Würste!"

Geh mit deinen Würsten, bringe Früchte, Feigen!" schalt einer der in erster Reihe Sitzenden, in dem wir den geschwätzigen Sueton aus Tibur erkennen. „Wer will Würste bei dieser Hitze?"

„In zwei Stunden werdet ihr anders denken, Sueton", sagte sein Nachbar, „ihr wißt nicht, welchen Hunger nach Fleisch die Aufregung der Kampfspiele hervorbringt", und er kaufte sich ein großes Rippenstück.

Ein Anderer kaufte Würste. Das Beispiel wirkte. Die Uebrigen riefen nach Obst oder Wasser, und der Knabe suchte andere Reihen. Auch anderwärts hörte man den Ruf: „Gebratenes Fleisch, Würste!" und da siebenund= achtzigtausend Menschen schwer zu befriedigen sind, waren schließlich die geschmähten Fleischkörbe eben so leer wie die belobten Körbe mit Früchten, und als die Schaulust allmählig ermüdete und der Anfang der Spiele auf sich warten ließ, fingen da und dort die jungen Mädchen an, an ihren Feigen zu lutschen, während sie die Fleisch= speisen für die Zeit zurücklegten, da der Hunger sich mel= den würde.

Während so die Zeit der wartenden Menge bereits anfing lang zu werden, herrschte in den Zellen der Ge= fangenen jene fieberhafte Stimmung, die nicht zu sagen weiß, rasen die Momente vorüber oder dehnen sie sich zu Ewigkeiten. Ein Gedanke jagte bei diesen Aermsten den andern, und doch kam in der fiebernden Erregung keiner zum Bewußtsein. Das war die Stimmung, die den stumpfsinnigen Barbaren, den wetterharten Gladiator, den verthierten Verbrecher ebenso wie die Christen beherrschte, die alle dem gleichen Schicksal entgegen gehen sollten. Unheimlich klangen in das Gewölbe, in dem die Gefangenen vereinigt waren, um der Reihe nach zu den Spielen abgeholt zu werden, das Getöse der Menschenmasse, das Rauschen der Schritte auf den Corridoren, die diabolisch schrillen Töne der phrygischen Flöten und Pfeifen, das wüthende Heulen und die kreischenden Schreie der hungernden Thiere herein.

Da die Christen zu gesonderten Spielen verurtheilt waren, hatten die beiden Brüder mit Hermas ihre Zelle für sich. Hermas hatte zum Auftreten im Circus das Hirtengewand mit der Tasche zurückverlangt und die Flöte, die man ihm abgenommen hatte. Die Knaben trugen eine militärische Tunica, von der man nur alle Ehrenauszeichnungen abgetrennt hatte, ohne Helm und Harnisch. Doch hatte man ihnen ihr gewohntes kurzes Schwert für das Auftreten versprochen. Auch in diesem Moment erfüllte es sie mit Dankbarkeit gegen Gott, der ihnen so unbegreiflich Schweres auferlegte, daß sie mit Hermas allein sein durften. Ihre jungen Gemüther waren wie von einem Traume umfangen. Hatte sich wirklich mit dieser eisenbeschlagenen Thüre die Rückkehr ins Leben für sie verschlossen? Sie sollten nicht mehr in das treue Auge ihrer Mutter sehen und den hellen Kinderjubel der Geschwister hören? Die Welt, die unter der Vina ad pinum sich in leuchtender Herrlichkeit ausbreitete, war ihnen vermauert, und wenn das Thor

drüben aufging, sollten sie in den Rachen blutdürstiger
Bestien blicken und in das Antlitz vieler Tausende ihrer
Mitmenschen, die, unbegreiflich! sich freuten an ihren
Qualen. „Was haben wir euch gethan“, fragten die
Knaben sich, „daß ihr euch ergötzt an unseren Schmerzen?“
„Wäre die Mutter nicht und die Geschwister“, sagte Vi=
talis, „ich ginge gern aus einer Welt, in der die Bos=
heit so groß ist. Was haben wir gesehen seit dem schreck=
lichen letzten Abend im Vaterhause? Die Härte des
Vaters, die Schlechtigkeit des Nereus und der Chloe, die
Feigheit der Anderen, den Blutdurst und die Rohheit
der Richter, Henker und derer, die sich unsere Mitbürger
nennen! Nimm uns Herr aus dieser Welt der Teufel.
Laß uns Palmen tragen und dir lobsingen. Mit dem
Kampfe für dich, von dem wir träumten, ist es nichts
gewesen. Deine Krieger sind abgefallen.“

„Seien wir nicht ungerecht, mein Bruder“, erwiderte
Natalis. „Würden wir ohne die Schule der Kriegszucht
bei Bassus und in der Villa des Kaisers nicht auch weich=
lich und entschlußlos geblieben sein? Wer weiß, wie
ohne diese Stählung des Ehrgefühls, diese Schule des
Trotzes, die Gewöhnung, dem Schmerz ins Auge zu sehen,
die Stunde der Gefahr uns gefunden hätte?“

„Wohl möglich, Natalis“, erwiderte der Jüngere,
„obgleich ich nicht glaube, daß ich schwächer gewesen wäre,
als meine Schwestern.“ Dabei schlang er den Arm um
den Nacken seines Bruders und sagte: „Seit ich Paula
nicht mehr sehe, betrachte ich dich immer mit den Augen
eines Liebenden, weil du ihr so gleichst hier in dem
Schnitt der Augen und der Schläfe, und du hältst den
Kopf ebenso wie die Schwester.“

Während die Brüder so kosten, hatte Hermas ruhig

in der Ecke auf einer Kiste gesessen und zuweilen ver=
lorene Worte gemurmelt in seiner biblischen Bildersprache:
„Ja, ja, wie Träumende werden wir sein . . . so steht
es geschrieben. Daniel in der Löwengrube, Hermas in
der Löwengrube . . . bist du nicht ein Prophet? Du
wolltest einer sein.“ Wieder reinigte er seine Flöte und
blies einige Töne, so daß die Jünglinge verwundert auf=
horchten. „Wie hat der Prophet gesagt?“ murmelte der
Alte weiter . . . „viele werden hindurchgehen, und die
Weisheit wird sich mehren . . . ja, College aus der Löwen=
grube, du bist hindurchgegangen, ich werde auch hindurch=
gehen“, und er blies das Lied vom Lamm so hell und ge=
fühlvoll, daß die Jünglinge in ihrer Erregung in Thränen
ausbrachen. „Höre auf, guter Hermas“, rief Vitalis, „du
machst uns weich, und wir möchten fest und hart bleiben.“
In diesem Augenblicke rasselte das Schloß, und man hörte
den Schlüssel sich drehen. Die Jünglinge erblaßten, und
Vitalis hängte sich halb ohnmächtig an des Bruders
Nacken. Aber der eintrat, war nicht der Magister der
Bestien. „Phlegon!“ rief Hermas, „Vater!“ riefen die
Söhne.

„Ach, hoffet nichts“, sagte Phlegon mit heiserer Stimme,
die der Schmerz würgte. „Ich habe euer Schicksal nicht
zu wenden vermocht. Ich wollte euch noch sehen und euch
bitten, mir das Unglück zu verzeihen, das ich über uns
alle gebracht habe. Wie gerne wollte ich stückweise mich
mit glühenden Zangen zerreißen lassen oder alle Thiere
des Theaters erdulden, wenn ich euch retten könnte.“

„Weine nicht, Vater“, sagte Vitalis, „was geschieht,
war Gottes Wille. Er hat dich gestraft, weil du zu
sehr am Irdischen hingst, er hat uns gestraft, weil wir
dich nicht so geliebt haben, wie wir sollten.“

„Daß du in dieser Stunde zu uns kommst", fügte Natalis hinzu, „wie sollen wir es dir danken? Und wie du krank und bleich aussiehst, mein armer Vater! Gewiß du hast viel gelitten um unseretwillen?"

„Ach, mein Sohn, alle Qualen der Unterwelt habe ich erduldet in fieberhaften Tagen und schlaflosen Nächten, und was mir früher wichtig und werthvoll erschien, hat sich mir als das gezeigt, als was ihr es bezeichnetet, als Tand und Staub. Alle Villen der Welt dürfte mir Hadrian heute bieten, ich ginge in die Einsamkeit, um Gott um ein reines Herz und einen neuen gewissen Geist zu bitten."

„Oh, Vater, Gott hat unsere Gebete erhört!" riefen die Jünglinge, indem sie sich vor Phlegon zur Erde warfen und seine Kniee küßten.

„Reden wir nicht von mir", sagte Phlegon. „Auch darum komme ich zu euch, damit ich euerer armen Mutter bereinst werde von euerer letzten Stunde erzählen können. Wie ist es dir, mein guter Knabe, in dieser schrecklichen Zeit gewesen?"

„Nun", sagte Vitalis mit einem sanften Lächeln, „es ist kindisch, aber mir fiel, als ich heute Nacht, ganz gegen meine Gewohnheit, wach wurde, die Zeit ein, da wir im Lager der colonia Agrippina waren und nach vielen Schmerzen, die er mir gemacht, mir ein Zahn gezogen werden sollte. Du versprachest mir, falls ich mich tapfer halte, einen Wagen mit einem Ziegenbock, wie ihn der Knabe des Legaten Publius hatte; Ich weiß noch, wie ich mich damals vor dem Schmerz des Zahnziehens fürchtete und doch darüber hinaus mich freute auf das Vergnügen, das kommen sollte. Daß der Schmerz dann gar nicht so groß war, als ich erwartet hatte, das macht mir auch heute Muth. Mein eigener Zahn tröstet mich über die Zähne der Löwen und Tiger. Ich denke, es wird auch gleich vorbei sein. Ich werde den Thieren nicht wehe thun, sie nicht reizen, ich werde das Schwert wegwerfen, die Augen schließen, nehmt mich, freßt mich! Der Herr hat euch geschaffen vom Fleische zu leben, es geschehe, wie er gewollt hat." Während Phlegon in wort= losem Schmerz den schönen Jüngling betrachtete, dessen blasses Angesicht die Freude über diese letzte Begegnung mit dem Vater geröthet hatte, klopfte es außen an der Thüre. „Ich komme!" rief Phlegon.

„Verzeihe, Freund", nahm jetzt Hermas das Wort, „daß ich in den Abschied eines Vaters von seinen Söhnen hereinrede, aber ich habe eine Bitte."

„Guter Hermas", sagte Phlegon, indem er beide sehnigen Hände des Alten ergriff, „wenn Phlegon für seine Bitten noch Gehör fände, säßen dann diese hier?" „Es ist nichts Großes, sie werden es dir nicht abschla= gen", sagte Hermas. „Schaffe nur, daß ich vor deinen Söhnen ein Wörtchen mit Bruder Löwe und Bruder Tiger reden kann, und sie sollen Natalis und Vitalis nichts anhaben."

„Bist du bei Sinnen", erwiderte Phlegon unwillig. „Sprächest du nicht so ernst, ich glaubte, du scherzest, und ist doch nicht Scherzens Zeit. Es geschehen keine Wunder mehr, mein armer Hermas."

„Kleingläubiger", erwiderte der alte Prophet, „wann wirst du endlich die Stimme der Wahrheit verstehen lernen? Ich sagte dir damals auf der Weide an der Albula, daß ich den Schwefel des Dämon rieche, der dich ins Ver= derben lockte, du aber sagtest, es ist die Albula, es sind die Schwefelbäder. Hättest du mir geglaubt, du säßest heute, ein glücklicher Mann, zwischen Ennia und deinen Kindern. Nun glaube heute! Mache, daß ich zuerst an die Reihe komme, und noch kann alles gut werden."

„Die Reihenfolge der Spiele ist festgestellt, und der Magister wird sich nicht darauf einlassen, sie im letzten Momente zu ändern", erwiderte Phlegon, „aber ich glaube nicht, daß sie zuerst die beiden Jünglinge und dann dich vorrufen. Entweder ihr werdet alle drei zugleich auf=treten, oder du als Einzelner zuerst und dann die beiden Brüder. Das Umgekehrte wäre eine Abschwächung des Effects, und sie haben ja einen feinen Geschmack, diese Blutmenschen."

„Zu Dreien werden wir nicht vorgerufen, denn diese wollen mit Schwertern kämpfen, ich mit der Flöte."

„Wir wollten dem Kaiser salutiren", berichtigte Na=talis, „damit er unsere Treue sehe, und dann die Schwer=ter weglegen."

„Dann kommt Hermas wohl zuerst", sagte Phlegon. „Aber wäre es auch anders, wenn Gott Wunder thun will, kann er sie auch an meinen Söhnen erweisen."

„Gott kann alles", sagte Hermas, „aber dazu hat er uns das innere Licht gegeben, daß wir auch die Wunder vernünftig anfangen. Mein Engel hat mir diese Nacht einen guten Rath gegeben, und durch ein Wachstäfelchen, das in meine Zelle geworfen ward, sehe ich, daß es die Absicht der Brüder ist, mir dabei zu Hülfe zu kommen. Er war also bei ihnen, wie er bei mir war. Ich fürchte mich vor den Bestien nun nicht mehr als vor euern Schäferhunden in Tibur, die ihr auch besser anbinden könntet, damit sie nicht kleine Mädchen zerreißen, wie der guten Pyrrha ihre arme kleine Decimilla; sage das dem Cäsar, es sei mein letzter Wunsch an seine Gottheit!"

Forschend sah Phlegon den alten Mann an, der seiner Sache so gewiß schien, und eine Art von abergläubischem Grauen überlief ihn, das seiner erregten Stimmung nahe lag. „Mache dich auf keine grandiosen Erscheinungen gefaßt", erwiderte Hermas, „es ist des Herrn Wille, ihre Schrecken zum Gelächter zu machen, obwohl er ihre Schrecken mit zehntausend Engeln überschrecken könnte."

In diesem Momente wurde die Thür aufgerissen, und das zornige Haupt des Beschließers rief: „Heraus, Phlegon, heraus! Was hast du mir versprochen? Soll ich um meinen Dienst kommen?" Noch eine kurze Umarmung, Küsse von heißen fieberhaften Lippen, dann fühlte sich Phlegon von einer rohen Hand hinten erfaßt und hinausgerissen. Der Schließer schlug die Thüre zu und steckte den Schlüssel an sich und ließ Phlegon in dumpfem Schmerz vor der Thüre liegen, bis die weithin schallende Metallplatte das Zeichen zum Beginn der Spiele gab. Es klang wie die Posaune des jüngsten Gerichts, von der Gräcina so oft geträumt hatte. Nun raffte Phlegon sich auf und wankte hinaus, damit er nicht der Abführung seiner Kinder selbst anwohnen müsse. Als er vor einer der Thüren des großen Baues stand, wo jetzt alles still und leer war, fühlte er sich wie ein Gerichteter. „Du hast es gewollt", sagte er. „Nun bepflanze die Villa ad pinum mit Zierbäumen und stelle Statuen deiner Dioskuren auf, die du da drinnen den Pranken des Tigers ausgeliefert hast", und in einem wilden Aufschrei des Schmerzes suchte er taumelnd den Weg durch den Titusbogen nach den Gärten des Palatiums, um in einem dunkeln Lorbeerbusch seine Schande zu verbergen oder mit einem Strick sein Leben zu beenden — wenn er dazu den Muth fand. Drinnen im Flavischen Theater ertönte jetzt ein brausender, tausendfältiger Ruf: „Heil, Heil dem Cäsar!" „Heil dem Cäsar", sagte mit würgen= der Stimme Phlegon. „Dem Cäsar, dem ich mein ganzes Leben gedient, und der mir so gelohnt hat!" und er warf sich auf den Rasen der Kaisergärten nieder und weinte bitterlich.

Sechszehntes Kapitel.

Kurz nach Phlegon's Entfernung war die Wache er=
schienen und hatte Hermas abgefordert, der ohne sich um
die Welt weiter zu kümmern, auf seiner Flöte spielte,
während die Jünglinge leise weinend und erregt über die
letzte Begegnung mit dem Vater in einer Ecke sich an=
einander schmiegten. Auch dieses tiefe Weh schnitt noch
einmal scharf durch ihre schuldlosen Seelen. „Wie glück=
lich hätten wir sein können, wenn wir es früher verstan=
den hätten, ihn durch Liebe und Gehorsam zu gewin=
nen!" — „Lebe wohl, Hermas!" riefen die Knaben nun,
indem sie den Alten umarmten. „Vergelte dir der Herr
den Trost, den du uns gespendet mit seinem Troste in
seinem Reich."

„Ruhig, Kinder, ruhig, auf Wiedersehen in der Frei=
heit, hier oder dort!"

„Er glaubt noch immer an Befreiung", sagte Vitalis;
„ich hoffe nichts mehr, und es zerstreut mich nur und
stört mir die Sammlung, daß er davon spricht. Nach
diesen Schrecken wieder leben, wie könnte ich das?"

„Wir wären wie der Jüngling von Nain", sagte
Natalis.

„Gott suche meine Sünde nicht heim", erwiderte der
jüngere Bruder. „Als ich das letzte Mal in der Ge=

meinde als Lector das Evangelium von diesem Jüngling vorlesen mußte, da plagte mich der böse Geist mit der Frage, ob der auferweckte Knabe denn damit zufrieden gewesen sein möchte, nachdem er den süßen Schlummer der auf das Gericht Wartenden gekostet, nun wieder aufgerüttelt zu werden für den Lärm des Tages. Nun soll er sich wieder plagen, ringen, wieder krank sein und den bittern Todeskampf dann nochmals bestehen! Ich fühlte, daß ich dafür dem Herrn nicht danken würde, und da überlief es mich kalt, daß ich so kecke Gedanken hätte über das, was er gethan.“

„Ergeben wir uns ihm“, sagte Natalis, indem er müde gegen die Wand zurücksank. „Er wird es wohl machen!“

Hermas war inzwischen, beständig auf seiner Flöte spielend, hinüber marschirt nach seiner letzten Zelle. „Ein abscheulicher Geruch“, sagte er, indem er die Flöte absetzte. „In dem Gestanke hausen die Dämonen.“

„Es ist der Geruch deiner Gastfreunde“, sagte der Beschließer, und nun hörte Hermas das ruhelose Hinunderhergehen des Löwen nebenan, der nur durch einen kleinen Raum von ihm getrennt war, in welchem Fleischstücke, Wasserkübel, Besen und andere Gegenstände lagen, die zur Wartung der Bestien dienten.

„Die Thüre ist wirklich nur angelehnt, nicht verschlossen“, sagte Hermas für sich, und jetzt erst fing sein Herz an stärker zu pochen. Die Thiere hatten den ganzen Tag noch nichts erhalten, doch war für unvorhergesehene Fälle auch jetzt Fleisch aufgelegt, um den Löwen zurückzulocken, falls der Kaiser Gnade beliebte, oder den Thieren aus anderen Gründen der Leichnam abgejagt werden sollte, denn es gefiel dem erhabenen Volke der Stadt nicht immer, so lang zu warten, bis der Tiger oder Löwe sich sattgefressen hatten.

„Du beharrst dabei", sagte der Magister, „nur mit deiner Flöte zu kämpfen?"

„Ich wünsche ein ganz gewöhnliches Küchenmesser, wie es der Koch zum Fleischschneiden braucht", erwiderte Hermas.

„Das hättest du gestern sagen sollen, aber weil ich keinem in deiner Lage etwas abschlage, will ich dir einen Dolch holen", sagte der Magister, indem er sich eilig entfernte, um nicht von dem Signal zur Vorführung überrascht zu werden. „Ich will aber keinen Dolch, sondern ein Fleischmesser", sagte Hermas barsch, als der Magister sich entfernt hatte, „da nebenan ist, was ich brauche", und er ging in die nächste Zelle, und weil die Gefangenwärter wußten, daß sie nur den Ausgang zum Käfig der Thiere habe, ließen sie ihn gewähren. Hermas, der sich ausgebeten hatte, als Hirte auftreten zu dürfen, öffnete drinnen seinen Quersack und schob einige saftige Stücke Fleisch in seine Tasche. Dann wickelte er ein weiteres in eine blaue Schürze, die auf der Fleischbank lag, und nahm ein Messer an sich.

„Dank dir, unbekannter Rathgeber", sagte er, „du hast Wort gehalten." In dem gleichen Augenblick, als das Signal zur Oeffnung der Pforte gegeben wurde, kehrten er und der Aufseher in die Zelle zurück, während das Thor nach der Arena sich eben öffnete.

„Gib das Messer her", rief der Aufseher zornig, „hier ist der Dolch!"

„Ich will aber ein Messer!"

„Du darfst nicht mit einer so lächerlichen Waffe auftreten, her damit!"

Scheinbar widerstrebend ließ sich Hermas das Messer entreißen. „Und was hast du hier für einen Bündel?"

„Ich werde dem Löwen damit den Rachen stopfen."

„Das geht nicht, nimm meinethalben ein Netz."

„Nein, ich will ihn ersticken!"

„Eilig, eilig", riefen die Sklaven, „sie öffnen·die Thüre des Löwen. Er wird hier hereinkommen!"

„Her mit dem Bündel!"

Aber Hermas riß sich los und stürmte hinaus. Rasch schlossen die Sklaven die Thüre. „Wir wollen keinen Besuch vom Löwen. Warum soll nicht auch einmal Einer mit einer blauen Schürze kämpfen, durfte doch Myrrhon den Löwen mit einem Teppich umhüllen und die vier Kappadocier prellten den Tiger auf einer großen Decke, man muß die Leute auch ein bischen nach ihrem Geschmack gefressen werden lassen. Horch, eben geht das Gitter des Löwenkäfigs nieder."

Der Löwe ‚Agamemnon', ein edler Sohn der libyschen Wüste, war nun schon lange Stunden unermüdlich wie ein böser Geist auf und niedergerannt und hatte durch Knurren und Knirschen seinem Hunger und seinem Unmuth Luft gemacht. Seine scharfe Witterung schnüffelte den Duft frischen Fleisches, der Blutgeruch reizte seine Freßbegierde bis zur Wuth, aber die Wärter mußten ihn vergessen haben. Wüthend peitschte er mit seinem Schweif die Wände seines Kerkers und brüllte, daß draußen die Gäste des Theaters ein angenehmes Grausen überlief. Das war ja das Vorspiel zu dem schönen Schauspiel, das ihnen versprochen war. Als das Brüllen nicht half, stellte sich die große gelbe Katze hart an die Seite, von der der Blutgeruch herüberdrang. Noch nie hatte das Fleisch Herrn Agamemnon so verlockend geduftet wie heute;

das Thier streckte die Tatze durch das Gitter und fing an zu schmeicheln und zu spielen. Dann wieder wüthend werdend, schlug es die Pranken gegen das Gitter, sprang in furchtbarem Grimm gegen dasselbe, aber nur um heulend vor Schmerz zurückzuprallen und dann wieder rastlos auf und abzuschreiten.

„Ein herrlicher Löwe", sagten die Zuschauer, die von der Seite und gegenüber das Schauspiel beobachten konnten. „Der wird einhauen, sieh, welche Sätze!" Durch das Gitter sah nun auch der Löwe, der sich ermüdet und schwach von Hunger und Toben niedergelegt hatte, in die Menge hinaus. Es waren ihrer viele, das beunruhigte ihn, aber er würde sie doch angegriffen haben, um seinen Magen zu füllen. Da trat mitten in den Raum vor ihn ein Mann, der auf einem Rohre wunderliche Töne hervorlockte, und in der Arena warb es lautlos still. Es war, als ob diese Andacht auch den Sohn der Wüste ergriffe, er stand auf, schaute den Mann sich gegenüber an, während sein Schweif minder wild den Boden fegte. Sollte es ein Wärter sein? Das blaue Tuch, das er in der Hand hielt, war des Wärters wohlbekannte Schürze, und die scharfen Sinne des Thieres rochen den bekannten Fleischgeruch, der von ihr ausging. Endlich, dachte der Wüstenkönig, ist die Stunde der Fütterung gekommen. Aber statt der Thüre zur Seite, fiel plötzlich das Gitter vor ihm, und wie von einer Feder emporgeschnellt, befand sich der Löwe plötzlich draußen in der langentbehrten Freiheit, sah Sand unter sich und blauen Himmel über sich, wie in den Tagen seiner Jugend, und ein fröhliches Brüllen gab dieser eines Königs würdigen Stimmung Ausdruck. Aber sofort meldete sich wieder der unedle Theil an Mensch und Thier, der Magen. Mit dem

Schweife den Boden fegend, daß der Staub emporwir=
belte, trat er vor die nächste Tribüne und während er
Hermas den Rücken kehrte, musterte er so festen Blickes
die Reihen der Zuschauer, daß diesen das Blut zum
Herzen strömte, und in der unteren Reihe, wo einige
Weiber sich in die Reihen der Hofdiener gedrängt hatten,
wurde ein angstvolles Geschrei hörbar. Eine dicke Weibs=
person fiel ohnmächtig unter die Bank, oder wollte sie sich
nur decken? Die Unruhe dort fesselte Agamemnon's Auge,
und die gelbe Toga neben den kreischenden Weibern reizte
seinen Zorn. Die Mauer des Podium schien ihm für seine
Kräfte nicht zu hoch, und nicht weit unter ihrem Rande
lief eine runde Walze, die Agamemnon sicher zu. erreichen
dachte. Dann wollte er dort unter den schreienden Weibern
eine reiche Ernte halten. So duckt er sich und wagt den
Sprung. Die Walze hat er unter dem Beifallsruf der
Einen, unter dem Schreckensgeschrei der Anderen erreicht.
Aber diese treulose Walze, an der er sich zu halten ge=
dachte, dreht sich. Sie ist eben dazu angebracht, um die
Thiere zu täuschen. Schmerzlich fällt der König der Thiere
rückwärts zur Erde, und wenn er sich auch alsbald auf=
rafft und ein furchtbares Brüllen ausstößt, sein Selbst=
gefühl ist schwer erschüttert, und grimmig rennt er, den
Kopf an die Mauer drückend längs des Amphitheaters
weiter. Droben taucht das dicke Gesicht der Obsthänd=
lerin von Tibur mit Purpur übergossen wieder empor.
Langsam folgt die welke Chloe, die jetzt gelb wie eine
Quitte aussieht. Aber wer nicht mehr auftaucht ist der
dicke Herr in der safrangelben Toga. Die Frauen bücken
sich nach ihm hinunter. Die Soldaten treten herzu. „Beim
Hercules! er ist todt", sagt Sueton. „Tragt ihn hinaus!"
ruft der Secretär Hadrian's, „der Schreck hat ihn ge=

tödtet." Die Soldaten fassen die plumpe Last und schleppen sie hinaus, und hinter ihm verschwindet die heulende Chloe. „Der arme Mann", sagte Sueton, „er kam aus der Provinz, um sich eine Freude zu machen. Bitte, Frau, reiche mir dort den Korb. Er bot mir an, ich solle mit ihm speisen."

„Hier", sagte Tryphäna, „edler Sueton! Und du weißt nicht, wer der Todte war? Nereus, der Gräcina ihre Villa abschwatzte und dann vor dem Prätor seinen Gott abschwor!"

„Der Christ! Das ist ja ein sichtbares Zeichen der Götter, ein prodigium, das muß ich noch heute Hadrian berichten ... Aber wo ist der Löwe? welch feige Bestie! In Carthago sah ich einmal im Theater ...", aber niemand erfuhr, was Sueton in Carthago gesehen, denn eine hastige Bewegung einer jugendlichen Nachbarin nach der Arena ließ den Redseligen abbrechen. Indem er ihrem Deuten folgte, sah er ein seltsames Bild vor sich. Der Löwe näherte sich dem Christen, der unausgesetzt dieselbe Melodie spielte, von der Sueton sich erinnerte, sie in Tibur in früher Morgenstunde in der Straße gehört zu haben, wo die Nazarener ihre Versammlungen hielten. „Es ist ihr Lied vom Lamm", flüsterte er seiner Nachbarin zu. „Sieh nur, sieh!" Der Löwe war bis auf Sprunges Weite an Hermas herangekommen, der seine Melodie blasend ihn mit seinen hellen, flammenden Augen anblickte. Dann hielt er still. Eben wollte er sich zum Sprunge niederbucken, da hielt Hermas im Blasen inne, faßte die blaue Schürze, die er am Armgelenk eingehängt hatte, um beim Spiele nicht gehindert zu sein und warf sie dem Löwen entgegen: „Im Namen des Herrn", rief er, „der dich geschaffen hat und alle Thiere, friß, Bestie!"

Der Löwe zauderte noch einen Augenblick, aber der flam=
mende Blick des Mannes, der nun auch eine funkelnde
Klinge in der Rechten hielt, schüchterte ihn ein. Wiederum
schlug der wohlbekannte Duft des Fleisches an seine Nase.
Er kroch langsam auf die Schürze zu, zerriß sie mit den
·Tatzen, und ohne das Gelächter und die Zurufe der
Menge zu achten, fing er ruhig an zu fressen, wie er es
im Käfig gewohnt war.

„Ein schöner Kämpfer", kreischte eine Weiberstimme.

„Friß doch den Nazarener!"

„Kalbfleisch schmeckt ihm besser", sagte ein Anderer.

„Kein Wunder, ich möchte den magern Christen auch
nicht. Er ist ja nur Haut und Knochen."

„Höre, jetzt spielt er wieder. Eine vertrackte Me=
lodie. Tibelumbum, Tibelumbum! es muß wirklich ein
Zauber darin stecken."

Der Magister der Spiele rannte scheltend in seiner
Loge auf und nieder. „Die verdammten Hunde von
Sklaven haben ihm geholfen, sonst hätte er mir diesen
Streich nicht spielen können. Ich will es euch eintränken!
Schau, jetzt zieht er auch noch aus seiner Tasche ein
Stück Fleisch und wirft es, und ein zweites — —"

„Hast du nicht auch etwas zu trinken für ihn, Hermas?"
hörte er jetzt braußen die schrille Stimme der fetten Try=
phäna rufen. „Ich will ein Ende machen", sagte der
Magister, — „den Tiger los, den Tiger!" rief er durch
die viereckige Oeffnung seiner Loge dem Sklaven zu. „Den
Tiger!" gab dieser die Losung weiter. Nachdem Hermas
sich des Inhalts seiner Tasche bis auf einige Stücke für
unvorhergesehene Fälle entledigt hatte, steckte er den Dolch
wieder in seinen Gürtel, nahm die Flöte und spielte
ruhig, indem er keinen Blick von dem Löwen verwendete.

Erst ein Aufjauchzen der blutgierigen Menge machte ihn auf die neue Gefahr aufmerksam. Zu seiner Rechten war das Gitter aufgezogen worden, und schleichenden Schritts, mit geschmeidigen Gliedern, nahte sich ein prachtvoll ge= streifter Königstiger, der keinen Augenblick zögerte und genau zu wissen schien, welcher Fraß ihm bestimmt sei. Sicher wäre Hermas im nächsten Augenblick zerrissen unter der Bestie gelegen, hätte nicht der Pöbel, erfreut über die dramatische Wendung, ein solches Geschrei ausgestoßen, wie es nur je aus siebenundachtzigtausend italienischen Kehlen gekommen ist. Durch dieses orkanartige Getöse, das rings auf es einstürmte, wurde das Thier stutzig, hielt an und ließ einen mißtrauischen Blick rings um die Menge schweifen. Auch der Löwe hielt im Fressen ein und peitschte zornig mit dem Schweife, als wollte er fragen, wer ihn zu stören wage? So gewann Hermas Zeit, ohne einen Blick von dem neuen Feinde zu ver= wenden, und unausgesetzt die Flöte spielend, den Platz hinter dem Löwen zu gewinnen, so daß dieser mit seinen Fleischstücken ihn von dem neuen Feinde trennte. Das Manöver war sofort von der Menge bemerkt worden, die nun gespannt den Athem innehielt. Es war so still geworden, daß man über das ganze Theater die helle Melodie der Flöte deutlich vernahm. Sobald die Stö= rung beseitigt war, kehrte der König der Thiere, schein= bar unbekümmert um den neuen Besuch, zu seinem Fraße zurück. In dem Tiger aber regte sich die natürliche Feig= heit, die am Tage dem Nachtthier eigen ist. Er saß in den schreienden Menschen Gehülfen des Flötenspielers, und da er den Löwen fressen sah, ergriff auch er das nächst= liegende Fleischstück. Aber mit Einem Satze stürzte sich der Löwe auf dasselbe, um laut brüllend sein Eigenthum zu vertheidigen. Jetzt griff die Kralle des Tigers in die Klaue des Löwen, und ein wildes Ringen begann. Mit furchtbaren Tatzenschlägen schlug der Löwe nach dem Feinde, der mit überlegener Gewandtheit auswich; das Gebiß des Tigers packte des Löwen Mähne, aber in demselben Augenblick hatte dieser die halbe Kopfhaut des Tigers mit der Tatze herabgerissen, ein Ohr und ein Auge hingen gräulich daran. Mit raschen Sätzen, eine breite Blut= spur im Sande nach sich ziehend, kehrte der Tiger in seinen Käfig zurück, wo er kläglich heulte. Das Gitter wurde emporgezogen, und man hörte bald nur noch schwach winselnde Töne. Entweder er war im Sterben, oder die Wärter hatten ihn betäubt, um ihn heilen zu können. Der Löwe stand wild und grimmig über seiner Beute, die ihm niemand mehr streitig machte. Aber der wüthende Kampf schien seine Freßlust verscheucht zu haben. Er suchte nach einem neuen Gegner, und sein Blick richtete sich wieder auf Hermas. „Nun hilft's ihm nichts mehr!" krähte Tryphäna. Die geflammte breieckige Pupille der Bestie und das von überlegenem Geiste leuchtende, unheimlich glänzende Auge des Menschen begegneten sich wiederum. Aber diesem Auge hatte sich der Löwe schon unterworfen, er senkte das Haupt und kehrte zu seinem Fraße zurück. Instinctiv fühlte Hermas, daß er sich näher an die Mauer zu den Menschen hinziehen müsse, theils um die Bestie durch den Anblick der Menge oben zu zähmen, theils um Hülfe mög= lich zu machen, falls sie in der Nähe war. Er hatte sich nicht getäuscht. Als er die Flöte niederließ, um Athem zu schöpfen, hörte er eine Stimme: „Halte dich hierher, links, hierher, wir wollen dir helfen!" Hermas schaute auf und erblickte seinen Bruder Pius. Mit freundlichem Nicken ergriff er aufs neue die Flöte und spielte seine

Weise. Der Kampf hatte nun doch schon eine halbe Stunde gedauert, die bei der Menge der Umschläge den Zuschauern als Stunde erschien. „Etwas Anderes!" riefen einige Stimmen. „Gnade für Hermas!" Der Magister blickte nach der Loge des Kaisers, der dem wunderbaren Kampfe des bekannten Mannes mit leidenschaftlichem Antheil gefolgt war, jetzt aber wieder apathisch, zusammengesunken in seiner Ecke saß. Seine Züge hingen in schlaffen Falten, und er überhörte scheinbar theilnahmlos die Rufe um Gnade. Der Magister hatte scharf hinübergeblickt. Als der Herold sich nicht regte, rief er: „Die Panther!" „Die Leoparden muß ich für die Brüder aufsparen", sagte er für sich, ohnehin unzufrieden über den verfehlten Anfang des Kampfes, der die Menge mild gestimmt hatte, statt sie zu erhitzen. Drei Käfige wurden nun auf ein Mal aufgezogen, und in gewandten Sätzen flogen die Panther nach der Mitte der Arena. Aber der flammende Blick des Löwen, der sich zwanzig Schritte von Hermas gelagert hatte, dämpfte ihren Muth. Ungewarnt durch das Schicksal des Vorgängers fing eine der Katzen an, an einem Knochen zu nagen. Der gesättigte Löwe ließ es geschehen. Schon balgten sich zweie um die Reste der Mahlzeit. Der dritte allein hatte Hermas nicht aus dem Auge verloren und schlich an der Mauer, wo er gegen den Anblick der Menge gedeckt war und das drohende Auge des Löwen vermied, auf Hermas zu. Das Auge des Menschen und sein Flötenspiel beirrten ihn nicht. Da griff Hermas nach der Klinge, die in der Sonne funkelnd dem Panther Halt gebot, aber dessen Genossen schickten sich nun an, sich an seiner Jagd zu betheiligen. Nochmals legte sich eine athemlose Stille über das Amphitheater. Da fiel von einer der nächsten Gallerien ein Stück ge=

bratenes Fleisch vor den Panther, der zum Angriff bereits den Hinterleib niedergedrückt hatte. Im selben Augenblick hatte sich die Katze darauf geworfen, und nachdem sie ihre Beute weit von Hermas weggetragen, stellte sie sich hart an die Mauer und fing an zu fressen. Im nächsten Augenblick fiel ein anderes Fleischstück von hoch oben herab, und die beiden andern Panther flogen in hohen Sätzen demselben entgegen, um noch in der Luft es einander wegzuschnappen. War es Verabredung, war es Freude an diesem schönen Anblick, der einmal entfesselte Regen war trotz des Winkens des Herolds und des Scheltens der Wachen nicht mehr zu hemmen. Ueber den Köpfen der Soldaten hinweg flogen die Würste, die Bratenschnitten, die Rippstücke, und die Menge ergötzte sich an den Sprüngen der gewandten Katzen so sehr, daß bald das ganze Amphitheater mit Semmeln und Fleisch überdeckt war. Der Herold hatte fragend den Cäsar angeschaut, ob er dem Unfug steuern solle, aber entsprach es dessen blasirtem Geschmack, daß eine Tragödie als Schwank endige, oder wollte er Hermas retten, er schaute mit ironischem Lächeln dem Treiben des souveränen Pöbels zu und winkte dem Herold, ihn gewähren zu lassen. Auch der Löwe hatte sich wieder erhoben und mit königlicher Würde von Brocken zu Brocken tretend, weidete er einen großen Bezirk des Amphitheaters ab, den die Panther zu betreten sich hüteten. Hermas hatte inzwischen sich nach dem Obelisk hinüber- gezogen, der als Meta für ein späteres Wagenspiel heute aufgerichtet war, und hatte sich auf dem Sockel nieder- gelassen, wo er als Sieger seine Flöte weiter spielte, während zu seinen Füßen Löwe und Pardel weideten, wie der Prophet verheißen hatte. Noch einmal vermochte ein Zwischenfall die Aufmerksamkeit der zerstreuten und mit der Fütterung der Thiere beschäftigten Menge zu fesseln. Der Löwe, gesättigt, schnupperte nur noch an den umliegenden Fleischstücken. Plötzlich kehrte er um und schritt direct auf den Obelisken zu. „Nun wird das ver= trackte Gedudel doch ein Ende nehmen", sagte der giftige Celsus. Bis hart an Hermas heran, der kein Auge von ihm verwandte, kam das Ungeheuer. Jeder erwartete einen Tatzenschlag, der dem armen Musikanten das Lebenslicht ausblase, und hielt angstvoll den Athem an sich. Aber der Löwe legte sich hart vor Hermas nieder, und dieser, mit dem Gemisch von Schlauheit und Einfalt, das ihm eigen war, streckte den Fuß vor, als ob er ihn auf den Nacken des Löwen setze, obwohl er sich hütete, ihn zu be= rühren, und blies mit verdoppelter Energie. Nun aber waren die Christen im Circus nicht mehr zu halten:

> „Gotteslamm wir loben dich,
> Und wir preisen deine Wunden!"

fielen ihre Stimmen begleitend ein. Die Menge schlug den Takt der rhythmischen Melodie oder sang sie mit, ohne die Worte zu verstehen:

> „Alles was dich preisen kann,
> Cherubim und Seraphim,
> Stimmen dir ein Loblied an,
> Alle Engel, die dir dienen,
> Rufen dir stets ohne Ruh
> Heilig, heilig, heilig! zu."

„Es wird Zeit, daß wir diesem Unsinn ein Ziel setzen", sagte Hadrian. „Die theuern Quiriten wissen in ihrem Taumel nicht, was sie thun", und er winkte dem Herold. Als die Hymne zu Ende war, hatte Hermas die Flöte sinken lassen, die Hand zum Himmel erhoben und den Fuß triumphirend zurückgezogen. Schmetternde

Posaunen kündigten einen Befehl des Kaisers an und schafften Ruhe.

„Der Cäsar", verkündigte der Herold, „ist der Ansicht, daß der Verurtheilte den Kampf bestanden habe und entlassen werden könne. Ist das Volk der gleichen Meinung?" — „Gewiß! Wohl! Heil! ja!" und laute Aeußerungen der Zustimmung übertäubten einen unbedeutenden Widerspruch aus den Bänken der Senatoren.

„Da von den drei Nazarenern Hermas der Anstifter war, hat der Cäsar beschlossen, die beiden anderen zu Sklaven des Fiscus zu begnadigen, zumal nach der eben gesehenen Posse ein anderes Spiel die Quiriten mehr ergötzen dürfte."

„Richtig! Getroffen! Wohl! Gnade! Jupiter vermehre deine Jahre von den unseren! Heil Cäsar!" ertönte es in der Menge. Obwohl die Zustimmung dieses Mal nicht so voll klang wie vorhin, war doch auch dieser Vorschlag angenommen.

„Der Aedil", fuhr der Herold fort, „hat nach Beendigung der neuen Wasserleitung erklärt, auch ohne jede Vorbereitung könne künftig die Arena binnen einer halben Stunde mit Wasser gefüllt sein und eine Naumachie stattfinden. Für den ausfallenden Kampf mit den Thieren befiehlt der Cäsar einen Seekampf." Der Aedil entfernte sich eilig, ein allgemeines Reden und Summen flog durch die Bänke, das doch sofort wieder dem Interesse wich, wie Hermas aus dem Kranze der Bestien sich zurückziehen werde. Ein Thor öffnete sich, die Wachen traten mit vorgehaltenen Speeren ein, Hermas aber winkte ihnen, zurück zu bleiben, und indem er festen Blickes an den Katzen vorbeiging, schritt er mit feierlicher Würde durch's Thor hinaus, vom Jubelruf und Klatschen der Menge begleitet.

Nur die Soldaten murrten. „Der Gaukler, der Zauberer", sagten sie, „wie sollen wir die satten Thiere nun wieder hereinbringen?" Mit einer langen Gabel reichte ein Wärter dem Löwen vorsichtig ein Stück Fleisch, aber dieser schüttelte unwillig die Mähne, und beim zweiten Versuch ertönte ein bösartiges Knurren. Ein Anderer hatte, auf seine Freundschaft mit den Panthern rechnend, den nächsten derselben am Schopfe hereinziehen wollen, da schlug das Thier dem Manne die Krallen tief in den Arm, daß er mit Blut überströmt durch die Piken der Soldaten von der brüllenden Bestie befreit werden mußte.

„Nun", fragte Pius seinen spöttischen Nachbar, „war das vorhin ein Wunder oder war es keines?" Bereits waren die Soldaten commandirt, eine Phalanx zu formiren und mit vorgestrecktem Speere die Thiere nach ihren Käfigen zu treiben, als der Cäsar befahl, statt dessen die Wasserleitung zu öffnen. Wie so von allen Seiten die Röhren armsdicke Wasserströme ausspieen und das kalte Naß den Thieren den Boden unter den Füßen tränkte, patschten die zärtlichen Panther sofort nach ihren Höhlen, hinter denen alsbald das Gitter sich schloß. Nur der Löwe legte sich gelassen auf den Sockel der Meta und sah ruhigen Auges die wachsende Fluth. Als sie auch die Stufen des Obelisken überschwemmte, richtete er sich brüllend auf. Nun berührte sie bereits seine Tatzen, noch immer steigend. Da warf sich das stattliche Thier entschlossen in das kalte Naß und schwamm stolz nach seinem Käfig hinüber, dessen Gitter alsbald herabfiel. —

In die Zelle der beiden Brüder waren die entfernten Laute dessen, was draußen vorging, der Reihe nach gedrungen, und keiner war dem geschärften Sinn der aufgeregten Märtyrer entgangen, aber zu deuten wußten sie sich dieselben nicht. Aus ihrem traumhaften Hinbrüten waren sie durch das Brüllen des Löwen, der hart vor ihrer Thüre Stand gefaßt hatte, aufgeschreckt worden. Dann folgte eine unheimliche Stille, während deren sie angstvoll auf den Todesschrei des Hermas warteten, aber derselbe blieb aus. Statt dessen vernahmen sie den Ton seiner Flöte, deren freudiger Rhythmus schlecht zu der Angst und Qual ihres klopfenden Herzens stimmte, und nach der sie doch mit allen Fibern lauschten wie auf eine Botschaft, was des Freundes Schicksal sei? Schwieg der Ton, so schauten sie sich angstvoll an, und als der Lärm beim Erscheinen des Tigers ihn übertäubte, drückte Vitalis des Natalis Hand: „Wohl ihm, er hat vollendet." Aber die Flöte begann auf's Neue, und dann das gräuel= volle Schreien und Toben der Thiere. Stand sein Engel Hermas wirklich zur Seite und hatte die Bestien mit glühendem Schwerte gezüchtigt? Sie hörten das Wim= mern des Tigers, der sich verwundet in den Käfig neben ihnen schleppte. Dann ertönte das heisere Bellen der Panther, sie hörten die Menge lachen und schreien, es war so unandächtig, hätten sie nicht durch all das rohe Jauchzen wieder die Töne der Flöte vernommen, sie hätten auf's Neue Hermas zu den Todten gelegt. Doch was war das? Die Menge stimmte ein in das Lied des Hermas. Brausend tönte der Gesang:

> „Gotteslamm wir loben dich,
> Und wir preisen deine Wunden."

„Der Herr ist gekommen, Maranatha! Die Heiden= welt huldigt dem Menschensohn, oh Herr, sende deine Engel, daß er diese Riegel sprenge und wir nicht hier sitzen am Tage deiner herrlichen Erscheinung!" rief Na= talis inbrünstig.

„Warte, ich steige hinauf an die Lichtöffnung, oder steige du auf mich, ich kann dich halten."

Natalis holte die Kiste, auf der Hermas gesessen, stellte sie auf die Blöcke, die ihnen dienten, und stellte sich fest an die Wand; Vitalis kletterte dann auf ihn, und der Bruder hielt ihn von unten. „Was siehst du?" „Nur die Menge, die singt und tobt, aber sie sind nicht andächtig." „Siehst du Hermas nicht?" „Ich muß noch etwas höher", sagte Vitalis, indem er sich an den Eisen= stäben des Fensters emporzog. „Ein Wunder", rief er, „mein Bruder! Hermas steht an dem Obelisken und setzt dem Löwen den Fuß auf den Nacken. Die Panther fressen rings umher Nahrung, die vom Himmel gefallen sein muß. Horch, die Posaune bläst. Maranatha!" Er sprang herab und kniete nieder. „Mein Kind", sagte Natalis, indem er des Jüngern Haare streichelte, „das ist keines Engels Stimme, es ist der Herold." Vitalis nickte mit dem Kopf. „Welche Qual, diese Ungewißheit!" Wieder erfolgte eine lange Pause. Auf's Neue hörten die Brüder die Thiere brüllen. Der Schmerzensschrei eines Menschen schlug an ihr Ohr. Sollte das Hermas sein, seine Flöte war schon lang verstummt. „Also so lang, so entsetzlich lang dauert die Qual?" Wieder ver= sanken sie in düsteres Brüten. „Ist es nicht, als ob die Sündfluth hereinbräche? ich höre das Rauschen vieler Wasser, Natalis. Reinigen sie die Erde vom Blute des Hermas, oder was ist das? Fühle, welche Kühlung durch die Luke hereinweht!" Während die Brüder so nach oben schauten, nahten Schritte, die Ketten klirrten, der Riegel ward zurückgeschoben. „Herr, wir sind bereit!" sagte Natalis, indem er die Hände faltete. Herein trat Hermas, hinter ihm der Aedil und der Wärter. „Ihr

seid gerettet!" rief Hermas den Jünglingen zu, die wort=
los ihm an die Brust sanken. „Der Kaiser entbietet
euch Gnade", sagte der Aebil. „Ihr habt als Strafge=
fangene des Fiscus nach Aquä im Decumatenlande zu
gehen. Möge die Zeit euch eure Freiheit zurückgeben."
In stummer Rührung sanken die Brüder sich in die Arme,
und ein wohlthätiger Thränenstrom löste die furchtbare
Spannung des Körpers und der Seele, in der sie sich
so lang befunden. Ein freundlicher Evocatus, den sie
von Tibur her kannten, sollte sie dann, sobald die Spiele
zu Ende wären, in custodia libera nach demselben Hause
geleiten, wo Ennia und die Geschwister noch weilten.
Einstweilen nahm Hermas fröhlich auf seiner Kiste wieder
Platz und berichtete den Brüdern seine Erlebnisse, die in
seinem Munde phantastisch genug klangen, da er den
Engel des Herrn deutlich hinter sich gespürt hatte, wie
er die Bestien schreckte und ihm im Kampfe beistand.

———————

Siebzehntes Kapitel.

In dem runden Eckthurm des Palatium, der dem Flavischen Theater gegenüber lag, stand an dem schmalen Fenster einer unbewohnten Zelle Antinous und starrte in den Morgen hinaus, fieberhaft erregt von dem Gedanken, daß das nächste Blasen der Tuba den Tod des Freundes bedeute, der ihm das Leben gerettet, und der Spielgefährten, denen er einst Freundschaft zugesagt. Wie weit er auch innerlich ihrem Wesen entfremdet war, er konnte die stumpfe Gleichgültigkeit nicht begreifen, mit der Hadrian seinen Hausgenossen und die Söhne seines treuesten Dieners ihrem Schicksal überließ, und er fühlte, daß, wenn dieses Blut wirklich fließe, es ein tiefer, rother Strom sein werde, der ihn trennen müsse von Hadrian immer und ewig. „Auch um seinetwillen hilf mir, Osiris-Apis!" murmelte der Knabe, indem er das kleine grüne Götterbild enger in die Hand schloß. Da erschallte die schmetternde Tuba, die den Anfang der Spiele bedeutete. Alsbald streckte der junge Athlet seinen Arm gerade vor sich, starr richtete sich sein Blick auf den kleinen sitzenden Gott aus dunkelgrünem Stein, und er sprach andächtig die Worte, die am Sockel eingegraben waren: „Apis-Osiris, großer Gott, welcher im Amenti sitzet, ewig lebender Herr, Herrscher für immer, rette, erhalte, denn

bu bift der lebende Oſiris, du biſt Tum, alle deine Federn
ſind auf dir, du gewähreſt das Leben für immer!" Mit
unſäglicher Innigkeit ſprach er mit ſeiner dunkeln, melan=
choliſchen Stimme insbeſonders die Worte: „Rette, er=
halte!" Aber als er die Formel etwa zweihundertmal
wiederholt, fing er doch an zu ermüden und Angſtge=
danken fuhren ihm durch ſeinen heißen Kopf: „wie wenn
deine Lauheit, dein zerſtreutes Beten das Leben der Armen
gefährdete?" und mit neuer Wärme hub er aufs neue an.
Er ſah den dunkeln Gott vor ſich in den Finſterniſſen
der Unterwelt ſitzen und ihm zunicken, und mit heißer
Stimme flüſterte er: „rette, erhalte!" Aber was die
Worte wohl bedeuten ſollten: „alle deine Federn ſind
auf dir"? So oft er ſie ſprach, verwirrten ſie ihn. Be=
reits fing auch ſein Arm an zu erlahmen. In Athleten=
ſpielen geübt, hatte er es für ein Leichtes gehalten, einige
Stunden den Arm ausgeſtreckt zu halten, jetzt fing er an
zu zittern, ſeine Muskeln und Adern ſchwollen an, es
war, als ob ihn hundert Centnerſteine hinabziehen wollten.
Da fuhr ein jäher Schreck über ihn. Indem er den
Arm mit doppelter Energie ausſtreckte, hatte er die Worte
ſeines Gebets verwechſelt. Er hatte es noch im Ohr,
er hatte gebetet: „Der du auf beinen Federn ſitzeſt, alle
deine Amenti ſind auf dir." Weinend ſprach er weiter.
Vom Theater drüben tönte zuweilen lärmender Zuruf.
Der Kampf mußte ſeinen wildeſten Charakter erreicht
haben, aber er durfte ja keinen Augenblick ſein Auge ab=
wenden von dem kleinen tyranniſchen Gott, den er in der
Hand trug. Wieder ſprach er das Gebet eifrig und feſt
und ſtarrte unverwandt das Bild an. Aber was war
das? Das Bild hatte ſeine Farbe geändert — ein con=
vulſiviſches Zittern erſchütterte ſeinen Arm — der grüne

Gott war plötzlich blau! Der Schrecken überwältigte Antinous, er ließ das Idol fallen. Es stürzte vom Erker hinab; von Dach zu Dach springend, in zahllose Stücke zersplitternd fiel es in die schwindelnde Tiefe. Antinous wankte, knickte zusammen und lehnte gebrochenen Auges am Fensterrand. Trostlos starrte er hinüber ins Theater, wo große Unruhe und Bewegung herrschte. Tubastöße und Heroldruf verkündeten, daß ein Theil der Spiele vorüber sei. Ein nubischer Sklave in der Tracht der Thierwärter verließ eben das Theater und kam mit eiligen Schritten über den Platz auf das Palatium zu. Stumm lehnte Antinous sich zurück. Das Omen, durch das der Gott zu ihm geredet, bedeutete Tod. Als er so in trost=loser Dumpfheit noch eine Weile vor sich hingestarrt, sah er plötzlich den Aegypter neben sich. Derselbe sagte mit einer gewissen innern Freudigkeit, die Antinous unendlich erquickte: „Meine Zeichen sind günstig. Ich glaube, der Gott hat uns erhört. Wo hast du das Bild?" Antinous seufzte und sprach: „Das Bild wechselte die Farbe, da erschrak ich und ließ es fallen. Es liegt zerschmettert dort unten." „Und welche Farbe hatte der Gott ange=nommen?" sprach der Aegypter hastig. „Er war ganz blau geworden." „Dann sind sie gerettet. Hätte der Gott das Gebet versagt, so wäre er dir roth erschienen. Aber ein böser Zufall bleibt der Fall immer. Ich fürchte, wir erleben ein schlimmes Nachspiel. Aber ich will hin=überschicken, wie es steht, denn siehe, sie richten eine Naumachie ein, dort schwimmen schon zwei Kähne. Die Thierkämpfe sind also jedenfalls vorüber." Antinous sah ihm mit getheiltem Herzen nach. „Sie sind gerettet, aber ein blutiges Nachspiel durch meine Schuld! Ach die Orakel spielen mit uns seit Krösus' Zeiten." Da trat

der Aegypter schon wieder ein. „Sueton ist hier und be=
richtet, Hermas habe sich gelöst ohne Wunden, die Thiere
seien wie gefesselt gewesen durch einen höheren Bann.
Deine Gebete haben sie gehalten. Auch ein zweites
Wunder haben die Götter gethan: Der Freigelassene
Nereus, der Gräcina bethörte und an allem Unheil
schuld war, wurde in der Reihe der Zuschauer durch
einen Sprung des Löwen erfaßt und getödtet. Natalis
und Vitalis brauchten gar nicht zu kämpfen. Sie wer=
den als Sklaven des Fiscus nach Aquä gehen, wohin
auch Ennia exilirt ist.“

„Ich danke dir, großer Gott, der du im Amenti
sitzest!“ sagte Antinous, indem er beide Arme fromm zum
Himmel erhob.

„Wende das Omen, Allgöttin Isis!“ fügte der Aegypter
feierlich hinzu.

„Gehen wir nun hinüber, ehe deine Freunde abge=
führt werden“, sagte er dann heiter, „denn sobald sie dem
Transport zugetheilt sind, wirst du sie schwer mehr sprechen
können, zumal wir heute noch nach Ancona aufbrechen.
Vielleicht, daß der Wahnwitz der Christianer sich legt,
wenn sie erfahren, wem sie ihre Rettung verdanken.“

Mit einem Blick voll Dankes aus seinen tiefen brau=
nen Augen reichte Antinous dem Aegypter die Hand.

„Verzeihe mir, Amenophis“, sagte er, „daß ich einen
so wirksamen Talisman dir zerstört habe.“

„Der Gott lebt“, erwiderte der Priester, „auch wenn
alle seine Idole in Trümmer gingen, und er ist in jedem
seiner Bilder, das gläubig umfaßt wird.“ Wiederum
holte er aus seinem Busen die Schnur, an die die Götter=
bilder gereiht waren, löste bei einem kleinen dunkel=

grünen Serapisbilde die Kette und gab es Antinous. „Du glaubst; der Gott wird mit dir sein. Bete täglich. zu ihm, und wenn du ihn frägst wie heute, wird er dir so treu antworten wie du treu gefragt hast. Nur den Lügnern lügen auch die Götter. Welches Zeichen des Gottes Gnade, welches seinen Zorn bedeutet, weißt du. Es ziemt sich nicht, Heiliges zweimal auszusprechen."

Antinous führte den Saum des Priestergewandes an seine Lippen und steckte das Amulet zu sich. Er sah nicht den Ausdruck kaufmännischer Zufriedenheit, der in diesem Augenblick die harten Züge des Priesters glättete. Stumm, wie im Traume folgte der Bithynier dem Aegypter, der am Theater angekommen vor einem kleinen Seitenthore Halt machte und, nachdem er seinen und des Antinous Namen der Wache genannt, ungehindert einen Seiten= corridor betrat. Am Ende desselben nahte er einer wohl= verwahrten Thüre und rief in fremder Sprache einige Worte durch das Sprechgitter. Alsbald erschien das Ge= sicht des nubischen Thierhüters hinter dem Fenster, die Thüre öffnete sich, und die Ankömmlinge befanden sich vor den Käfigen der Thiere. Die Wände, die die Bestien ins Theater entließen, waren jetzt wieder fest geschlossen, und die Seite nach dem Gelaß, in dem Amenophis und Antinous standen, gab den Käfigen durch feste, aber nicht allzu enge Eisenstäbe Luft und Licht. „Tritt nicht zu nahe", sagte Amenophis, „sie können ziemlich weit her= ausgreifen." Nachdem Antinous' Auge sich an das Halb= dunkel gewöhnt, sah er das majestätische Haupt des Lö= wen mit dem flammenden Auge sich gegenüber. In dem Hause daneben lag in einem Klumpen zusammengerollt der Tiger.

„Haben die Mittel gewirkt?" fragte Amenophis.

„Das Thier schlief sofort ein", sagte der Nubier. „Wir konnten die Kopfhaut befestigen, ihn nähen, und ich hoffe, er wird es überstehen."

„Sind die Gefangenen noch in ihrer Zelle?" Der Nubier nickte mit dem Haupte. „Sage ihnen, Antinous wünsche ihnen Lebewohl zu sagen." Der Nubier öffnete den Zugang eines Zwischengemachs, und Antinous sah durch die gegenüberliegende Thüre in eine kleine Zelle: in der Mitte saß Hermas mit seiner Flöte, noch immer mit der Hirtentasche bekleidet, zu seiner Seite ruhten die Brüder, die Arme innig verschlungen, indem sie eifrig den Erzählungen des fröhlichen Propheten lauschten. „Hermas!" rief Antinous wehmüthig, und die Arme sanken ihm er= griffen von der Fülle des Moments schlaff an der Seite herunter. Bereits aber war Hermas aufgesprungen, und in wortloser Rührung fielen sich die beiden Freunde in die Arme und begrüßten die Brüder den Kommenden mit warmem Händedruck. Nachdem die ersten Ausbrüche des Entzückens vorüber waren, richtete sich Hermas hoch auf und sprach feierlich: „Glaubst du nun an die Macht des Nazareners?" Antinous schwieg eine Weile, dann sagte er leise: „Ich glaube, daß ein guter Gott euch gerettet hat." In diesem Augenblick tauchte die gran= diose Gestalt des Aegypters aus dem Schatten hervor und rief mit strengem, verweisendem Tone: „Antinous, willst du Osiris verleugnen, der dich eben erhört hat?" „Nein, Amenophis", erwiderte Antinous, und sich rasch zu den drei Gefangenen umwendend, sagte er: „Dem Gotte dieses heiligen Mannes dankt ihr euere Rettung. Osiris=Apis habe ich inbrünstig angerufen, er gab mir ein Zeichen, und zur selben Stunde hat er euch geholfen!"

„Faselst du, Knabe?" rief Hermas unwillig. „Der

Göße dieses Lügenpropheten, ein Bild von Holz oder Stein, das sich nicht bewegen, nicht reden kann, soll uns gerettet haben, uns, die Christen, denen alle Dämonen feind sind?“

„Ihr werdet euerem Gerichte nicht entrinnen!“ fiel der Aegypter mit flammenden Augen ein. „Nicht um euch gerechter Strafe zu entreißen, sondern um diesem frommen Jüngling ein Zeichen zu geben, hat der Gott, der im Amenti sitzet, euch eine Frist noch bewahrt.“

„Antinous“, rief Vitalis bringend, „glaube dem Priester nicht! Wie soll sein Gott für uns Wunder thun?“

„Mit dieser Flöte“, rief Hermas, „spielte ich das Lied vom Lamm. Mit ihr habe ich an der Albula Phlegon vom Wagen gezogen, daß er dem Zuge des Vaters zum Sohne folgend zu mir kam, und diese bezeugen mir, daß er sich bekehrt hat. Mit diesem selben Liede habe ich heute den Löwen gebändigt, habe ihn gegen den Tiger geschickt und die Panther fröhlich gemacht, daß sie Freuden= sprünge machten so hoch!“

„Aber ohne das Fleisch, über das ich die Zeichen des Gottes Tum machte, wären sie auf deinen Nacken ge= sprungen, frage doch diesen Nubier. Wie ist es Habab?“

Der Nubier erwiderte: „Dieser heilige Mann machte das Zeichen seines Gottes über das Fleisch und zähmte sie so. Wir kennen die Thiere genau, du kannst es glau= ben. Er ist ein großer Weiser und hat Gewalt.“

„Und die Botschaft, die der Engel mir gestern brachte, ist wohl auch von deinem Gotte Tum?“ Dabei zog Hermas das abgerissene Stück einer Wachstafel aus seiner Tasche. „Auch sie ist von mir“, sagte der Aegypter, indem er spöttisch in die Falten seines Gewandes griff und den anderen Theil der Tafel zum Vorschein brachte.

„Siehe die Ränder passen!"

„Hebe dich weg von mir, Satanas!" rief Hermas in wilder Entrüstung. „Der Teufel will die Werke des Menschensohnes in seinen Schmutz der Lüge ziehen. Christus hat es gethan!"

„Aber Hermas!" rief Antinous unwillig, „wenn ich dir schwöre, daß in der Stunde deiner Rettung der Gott mir ein deutliches Zeichen gab, so glaube mir doch!"

„Was für ein Zeichen?" fragte Hermas wild.

„Sein Bild wechselte deutlich die Farbe."

„Lügenkünste des Baalspfaffen!" rief Hermas. „Was wollen diese Zeichen gegen das Wunder, welches das Volk Roms vor einer Stunde an mir und durch mich ge=sehen hat?"

„Nun", sagte der Aegypter mit eisigem Hohn, „hier ist ja deine Pfeife, und hier ist der Löwe. Tritt doch zu ihm und bitte ihn im Namen deines Gottes, dir die Hand zu geben."

„Du sollst es sehen, Lügenprophet!" sagte Hermas außer sich.

„Thue es nicht!" riefen alle drei Jünglinge aus Einem Munde, aber bereits war Hermas an den Käfig getreten: „Im Namen des Herrn, Bruder Löwe...", weiter kam er nicht. Die Genossen sahen einen raschen Schlag der Löwentatze, hörten ein gräßliches Knirschen der Knochen, einen erstickten Schrei — Hermas war nicht mehr.

„Zurück, Agamemnon!" rief der Nubier dem Löwen zu, indem er mit einer eisernen Stange nach ihm stieß. Gehorsam ließ der Löwe seine Beute los, und am Käfig sank die Leiche des getödteten Propheten zur Erde. Der Nubier zog sie vorsichtig aus dem Bereiche des Thieres. Im Seitengemach bettete er sie, indem er die Zwischen=

thüre zu den Bestien schloß. Natalis und Vitalis knieten in wortlosem Schmerze neben dem todten Freunde. „Er hat ihm das Genick zertrümmert, es ist keine Rettung", sagte der Aegypter mit kalter Ruhe.

„Wehe über dich, furchtbarer Priester, du hast ihn getrieben, den Herrn zu versuchen!" rief Natalis, indem er sich entrüstet erhob.

„Antinous", flehte Vitalis, „mache dich los von diesem Knechte der Finsterniß!"

Antinous schüttelte trüb das Haupt: „Euere Verblendung ist unheilbar. Habt ihr nun noch immer nicht gesehen, wessen Gott der wahre ist? Siehe, was eben sich zutrug, hat mir dieser Priester des großen Gottes, der im Amenti sitzt, vor einer Stunde zum voraus geoffenbart. Als mir sein Gott sein Zeichen gab, erschrak ich so, daß das Bild meinen Händen entgleitete und zerbrach. Da erklärte mir Amenophis: ‚Deine Freunde werden gerettet werden, aber der Rettung wird ein blutiges Nachspiel auf dem Fuße folgen.' Das ist der Mann, den ihr einen Lügenpropheten nennt!"

„Ein schöner Gott, der in Trümmer geht!" sagte Vitalis.

„Nicht der Gott", erwiderte Antinous unwillig, „nur sein Bild."

„Ein sauberer Gott, der rettet, um eine Stunde später zu tödten!" sagte Vitalis.

„Du redest von dem deinen", erwiderte Antinous bitter. „Wenn er vorhin rettete, warum nicht soeben? Siehe hier den armen Hermas, so mach't euer Gott lebendig!"

„Lästere nicht!" rief Vitalis zornig.

„Ihr lästert", erwiderte Antinous.

„Mein Freund", sprach der Priester mit Würde zu

Antinous, „du siehst, sie glauben nicht, weil sie nicht glauben wollen. Und wenn Osiris diesen armen todten Thoren auferstehen ließe, sie würden sagen, nur ihr Gott sei die Auferstehung und das Leben, und würden ihm die Ehre zuschreiben. So mögen sie ihm diese Leiche befehlen. Du aber komm! Umgang mit dem Frevel bringt Unheil."

„Gehe, Mörder!" rief Vitalis. „Du hast unsern treuen Hermas in die Falle gelockt. Er bedachte nicht, daß der Herr seine Wunder nicht für die Ungläubigen thut."

Bereits war Antinous unter der Thüre, wohin der Aegypter ihn fortzog. „Lebt wohl!" rief er noch, die Brüder schwiegen. Da schloß sich das Thor. Sie waren geschieden für immer. „So sind unsere Freudenthränen wieder in Trauer verwandelt", sagte Natalis. „Unseliger Besuch! Ohne ihn lebte unser Genosse, unser treuer Hermas." —

Während draußen im Theater die Naumachie vor sich ging, erschien in der Loge bei Hadrian der Aegypter, gefolgt von Antinous, der trüb und verstört aussah. Halblaut erzählte der Aegypter dem Kaiser in's Ohr, wie Hermas auf den Namen seines Gottes vertrauend dem Löwen nochmals sein Haupt geboten habe, und wie ein Schlag mit der Tatze ihm das Genick gebrochen. Das rohe Gelächter, mit dem der Kaiser die Kunde aufnahm, schnitt Antinous durch die Seele. In dumpfem Schmerz lehnte er in der Ecke der Loge, ohne die Spiele eines Blickes zu würdigen. Hätte er nicht das Götterbild fallen lassen, das Unglück wäre nicht geschehen. Wäre er nicht in die Zelle der Gefangenen gegangen, der ganze unselige Streit hätte nicht begonnen. War nicht etwas Wahres daran, wenn die Brüder dem Aegypter vorwarfen, er habe den erregbaren, tollkühnen, armen Hermas in eine Falle gelockt? Ihm graute vor diesem Manne. Nicht als ob er an seinem Bunde mit den Göttern gezweifelt hätte, aber so ganz rein erschien ihm das Wunder nicht mehr, seit er gehört, daß Amenophis dem Gefangenen schrift= liche Rathschläge zugespielt und mit dem Fleische beson= dere Manipulationen vorgenommen. Davon hatte er vor= hin doch nicht geredet. „Wer weiß, ob seine Mittel nicht auch ohne meine Angstgebete auf dem Thurm genau die= selbe Folge gehabt hätten?" Trüb starrte der arme Jüngling vor sich hin. Einen treuen Freund hatte er verloren, das war sicher, ob er einen wahren Gott im Amenti gefunden, er wagte es nicht zu bezweifeln, aber Muth und Erhebung schöpfte er aus der Art dieser Offen= barung nicht. Aus diesen Träumen schreckte ihn das Ein= treten Sucton's auf. „Cäsar", meldete der Secretär, „der Leichnam des Hermas sollte nach Anordnung des Centurio an Haken nach dem gemeinsamen Leichenkarren geschleppt und am Schluß der Spiele mit den anderen zu den Ge= monien gefahren werden, wo man sie über die Treppe hinab in den Tiber wirft, wie das mit allen Leichen des Amphitheaters geschieht. Als aber die Knechte die Thüre öffneten, lagerten da Hunderte von Christianern, die ge= kommen waren, um den siegreichen Märtyrer nach dem Hause ihres Bischofs Pius zu begleiten, dessen Bruder er war. Als sie das Unglück gehört, das sich zugetragen, brachen sie in große Wehklagen aus. Sie glauben, man habe Hermas ermordet, um, wie sie sagen, einen Zeugen der Wahrheit wegzuräumen. Mit Entschiedenheit aber verlangen sie die Leiche für ihren Begräbnißplatz, und da Hermas vor seinem Tode durch dich für frei erklärt war, ist der Centurio zweifelhaft, ob er nicht ihnen den Willen thun müsse?"

„Das Gesetz führt keinen Krieg gegen Todte", sagte Hadrian, einem flehenden Blicke des Antinous nachgebend. „Der Centurio soll ihnen die Leiche aushändigen, mögen sie Hermas begraben oder wieder lebendig machen. Dem Urtheil des Prätors hat er genügt."

Sueton entfernte sich. Einige Zeit nachher hörte Antinous von der Straße her wohlbekannte monotone Lieder. Er trat an die offenen Bogenfenster des Corridors hinter der kaiserlichen Loge. Ein langer Zug klagender Christen folgte der Bahre des Hermas, die den Weg nach den Katakomben der Christen vor der Porta Pränestina einschlug. Lange schaute der Knabe ihnen nach, zwischen den andächtig abziehenden Gläubigen draußen und den heidnischen Massen drinnen, die eben der Niedermetzelung der Gladiatoren eines geenterten Schiffes mit blutiger Gier zujubelten, gleich einsam.

Achtzehntes Kapitel.

In majeſtätiſcher Fülle breitete der durch die Schnee=
zuflüſſe der Sommermonate zum Meere angeſchwollene
Nil ſeine Fluthen über Aegypten. Feuchte Hitze brütete
über den Waſſern, und der weiße Dunſt der Atmoſphäre
blendete mit ſeinem Lichte jedes menſchliche Auge. Von
verſchiedenen Kähnen umſchwärmt, die die Strompolizei
übten, arbeitete der Dreiruderer Hadrian's gegen die nicht
beſonders ſtarke Strömung des mittleren Nil. Auf dem
Hinterdecke lag unter dunkelblauem Schutzdach Hadrian,
krank, verfallen, von den Reiſeanſtrengungen zerſtört und
vollends leichenhaft ſchauend in der bläulichen Dämme=
rung ſeines Schiffszeltes. Aus den friſchen Winden Ti=
burs und der anregenden Seeluft in dieſe Schwüle ver=
ſetzt, litt der aſthmatiſche Kranke ſchwer an Athemnoth,
und menſchenfeindlicher als je blickten ſeine tiefliegenden
trüben Augen. Neben ihm lag Antinous, gelähmt von
des Kaiſers furchtbarer Laune, von dem bleiernen Druck
des Klimas, von dem Gedächtniß deſſen, was hinter ihm
lag. Vor dem Kranken und ſeinem Knaben ſaß Ameno=
phis, die rechts und links hinter ihren Schutzdämmen
über der Waſſerfläche auftauchenden heiligen Denkmale
deutend, Namen und Größe der Städte und Dörfer be=
zeichnend. Einförmig und ermüdend dehnte der Fluß=

spiegel sich hin, aus dessen trüben Fluthen hier und dort die Kronen schlanker Palmen und knorrige Aeste überschwemmter Sykomoren emporragten. Hie und da ein Kranich, der auf einem Beine am Ufer die Fluth überschaute, oder ein Pelikan, der den Kopf unter dem Flügel geborgen hielt, bildeten die steife Staffage zu diesem eintönigen Bilde. Das Ganze hatte etwas Einschläferndes, welchen Eindruck der Takt der Ruder unterstützte. Nur mit halbem Ohre folgte Antinous den Gesprächen der beiden Reisegefährten. Er konnte nicht begreifen, wie Hadrian am Tage sich in Betrachtungen mit dem Aegypter vertiefen mochte, in wiefern der stille sichere Instinkt der Thiere, ihr ewig gleiches Wesen die ewige Einheit der Götter mit sich selbst treuer repräsentire als die von Reflexion und Eigenwillen hin und hergeworfenen Menschen, — und wie derselbe Mann nach solcher Apologie des Thierdienstes in schlaflosen Stunden sich selbst fluchen konnte, daß er den Apis nicht habe vergiften lassen, um den Streit aus der Welt zu schaffen, statt eine solche Reise wegen eines Ochsen zu machen und schließlich noch ein Opfer dieses Stierkampfes zu werden. Zu wenig elastischen Geistes, um solche Sprünge mitzumachen, hatte der Knabe sich seiner alten Weise befleißigt, das Ohr von innen zu schließen, und so hörte er statt den Reden des Priesters dem Takte der Ruder zu, deren monotoner Schlag das einförmige Rauschen der Wasser übertönte. Während er auf dem alten heiligen Strome träumte, stiegen die Oliven- und Pinienhaine seiner Heimath in seinem Gedächtniß wieder auf, statt des breiten reizlosen Nilsees hörte er die hellen Bergwasser Bithyniens plätschern. Lange zurückgedrängt stand vor der Seele des Knaben hell und deutlich das Vaterhaus, von Wein und Feigen umrankt, ein einfaches Bürgerhaus zu Claubiopolis, das ein großer Wunderbrotbaum überschattete. Die Gesichter seiner Eltern erschienen ihm wie im Traum, das fröhliche Lachen seiner pausbackigen älteren Schwester Paulina lag ihm im Ohr. Er gedachte des Tages, wie dann der Kaiser in der Stadt sein Hoflager aufschlug, wie Glanz und Pracht des Hofes ihn bestach, wie er seinem Vater abgedungen wurde, und wie er, er wußte kaum, ob als Sklave oder als Freund seines Herrn, das Meer zwischen sich und die Heimath legte. Ein seltsames Wort: „Heimath“, für ihn, der nun seit Jahren rast= los in der Welt umhergetrieben wurde, nicht nach eigener Wahl, sondern wie ein wirbelndes Blatt, und der Takt der Ruder sagte deutlich: das hast du verloren, das hast du verloren, das hast du verloren . . . . . . Wie glänzend und fröhlich war damals noch der Hof gewesen. Der alte stramme Servianus mit seinen lustigen Lagergeschichten, der in jenen Tagen noch Hadrian's rechte Hand war, hatte es so gut verstanden, den Vorsprecher tüchtiger Leute zu machen. Da war der Haß des Kaisers dazwischen= getreten, Antinous wußte selbst nicht warum. Wo war nun jener ganze lustige Kreis, den der alte Zecher um sich versammelt? Und die Ruder schlugen den Takt: verloren, verloren, verloren . . . . . . Dann hatte er sich an den feinsinnigen Phlegon angeschlossen; wie liebens= würdig hatte der Grieche ihn unterrichtet, ihn in die Dichter und Philosophen seines Volkes eingeführt. Ihm verdankte er das Beste, was er wußte. Mit ihm nach Aegypten zu reisen, hatte der Jüngling gehofft. Da waren Versuchungen an den schwachen Mann herange= treten, denen er nicht gewachsen war. Er hatte sich selbst entwürdigt, er war nicht Phlegon mehr. Verloren, ver= loren, verloren! sagte der Nil. Phlegon's Söhne, kaum

als Freunde gewonnen, wieder verloren! Und der treue
Hermas, über den er oft so herzlich gelacht, und den er
doch so lieb gehabt, weil er jedermanns Schmerz zu seinem
Schmerze machte und jedermanns Freude zu seiner Freude,
der ihm das Leben gerettet: — verloren — verloren! Und
all die hellen Tage zu Tibur, glücklich im Glauben an
die Menschen: — verloren — verloren! Und die Götter:
— verloren — verloren! So sagten deutlich die Ru=
der, so rauschten die Wellen. Sollte er nicht leise sich
hinabgleiten lassen in die stillen tiefen Wasser, ehe es
einer gewahr wurde? Da unten war es so kühl, dort
war Friede, dort Erlösung, dort lagen die Pforten nach
Amenti. Da schreckte das schrille Kreischen einer Möve
hart neben seinem Ohr ihn auf, daß er wild emporfuhr
aus seinem Brüten und wirr den Kaiser anstarrte. Jetzt
erst sah er, daß der Aegypter weggegangen war, und
Hadrian strich ihm liebevoll über sein Haupt und sagte:
„Wir sind einsam in dieser Wasserwüste und einsam in
der Welt!“ „Ja wohl, einsam“, dachte Antinous; „wen
habe ich noch, und wohin falle ich, wenn dieser kranke
Mann seinem nächsten Anfall unterliegt?“ Aber sich
schämend dieses Gedankens an sich selbst nahm er die
heiße Hand des Kaisers und legte seine Stirne auf die=
selbe. Diesem Manne hatte er sich geweiht, und war
nicht dieser Mann der wichtigste des Erbenrundes? Wenn
es ihm gelang, dieser verstimmten Seele für Tage nur
die alte Harmonie zurückzugeben, Argwohn zu zerstreuen,
Mißtrauen zu verscheuchen, zornige Stimmungen zu be=
schwichtigen, kam das nicht Tausenden zu gut? war das
nicht ein Lebenszweck? Dieser Aufgabe wollte er noch
leben. Mit des Kaisers Tod hatte auch er nichts mehr
hier oben zu suchen, und schwermüthig träumte er, wie

er als Todtenopfer für den, der ihn aus seiner Dunkel=
heit emporgezogen, sich darbringen werde, damit seiner
Treue ewiger Nachruhm blühe, hier und im Hades. „Was
sinnst du, Knabe?“ fragte jetzt der Cäsar. „Ich weihe
mich zum Todtenopfer an deinem Scheiterhaufen!“ „Du
wirst nicht mehr lang zu warten haben, und ist's so weit,
so wirst du die Augen rasch auswischen und in der Höhle
bei den Sellen dich von der schwarzäugigen Lydia trösten
lassen.“ „Häßlich“, erwiderte Antinous, „auch das hast
du ausgekundschaftet?“ „Ich weiß recht viel, Knabe.“
„Dann könntest du dafür sorgen, daß deine Sellen weniger
stehlen, statt zu denken, daß ich an dieser schmutzigen
Pytho Gefallen finde“, und er schwieg verletzt. Lohnte
es sich, für einen Mann zu sterben, der seine heiße Liebe
so von sich stieß? Aber für ihn zu leben, war das nicht
noch schwerer? Tief verstimmt starrte er in die Fluthen.

Was Hadrian mit der Anspielung auf die kleine Dirne
am Zeusbrunnen wohl meinen mochte? Verstand dieser
Mann in seiner Seele zu lesen? Ahnte er, daß den
aufquellenden Jüngling seit jenem Morgen in der Höhle
Qualen verfolgten, die ihm früher ganz fremd gewesen?
Häufig träumte er von den heißen Lippen, den glühenden
Armen, die ihn zu Tibur umfaßt. Hatte er dann die
häßlichen Erinnerungen abgeschüttelt, dann versank er oft
am lichten Tage in seltsame Gesichte. Er mußte viel an
Phlegon's Töchter denken, die er doch nie gesehen. Auch
jetzt standen sie ihm, den beiden hochgewachsenen Brüdern
ähnelnd, deutlich vor Augen, und seine Träume gingen
in die Zukunft. Er sah die Fichtenwälder des Abnoba=
gebirges vor sich, dort wollte er die Verbannten suchen,
er wollte in Aquä sich niederlassen, als Landmann das
Feld bestellen und eines Tages vor Phlegon hintreten

— — — da klatschte der Anker in den Strom, das Schiff hielt an. Drüben lag die heilige Flur, auf der der Apis weidete und wohin Hadrian die streitenden Prie= ster von Memphis und Theben bestellt hatte. Eine breite, bewimpelte Fähre setzte sich vom Ufer her in Bewegung, die kleinen Schiffchen mit ihren bunten Segeln, die dem Kaiserschiff vorangefahren waren, nahmen zur Rechten und Linken der Fähre Stellung. An der Landungstreppe, die mit Purpur belegt war, bildeten römische Soldaten Spalier. Der Procurator von Aegypten mit etlichen hohen Beamten fuhr dem Cäsar entgegen, und von Sueton und Antinous unterstützt, wankte der kranke Kaiser die steile Schiffstreppe herab nach dem flacheren Fahrzeug. Am Ufer drängten sich hinter den Soldaten zahllose Aegypter, Fellachen, die nur den Schurz um die Lenden geschlagen hatten, verschleierte Frauen, Priester in faltigen Gewän= dern, Schaaren von nackten Kindern. Sie alle begrüßten den Kaiser mit einem hundertstimmigen Heil!

Ein Herr der Welt, der die eigenen Glieder nicht mehr zu regieren vermochte, ein Gott, der in glücklicher Dumpf= heit den grünen Anger abweidete, ohne Ahnung, daß diese Tausende, den Weltherrscher inbegriffen, um seinetwillen hier versammelt seien: das war der Inhalt dieses Moments, dessen Ironie nur Hadrian begriff, und er vermißte in diesem Augenblick Phlegon, dem er solche Bemerkungen gern zuflüsterte, die Antinous doch nicht verstand.

Der Kaiser empfing zunächst, immer auf Antinous gestützt, den Bericht des Procurators. Dann richtete er an die anwesenden Oberpriester freundliche Worte über den Segen, den der Gott auch dieses Jahr der Flur zuzuführen verspreche als Lohn des treuen Dienstes, den er in den Tempeln erfahren. „Meine Herrin Neith, die große

Göttin von Sais, segne deine Worte!" erwiderte ein würdiger Greis, dessen weißer Bart in zahllose Löckchen geflochten war, während das kahle Haupt jeder Zier entbehrte. „Gehen wir zunächst zu dem Gotte, der uns hierher geführt", sagte Hadrian. Aus der Düne des Ufersandes führte eine Straße alter grauer Silberpappeln nach einem Hügel empor, den eine Tempelmauer und zwei mächtige Pylonen krönten. Durch einen heiligen Hain gelangte Hadrian langsam und von Zeit zu Zeit den Gang unterbrechend, mit seiner Athemnoth kämpfend, in einen gepflasterten Vorhof, in den die Sonne brennende Strahlen hinabsandte. Jenseits desselben begann eine lange Sphinxenallee, in die der Kaiser, geführt von Antinous, gefolgt von dem Procurator und Amenophis, eintrat. Das übrige Gefolge blieb zurück, nur die Priester folgten; die Meisten in weiße Gewänder gehüllt, andere nur mit einem Schurze, Pantherfellen und Kopfbinden bekleidet. Den Kaiser selbst überkam ein gewisses Gefühl der Verlassenheit in dieser fremden Welt, und er winkte Amenophis, ihm zur Seite zu bleiben. Hinter den Pylonen, auf die die Sphinxenreihe leitete, öffnete sich ein zweiter Hof, über dessen Thor die goldene Sonnenscheibe prangte. Dem Eingang gegenüber lag der Tempel, der von runden Säulen getragen ward, deren Kapitäle die Gestalt einer Lotosblume nachahmten. An demselben vorüber führte der Weg zu einer Baumgruppe, den die Priester nun einschlugen, und aus dem Schatten der mächtigen Sykomoren hervortretend sahen die Ankömmlinge eine lachende Flur an den Bergen hingebreitet, die über dem Ueberschwemmungsgebiete des Nils gelegen, einen herrlichen Blick über die gewaltige Wasserfläche darbot, die jetzt zahllose Nachen, Wimpel und Segel belebten und jenseits deren die rothen Sandsteinfelsen der Libyschen Berge dämmerten. Das war die fette grüne Trift, die die Bewohner von Besa dem heiligen Stiere zugewiesen hatten und deren würzige Kräuter ihm besser zu behagen schienen, als das dünne Gras bei der Stadt des Ra in Unterägypten oder die getrockneten Kräuterbündel im Tempel zu Memphis. In dem Tempel des Osiris, den Hadrian durchschritten, wurde der Stier täglich gebadet und gesalbt, es wurde ihm mit dem kostbarsten Rauchwerk geräuchert, der herrlichste Schmuck wurde ihm um Hörner und Hals gelegt. Jetzt wandelte er draußen unter den stattlichen Kühen, die ihm als Genossinnen beigegeben waren, in dem weiten Gehege, das durch einen niedereren Haag den Gott von den vergoldeten Pallisaden abhielt, hinter denen das Volk sich drängte, damit ihm nicht ungeeignete Speisen zugereicht werden konnten. Wortreich setzte der Oberpriester von Besa Hadrian auseinander, wie die Flur, die gerade auf der Grenze der Heptanomis und der Thebais liege, am besten geeignet sei, die streitenden Interessen von Memphis und Thebä zu versöhnen. Bald befand sich der Cäsar und sein Gefolge dem Stiere und seinen Genossinnen gegenüber, allein mit einer Heerde, aber draußen stand das Volk Aegyptens, um zu sehen, ob der Gott dem Cäsar sich gnädig erweisen werde.

„Welches Mittel braucht ihr, damit das Thier sicher aus Menschenhand fresse?" fragte Hadrian Amenophis leise.

„Es ist verboten es kund zu machen."

„Ziere dich nicht!" zischte Hadrian unwillig, „ich werde dich bezahlen."

Der Aegypter zuckte die Achseln.

„Ich will nicht, daß das Thier mich verleugne, das

Volk haßt den Cäsar, aus dessen Hand der Apis nicht fressen mochte. Denke an Kambyses!"

"Füttere ihn nicht", erwiderte der Isispriester rauh, "dann hat er dich nicht verleugnet."

"Warte, ich will dir das gedenken!" sagte Hadrian. "Aber wenn dein Gott nicht aus meiner Hand frißt, werde ich ihn selbst aufzehren, und du sollst an meiner Tafel das saftigste Stück hineinwürgen, und wenn du daran ersticken solltest, treuloser Priester!"

"Ich habe den Göttern treu zu sein, nicht den Men= schen", erwiderte Amenophis ruhig. "Schon morgen würdest du es bereuen, daß du die Götter betrügen wolltest, und was würdest du von dem Priester halten, der dir dazu behülflich war?"

Antinous blickte den Aegypter zustimmend an. Er hatte schon lang nicht mehr so viele Worte aus dem Munde des einsilbigen finstern Mannes vernommen und keines, das ihm besser gefallen hätte. Inzwischen waren sie an die Schranken herangekommen, und zwischen dem Geländer, welches das Volk ausschloß, und dem Zaune, der den Apis vom Geländer abhielt, führten die Priester den Cäsar. Das Thier kam in fröhlichem Trott auf die Ankommen= den zu. Da gewahrte Hadrian, daß die Thiere den blauen Klee so weit abgeweidet hatten, als sie über den Zaun grasen konnten, während er hart am äußern Gitter noch hoch stand. Nicht ohne Herzklopfen brach er mit beiden Händen einen großen Busch davon ab und reichte ihn dem Stiere hin. Der Stier hielt seinen Kopf schräg und fraß alsbald mit Behagen die gewohnte würzige Nahrung. "Er hat ihn angenommen!" riefen die Fel= lachen draußen. "Der Gott hat von ihm gespeist!" riefen die Weiber und Kinder weiter, und allgemeiner

Jubelruf füllte die Lüfte. Das Thier, erregt durch den plötzlichen Lärm, erhob das Haupt und brüllte lustig mit. „Apis begrüßt Habrian, er erkennt ihn an als Gott. Heil dem Cäsar, dem Sohne der großen Neith, der Göttin von Sais!" riefen die Priester. „Er hat mich als Bruder anerkannt", sagte Habrian mit leisem Lächeln zu Anti= nous. „Machen wir, daß wir hinauskommen, ehe unser hoher Bruder sich anders besinnt", und bejubelt von der Volksmasse draußen, schleppte sich Habrian am Arme des Antinous zurück nach dem Tempel. Dort sollten nun die Verhandlungen über die Ansprüche von Memphis und Theben an das heilige Thier beginnen, allein die Priester verweigerten Antinous den Eintritt. Auf einer Treppe zwischen zwei kolossalen steinernen Widdern mußte er die Rückkehr des Kaisers abwarten. Mit Mühe hatte der Cäsar es durchgesetzt, daß der Procurator und Amenophis ihn begleiten durften.

Antinous blieb mit getheilten Empfindungen zurück. Er war zum zweitenmal in diesem seltsamen Lande, und bei dem erneuten Besuche verloren seine Erinnerungen viel von ihrem Zauber. Alle die Verdrießlichkeiten der Reise, die Unbilden des Klimas, der häßliche Charakter des Volkes, die in seinem Gedächtniß zurückgetreten waren neben den großen Eindrücken, machten jetzt sich peinlich geltend, und das Große hatte er eben doch schon einmal gesehen. Auch erschien ihm die halbthierische Götterwelt um ihn her in der Nähe lange nicht so ehrwürdig, als sie in der Idee nach den Erzählungen des Amenophis für ihn gewesen war. Grandios waren wohl diese Tempel, das Dunkel der unterirdischen Krypten, die kolossalen Götterbilder. Aber nachdem die ersten Schauer vorüber waren, fühlte Antinous, daß er doch ein Grieche sei,

und umgeben von den hundsköpfigen und sperberköpfigen
Gestalten dieses Barbarenlandes gedachte er des letzten
griechischen Tempels, in dem er gebetet, dem der hehren
Aphrodite von Ancona, wie er berauscht auf ihrem son=
nigen Felsen gestanden, das blaue Meer als ein fast
vollständiges Rund rings um sich gesehen, und vor sich
die schlanken korinthischen Säulen, und in der Nische die
vollendete Schönheit menschlicher Gestalt in der blühenden
Kypris. Da überfiel ihn zwischen den Halbthieren von
Syenit und dem Stier mit seinen Kühen ein Heimweh
nach den Göttern, die Hadrian ihm geraubt hatte, daß
er hätte weinen mögen. „Wie tief die Gedanken auch
sind“, sagte er, „die die Priester in diese Symbole legen,
es sind nicht die Götter meiner Jugend, und ich kann
nur so beten, wie ich es als Kind gewohnt war.“ Theil=
nahmlos starrte er auf die bunten Hieroglyphen, mit
denen die Wände bedeckt waren. Die silbernen Sterne
auf blauem Grunde, die von der Wölbung herunter=
glänzten, erschienen ihm kindisch neben dem hellen Fir=
mament, das über seiner Heimath gestrahlt hatte, der
Kyphiduft beklemmte ihn und nahm ihm den Athem. Von
der Wiese drüben hörte er das Brüllen des Apis und
seiner Kühe. Daß das ewig gleiche Wesen der Gottheit
sich in dem ruhigen Instincte der Thiere klarer offenbare
als in der rastlos bewegten Menschenseele, hatte sich gut
angehört, als ihm Amenophis das zu Tibur vortrug,
aber auf der Trift des Apis zu Besa sah es aus, wie
auf jeder anderen Weide. Er konnte das Gefühl der
Enttäuschung sich selbst nicht verhehlen, das ihn beschlich.
Im Tempelhof sah er die Priester hantieren. Glänzende
Kahlköpfe tauchten auf und tauchten unter. Sie schwangen
ihre Rauchgefäße und gossen Wasser aus goldenen und

silbernen Krügen in die Schalen des Altars. Immer dickere Wolken von Kyphirauch zogen qualmend durch das Heiligthum, so daß ihm der Kopf benommen ward. Das alles war schöner gewesen in der Idee als in der Wirklichkeit. „Wie nur Hadrian diesen Rauch ertragen wird?" das war der einzige Gedanke, den ihm die heilige Handlung machte. Da stürzte plötzlich der Procurator aus dem Thor: „Antinous, rasch, der Cäsar ist unwohl!" Im selben Augenblick erschien der Kaiser, gestützt auf zwei Priester. Seine Augen traten weit aus dem Kopf, sein Antlitz war dunkelblau. „Wasser, Wasser!" rief Antinous, „bettet ihn hier in den Schatten, fort mit dem heillosen Weihrauch, macht Durchzug!" Und die Priester zur Seite stoßend tauchte er sein linnenes Gewand in das Wasser am Altar und legte es dem Kranken auf die Stirne, dann ergriff er einen der heiligen Krüge und berieselte damit langsam das Haupt Hadrian's. Der Athem kehrte zurück. „Eine Sänfte!" gebot Antinous herrisch. Der Procurator selbst eilte, eine solche zu holen. Auf ihr ließ Antinous den kranken Herrn nach dem heiligen Haine bringen, der über dem Strome lag, und umfächelt von den kühleren Lüften, die vom Wasserspiegel heraufdrangen, kam der Kaiser allmählig wieder zu sich. „Es soll ja Glück bedeuten, wenn unser Bruder Apis frißt", waren seine ersten Worte. „Ich merke nichts von dem Heile, das mir das gute Vorzeichen gebracht hätte." Dann sank er in den fiebernden, wirren Zustand zurück.

Die Beamten beriethen mit Antinous und Sueton, was zu geschehen habe. Sueton wollte die Gemächer der Priester zum Krankenzimmer einrichten lassen. Antinous widersprach. „Die ungewohnte Umgebung, die seltsamen Bilder werden ihn aufregen, die warme Luft des Ziegelbaues wird ihn quälen. Wir schlagen sein Lagerzelt und sein Feldbett hier auf. Er träumt dann von Dacien und dem Partherfeldzug, von den Tagen seines Ruhms und seines Glücks.“ Auch der Arzt des Cäsar war nun vom Schiff heraufgeholt worden. Er stimmte Antinous bei. Das Tempelrevier war still und gegen jeden Zudrang gesichert, der Hain trocken und von gesunden Lüften umspielt. Rasch hatten die Diener einen festen Boden gelegt, weiche Teppiche gebreitet. Ein Zelt war in einer Stunde aufgerichtet. Einige kleinere für Antinous und die Begleiter baute man daneben auf. Der Procurator schrieb nach Alexandrien einen Bericht an Aelius Verus. Mit den ältesten Vertrauensmännern des Staatsraths und dem Präfecten der Leibwache traf der Mitregent bald darauf in Besa ein. Die Krankheit hatte mit einem asthmatischen Anfall begonnen und drohte nun durch hitziges Fieber zu einem raschen Ende zu führen. Seit er auf seinem Feldbett lag, schlug Hadrian alle Schlachten Trajan's, er rief nach Servianus, aber im Tone der alten Freundschaft. Dazwischen tauchten die blutigen Schatten des Lusius Quietus, Palma und Nigrinus empor. Antinous kam Tag und Nacht nicht von dem Bette des Kranken, und der Leibarzt, der die Natur seines Patienten kannte, hielt alle Fremden weit von dem Lager desselben fern. Der junge Mitregent, sonst jeder Arbeit feind, riß die Staatsgeschäfte mit großem Eifer an sich.

Aelius Verus Cäsar war der Schwiegersohn jenes Nigrinus, der sich einst gegen Hadrian verschworen hatte. Als schöner Jüngling hatte er früh in einem Liebesver=hältniß zu Hadrian gestanden. Es gehörte zu den bizarr=sten Handlungen Hadrian's, daß er diesen schwindsüchtigen

Modehelden sich zum Mitregenten angenommen hatte, dessen Gesundheit noch geringere Dauer verhieß als die eigene. Wenn er dabei die Absicht verfolgt hatte, Rom für sein Leben zu interessiren, indem er es vor der Zukunft unter Aelius Verus zittern machte, so hatte er diesen Zweck erreicht. Jeder zog die Gegenwart einer solchen Zukunft vor. Was Hadrian bestimmt habe, sich einen solchen Nachfolger zu setzen, blieb den Römern ein Räthsel. Phlegon versicherte in seiner Biographie, Hadrian habe des Verus Horoskop gekannt und gewußt, daß er vor dem Antritt der Herrschaft sterben werde. Die Stadt meinte, Hadrian habe mit dieser Adoption seine Liebes= schwüre ausgelöst. Häufig, wenn er in den breiten Lorbeergängen zu Tibur lustwandelte und der gebrechliche junge Cäsar hüstelnd wegging, citirte Hadrian die Verse Virgil's:

„Ihn wollte das Schicksal der Erde nur zeigen,
Doch länger nicht ihn verleih'n."

Der putzsüchtige junge Mann war nach Spartian's Zeugniß Hadrian mehr durch Schönheit als gute Sitten genehm; er war ein Schöngeist von anmuthigen Formen, angenehm im Salon, Erfinder eigener Leckerbissen und Specialität für Schaukelpolster und Hängematten. Er hatte, berichtet Spartian, eine Art Ruhebett mit vier Polstern erfunden, die mit Rosenblättern gefüllt waren und dessen Decken von Lilienblättern und persischen Wohl= gerüchen dufteten. Hinter einem Netze, das die Fliegen abhielt, pflegte er hier mit seinen schönen Freundinnen zu kosen. Seinen vier Courieren gab er die Beinamen Ostwind, Föhn, Nordwind und Zephyr, und je nach der Weltrichtung, in der seine Aufträge lagen, ließ er sie unbarmherzig nach ihren Zielen jagen. Die Genossinnen des Rosenpolſters aber nannte der Volkswitz die vier Roſenwölkchen, und als ſeine Gattin ihm Vorwürfe machte, daß jede ſeiner Geliebten ihm näher ſtehe als ſie, erwiderte er, der Name Gemahlin ſolle auch nichts anderes ſein als eine Hofcharge.

Seit der Mann, den die römiſchen Schriftſteller mit ſo unerfreulichen Farben ſchildern, im Tempel des Oſiris eingetroffen, gingen die Blicke der Höflinge zwiſchen der untergehenden und aufgehenden Sonne ruhelos hin und her. Aelius Verus ſpielte den tief Bekümmerten, aber er konnte doch nicht umhin, ſeine vier Winde und die Roſenwölkchen und die wunderbare Hängematte ſich nach= kommen zu laſſen. Auf der entgegengeſetzten Seite des Tempels richtete er ſich ein zweites Lager ein, aus dem nur zu oft helles Gelächter und Kreiſchen der Weiber herüberſcholl und die eigentliche Stimmung des Thron= folgers verrieth. Auch den Apisſtier hatte er beſucht und wollte ihn freſſen laſſen. Aber der Parfüm ſeiner Kleider und Hände mochte dem Thiere zuwider ſein. Es kehrte ſich unwillig ab, und als der Cäſar lockend der Heerde folgte, ſchlug eine der Genoſſinnen des Gottes ihm mit dem Wedel juſt über den Mund, ſo daß der elegante junge Mann grün gefärbt, ſpeiend und vor Ekel ſich ſchüttelnd die heilige Weide verließ. Es bedurfte Ströme von Roſen= waſſer, um ihn in einen ſeiner würdigen Zuſtand zurück= zuverſetzen, und die vier Roſenwölkchen hatten Mühe, ihn über die Unbill zu tröſten, die ihm von den heiligen Kühen widerfahren war. Die ägyptiſchen Prieſter da= gegen konnten die Freude über das gotteswürdige Be= tragen ihres Apis kaum bergen, und daß Verus im Schrecken den erſten Schmutz im heiligen Strome abge= waſchen hatte, machten ſie ihm vollends zum Verbrechen.

Traurig ſah Antinous die Zukunft des Reiches vor ſich liegen, wenn Hadrian ſtarb, ohne dieſen größten Fehler ſeines Regiments wieder gut gemacht zu haben, daß er ſich einen ſolchen Erben geſetzt. Auch ſeine eigene Stellung wurde eine einſame. Man wußte, daß Aelius Verus ihn mit eiferſüchtigem Haſſe verfolge. Antinous fühlte, wie man ſich von ihm zurückzog, und ſeine Menſchenverachtung nahm zu. Welche Zukunft lag vor ihm, wenn Hadrian wirklich zum Hades hinabſtieg!

Indeſſen das Befinden des Kaiſers beſſerte ſich, und damit ſchlug der Wind der öffentlichen Meinung wieder um. In jener prieſterlichen Zuſammenkunft, die Hadrian ſo theuer zu ſtehen gekommen war, war wirklich eine Ab= kunft zwiſchen den ſtreitenden Collegien zu Stande ge= kommen, und die Prieſter verherrlichten dieſelbe, indem ſie eine Münze ſchlagen ließen, die Hadrian's Bildniß zeigte, wie er Oſiris die Hand reicht und ihm den Apis= ſtier zuführt. Als der Kranke über dieſe Gabe hohe Freude bezeugte, fanden ſich bald von allen Tempeln, die Hadrian beſucht hatte, Geſandte ein, welche ihm ähnliche Votivmünzen überreichten. Da zeigte die eine ſeine Ge= ſtalt, wie er in den Spiegel der Iſis ſchaut, während der ſperberköpfige Gott Ra vertraulich ihm die Hand auf die Schulter legt; auf einer andern war dargeſtellt, wie Horos ihn dem Typhon abkämpft, wie der hundsköpfige Anubis ihn bewacht, oder ein Siſtrum haltend ſtand Hadrian dem Ibis gegenüber, als Freund des guten Gottes den böſen mit der Nilklapper verſcheuchend, kurz die Intimität zwiſchen ihm und den monſtröſen Gott= heiten der ägyptiſchen Tempel wurde durch alle möglichen Kunſtwerke bezeugt, die ſich rings um ihn aufſtapelten, und die römiſchen Beamten hatten Mühe, dem immer

eifriger in die mythologischen Studien sich werfenden
Kranken das erforderliche Interesse für die Regierungs=
sorgen abzugewinnen, die er am liebsten an Aelius Verus
verwies. Er seufzte über den Quark, mit dem man ihn
belästige, und wünschte in der Stille den mißhandelten
Phlegon herbei, der immer wie aus Intuition jeden Wink
und jedes Stirnrunzeln in imperatorische Decrete umsetzte
und Hadrian's Meinung stets traf, ohne ihn durch vieles
Fragen wie Sueton zu belästigen.

So hatte Antinous stille Zeiten. Er saß Nächte lang
am Lager des Kranken, der des Schlafes fast entwöhnt
war, und schwelgte noch einmal in der liebenswürdigen
Beweglichkeit dieses begabten Mannes, dem alle Erinne=
rungen seines bewegten Lebens und alle Gaben seines
reichen Geistes wiederkamen, seit er allein auf seinem
Krankenbette den Reizungen der Außenwelt entnommen
war. Der Kranke blieb dabei, daß seine Tage zu Ende
sich neigten, und weich gestimmt dichtete er die bekannten
Verse:

> „Unstätes, zärtliches Seel'chen du,
> Des Leibes Genossin und Gast,
> In welche Orte wirst du nun wandern?
> In blasse, kalte, nackte!
> Vorbei ist Scherzen und Kosen nun!"

Als er einst wieder so von seinem baldigen Abscheiden
redete, faßte Antinous sich ein Herz und drang in ihn,
er möge seine Ernennung des Aelius Verus widerrufen,
oder ihm zum mindesten einen tüchtigen Mitregenten
geben. „Setze Servianus und seinen Enkel in ihre Rechte
wieder ein!" flehte der Knabe. „Nie!" erwiderte Hadrian.
„So nimm Antoninus, den Aurelier oder wen sonst immer,
aber überlaß das Reich nicht diesem Weichling!"

„Was haſt du nur gegen Verus?" fragte der Cäſar unmuthig, und Antinous erzählte von den Einrichtungen drüben im Lager des Mitregenten, was man ihm zuge=tragen; er ſchilderte des Verus weibiſches Weſen, er gab unverhohlen dem Abſcheu Ausdruck, den er vor dieſem marklofen Modegecken empfand. Laut, ſtürmiſch, leiden=ſchaftlich hatte der Bithynier geredet, aber es war, als ob ein inneres Behagen Hadrian's räthſelhaftes Ange=ſicht kräuſele. Der Kaiſer ſtimmte offenbar im Stillen der Schilderung des Antinous zu, aber ihm ſchien die Ausſicht, das Reich ſolchen Händen zu überlaſſen, eher Freude zu machen als Schmerz. „Cäſar!" rief Antinous leidenſchaftlich, „laß mich nicht glauben, was ſie ſagen, du habeſt dir abſichtlich einen ſchlechten Nachfolger ge=geben, damit man dich nach deinem Tode zurückwünſche!" Hadrian runzelte die Stirne, dann ſprach er: „Der ver=götterte Titus hat ganz ſo gelebt, wie ihr es Verus nachſagt, der vergötterte Trajan hatte Laſter viel roherer und ſchlimmerer Art: Rom hat ſie dennoch vergöttert. Mich haben ſie gehaßt, als ich hart gegen mich, ſtreng im Dienſt, unermüdlich in der Arbeit war. So müſſen wir ihnen einen neuen Titus geben. Wie die Heerde ſo der Hirt!"

„So gieb ihnen zwei Hirten, damit auch die Guten nicht leer ausgehen — adoptire den Aurelier!"

„Still — ich ſehe einen Schatten vor dem Zelte, Knabe, wer wird ſolche Dinge ſo hinausſchreien! Du biſt und bleibſt ein Kind. Was würde Rom zu einem Cäſar ſagen, den du empfohlen hätteſt?" Antinous erbleichte. Freilich, er war ja ſelbſt ein Weichling! Was half ihm all ſein beſtes Wollen, der Knabe des Kaiſers war und blieb ja ehrlos. Er verſtummte. „Mir iſt, als ob mich der Rosen= und Veilchenduft, von dem du sprachst, durch den Vorhang anwehte. „Ich bin sicher, Aelius Verus hat uns belauscht.“ Aber Antinous regte sich nicht. Trüb= sinnig starrte er vor sich hin. Mochte Verus gehorcht haben, was kümmerte es ihn. Sein Elend konnte nicht größer werden als es war.

Neunzehntes Kapitel.

„Verus ist unerträglich“, sagte Eos zu Aurora, „nichts kann ich ihm recht machen. Komm, wir wollen Boreas suchen, da er alle anderen Winde weggeschickt hat, und mit Hesperus Ball schlagen. Wenn er sich langweilt, wird er schon andere Saiten aufziehen.“ Und das liebliche Rosenwölkchen schlang ihren Lilienarm um den schlanken Leib ihrer Freundin, und sie huschten hinaus in den Tempelhof, um zwischen den würdigen Monolithen und den finsteren Sphinxen ihr Ballspiel zu treiben, und wenn ihr Spielzeug einem ernstblickenden Gotte an Wange oder Stirne prallte, lachten sie auf und holten die bunte Kugel vergnügt wieder zwischen den Löwentatzen der Steinbilder hervor.

Die rosenfingerige Eos hatte Recht: Verus war unausstehlich, und Hadrian hatte gleichfalls Recht: Verus hatte gelauscht, und weil er gelauscht hatte, war er unausstehlich. Er lag nicht in Frieden auf seiner Hängematte, sondern er saß ungeduldig und aufgeregt an einem Tischchen von Citronenholz und fingerte mit den schmalen Händen unermüdlich auf demselben hin und her. „Hadrian muß fort, ehe er seine Verfügungen ändert, und dann sollen die Krokodile des heiligen Stroms den frechen Bithynier aufzehren. Hadrian's Tod würde niemandem auffallen bei seinem gegenwärtigen Zustand, aber wie an ihn gelangen? Antinous hütet ihn wie ein Leibwächter, und sein eigener Argwohn hat Argusaugen. Seine Leute lassen sich alle für ihn todtschlagen. — — Alle? Alle? Der Aegypter wäre vielleicht zu haben. Aber wird der wollen?" Unruhig rannte der bleiche junge Cäsar in seinem Zelte hin und her. „Wir brauchen nicht mit Hadrian zu beginnen", sagte er endlich. „Die eigentliche Gefahr ist der Bithynier, der nicht ruhen wird, seinen Herrn gegen mich aufzustacheln. Hat Amenophis mir geholfen jenen zu beseitigen, so habe ich ihn sicher. Er muß dann auch zum zweiten Schritte die Hand bieten." Der junge Cäsar schlug an das Metallbecken. Ein Läufer trat ein, phantastisch gekleidet, trotz der Sommerhitze ein rauhes Fell um die Hüften geschlungen, Flügel an den Schultern befestigt. „Boreas", sagte Verus, „wehe hinüber zu Amenophis, dem Aegypter, und nimm ihn auf deine Schwingen. Bringe ihn hierher, aber verstohlen, daß es niemand sieht, hörst du, ganz geheim, oder ich lasse dich ans Kreuz schlagen!" „Ich wehe leise", sagte der Läufer, und alsbald war er verschwunden.

Als er weg war, hätte ihn Verus gern wieder zurückgerufen. „Ein falscher Schritt", murmelte er, „und ich bin verloren." Seufzend warf er sich in seine Purpurpolster. „Wozu ich nur alle diese Aufregungen mir mache? Wenn ich das Ziel erreiche, werde ich ein Leben haben wie ein Hund. Florus hat ganz Recht: Ego nolo Caesar esse, ambulare per Britannos, Scythicas pati pruinas. Ich will ein warmes Bad nehmen, bis Amenophis kommt. Dabei überlegt sich's am besten, wie ich mein Anliegen bei diesem hinterlistigen Aegypter vorbringe." So rief er den Rosenwölkchen, indem er das Liedchen trällerte:

„Bäder, Liebe und Wein sind's, die uns den Körper zerstören;
   Aber das Leben, es ist: Bäder, Liebe und Wein!"

Als er nach einer halben Stunde zurückkehrte, hörte er die harte Stimme des Aegypters schelten und drohen und dazwischen das Weinen und Schreien seines Pagen Hesperus. Rasch riß er den Teppich zurück, hinter dem er den Aegypter sah, der seinen Knaben unter heftigen Scheltworten hin und her schüttelte. „Was erlaubst du dir in fremdem Hause?" fuhr Verus barsch den Aegypter an, indem er seinen in eine weiße Tunica gekleideten Pagen ‚Abendstern' den Händen des Priesters entriß. Weinend strich der Knabe den aus silbernen Fäden ihm auf die Brust gestickten Stern glatt, zupfte sein zerzaustes Röckchen zurecht und sagte schluchzend: „Er hat mich geschlagen, weil ich dem Gott mit dem Hundskopf auf die Schultern gestiegen bin."

„Ich gebe dir deine Frage zurück, Cäsar", erwiderte der Aegypter finster. „Was erlaubst du dir in fremdem Hause, im Hause meiner Götter? Deine Buhlerinnen schlagen Ball im Tempel des Osiris, und dieser junge Laffe quält die heiligen Thiere und besudelt die Heiligthümer meines Landes. Wollt ihr in der Todesstunde Hadrian's von den Aegyptern erschlagen sein, daß ihr das Volk so reizt?"

„Ich wußte davon nichts", sagte Verus und schob mit einer Ohrfeige den heulenden Knaben durch die Thüre. „Hältst du Hadrian's Todesstunde für so nah?" forschte er dann eifrig. Amenophis schaute ihn lauernd an, dann nickte er ernst mit dem Haupte. „Gut", sagte Verus hochmüthig. „Dann wirst du die Freundschaft des künftigen Herrschers besitzen, falls du ihm dienst."

„Du hast mich rufen lassen!" sagte Amenophis gleichgültig.

„Wähle zwischen meiner Freundschaft und der des Bithyniers! Man sagt, du seist sein Verbündeter. Du kannst der meine sein, falls du Antinous beseitigst. Hadrian muß von diesem Menschen befreit werden."

Amenophis' Antlitz blieb steinern, aber er dachte: „Freilich habe ich mich geirrt, als ich meinte, mich auf diesen thatlosen, trübsinnigen Träumer stützen zu können."

„Fordere einen Preis, welchen du willst, aber er muß weg!"

„Ich bin kein Meuchelmörder", sagte Amenophis ruhig.

„Auch ich nicht", erwiderte Verus, „aber ich bin ein Staatsmann, und du bist ein Priester, und Antinous ist ein Hinderniß, also siehe zu, wie es weggeräumt wird. Ich weiß, daß jeder Handel seinen Preis hat, welchen begehrst du?"

„Es könnte der Gottheit gefallen", sagte Amenophis nach einer Weile, „den Bithynier zu sich zu rufen, falls du ihr Gegenleistungen bietest."

Als Verus zunickte, fuhr er fort: „Versprich, daß alle Tempel der Isis in Italia, Gallia und Hispania meiner Leitung und unbedingten Autorität unterworfen werden, so werde ich der großen Göttin dein Anliegen vortragen."

„Es muß aber jeder auffallende Schritt vermieden werden", flüsterte Verus.

„Ich sagte dir schon, daß ich kein Meuchelmörder bin. Die Gottheit wird ihn rufen, nicht ich."

„Welchen Werth soll ich so unbestimmten Zusagen beilegen?" erwiderte Verus unmuthig.

„Den, den du deinem eigenen Versprechen zumissest", und der Aegypter griff in eine Falte seines Untergewandes und brachte ein kleines rund geschnittenes Pergamentblatt zum Vorschein, das er Verus reichte. Der junge Römer

sah auf demselben ringsum die Hauptgottheiten der ägyp=
tischen Unterwelt gezeichnet. Einige Worte in Hieroglyphen=
schrift standen darunter, in der Mitte war ein freier Raum.
„Hierher schreibe deinen Namen, falls du gesonnen bist,
den Pakt einzugehen.“

„Ich soll dich zum Oberhaupt aller ägyptischen Tem=
pel im Westen machen, falls du deine Zusage hältst?“
fragte Verus.

Der Aegypter nickte. „Ich wollte lieber, du nähmest
Geld!“ sagte Verus argwöhnisch.

„Ich sage dir nun zum dritten Mal, ich bin kein
Meuchelmörder.“

„Und was wirst du mit diesem Pergamente machen,
falls ich meinen Namen hier hinsetze?“

„Ich weihe dich den Unterirdischen, solltest du dein
Wort brechen.“

„Wenn es sonst nichts ist“, spottete Verus, indem er
seinen Calamus in Schreiberschwärze tauchte. „Hier steht
mein voller Name: Aelius Cejonius Commodus Verus.
Nun weihe mich, falls ich dich täusche, wem du willst,
aber halte Wort!“

„Du sollst an Antinous sehen, ob wir Macht haben
nach unten zu ziehen, oder nicht.“ Er steckte das kleine
Blatt zu sich und sagte dann: „Wenn du die Hülfe unserer
Götter anrufst, so ehre sie auch. Deine Dirnen werden
die Tempelhöfe nicht mehr betreten, oder ich selbst werde
sie mit Schlägen hinaustreiben!“

„Gut, ägyptischer Schakal“, sagte Verus ärgerlich.
„Ich werde nach dieser Seite abschließen; die Rosenwölk=
chen mögen drüben am Strand ihr Ballspiel treiben und
in Hadrian's Garten Luft schöpfen, obwohl mir zweifel=
haft ist, ob den Göttern die Glatzen deiner Brüder besser

gefallen als die kleinen Füßchen meiner Eos. Gehab'
dich wohl!" Der Aegypter verneigte sich und ging.

"Nun bin ich gespannt", sagte Verus, "was sich als
Kern dieser mystischen Wolke herausschälen wird. Wenn
sie ihn tobt beten, kann doch ich nichts dafür. Aber die
grünen Augen des alten Krokodils sehen nicht aus, als
ob er scherze." —

Hadrian lag inzwischen in heiterer Stimmung auf
seinem Lager. Die Zeltwand war zurückgeschlagen, und
durch Gruppen schlanker Palmen sah der Cäsar nach dem
langsam fließenden Nil über Beete von bunten Blumen
und hochstengeligen Zierpflanzen, die seine Gartenkünstler
in den Tagen seiner Reconvalescenz hier hervorgezaubert
hatten. "Amenophis bittet um Einlaß", meldete Anti=
nous. "Trotz seines Horoskops", sagte Hadrian, "halte ich
meine Besserung nur für vorübergehend; doch laß sehen,
was der Priester bringt." Antinous ließ den Aegypter
ein und entfernte sich gleichzeitig. Er hatte nicht gern
mit den astrologischen Geheimnissen der Beiden zu schaffen.
Er betete zu den Sternen, aber ihre Conjuncturen zu
erspähen, schien ihm frecher Vorwitz. "Deine Sterne
haben Recht, Aegypter", sagte Hadrian. "Ich fühle mich
täglich frischer. Aber giebt es in deiner Wissenschaft kein
Mittel, meine Genesung zu beschleunigen?"

"Meine Götter haben Hülfe für jedes Erdenweh,
aber du weißt, daß ich als Einzelner kein Recht habe,
die Geheimnisse des Tempels auszuplaudern."

"Nun, und wie können wir Erdenwürmer hinter eure
Geheimnisse kommen?" sagte Hadrian spöttisch.

"Du weilst an der heiligen Stätte des Osiris von
Besa, der seit den Tagen der Urzeit Orakel spendet. Frage
den Gott um Rath!"

„Ich habe schon ein gutes Zeichen von deinem Gotte auf der Apiswiese erhalten“, sagte Hadrian spöttisch, „dann fiel ich dahin. Ich fürchte, ein zweiter Gnadenbeweis könnte mich tödten. Die Götter der schwarzen Erde sind mir zu hitzig in ihren Liebkosungen.“

Stolz richtete der Aegypter sich auf. „Es scheint, du spottest dieser Götter, Cäsar. Siehe hinüber nach diesen Bildern, die dort an den Säulen hängen, zähle die wächsernen Glieder, die die Heilung durch das hehre Götterpaar verkünden, die Bilder der Jagden, der Schlachten, der Schiffe, die die erfüllte Weissagung bekräftigen, die Tausende von Weihgeschenken, deren jedes ein erhörtes Gebet bedeutet. Wer bist du, Mensch, daß du mit Osiris und Isis Spott treiben willst? Hat nicht selbst euer Tibull gerufen: ‚Hilf, Isis! daß du es könnest, bezeugen alle die Tafeln, die dir hängen im Tempel bemalt‘?“

Hadrian antwortete mit einem verächtlichen Achselzucken. „Wie du willst“, sagte Amenophis, „doch würde das Volk sich freuen, einen Beweis zu sehen, daß der Herrscher an die Gottheit wirklich glaubt. Wenn Alexander das Orakel des Jupiter Ammon befragte, brauchte auch Hadrian sich dessen nicht zu schämen.“

„Nun“, sagte Hadrian sich aufrichtend, „so viel Worte hast du schon lange nicht an mich gewendet, du verschlossene Pyramide von Heliopolis. Deinen Brüdern liegt wohl daran, daß der Cäsar mit gutem Beispiel vorangehe? Allein ganz so leicht, wie du meinst, will ich euch die Sache nicht machen. Wie ich höre, geben sie in dem Tempel der katzenköpfigen Göttin Bast, der Tochter des Ra, zu Bubastis für die vielen Matrosen Alexandriens Orakel in griechischer Sprache; ist dir ihr Orakel genehm?“

„Die Tempel des Delta gehören zum Verband von Heliopolis, wie sollte mir ihr Spruch nicht genehm sein“, sagte Amenophis.

„Schön! Mein Secretär Suetonius kann herunterfahren nach Bubastis, wenn er den neuen Senatsbericht aus Alexandrien holt. Ich werde ihm eine versiegelte Frage an die Göttin mitgeben. Sechs Hofdiener mögen ihn mit Gaben an die Tochter des Ra begleiten, damit das Volk sehe, daß wir seine Göttin ehren.“

Amenophis verneigte sich, und ein Schlag auf die Cymbel rief Antinous ins Zelt. „Schreibe, mein Knabe!“ sagte Hadrian, und er flüsterte Antinous eine in ein Distichon gekleidete Frage zu. „Aber versiegle die Rolle auf beiden Seiten! Die Göttin hat ja Katzenaugen, sie wird auch im Dunkeln zu lesen wissen.“

Amenophis wartete mit seinem gewohnten steinernen Antlitz.

„So“, sagte endlich Hadrian, „hier, Aegypter, gieb das Suetonius und sage ihm, wie und wo er die Göttin zu fragen hat. Hütet euch aber mit mir zu scherzen! Ihr wißt, daß ich selbst in diesem Fache Bescheid weiß.“

Amenophis nahm die Rolle und sagte: „Du weißt, Cäsar, daß ich es nicht bin, der mit dem Heiligen spielt.“

Antinous schaute dem undurchbringlichen Priester mit vertrauendem Blicke nach. „Hatte er in der verzweifeltsten Lage in Rom zu helfen gewußt, so werden auch jetzt seine Mittel ihm nicht versagen.“ Leise setzte er sich zu Hadrian und nahm die Hand des Kranken in die seine. Halblaut recitirte er dann die Worte, die Hadrian ihn hatte schreiben lassen:

„Göttin, nenne ein Mittel, die sinkende Kraft zu verjüngen,
  Oder lenke den Pfad rascher zum Orcus hinab!“

Und er drückte die magere Rechte des Kaisers, als wollte er sagen, das Mittel wird gefunden werden.

Hadrian entschlummerte, als die Luft wärmer aus dem Garten hereinströmte, und Antinous saß neben ihm in dem dämmernden Zustand zwischen Schlafen und Wachen, den das Träumen über eine hundertmal durchdachte Frage nach sich zieht. Draußen summten die Bienen und schwebte die heiße Luft über den Gartenbeeten. Der Frieden einer Krankenstube, aus der die Gefahr verscheucht ist, kam wohlthuend über den Knaben, der fromm und treu seine Pflicht geübt, und nach der Anspannung der letzten Tage dämpfte eine wohlthuende Ermüdung die Pein seines kranken Gemüths.

Nach einer Weile, als der Kranke zu schlummern fortfuhr, suchte Antinous aus einer Gürtelfalte das kleine Serapisbild hervor, das ihm Amenophis gegeben, und es starr vor sich haltend, fragte er inbrünstig im Gebete an, ob Hadrian werde gerettet werden? Nach einer Weile war ihm, als ob das Bild einen blauen Schimmer zeige, und getröstet erhob er sich, um vor das Zelt zu treten. Aber sein Fuß überschritt nicht die Schwelle. Das lieblichste Bild zeigte sich seinen Augen, als er in den Garten hinaussah. Hinter den Büschen am Ende der Anlage entdeckte sein scharfes Auge einen blonden Mädchenkopf, der emsig sich bückend bald hinter dem Grün verschwand, bald froh geröthet wieder auftauchte. Lange Wimpern beschatteten helle, fröhliche Augen, mit dem Wuchs der Hebe verband das holde Kind das stolze Haupt Dianens, und wenn die Jungfrau die Blumen, die sie gebrochen hatte, in ihrem Körbchen ordnete, schien sie wieder Flora in Person darzustellen. Jetzt trat sie ins Sonnenlicht, und Antinous' Herz klopfte stürmisch, als die wundersame Erscheinung ihm geradewegs entgegenkam. Der Wind spielte mit ihrem dünnen Frauengewand, in voller Schöne traten alle lieblichen Formen der Jungfrau ihm entgegen. „So muß Aphrodite ausgesehen haben, als sie den phrygischen Schäfer berückte", dachte der immer glühender athmende Knabe. Da bog sie in den Seitenweg ein. Eine Weile sah er noch die lichte Gestalt durch die Büsche schimmern, dann war sie verschwunden. Jetzt erst faßte der Knabe sich den Muth, der jungen Göttin zu folgen. Aber leichte Spuren eines kleinen Frauenfußes im Nilsande waren alles, was die überirdische Erscheinung zurückgelassen hatte. Ein Klingen des Metallbeckens in Hadrian's Zelt scheuchte ihn nach seinem Platze am Krankenbett zurück. Mit Röthe übergossen, als ob er über einer bösen That ertappt worden wäre, ließ er sich neben Hadrian nieder, der ihm vom Tempel zu Bubastis erzählte und die alten Traditionen pries, nach denen das dortige Heiligthum geleitet werde. Träumerisch that Antinous seine Pflichten. Ihn umschwebte das süße Bild des Veilchen pflückenden Mädchens. Gewiß war sie die Tochter eines der würdigen Männer, die Hadrian zur Leitung der Geschäfte in der kleinen Tempelstadt versammelt hatte. Der Pfeil des Eros hatte den Achtzehnjährigen zum ersten Mal gestreift. So hatte er sich Phlegon's Töchter gedacht, von denen die Brüder ihm schwärmerisch erzählt hatten. Er aber seufzte. Wie sollte der Knabe Hadrian's der Tochter eines römischen Senators auch nur von ferne nahkommen? Ein bitteres Gefühl gegen sein Loos zog durch sein junges Herz. Auch hier hatte Hadrian sein Leben vergiftet. Schwermüthig ging er umher und suchte früh sein Lager. Aber im Schlafe selbst trieb Eros seine Spiele weiter. Der Träumer wähnte sich in der Höhle bei den Sellen, ängstlich tappend griff er im Dunkel umher. Da fühlte er sich von den heißen Armen der kleinen Lydia umschlungen. Aber es war Lydia nicht. Er hielt die warme Gestalt der üppigen Blumensammlerin in seinen Armen, ein Wonneschauer durchdrang ihn, und er erwachte.

Als er am andern Morgen in den Garten hinaus= trat, bebte er zusammen, denn hart vor ihm, aber ihm den Rücken zukehrend, stand das blonde Mädchen von gestern. Er zog sich rasch in das Zelt des Kaisers zurück, und als er, seiner Furchtsamkeit sich schämend, nach einigen Minuten sich wieder hervorwagte, war die Jungfrau ver= schwunden, nur drunten am Ufersand hörte er scherzende Mädchenstimmen. Sie waren weder Aegypterinnen noch Griechinnen, so viel vernahm er aus der Ferne, obwohl er die Worte der Spielenden nicht zu verstehen vermochte. Der Tag verfloß wie der vorige, nur noch unruhiger, fieberhafter. Am andern Morgen wagte der Knabe sich nicht hinaus, ehe er durch einen Spalt des Zeltvorhangs einen Blick vorausgesendet. Erst war alles still, dann hörte er Schritte zur Linken, wohin er nicht blicken konnte, dann tauchte die holde Gestalt einige Schritte vor ihm auf. Sie pflückte Rosen, und ein liebliches Lächeln ging über ihr holdes, morgenfrisches Gesicht. Was sie wohl denken mochte? Da bog sie in einen Seitenweg und kam nicht mehr zum Vorschein. Antinous aber lächelte, als er dem Kaiser seinen Frühtrunk mischte; er lächelte, als er die eingegangenen Schreiben aufbrach und dem Kaiser zureichte; er lächelte, als er die Polster zur Mahlzeit zu= recht schob; er lächelte, als er sich des Abends zur Ruhe legte; er lächelte selbst noch im Traum. Am vierten Morgen endlich faßte er den Entschluß, die holde Flora, die so süß zu lächeln verstand, anzureden. Er hatte sich

in den Muth hineingelächelt, denn die Heiterkeit macht
tapfer, wie die Melancholie feige macht. Lange hatte er
vergeblich hinter seinem Vorhang gelauscht, dann hörte
er Stimmen. Es waren heute zwei Blumensammlerinnen
gekommen. Sie scherzten und lachten miteinander, das
gab Antinous doppelte Kraft. Er trat vor die Thüre
des Zeltes, die hinter ihm zufiel. Ihm war, als sei er
aus der dumpfen Badehütte an den kühlen Strand ge=
treten, um den Sprung in das verrätherische Element zu
wagen. Die Mädchen wandten ihm beide lächelnd das
Angesicht zu und gingen Blumen pflückend weiter; von
Zeit zu Zeit blieben sie stehen und ordneten die Blumen
in ihren Körbchen. Endlich gingen sie nach dem Flusse
hinab, und Antinous sah einen großen Ball hin= und her=
fliegen. Er nahte dem Rande des Gartens und sah be=
rauscht die zwei reizenden Gestalten sich den Ball zuwerfen:
bald rückwärtsgreifend, wenn der Ball sie überfliegen wollte,
bald sich der fliegenden Kugel entgegenstreckend, boten die
beiden Mädchenbilder ein Schauspiel, das das Auge eines
Phidias hätte entzücken mögen. Da flog der Ball aus
der Bahn und fiel hart vor Antinous nieder. „Den hat
Eros gesendet“, rief der Jüngling, und mit einem Sprunge
über die Hecke setzend reichte er knieend der Hebe von
gestern ihr Spielzeug dar. Sie nahm es, und indem sie
sich etwas verwirrt zu dem Knaben herabbeugte, entglitt
es wiederum ihren kleinen Händen. Zum zweiten Mal
bückten sich beide nach der glatten Kugel, ihre Arme, ihre
Wangen berührten sich, der Ball rollte weiter, beide eilten
hinter ihm her, denn das Spielzeug drohte in den Fluß
hinabzurollen. Da ergriff Antinous mit der einen Hand
den Ball, mit der andern umspannte er die schmale Hüfte
seiner Hebe. Sie schien nicht viel dagegen zu haben.

„Welchen Lohn erhalte ich, schöne Gottheit?" fragte der Jüngling, erstaunt über seinen eigenen Muth. „Nun, eine Rose, schöner Held!" Die Schwester trat lächelnd herzu. „Hier, wähle!"

„Ihr seid Römerinnen?" sagte Antinous.

„Sicher, und du ein Grieche!"

„Ich bin's."

„Und wie heißt du?"

„Das kann ich nur ganz geheim deinen kleinen Lilien= ohren anvertrauen."

„Nun, da bin ich neugierig", sagte die Blumensamm= lerin, indem sie ihm ihr Köpfchen mit Grazie zuneigte. Antinous trat näher und gab ihr einen heißen Kuß auf den blendenden Hals. „Nun sehet diesen treulosen Grie= chen! Es ist keine Treue und Glauben bei diesen Söhnen des Odysseus, aber nun sage deinen Namen nur laut! Zum zweiten Mal gehe ich nicht in die Falle."

„Mein Name, schöne Gottheit, heißt Antinous."

Die Hebe fuhr erschrocken zurück, ihre Schwester aber lachte laut auf. „Also das ist der junge Römer, den du erobert hast, der schöne Papagei des Hadrian, ha ha ha! ich wünsche dir Glück zu deinen Siegen, das muß ich doch gleich Verus erzählen, arme Eos!" „Du bist still, Aurora", rief die Andere, „oder ich kratze dir die Augen aus. Lebe wohl, schöner Adonis! Da du selbst der Geliebte des Cäsar bist, kann ich keinen Gebrauch von deinen Küssen machen. Auf eine Liebschaft zu Dreien bin ich nicht ein= gerichtet."

Und nochmals kehrte sie sich zurück und rief: „Warte nur, schöner Flamingo, bis dein Kaiser todt ist. Verus wird dir die glänzenden Federn ausrupfen, daß du Nie= manden mehr täuschest!" „Lebe wohl, Ziervogel, lebe wohl, Goldfasan!" rief Aurora wieder mit spöttischem Knix, und beide verschwanden um die Ecke.

Zerschmettert blieb Antinous stehen. Ein Gefühl der Entrüstung über so gemeine Reden aus so lieblichem Munde, Aerger über sich, die Dirnen des Verus um ihrer Schönheit willen für höhere Wesen gehalten zu haben, und grimmiger, bohrender Schmerz, selbst den viel verspotteten Rosenwölkchen ein Gegenstand des Abscheus und der Verachtung zu sein, gingen über ihn hin, wie die Schläge des Rades über den Geräderten, in stumpfen Stößen das letzte Selbstgefühl zerbrechend, das ihm geblieben war. Es war klar, er war nichts ohne Hadrian. Sobald der Kaiser starb, war er vogelfrei. Der Boden war ihm wie weggezogen unter seinen Füßen. So klar hatte er noch nie in den Abgrund gesehen, über dem er schwebte. Welche ehrbare Jungfrau würde je mit ihm ein Hauswesen gründen wollen, wenn selbst die Rosenwölkchen des Verus sich für zu gut für ihn hielten. Und wieder fiel ihm der bittere Zuruf des Natalis im Stabium zu Tibur ein, und er setzte sich nieder am Ufer des heiligen Stroms und starrte in die trüben Wellen.

———

Zwanzigstes Kapitel.

Hadrian hatte wohl gewußt, was er that, als er ge= rade Suetonius Tranquillus wählte, um den Spruch des Orakels von Bubastis einzuholen. Die Thatsache, daß der Cäsar der volksbeliebten Göttin diese Huldigung dar= gebracht, sollte in Aegypten bekannt werden, dafür aber sorgte Suetonius ganz aus eigenem Antrieb. Geleitet von sechs Dienern, die die Geschenke Hadrian's möglichst prunkend vor sich hertrugen, bestieg Suetonius sein be= wimpeltes Schiff, das der Katzenkopf der Göttin zierte. Wo immer möglich, stieg er aus und verkündete seinen hohen Auftrag. „Freund, kannst du mir nicht einen Krug klaren Wassers verschaffen? Ich bringe die Gaben des Cäsar nach Bubastis, wo ich den Rath der Göttin einholen soll.“ „Was hältst du von dem Wetter, alter Mann? Ich bringe die Geschenke des Augustus mit einem wichtigen Auftrag an das Heiligthum der Göttin Bast, da wäre es gut, wenn wir diesen Wind behielten.“ So hatte Sueton im Vollgefühl seiner Wichtigkeit sich von Station zu Station vernehmen lassen, und er war viel zu sehr beschäftigt mit sich und den Reden, durch die er den Priestern zu Bubastis imponiren wollte, als daß er Zeit gehabt hätte darüber nachzudenken, daß Amenophis erst mehrere Stunden nach erhaltenem Auftrag ihm die Rolle des Cäsar abgeliefert hatte, und daß eine kleine

Barke, in der ein junger Ruderer und ein Priester saßen, und die er am ersten Tage mit seiner Trireme überholt hatte, ihn immer wieder einholte und bei seinem häufigen Aussteigen sogar überholte, so daß er das Schiffchen bereits am Ufer liegen sah, als er endlich am Kanale von Bubastis ankam. Seine Begleiter fanden das auffallend und sprachen Sueton davon, doch schenkte dieser der Thatsache nur geringe Beachtung. Der Tempel der Göttin, der schon zu Herodots Zeiten der anmuthigste in ganz Aegypten war, lag in der Mitte der Stadt. Ueber den Markt hinweg führte ein vierzig Fuß breiter gepflasterter Weg, den hohe Bäume auf beiden Seiten beschatteten, zu dem Heiligthum. Der Tempelbezirk selbst, ein Stadium im Gevierte, war mit einem hundert Fuß breiten Graben umgeben, der aus dem Nilkanal abgeleitet und gleichfalls mit Bäumen bepflanzt war. Die Vorhalle des Tempels war zehn Klafter hoch und mit kolossalen Statuen geziert. Von den Wänden der Umfassungsmauer glänzten bunte mythologische Darstellungen. Das Tempelhaus, in dem das Bild der katzenköpfigen Göttin stand, war von hohen Palmen anmuthig überschattet. Den ganzen Tag trafen Pilgerzüge vom Nil herauf hier ein, geführt von Flötenbläsern, die im Wetteifer mit der heiligen Klapper der Weiber ein betäubendes Geräusch machten. Während die Einen nach dem Heiligthum hereindrängten, um ihre Opfer darzubringen, lagerten die Anderen, die ihre Opfer gebracht hatten, draußen, fütterten die heiligen Katzen, tranken stromweis den Opferwein und führten wilde, orgiastische Tänze auf. Dem Strom dieser Wallfahrer schloß auch Sueton sich an, indem er unermüdlich rief: „Platz für die Geschenke des Cäsar! Platz für die Gaben des Augustus! Platz für die

Aufträge des Sebastos!" So war er in den Tempel=
vorhof eingedrungen, wo der Oberpriester der Göttin
Bast die Gaben würdig entgegennahm und den Courier
huldvoll versicherte, die Tochter des Ra werde des hohen
Kranken eingedenk sein. Die Rolle des Sueton legte er
vor den Augen desselben und angesichts seiner Begleiter
auf dem Schooß der katzenköpfigen Göttin nieder, ohne
sie auch nur genauer zu betrachten. Dann zog er sich
ins Innere des Tempels zurück, während die sieben Boten
Hadrian's ehrfürchtig das Bild der Göttin umstanden.
Nach einer Weile hörten die Römer leise klagende Ge=
sänge aus einem unterirdischen Gemache emporsteigen.
Kyphirauch durchzog den Tempel, die Gesänge wurden
leiser und verstummten, dann stand der Oberpriester wieder
vor Sueton und reichte ihm stumm eine Rolle. „Darf
ich auch die Anfrage des Cäsar wieder mitnehmen", fragte
Sueton, „damit er sieht, daß die Göttin die Siegel nicht
zu lösen brauchte, um seinen Wunsch zu vernehmen?" Der
Oberpriester reichte sie ihm schweigend. Sueton verbeugte
sich tief, der Priester nahm einen Wedel und besprengte die
Fremden mit Wasser aus der untern Schale des Altars,
und Sueton zog sich zurück, nur halb befriedigt, da er
wenig Gelegenheit gefunden hatte, seine Beredsamkeit
glänzen zu lassen. Die purpurrothe Rolle, die er in der
Hand hielt, quälte seine Neugier nicht wenig. Sie war
wie die überbrachte des Kaisers oben und unten gesiegelt.
Das Siegel zeigte eine Katze, die den rechten Vorderfuß
auf den Kopf einer Schlange setzte, während sie mit dem
linken ein breites Messer hielt, mit welchem sie der Schlange
den Kopf abschnitt. „Es ist der Sieg der guten Gott=
heit über die Hydra der Seuche", erläuterte Sueton den
Seinen. Die Sehnsucht aber zu erfahren, was das Orakel

enthalte, beschleunigte ihm jetzt die Reise. Nachdem ein Eilbote das Felleisen aus Alexandrien abgeholt hatte, mußten die Sklaven alle Ruder einsetzen, und mit aller Kraft arbeitete die Trireme stromaufwärts, bis sie wieder zu Besa eintraf. Die heilige Handlung schien bereits ihre Kraft an dem Cäsar erwiesen zu haben, denn die Ankömmlinge fanden Hadrian, wie er auf den trübe vor sich schauenden Antinous gestützt in dem Blumengarten auf und abging, den Verhandlungen zuhörend, die an seiner Stelle Aelius Verus mit dem Präfecten und Procurator führte, während Amenophis, der täglich bei Hadrian an Boden gewann, stumm den Gesprächen folgte. Sueton's Eintritt, mit der ehrfürchtig erhobenen Rolle, unterbrach diese Geschäfte. „Siehe, die Botschaft der Göttin!" rief Hadrian. „Ich hoffe, du hast keiner heiligen Katze auf den Schwanz getreten, trefflicher Tranquillus, damit wir es nicht entgelten müssen?" Wortreich und umständlich erstattete Sueton den Bericht, während Hadrian mit feinem Lächeln die Siegel sowohl seiner Rolle, wie die der Göttin musterte. Nachdrücklich versicherte Sueton, er habe genau gesehen, daß der Priester die Rolle unmittelbar auf den Schooß der Göttin legte, und da hätte sie gelegen, bis er die Antwort auf die Anfrage in Händen gehabt. „Ich stand nicht weiter als hier von Dir, erhabener Augustus, ich bürge mit meinem Haupte, daß niemand sie geöffnet hat. Auch diese Männer konnten genau jede Bewegung des Priesters beobachten. Vierzehn Augen konnte er nicht betrügen." „Nun," erwiderte Hadrian, „um zu wissen, was ich sie heute fragen würde, brauchten die Priester sich auch kaum diese Mühe zu nehmen. Oeffne unsere Rolle und lies die Frage, Antinous!" Antinous nahm das Pergament, das er vor sechs Tagen beschrieben, schnitt

das Siegel weg, rollte auf, dann entfuhr ein Schrei des
Entsetzens seinen Lippen. „Die Schrift ist weg!" stam=
melte er.   „Was", zürnte Hadrian, „sollten sie mir etwa
ein leeres Blatt zurückschicken, wie weiland Alexander!"
Rasch riß er die Siegel der Göttin herunter: „Nein,
hier ist ein Distichon." Und er las die mit großen, un=
förmlichen Zügen geschriebenen metrischen Worte:

„Welche ein Freund dir opfert, die Jahre schenkt dir die
                                        Gottheit,
   Doch nur ein williger Tod gilt vor Osiris und Neith."

„Ha, ha, ha", lachte Hadrian, „ein billiges Geschenk!
Die Jahre, die ein Freund mir freiwillig opfert, die
schenkt mir die gütige Bast. Nun, ihr guten Freunde,
wer contribuirt? He Sueton, hast Du keine Lust, für
mich in den Nil zu springen?"

„Herr", erwiderte Sueton, „wie dürfte ich mir an=
maßen, des Cäsars Freund zu heißen?"

„Du aber, mein Verus?"

„An meinen Jahren würdest du wenig gewinnen",
hüstelte Aelius Verus, indem er eine schmerzhafte Be=
wegung der Hand nach dem Herzen machte. Antinous
senkte tiefer das Haupt. „Mit den meinen", dachte er,
„würde Hadrian diesen Menschen überleben, und der Welt
bliebe die Herrschaft der Rosenwölkchen erspart."

„Nun, ihr Alle", sprach Hadrian höhnisch zu den An=
wesenden, „wie oft habt ihr gerufen: Jupiter mehre deine
Jahre von den meinen! Ihr hört es, die Gottheit will
euch beim Wort nehmen."

Die Angeredeten lächelten gezwungen. Nur Antinous
sah starr vor sich hin. Er wollte Hadrian warnen, das
Spiel nicht weiter zu treiben, aber als er die Augen auf=

schlug, sah er die glühenden Blicke des Aegypters fest auf sich gerichtet. „Wenn ich mich opfere, was geht es dich an?" dachte der Jüngling und gab dem Aegypter unwillig seinen Blick zurück.

„Hier, Antinous", sagte Hadrian leichthin, „bewahren wir dieses Katzenorakel. Vielleicht gefällt es der Göttin später, uns den Sinn ihrer Worte zu verrathen. Ich selbst aber fühle, daß ich ein Katzenleben habe, und daß die Scheere der Parze an meinem Lebensfaden schartig wird. Doch führ' mich hinein, mein Knabe, die Abend= luft greift an. Also, Aelius Verus, wir wollen uns ohne Anleihe bei deinen Jahren behelfen. Um Verlängerung des Lebens habe ich ohnehin Bast nicht gebeten, sondern um Kraft oder baldigen Tod."

Damit war der nicht wenig enttäuschte Sueton ent= lassen, und mit den römischen Beamten und dem Aegypter setzte der Kaiser drinnen die Verhandlungen fort, während Antinous an der Thüre des Zeltes sitzen blieb und ziellos ins Leere starrte. „Gehe nur zur Ruhe, mein Knabe", tönte nach einer Weile Hadrian's freundliche Stimme von innen. „Du hast viel nachzuschlafen, und wir werden noch lange mit unseren Geschäften nicht zu Ende sein."

„Lebe wohl, Cäsar!" erwiderte die dumpfe Stimme des Jünglings.

„Schlafe lang und fest, mein Liebling!" tönte der Abschiedsruf. „Lang und fest!" murmelte Antinous, in= dem er den Weg nach seinem Zelte einschlug.

Als er den Vorhang des Zeltes zurückschlug, schim= merte ihm in der Dämmerung ein weißer Gegenstand von seinem Lager entgegen. Er griff danach. Da hielt er jene Kopfbinde des Osiris in der Hand, die ihm Hadrian einst in Tibur auf das Haupt gedrückt. Deutlich hörte

er im Ohr die Stimme des Aegypters, der ihm damals
zurief: „Hüte dich an den heiligen Strom zu kommen,
der Gott wird sein Opfer einfordern.“ Sollte Amenophis
seine Hand im Spiel haben? Aber er war ja seit Er=
öffnung des Orakels nicht von Hadrian's Seite gewichen.
Ein abergläubischer Schauder lief durch Antinous' Glieder.
„Numen und Omen!“ murmelte er. „Zürnest du noch,
großer Gott, der du im Amenti sitzest, verlangest auch
du Sühne, damit der Fluch von uns weiche, den der
Cäsar und ich auf uns geladen?“ Und Antinous trat
zitternd hinaus in die Dämmerung, der bereits die ersten
Strahlen des Mondes mit ihrem blassen Lichte zu Hülfe
kamen. Aus einem Versteck holte er sein grünes Se=
rapisbild, heiß preßte er es mit der fiebernden Hand und
betete die heilige Formel. Noch nicht zum dritten Mal
hatte er sie gesprochen, als die Erregung seine Stimme
lähmte. Das kleine Bild war blutroth geworden, es ent=
sank seinen Händen und fiel in den kühlen feuchten Sand.
Als er nach einer Weile danach griff, hatte es die alte
Farbe, aber Antinous wußte sicher, daß er sich nicht ge=
täuscht habe. „Alle Zeichen weisen abwärts, und was
hätte ich hier oben noch zu suchen, wenn Hadrian mein
Tod mehr nützt als mein Leben?“ Eine Weile saß er
stumm und sinnend da. Das Mondlicht fiel auf das schmerz=
lich gebeugte Haupt und umspielte schmeichelnd die edlen
Formen dieses jungen Körpers. Eine leise Stimme sagte:
„das Orakel ist falsch, sie lügen alle, Amenophis hat es
gemacht wie die anderen.“ Alsbald aber erwiderte eine
andere Stimme in ihm: „Und wenn du diese Gelegen=
heit versäumest zu gehen, wann willst du enden? Und
wenn der Götterspruch dennoch wahr wäre? Wenn Ha=
drian stirbt, während du ihn retten könntest? Gehe, gehe,

ehe es zu spät ist. Sei dankbar, daß du enden darfst!" Wieder dachte er an die Mädchen im Garten, an das böse Wort des Vitalis, und er erhob sich. Leise, als ob er gehindert zu werden fürchtete, holte er ein Täfelchen aus dem Zelte und schrieb: „Antinous sagt dem Cäsar Lebewohl! Ihm zu dienen war der Inhalt seines Lebens und ist seines Todes Zweck. Mögen die Jahre, die er dem Leben des Cäsar zusetzt, dem Reiche Heil bringen. Antinous wird bei den Unteren bezeugen, daß Hadrian gut ist. Wiederum, lebe wohl!" Eine Thräne fiel auf die Wachstafel, welche der Knabe nunmehr auf seine un= berührte Lagerstätte niederlegte. Am Boden, als er wieder heraustrat, lag die Binde des Osiris. Er bekränzte sich mit ihr als Todesopfer und stieg leise über den Steindamm, über den kühlen Sand und scharfe Scherben nach dem Schilfsaum des Stromes hinab. Ein Flug Wasserhühner fuhr erschreckt auf von der ungewohnten Störung. Die Vögel flogen zur Linken, aber er beachtete es nicht. Er hatte erst ein breites seichtes Ueberschwemmungsgebiet zu durchschreiten, ehe er den Damm erreichte, der hinaus= führte in den tiefen Strom. Weite Lichtringe umzitterten ihn wie eine Glorie in dem mondbeglänzten Wasser, das er durchschritt. Mit Mühe erklomm er den hohen Damm. Die spitzen Steine ritzten seine Füße, Schilf und Dorn rissen Wunden in seine Beine, er fühlte es nicht. Nun stand er oben. Der Mond warf einen breiten Lichtstreif über die dunkle Wasserfläche, und der Schatten des Jüng= lings zeichnete sich riesenhaft auf dem stehenden Teiche hinter ihm ab. Mild wehte die Abendluft ihn an, der Gang durch das kühle Element hatte ihn ruhig und klar gemacht. So stand er am Ende des Dammes, wo das leise Gurgeln der sanften Strömung zu ihm heraufdrang.

Noch einmal überlegte er ruhig und fest seine Entschlüsse. Auch der süße Lebenstrieb regte sich wieder und lockte ihn schmeichelnd zurück nach dem Lande, das jenseits der Niederung lag. Aber er widerstand der Lockung. „Die Götter wollen es. Es ist Hadrian's Heil, dein eigenes Heil", sagte er, und indem er zu der vollen Scheibe des Mondes das schöne ernste Antlitz erhob, sprach er, die Hände fromm ausgestreckt: „Ich danke dir, du milde Göttin, für deinen Abschiedsgruß. Auch euch anderen Göttern danke ich, von denen ich nicht mehr weiß, wie ich euch nennen soll. Wer ihr auch seid, ich danke für alles, was ihr dem armen bithynischen Knaben erwiesen! Ich danke euch, ihr Berge meines Heimathlandes, euch dunkeln Wäldern und klaren Quellen, die ihr meine Jugend so reich gemacht, dir Sonnenschein, der so hell in meine Knabenjahre geleuchtet! Dank euch Meistern, die ihr mit Wohlklang meine Seele gewiegt, und euch anderen, deren Marmorbilder mein trunkenes Auge entzückte, die mich empfinden ließen, was Schönheit sei! Dank, unendlicher Aether, dessen Licht mir geleuchtet! Mutter Erde, Dank! und dir, allwaltender Zeus!" Das Haupt gebeugt, trat er zum Wasser vor. Aber er fühlte, der Lebenstrieb werde stärker sein als der festeste Entschluß, sobald er in die Fluth gesunken. So nahm er die Binde von seinem Haupte und machte mit geschickter Hand zwei Schleifen aus ihr, in die er seine Hände steckte, so daß jedes Zerren sie nur fester zog. So stand er mit gefesselter Hand noch eine Weile. Dann hörten Fischer, die in der Nähe jenseits der Niederung saßen, einen dumpfen Fall. Noch einmal tauchte der mit den Fluthen Ringende empor. Sein Schluchzen klang wie unterdrückter Hülferuf. Dann wurde es still. Große Wellenkreise, die im Mondlicht zitterten, waren die letzten Lebensspuren des schönen Knaben, sie zogen sich weiter und weiter, dann war alles wie zuvor und der gewaltige Strom ging seine alten Bahnen. — —

Drei Mal hatte des Morgens Hadrian an sein Becken geschlagen, aber Antinous blieb aus. Endlich schickte der Cäsar einen Sklaven, um nach ihm zu sehen. Der kehrte zitternd zurück: „Herr, sein Lager war unberührt, und dieses Täfelchen lag obenan." Mit einem lauten Schrei, wie ein verwundeter Tiger, fuhr Hadrian von seinem Bette auf. Schrecken und Schmerz ließen ihn jede Schwäche abschütteln. „Geht und fragt, ob jemand den Knaben gesehen!" herrschte er die Sklaven an. „Quartus soll das Ufer, Titius den Damm absuchen. Sueton frage von Hütte zu Hütte, von Nachen zu Nachen, wer etwas von ihm weiß? Wer mir den Knaben lebendig zurückbringt, den will ich zum reichen Manne machen. Große Götter, so könnt ihr mich nicht dafür strafen wollen, daß ich frevelnd mit euch gespielt!" Zitternd mußte der alte Mann sich niedersetzen, ein Bild des Jammers. Jetzt erst sah er zerfallen und elend aus. Verus, der nun auch mit weich= müthigen Reden und leeren Vertröstungen erschien, dachte bei sich, „da hätten wir ja durch Antinous Hadrian gleich mit gefällt. Amenophis ist wahrhaftig ein großer Mann, er soll der oberste aller Isispriester im ganzen Westen werden. Das Mittel war so einfach, wenn man diese Leute kannte, und doch so wirksam. Wer will uns dafür verantwortlich machen, wenn der junge Thor freiwillig in den Tod geht und der alte aus Schmerz darüber stirbt?"

„Ich will allein sein", sagte Hadrian, und Verus kehrte gern nach seinem Lager zurück, wo die Rosenwölk= chen und die vier Winde und der kleine Hesperus ihn so heiter fanden wie schon lange nicht. Eos allein war beklommen. Es war ihr, als habe sie Theil an dem Unglück des schönen Knaben, den sie nur verspottet hatte, um selbst dem Spotte zu entgehen.

Der Abend begann bereits zu dämmern, und keine Spur war von Antinous entdeckt. Niemand hatte von ihm gehört, noch ihn gesehen. „Möglich, daß er seinen Vorsatz bereute", meinte der Präfect, „es stirbt sich nicht so leicht mit achtzehn Jahren. Nun wird er sich aus Scham irgendwo versteckt halten. Schließlich werden wir ihn dennoch finden." Hadrian schüttelte das Haupt: „Du kennst ihn nicht!". Da brachte Sueton drei Schiffer nach dem kaiserlichen Zelte. „Herr, diese Leute allein scheinen mir deines Verhöres werth. Außer ihnen vermochte ich nirgend eine Spur zu entdecken. Einige Schiffer mein=ten, auf einem Nachen den Flüchtigen zu sehen, aber die nachsetzenden Boten brachten einen einfachen Fischerjungen ein. Auch auf dem Saumweg nach den Bergen wollte ein Sklave den Antinous gesehen haben, aber als ich ihn näher befragte, verwirrte er sich in seinen Aussagen. Da ließ ich ihm die Peitsche geben, und er gestand, daß er gelogen . . ." „Und was wißt Ihr?" unterbrach Ha=brian den Redseligen.

„Herr", erwiderte der Aelteste der drei Fischer, „der Mond mochte am gestrigen Abend ungefähr zwei Stunden am Himmel sein, da standen wir am Ufer, dem soge=nannten Ibisdamm gegenüber. Wir stritten, ob das Wasser noch weiter steigen werde oder bereits im Sinken begriffen sei. Da hörten wir in der Ferne ein Geräusch, als ob ein Mensch oder Thier durch das Schilf breche. Vögel flogen auf, und hie und da platschte ein Frosch von seinem Sitze in den Fluß. Wir sprachen weiter, da kommt am Ende des Dammes eine jugendliche Gestalt zum Vorschein, die wir im Mondschein deutlich unterschei=ben konnten. ‚Was der so regungslos dort stehen mag?‘ fragte ich. ‚Er fischt wohl‘, meinte mein Nachbar, und wir redeten weiter. Da hörten wir plötzlich einen Fall ins Wasser, und wie wir hinübersehen, ist die Gestalt verschwunden. Dann hören wir es wieder klatschen, und ein Schluchzen bringt zu uns wie ein dumpfer Hülfe=ruf. Aber es war gleich vorbei. Was sollten wir auch machen? Schiffe hatten wir nicht, und bis wir hinüber=gekommen wären, war es zur Rettung zu spät.‘

Hadrian verbarg sein Angesicht in die Hände, und eine peinliche Stille ging · durch das Zelt. Die Leute hatten recht gesehen, das war Allen klar. „Könnt ihr den Leichnam heben?“ fragte der Kaiser.

„Herr“, erwiderte der Alte, „wir wollen deinen Schmerz nicht mißbrauchen. Wir könnten den Auftrag annehmen, aber es wäre Betrug. Falls der Jüngling, den du suchest, vom Ibisdamm in das Wasser gerathen ist, wird er unfehlbar am zweiten oder dritten Tage bei der ersten Schleuße des Apiskanals landen. Dorthin treibt die Strömung.“

„So steht dort Wache, bis ihr ihn gefunden!“

Die Fischer wollten gehen. „Noch eines“, fragte Ha=brian: „Werden die Krokodile den Knaben nicht verschlungen haben?“

„Das heilige Thier des Typhon weilt zu dieser Zeit weiter oberhalb, wo das Wasser seichter ist. Doch wird es nicht schaden, wenn wir den Fluß peitschen und mit der Isisklapper die Thiere verscheuchen.“

„Gut“, sagte Hadrian, „thut das!“

Es dauerte nicht lange, so hörte man vom Strome draußen das Klatschen der Ruder auf den Wassern; das Sistrum rasselte, die Nilklapper ertönte. Immer neue Schiffchen fanden sich ein. Jeder wollte dem Cäsar gefällig sein. Das Rasseln der heiligen Instrumente erinnerte die Fischer an das Fest des Osiris, und einige Frauen stimmten zuerst die gewohnten Gesänge an. Wurde nicht auch hier der heilige Leichnam eines schönen Jünglings gesucht, den Typhon zurückhielt? Der Klage auf dem Strom entsprach bald das Treiben im Tempel. Die Priester, bestrebt des Kaisers Gunst zu gewinnen, ließen jene melancholischen Gesänge zum Himmel aufsteigen, die sonst bei der Osirisklage gesungen wurden, wenn der Nil hinschwand. Die Trauergebräuche wurden vorgenommen; das Bild der Göttin, die goldene Kuh, wurde, in schwarzem Schleier verhüllt, siebenmal um den Tempel getragen. Boten stiegen hinauf und hinunter zum Apiskanal und klagten, noch immer sei der heilige Leichnam nicht gefunden. Nur einer saß stumm und schaute mit höhnisch harten Mienen auf das knechtische Treiben seiner Brüder, Amenophis, der theilnahmlos in einer Ecke des Tempelhofs brütete und innerlich befriedigt darüber nachsann, wann Verus wohl in die Lage kommen werde, ihm den Lohn für die Wegräumung seines Gegners zu bezahlen. Der Tag verstrich, ohne daß man die gesuchte Leiche gefunden. Wieder füllten die Priester den neuanbrechenden Morgen mit heiligen Bräuchen. Das Holz zur Todtenkiste des Osiris wurde geschnitten, das Leinen zu den Todtenbinden gerissen, die Schlange, das Thier des Typhon, wurde im Bild getödtet. Unter solchen geräuschvollen Todtenklagen war auch der zweite Tag hingegangen. Am dritten Morgen strömten, angezogen durch den Lärm

und die seltsame Kunde vom Tode des kaiserlichen Lieb=
lings, auf viele Meilen die Aegypter herbei. Kähne mit
schwarzen Segeln kamen den Fluß herauf und herunter.
Ueberall hörte man die Osirisklage, und der Oberpriester
des Apistempels ließ sich bei Hadrian melden, um ihm
mitzutheilen, das Volk selbst habe Antinous unter die
Götter versetzt.

„Der, der nach dem Befehl der Göttin sein Leben
hingab für den besten und größten Cäsar, ist billig
den Unsterblichen gleich zu achten!“ sagte der Priester
feierlich.

Hadrian's Auge glänzte fieberhaft. „Ich werde ihm
einen Tempel bauen“, sagte er mit gebrochener Stimme,
„Collegien werde ich ihm errichten. Ich werde beten zu
dem, der sich selbst für mich gegeben hat. Ich will es
dir gedenken, Priester, daß du der Erste warst, der mir
seine Gottheit verkündete.“ Dieses Versprechen wirkte.
Schon am Abend erschien ein anderer Hierodule mit der
Kunde, auf der heiligen Sternwarte zu Memphis sei am
Todesabend des Antinous, in der zweiten Stunde, daß
der Mond am Himmel stand, ein neues Gestirn beobach=
tet worden, das die Himmelskundigen zuvor nie gesehen.
„Wir haben die ganze Sterngruppe nach ihm das Stern=
bild des Antinous genannt, da wir sicher sind, es ist der
göttliche Knabe, dessen Gestirn dort in seiner Todesstunde
auftauchte. Gefällt es dir, Cäsar, herauszutreten, der
Stern des Antinous leuchtet eben in voller Klarheit zwischen
den Haaren der Berenike und dem Sternbild des Adlers.“
Hadrian erhob sich und vergeblich nach dem geliebten
Knaben suchend, der ihn sonst gestützt, wurde er von
seinem Schmerze übermannt. „Ich habe Allen Fluch
gebracht mit meiner Liebe. Mein Ich war mein Gott,

und nun bin ich allein mit meinem Ich! Theurer Knabe,
wenn du in eine andere Welt eingegangen, so bist du
wahrlich dort ein Stern, wie du der Stern meines Lebens
warst." An einem Sklaven sich haltend, trat er weich
gestimmt hinaus unter das klare Firmament, und der
Priester zeigte ihm in der Nähe der Milchstraße den neu=
entdeckten Lichtpunkt. „Er heiße wie ihr gewollt: der
Stern des Antinous, und soll in allen Warten des Reiches
so genannt werden."

Als Hadrian am fünften Morgen erwachte, meldete
ihm Sueton, die gesuchte Leiche sei diesen Morgen in der
That bei der Schleuße des Apis gelandet, wie die Fischer
vorausgesagt, sie sei nur wenig entstellt, und wenn Ha=
drian sich stark genug fühle, den schönen Knaben wieder=
zusehen, so sei alles bereit. „Wir haben ein Adonispolster
aufgeschlagen und die heilige Leiche darauf gebettet. Auf
dem Purpurmantel, von Blumen bedeckt, sieht der Knabe
lieblich und friedlich aus, da die Priester mit klugen Mitteln
und seltsamen Instrumenten, die sie beim Balsamiren
brauchen, das Wasser aus dem Leichnam zu entfernen
wußten. Es wird dich rühren, ihn zu sehen, wie er fried=
lich daliegt."

Hadrian zögerte einen Augenblick, dann sagte er:
„Rufet Aelius Verus, er soll mich hinführen!" „Verus
macht sich sehr unsichtbar in diesen Tagen", murmelte
er dann. Als Verus erschienen, nahm der Cäsar seinen
Arm und wandelte stumm den Strand entlang, bis Verus
ihm vorschlug, sich lieber einer Sänfte zu bedienen, da
auch er sich krank fühle. So gelangten sie zu dem Kanal,
der, die eine Seite der Apiswiese begrenzend, sich eine halbe
Stunde unterhalb des Tempels in den Nil ergoß. Die hohen
Säulen, die die Winde der Schleußen trugen, geschickt be=

nutzend, hatte man ein Gerüst aufgeschlagen, das den Leich=
nam den Blicken so weit entzog, daß es unmöglich war,
die Spuren der fortgeschrittenen Zerstörung genau zu er=
kennen. Die Priester hatten die Leiche auch so mit Farbe
überdeckt, daß dem Tod seine Schrecken genommen waren.
Man glaubte in der That den heiligen Leichnam des Adonis,
wie er in Alexandrien jährlich ausgestellt war, zu erblicken.
In Folge dessen drängten sich heute die Griechen und
Phönicier, die aus Alexandrien heraufgekommen waren,
ungestüm um die Bahre, und eine Jungfrau, die gewohnt
war, jährlich im großen Theater zu Alexandrien die Adonis=
klage vorzutragen, trat hervor und recitirte in herzergrei=
fenden Worten den üblichen Gesang:

„Auf den purpurnen Teppichen hier ist ein Lager bereitet,
Hier ruht in Schlummer gewiegt mit rosigen Armen Adonis.
Achtzehn Jahre nur zählt der Geliebteste, oder auch neunzehn.
Kaum schon sticht sein Kuß, noch säumet die Lippen ihm Gold-
                                        haar.
Morgen tragen wir ihn, mit der thauenden Frühe versammelt,
Alle hinaus in die Fluth, die herauf schäumt an die Gestade,
Und mit fliegendem Haare, den Schooß tief bis auf die Knöchel,
Offen die Brust, so stimmen wir hell den Feiergesang an:
Holder Adonis, du nahst bald uns, bald Acheron's Ufern,
Wie kein anderer Halbgott, sagen sie. Nicht Agamemnon
Traf dies Loos, noch Aias, den schrecklich zürnenden Heros,
Hektor auch nicht, von Hekabe's zwanzig Söhnen den ersten,
Nicht Patroklos, noch Pyrrhos, der wiederkehrte von Troja.
Schenk uns Heil, o Adonis, und bring' ein fröhliches Neu-
                                        jahr!
Freundlich kamst du, Adonis, o komm', wenn du kehrest, auch
                                        freundlich!"

Ein Gefühl tiefen Mitleids mit dem Loose des schönen
Todten ging durch die Menge, und das berechnete Schau=

spiel, mit dem man dem Cäsar huldigen wollte, bewirkte eine tiefe und wahre Aufwallung des religiösen Gemüths bei dieser erregbaren Bevölkerung. Der Adonis=Ruf ward stürmisch wiederholt, die Männer warfen sich zur Erde und geriethen in Zuckungen, die Weiber zerfleischten sich die Brüste und rannten mit aufgelöstem Haare am Ufer hin und wieder, und der ekstatische Attes=Ruf scholl weit hinaus über die Fläche des Nils und schreckte die heiligen Thiere der Apistrift, daß sie brüllend einstimmten in die Klage um Antinous.

Der Kaiser war, während die Wache die lärmende Menge weiter hinunterdrängte nach dem Strande, näher zur Bahre herangetreten, und der Präfect, der die Anord=nungen selbst getroffen hatte, zeigte dem Kaiser den Ort, wo die Leiche zum Vorschein gekommen war. „Der Knabe hatte die Hände sich gefesselt, vermuthlich, um sich selbst am Schwimmen zu verhindern, denn sonst deutet nicht die leiseste Spur an dem Körper auf Gewalt, die er etwa erlitten hätte. In einer Falte seiner Tunica fand sich das unselige Orakel der Göttin Bast. Merkwürdiger Weise ist es ein priesterlicher Kopfputz, eine sogenannte Osirisbinde, mit der er sich geknebelt hat. Die Priester, die ich verhörte, sagen aus, daß sie in ihrem Tempel derlei Leinen nicht brauchen, die Binde stamme vielmehr aus dem Heiligthum von Heliopolis.“

„War nicht die Sendung, die du mir durch Ameno=phis machtest“, fragte der Kaiser den zur Seite stehenden Procurator, „von dort entnommen?“

„Sicher, Cäsar! Wir dachten auch sofort, Antinous müsse den heiligen Schmuck schon aus Tibur mitgebracht haben.“

„Gebt mir die Binde“, erwiderte Hadrian, „und rufet

Amenophis. Verus, ist dir nicht wohl, so gehe in dein Zelt!" Die letzten Worte waren von einem seltsamen Blick auf den Mitregenten begleitet, der bleich wie eine Leiche sich an einen Pfosten der Schleuße lehnte.

„Es ist schon vorüber", hauchte Verus. Die Binde wurde gebracht, und Hadrian betrachtete sie sorgsam. „Es ist dieselbe, die er in meinem Kanopus zu Tibur getragen", murmelte er. Dann ging er unruhig hin und her, bis die Wache mit Amenophis herbeikam.

„Aegypter", herrschte Hadrian ihn an: „war diese Binde dein Eigenthum?"

Amenophis betrachtete die Leinwand ruhig und sagte dann: „Es ist möglich."

„Weiß jemand", rief Hadrian, „wie dieses Tuch in Antinous' Hand kam?"

„Herr", erwiderte Sueton, „ich hatte schon alle diese Tage den Verdacht, der Aegypter habe seine Hand im Spiele gehabt bei dieser traurigen Sache. Ich traf in der Stunde des letzten Staatsraths einen Knaben, der aus der Hinterwand des Zeltes des Antinous kroch. Zuerst glaubte ich, er habe etwas gestohlen, und hielt ihn an, aber er versicherte, er habe vielmehr aus Auftrag des Amenophis dem Antinous etwas gebracht, und da er halb nackt, wie er war, in der That nichts verborgen haben konnte, ließ ich ihn laufen. Alsbald aber fand ich ein Fläschchen am Boden, das seltsam roch. Die Flüssigkeit war ausgelaufen, und die Steine waren roth gefärbt, wo sie hingesickert war. Mir war nun auch, als hätte ich den Knaben schon gesehen. Und bald fiel mir ein, daß, als wir nach Bubastis reisten, ein Schiff mit zwei Rudern Tag und Nacht uns verfolgte und schließlich überholte, in dem ein Knabe und ein Priester saßen. Den Priester

habe ich nicht wieder gesehen, aber der Knabe hielt mit sei=
nem Nachen an der Treppe der Göttin zu Bubastis, als wir
ankamen, und es war derselbe, der sich in der Dämmerung
in das Zelt des Antinous schlich. Damals dachte ich
natürlich nicht an so wichtige Dinge. Als aber die Sache
diesen Verlauf nahm, ließ ich nach ihm spähen, aber er
ist seitdem verschwunden."

„Der Präfect", herrschte Hadrian, „wird diese Angaben
untersuchen. Sind sie richtig, so schlägst du den Aegypter
an's Kreuz!" Amenophis wollte antworten, aber in dem=
selben Augenblick brach Verus an seiner Holzsäule zusammen,
und die Diener sprangen herzu, ihn aufzuheben. „Tragt
ihn weg", sagte Hadrian, „er war schon vorhin krank. — Wir
haben uns auf eine baufällige Mauer gestützt", fügte er
dann zu den römischen Beamten gewendet hinzu, „und die
Donation für Erhebung eines Cäsars an die Armee dürfte
sich nächstens wiederholen. Antinous' letzter Wunsch war
es, ich solle Antoninus Pius zum Mitregenten nehmen.
Was meint ihr?" „Der Rath war gut, er stamme von
einem Gotte oder einem Menschen", erwiderte der greise
Procurator.

„Eines nur, Cäsar", rief jetzt Amenophis, „wenn ich
gestehe, daß ich Antinous zum Selbstmord verführte, wirst
du dann dennoch die schwarze Erde mit dem Tempel eines
Lustknaben und Selbstmörders beflecken?"

Hadrian fuhr nach dem Schwert.

„Du gestehst also deine Ränke?"

„Ich gestehe sie, damit du einsiehst, daß dein Lieb=
haber kein Gott sei. Besuble nicht den heiligen Strom
mit deinen Gräueln!"

„Auch Typhon hat Osiris überlistet", erwiderte Hadrian
kalt, „und der Eber des Mars Adonis gefällt, dennoch

waren beide Götter, denn eines ist stärker denn Zeus, das ist das Schicksal. Du aber warst das Thier des Typhon, das dem guten Gotte Verderben brachte.“

„Gut, dann war auch ich ein Theil des Schicksals, dann bete mich an!“

„Ich bin nicht ein Aegypter“, erwiderte Hadrian, „der die Thiere des Typhon anbetet, sondern ein Perser, dem geboten ist, die Creaturen Ariman's auszurotten. Präfect, er hat gestanden, schlag' ihn an's Kreuz! Sein Tod sühne den Grund, auf dem Antinous' Tempel stehen wird, den er so scheut. Wir wollen seinen Dämon hierher bannen, daß er im Dienste des Genius unseres Freundes Wunder thue. Die Leiche des Gottes leget in Nitrum und dann holt aus dem Tempel zu Heliopolis den größten Sar=kophag und bestattet in ihm den Leib meines Lieblings und Gottes! — Was spielst du da mit deinem Daumen, Aegypter?“

„Ich weihe deine Seele dem Typhon!“

„Der Stern des Antinous wird über mir walten, ich fürchte deine Götter nicht.“

Damit kehrte der Kaiser in sein Zelt zurück, wohin sofort die obersten Architekten beschieden wurden, um mit ihm den Plan zu dem Tempelbau zu berathen. Eine Stadt Antinoupolis wollte Hadrian an der Stelle des alten Besa jetzt bereits bauen, ein Orakel des Antinous sollte errichtet werden. Als Osiris sollte ein ägyptischer Künstler den neuen Gott in rothem Syenit aushauen, die ersten Meister von Hellas sollten ihn als Adonis, als Hermes, als Bacchus, als Dionysos, als Frühlingsgott mit Blumen in Hand und Haar darstellen. Dem Stern des Antinous wurde bereits jetzt, so lang er am Himmel stand, ein Rauch=

altar angezündet. Ein Ritus wurde ausgearbeitet, der die rührende Osirisklage mit dem sehnsüchtigen Attes-Ruf und dem elstatischen Jakchos-Taumel der Dionysos-, Bacchus- und Attesfeste vereinte. Wie eine Blume nach den Blutstropfen des Adonis genannt war, so gab es bald auch eine Blume des Antinous. Als Hadrian seinen Wohnsitz nach Alexandrien verlegte, während am Tempel seines Lieblings gebaut wurde, meldete sich der Dichter Pankrates und brachte ihm das Wunder eines rosenrothen Lotos, der auf der Stelle gewachsen sei, wo einst Antinous einen Löwen auf der Jagd erlegt habe. Auch diese Huldigung nahm Hadrian mit Eifer auf. Lotoskränze wurden forthin das Attribut des schönen Jünglings, und die Blume selbst hieß die Blume des Antinous. Dem Urheber dieses glücklichen Einfalls aber, Pankrates, ward zum Lohn eine Stelle an der Akademie zu Alexandrien. Dem Dichter Mesomedes von Kreta, der, als Hadrian bei der Rückkehr aus Aegypten nach Griechenland kam, ihm einen Hymnus auf den göttlichen Knaben überreichte, setzte der Kaiser einen so überschwänglichen Jahresgehalt zum Lohn aus, daß der Nachfolger für Recht hielt, denselben herabzusetzen. Verus, der schwer krank von Alexandrien nach Italien sich einschiffte, beeiferte sich nach seiner Ankunft auch dort allenthalben, zumal in Rom und Tibur, Götterbilder und Heiligthümer des Antinous aufstellen zu lassen. Ob er seine eigene Schuld sühnen oder nur Hadrian's Gunst dadurch wieder gewinnen wollte, wußte niemand, vielleicht er selbst nicht. Der Cult des schönen Jünglings griff aber wie ein neuer Glaube mit unerhörter Schnelligkeit um sich. Nicht nur Alexandrien und Rom, sondern insbesonders die griechischen Meister Achaia's und Kleinasiens bemächtigten sich der sympathischen Aufgabe, die ihnen hier gestellt war, und die Welt ward der Statuen und Heiligthümer des bithynischen Gottes voll.

Es wäre verkehrt, dieses Phänomen lediglich aus dem Knechtssinn der Zeit herzuleiten, der ja hundert andere Gelegenheiten hätte finden können, sich zu erweisen. Das Schicksal des schönen Jünglings rührte die weichgeschaffenen Seelen, die Aufgabe, die Schönheit eines schwermüthigen Knaben in einem Idealbild zur Darstellung zu bringen, reizte die Künstler. Nachdem die Meister von Aphrodisias den Typus festgestellt, prägte sich dieses unschuldvolle, sinnig melancholische Bild tief der Phantasie ein, und einen wahren Antinouskopf geschaffen zu haben, war für eine Weile das höchste Problem der Kunst. Als Bacchus wurde Antinous in Italien verehrt. Noch besitzen wir eine kolossale, 16 Fuß hohe Gestalt aus carrarischem Marmor, die den Bithynier als solchen darstellt, einen Epheukranz um das lang herabwallende Haar geschlungen. Auf dem Scheitel trägt er den Pinienapfel des Gottes, das weite Obergewand ist auf der linken Schulter befestigt und läßt den vollen linken Arm, die hoch gewölbte Brust, die seine Hüfte sehen. In der linken hocherhobenen Hand hält er den gleichfalls mit einem Pinienapfel gezierten Thyrsusstab, auf den er sich stützt, während sein Blick die Erde sucht und der Dinge der Unterwelt denkt. Auch andere Colossalbilder mit Epheu- oder Lotoskranz müssen in dem Abyton eines Tempels gestanden haben. Ein Relief, das Hadrian in seiner Villa zu Tibur aufstellte, war die Erinnerung an das Fest der Consecration. Auf dem Wagen stehend, mit dem Lotoskranz geschmückt, die linke Hand voll Blumen vor sich ausstreckend, hält der jugendliche Heros als wiedererstehender Frühlingsgott seinen Einzug bei den Olympiern. Auch ein dreimal über das Leben

hinaus vergrößertes Haupt des Antinous mit eingesetzten
Augen kann nur als der Rest einer gewaltigen Tempelstatue
gedeutet werden. Die vollen Haare, oben zierlich aufgebun=
den und mit einem Kranze durchflochten, wallen in zwei
langen Locken zur Schulter nieder. Die Formen des herr=
lichen, ovalen Gesichtes sind von weiblicher Zartheit. Es ist
der schönste Kopf der ganzen spätern Kaiserzeit. Aber das
Kanopus zu Tibur erhielt noch eine weitere Darstellung des
göttlichen Knaben. Mit dem Kopfschmuck des Osiris und
der schmalen Bekleidung der ägyptischen Priester, in der
starren Haltung der Götterbilder von Theben und Mem=
phis steht hier Antinous zwischen zwei Sphinxen, indem auf
seiner Stirne der düstere Trübsinn des Todtenrichters brü=
tet. Auch am Isistempel zu Rom fand sich die Inschrift:
„Dem Antinous, dem Mitherrscher der Götter Aegyptens,
hat sein Prophet Ulpius Apollonius diesen Stein geweiht!"
Kaum aber war eine Stadt im Reiche, die nicht eine
Münze geschlagen hätte, zum Gedächtniß des schönen Jüng=
lings, um sie dem Kaiser zuzusenden. Bald als Jakchos
ist er dargestellt, bald dem ägyptischen Harpokrates als
Lebenshüter gesellt, bald den göttlichen Jünglingen Apollo
und Mercur. Ein Greif, ein Bock, ein Stier bezeichnen
ihn als diesen oder jenen Gott. Am häufigsten kehren
das Thier des Bacchus, der Panther, und der Thyrsusstab
wieder, oder Mond und Sterne deuten auf Isis und sein
eigenes Gestirn. Den Haupttempel, für Antinous=Dio=
nysos=Bacchus, weihte Hadrian nach seiner Uebersiedelung
nach Griechenland zu Mantinea ein. Das eigentliche Hei=
ligthum des Antinous blieb doch der Tempel zu Besa, an
der Grenze der Thebais, da wo Antinous' Leiche wieder dem
Wasser entstiegen war. Nach den strengen Maßen ägyptischer
Kunst gebaut, mit den geheimen Nischen der Orakel ausge=

stattet, von einem reich botirten Priestercollegium geleitet,
sollte dieser neue Tempel ebenso die Versöhnung der Götter
Aegyptens mit Rom bedeuten, wie die Ptolemäer den grie=
chischen Dienst des Serapis gegründet hatten, um unter
den Göttern Aegyptens durch eine Landesgottheit ihres
Stammes vertreten zu sein. Erst nachdem Hadrian die Con=
secration der neuen Stadt und des Tempels vorgenommen
und die ersten, von ihm selbst gedichteten Orakelverse ver=
kündet hatte, kehrte er über Athen und Korinth nach
Rom zurück.

Einundzwanzigstes Kapitel.

Auf der Villa ad pinum war es in dem Winter, den Hadrian in Aegypten und Griechenland zubrachte, still zugegangen. Phlegon war vergessen von der Welt und, wie es schien, auch vergessen von Hadrian, der dem Gebote, Phlegon solle sich ruhig in seinem Esquilinischen Hause halten, keine weiteren Befehle hatte folgen lassen. Der Trieb des Griechen, freiwillig sein Schifflein in die Strudel des großstädtischen Lebens zurück zu treiben, war gering, nur über die Alpen nach Aquä gingen sehnsüchtig seine Gedanken, aber er wagte nicht aus eigener Macht den ihm angewiesenen Aufenthalt zu verlassen, und Hadrian zu mahnen schien ihm gefährlich. So lebte er in dumpfem Trübsinn dahin, in den Büchern wühlend, die seine Knaben hinterlassen hatten, unter denen die neuen Schriften Epiktet's und die alten Bücher der Juden und Christianer bald seine Aufmerksamkeit fesselten.

Das Gesinde auf der Villa hatte sich zerstreut mit Ausnahme der beiden Alten, Tertius und Eumäus, die sich der Wirthschaft annahmen. Neben ihnen waltete eine gutmüthige alte Christin Decimilla, die, treuer als die anderen, sich Ennia auf der Wanderung nach Germanien anschließen wollte, von dieser aber den Befehl erhalten hatte, auf der Villa zu bleiben. Die Sklaven waren anfangs mit Vorschlägen herausgerückt, wie sie allmählig das Grundstück wieder in Stand setzen wollten. Die Wasserleitung sollte wieder hergestellt, die Mauer gebessert, der Garten wieder angepflanzt werden, aber Phlegon hatte auf alle Vorschläge nur trübe das Haupt geschüttelt und erklärt: „Laßt es, wie es ist, ich bleibe nicht hier." Zwar hatten die Alten den Herbst benützt, aufzuräumen, wie ihre Arme es vermochten, aber das Grundstück war zu groß für zwei alte Leute. So schossen der Schierling und anderes Unkraut lustiger noch als zuvor auf den Wegen des Gartens empor. Die Schnecken hausten grausam im Lande Benjamin, die Dornen Ruben's überwuchsen die zarten Ranken Ephraim's, und das ganze heilige Land der guten Gräcina glich einem Acker, darauf das Un= kraut den guten Samen erstickt hat. Noch schlimmer sah es mit dem Hause selbst aus. Dem Verfall des Daches und der Mauern konnten Eumäus und Tertius nicht steuern, die Versumpfung der Area nicht hindern, und als der Winter Regen und Schnee brachte, Frost und Thau an den gelockerten Fugen zu arbeiten anfingen, bot die Villa einen schlimmeren Anblick als je, ohne daß Phlegon ein Auge dafür gehabt hätte. „Er ist auch durch das heilige Buch der Christianer behext", flüsterten die Alten sich zu, und es schien in der That so. Der Grieche brütete bei Tag und Nacht über den heiligen Schriften. Durch Decimilla mochte das Pius zugetragen worden sein, denn eines Tages ertönte an der veröbeten Pforte das Pochen des ehernen Hammers, so daß Phlegon erschreckt emporfuhr. Sollte Hadrian sich seiner erinnern, sollte ein Brief von Ennia da sein, oder wollte der Prätor Celsus sein Müthchen an ihm kühlen? Er selbst eilte nach der Area und öffnete die Schluße der Thüre, um zu fragen, wer da sei. „Der

Händler Pius, der Bruder des Hermas, bittet den Herrn des Hauses um Erlaubniß, ihn und die Sklavin Deci= milla zu besuchen!" Phlegon öffnete. Er schaute in das freundliche aber charakterfeste Gesicht eines stattlichen Bürgers, dem man ansah, daß er zum Regimente be= rufen sei, und daß er nur der Herrschaft über sich und dem Vertrauen zu sich selbst die Herrschaft über Andere verdanke.

„Sei gegrüßt, Herr!" sagte der Eintretende.

„Auch du sei gegrüßt!" erwiderte Phlegon herzlich. Nach all den Monden der Einsamkeit und Verlassenheit that es ihm wohl, daß ein Mensch sich seiner erinnere. „Du bist der Bruder des Hermas, meines armen Freundes?"

„Desselben Hermas", erwiderte Pius mit einem leichten Seufzer, „der durch seinen muthigen, gläubigen Sinn die Bestien überwand und dann nicht bedachte, daß Gott nicht hilft, wenn wir ihn muthwillig versuchen."

„So sehe auch ich das Ende meines armen Freundes an," sagte Phlegon. „Ich verdanke ihm viel," setzte er dann hinzu. „Er hat mir die Augen dafür geöffnet, was im Leben wichtig und was nebensächlich ist. Es mußten freilich schwere Erfahrungen über mich hingehen, bis mir nachträglich die Wahrheit seiner Worte sich erschloß, und ich verstand ihn erst, als ich am eigenen Fleisch erfahren, wohin es führt, wenn man, mit euerer Schrift zu reden, den Mammon zu seinem Gotte macht."

„Ich freue mich, daß ein Theil der Lehre des Er= lösers sich dir erschlossen hat, an dem die Meisten An= stoß nehmen." Phlegon erzählte nun dem Bischof, wie durch die Erfahrungen im Hause der Gräcina ihm der Staat der Christianer als ein Saturnscherz für die Skla= ven erschienen sei, und er verhehlte nicht, daß er Weisungen wie die, sein Eigenthum an die Armen zu geben und

weder zu sorgen, noch an den kommenden Morgen zu
denken, auch jetzt noch für das Ende jedes geordneten
Lebens halten müsse.

„So kann der Herr auch diese Worte nicht gemeint
haben", erwiderte Pius. „Er wollte damit nicht eine
Ordnung des täglichen Lebens aufstellen, sondern eine
Methode des Kampfes für eine kurze Zeit der Gründung
des Gottesreiches. Die Apostel, die das Reich mit Ge=
walt an sich reißen und in die Mauern der Welt die erste
Bresche legen und sie stürmen sollten, die sollten alles über=
flüssige Gepäck von sich werfen. Gräcina hatte dazu keinen
Beruf. Glaubst du übrigens, daß Gräcina ihr Eigenthum
weniger verwüstet hätte, wäre sie keine Christin gewesen?"

Phlegon blickte zur Erde, dann sagte er nach einer
Weile: „Nein!"

„Ich danke dir für dieses Geständniß", sagte der
Bischof. „Ich danke dir, daß du den Christen nicht länger
zuschreiben willst, was eine kranke Greisin in Schwäche
und Unverstand gesündigt. Sie hat der Gemeinde mehr
geschadet, als diese ihr."

Mit diesem Austausch war die Bitterkeit aus Phle=
gon's Herzen hinweggenommen. Die beiden Männer
sprachen noch lang über Hermas. Pius sah nach Deci=
milla, der er Aufträge zu geben habe, falls ihr Herr es
erlaube. Phlegon erklärte sich dazu bereit und bat Pius
wiederzukommen; da ihm nicht vergönnt sei, die Villa
zu verlassen, wolle er dem Prätor nicht Anlaß geben,
gegen ihn vorzugehen. Von da ab war Pius ein regel=
mäßiger Gast auf der Villa ad pinum. Wurde Phlegon's
Gemüth durch die einfach=erhabenen Sätze der Bergpre=
digt tief bewegt, fand sein philosophisches Interesse an
den Briefen des Paulus reichliche Nahrung, so wich diese

Hinneigung einer lebhafteren Empfindung, einem leiden=
schaftlicheren Antheil, als Aelius Verus aus Aegypten zu=
rück kam und überall die göttliche Verehrung des Antinous
anordnete, gemäß den Wünschen des Kaisers. Phlegon
nahm die Botschaft von dem freiwilligen Ende seines
jungen Freundes mit um so herzlicherem Mitgefühl auf,
als er Zeuge gewesen war wie systematisch Habrian die
gesunden Lebenstriebe dieses armen Knaben vergiftet, wie
er ihm den Boden entzogen, auf dem er stand, wie er
ihm Mißtrauen gegen jede Stütze eingeflößt, an die er
sich hielt. „Nachdem er ihm den Glauben an seine Götter
erschüttert, nachdem er es ihm verleidet, als Mensch unter
Menschen zu dulden und zu tragen, nachdem er ihn zum
Selbstmord getrieben, gefällt es jetzt seiner Laune, ihn
nachträglich zum Gott zu erheben", so sprach er zu Pius,
der mit sympathischer Theilnahme den Erzählungen Phle=
gon's gefolgt war. Die Entrüstung des Griechen über
Habrian war um so größer, als das Gerücht besagte,
Habrian selbst habe Antinous dieses Todesopfer aufge=
nöthigt. Nicht um ihm seine Jahre abzuborgen — man
kannte Habrian's Lebensüberbruß und die mächtige Todes=
sehnsucht, die den kranken Mann seit Jahren verfolgte —
sei Antinous geopfert worden, vielmehr wurde erzählt,
die ägyptischen Priester hätten erklärt, eine ihrer Be=
schwörungen könne nur gelingen, falls ein Jüngling frei=
willig als Opfer sich weihe, denn nur eine Seele, die
freiwillig in den Hades gestiegen, vermöge dem Rufe zu
folgen, den sie an dieselbe richten wollten. So sei An=
tinous der Neugier Habrian's nach den Dingen des Jen=
seits geopfert worden. Diese dunkeln Märchen hielten
aber das Volk der Hauptstadt nicht ab, sich mit voller
Leidenschaft in den in Mode kommenden Cultus zu werfen.

Antinousstatuen, Antinousbüsten, Antinoushermen und Reliefs erhoben sich, wohin man blickte. Auf den Straßen wurden die neuen Hymnen und Antiphonien gesungen, ertönte der Adonis= und Jakchos=Ruf, in den Villen wurden ihm Capellen gewidmet, und selbst Wirthe luden in groß= gemalten Placaten an den Straßenecken zur Einweihung eines Heiligthums des göttlichen Freundes, der sein Leben für den Cäsar gelassen, ihre Kunden und Freunde.

Phlegon glühte vor Entrüstung. Wie oft hatte er Antinous in Thränen darüber klagen hören, daß Hab= rian nicht an die Gottheit glaube, die sei, sondern daß er sich Götter mache, wie es ihm gefalle. Nun verfiel der Knabe noch im Tode selbst der Göttermacherei Hab= rian's, nun wurden in seinem Namen jene Orakel ge= spendet, die er so gehaßt hatte. „Er wird seine Manen aufstören, seine Larva wird umgehen", sagte Phlegon, „auch in der Unterwelt läßt Hadrian ihm keine Ruhe. Armer Antinous!"

Als er so Pius seine Entrüstung aussprach über diese neuesten Excesse der Superstition, rollte dieser schweigend die Epistel des Paulus an die Römer auf und deutete auf eine Stelle, die Phlegon las. Sie besagte, daß ein geistiger Gott sei, den jeder in seinen Werken der Schöpfung zu erkennen vermöchte. Weil die Menschen aber damit sich nicht genügen ließen, sondern meinten, sie müßten von ihrem Witz und ihrer Phantasie hinzuthun, sind sie von dem einen Gott auf die vielen gekommen. „Da sie sich für weise hielten, sind sie Narren geworden. Und haben verwandelt die Herrlichkeit des unvergänglichen Gottes in ein Bild gleich dem vergänglichen Menschen, und der Vögel und der vierfüßigen und der kriechenden Thiere." Und Pius fügte hinzu: „Darum hat sie auch

Gott dahingegeben, sagt der Apostel weiter, in jene Laster, deren Bleigewicht mit Centnerschwere an dem armen neuen Gotte hingen und die ihn hinabgezogen haben in die Fluthen des Nil, weil er in Gottes Sonne sich nicht wohl fühlte und doch selbst nicht wußte warum? Wohl hast du Recht: armer Antinous!" „Es war nicht das allein", sagte Phlegon, „wir haben alle an ihm ge= sündigt, daß wir ihn nicht auf bestimmte Ziele verwiesen. Der Mensch ist zur Arbeit da, und es ist keine Lebens= aufgabe, schön zu sein, am wenigsten für einen Jüng= ling. Aus dieser Leere entsprang sein Trübsinn, und so mußte er enden, wie er geendet hat."

Pius nickte zustimmend und reichte Phlegon die Rechte. Wiederum waren die beiden Männer sich um einen Schritt näher gekommen.

„Was mir an euerem heiligen Buche das Werth= vollste ist", sagte Phlegon, als Pius aufbrach, „ist die Thatsache, daß es die Erfahrungen von Jahrtausenden aufgezeichnet hat, denn ich bin der Meinung, daß die Gottheit sich so vielen Generationen reicher und voller geoffenbart habe, als einer einzelnen. Wohl sind auch die griechischen und römischen Götter alt, aber die Tra= dition ist abgerissen. Sie müssen nicht mehr wirken wie früher, denn was ich in den Tempeln sehe und höre, ist alles von gestern her, und täglich kommen wieder neue Einfälle hinzu. Lese ich aber in euerer Schrift, da weht es mich an wie Offenbarung der Urzeit, und die Gesetze, die euer Lehrer giebt, können nie veralten, weil man sie nie erreichen wird."

„Forsche nur weiter in der Schrift", sagte Pius, „du hast den Weg. Gewiß, wir werden uns noch finden."

Der einfache Mann hatte richtig gesehen. Es kam

der Morgen, an dem Phlegon sich entschied. „Der, der die Worte der Bergrede gesprochen", sagte er sich, „kann kein Betrüger sein. Ich habe im alten Wesen gestanden", dachte er weiter, „und bin unglücklich gewesen. Ich habe allein im Leeren gehaust und bin seitdem doppelt unglück=lich. Zurück zu den alten Göttern mag ich nicht. Soll ich Hymnen auf Antinous singen und morgen am Ende auch noch auf Aelius Verus und Hadrian? Nein! Ich will ernstlich eintreten in diese Gemeinde, will ihre Kräfte auf mich wirken lassen; führen sie nicht auf's Feste, nun, so schwebe ich zwischen Himmel und Erde wie bisher. Schlimmer ist es dann auch nicht geworden. Ich möchte einen Glauben haben mit meinen Kindern — mit meinem Weibe", fügte er dann leise hinzu.

„Nimm mich auf unter eure Katechumenen!" sprach Phlegon, als Pius ihn wieder besuchte.

„Mein Katechumen bist du schon lange, aber wie soll ich dich in die Versammlung bringen?"

„Die Versammlung kommt wieder hierher, das Pe=ristyl ist noch, wie es Gräcina verließ."

„Und der Prätor?"

„Ist nach Athen Hadrian entgegen gereist", erwi=derte Phlegon.

„Dann wäre die Villa ad pinum allerbings so sicher als ein anderer Ort, zumal unsere Reihen licht geworden sind, seit den Tagen der Verfolgung, aber ein Hinderniß ist noch im Wege."

„Nun", erwiderte Phlegon, „das wäre?"

„Der Zustand deines Hauses gereicht uns zum Vor=wurf. Sieh dieses zerfallene Dach, das den Regen durch=läßt, diese zerbrochenen Läden, diese sinkende Mauer.

Ehe der Herr einzieht, muß hier Ordnung sein vor Gott und Menschen."

„Ich will noch heute daran gehen, alles bessern zu lassen", sagte Phlegon beschämt.

„Nein, mein Bruder", erwiderte der Bischof. „Leute, die sich nach uns nannten, haben dieses Haus zerstört, Leute, die zu uns gehören, sollen es wieder aufrichten. Du sollst sehen, daß Christen arbeiten, auch wenn sie sich nicht ängstlich sorgen um das tägliche Brot." So schied der wackere Mann. Am andern Morgen aber, als Phlegon noch im Schlafe lag, fing es an, um sein Haus zu zimmern und zu klopfen, auf dem Dache hörte er Schritte, im Garten fuhren Pferde mit Karren, und als er hinaus= trat, sah er ein Gewimmel von fröhlichen Arbeitern, die unverdrossen Steine abbrachen und einsetzten, Ziegel wegnahmen, zimmerten und wieder aufsetzten. Sittig grüßten sie ihn, als ob er sie bezahlt hätte, für ihn zu arbeiten. Rastlos und still ging es so fort vom Morgen zum Abend, einen Tag um den andern. Geredet wurde wenig, und wenn Phlegon einen einzelnen Mann bei der Arbeit das Lied vom Lamm oder eine andere Hymne singen hörte, so ärgerte er sich nicht mehr, sondern halb= laut stimmte er ein. So war im Laufe von wenigen Wochen die Mauer neu gebaut, das Haus frisch beworfen und getüncht, das Dach glänzte von neuen Ziegeln, die Wege von Kies, und die milde Frühlingssonne lag warm auf den wohlgeordneten Beeten, den beschnittenen Stauden und Bäumen, und alles fing an zu grünen und zu sprossen und zu treiben, als wollte es mit jungem Grün allen Graus und Schutt der Vergangenheit bedecken und als rufe der Herr selbst vom Himmel: „Das Alte ist ver= gangen, siehe, ich mache alles neu."

Lohn hatte Pius nicht angenommen. „Du würdest die Brüder kränken", sagte er: „Es werden Andere kommen, denen geholfen werden muß, dann werden wir dich bitten." Und Phlegon, der so oft gegen den Bettel geeifert, klang das wie eine frohe Kunde. Es ging ihm auf, daß Geben seliger als Nehmen sei. Die Arbeitsleute waren gegangen, und die Stille war in die Villa zurückgekehrt, die nun so schmuck aussah wie zuvor, wenn auch nur junge Bäumchen da blühten, wo die Götterbilder vor Zeiten geglänzt hatten.

Eines Abends, als der Herr dieses heitern Anwesens bereits still bei der Lampe über seinen heiligen Büchern saß, trat Decimilla ein und sagte: „Herr, ein Greis begehrte Einlaß, der sich weigerte seinen Namen mir zu nennen, aber sofort mit mir das Atrium betrat. Er sieht seltsam fremd, aber vornehm aus. Du findest ihn im Peristyl." Phlegon stieg die Treppe hinab und starrte in dem Halbbunkel den Fremden mit großen Augen an. Dann rief er: „Cäsar, du im Hause des Phlegon?"

„Ich bin's", sagte Hadrian. „Du kennst mich wohl kaum wieder. Ja, ich bin weiß geworden durch Kummer und Schmerz, aber die Götter haben mir nicht gelogen. Aelius Verus liegt im Sterben, ich aber zehre von den Jahren des Antinous."

„Friede sei mit ihm", sagte Phlegon leise.

„Und Ehre in aller Welt!" — Phlegon schwieg.

„Es war Antinous' Wunsch, daß ich dir helfen möge!" sagte Hadrian, indem er sich niedersetzte, „und ich bin selbst herübergekommen, damit nicht wieder der Neid der Zwischenträger und dein Ungeschick die Dinge verwirre.

Wie ich gehandelt habe, mußte ich handeln, wollte ich nicht ausdrücklich den Christianern, die auch jetzt wieder die giftigsten Feinde meines vergötterten Lieblings sind, freie Uebung ihrer Verkehrtheiten gestatten. Jetzt ist die Sache anders. Die Christen halten sich still und sind vergessen. Alles redet nur von Antinous. Den Prätor Celsus habe ich der Prätur entsetzt; sein Maß war voll. Begnadigen kann ich deine Söhne auch jetzt nicht. Das würde Decrete nöthig machen, es würde darüber gesprochen werden, und die Christen würden sich aufs Neue hervordrängen. Ich habe darum einen andern Weg gewählt, um Anti= nous' Willen zu erfüllen. Du kaufst von mir das Gut Hasalicus am Mercuriusberg zu Aquä, das dem Fiscus gehört sammt seinen Sklaven. Zu denselben gehören deine Söhne. Als Herr kannst du sie dann frei lassen, sobald es dir beliebt. Ennia bleibt in der Verbannung, die sie nicht drücken wird, wenn du bei ihr bist. Hier ist der Kaufbrief in doppelter Ausfertigung, die Namen des Quästors und Procurators stehen bereits hier. Hier ist die Quittung für den Kaufschilling, den ich für dich bezahlte, da ich für lange Dienste den Lohn dir schuldig war. Erst seit du fort bist, weiß ich, wie viel ich an dir gehabt!"

Phlegon hatte starr dagestanden bei all diesen Freuden= botschaften. Jetzt beugte er sein Knie, ergriff Hadrian's Toga und drückte heiße Küsse auf dieselbe. Reden konnte er nicht. „Stehe auf, Phlegon", sagte Hadrian. „Mache mich nicht weich. Wir haben beide gelitten und geirrt, aber bei der Gottheit des Antinous, ich habe für dich gethan, was ich thun konnte."

„Ich weiß es, Herr."

„Nun", nahm Hadrian scherzend das Wort, um der

Unterredung eine leichtere Wendung zu geben, „es sieht ganz ordentlich aus auf der Villa ad pinum, seit die Christen hier ausgetrieben sind.“

„Verzeihe, Herr, die Christen Roms selbst waren es, die dieses Haus wieder aufbauten als Sühne für Grä= cina's Sünden.“

„Siehe da, da mußt du ja trotz deiner Schuld gegen sie in Gnaden bei ihnen stehen. Wie hast du das ge= macht?“

„Ich bin noch kein Christ, Cäsar, aber zürne mir nicht, ich bin im Begriff es zu werden. Seit ich sehe, wie Götter wachsen, sehne ich mich nach dem Einen Gott zurück, der vor Adonis, Mithras und Antinous war.“

„Auch ich verehre das eine Numen in der Gottheit des Knaben, der für mich starb.“

„In gewissem Sinne“, erwiderte Phlegon, „sind wir auch jetzt noch einig. Ich glaube an dieselbe Gottheit wie zuvor und glaube, daß Pindar, Sophokles und Plato wahre Propheten gewesen sind für ihre Zeit. Aber diese Zeit ist um. Du würdest nicht neue Culte erfinden und fremde einführen, wenn dir die überlieferten Bräuche ge= nügten. Die Gottheit aber hat nicht darum aufgehört, aus den alten Formen zu reden, weil sie sich etwa aus der Welt zurückgezogen hätte, sondern weil sie sich in anderer Weise ihr aufs Neue offenbaren will. Was man uns lehrte, daß Osiris sterbe zum Heil der Welt und in den dunkeln Kammern sitze, bis er wieder auferstehe, um seinem Lande Segen und Fruchtbarkeit zurückzubringen, was wir im Dienste des Adonis priesen, die Wunden des Gottes, der hinstirbt und wiederkehrt mit den Knospen des Früh= lings, waren Symbole für das Leben des All. Die Gott=

heit stirbt um unserer Sünden willen und steht wieder
auf um unseres Heiles willen, das lehrt mich jeder Blick
in die Natur, das lehrten mich Osiris, Adonis, Proserpina,
Mithras. Ihre Verehrer bezeugen, daß diese Götter
wirklich gelebt, daß sie diese Leiden wirklich erduldet.
Nun, so ist an uns die Botschaft gelangt, daß Gott
wiederum unter Augustus geboren worden sei als Mensch,
gelitten habe und getödtet worden sei unter Tiberius.
Als ich es hörte, lachte ich darüber. Aber ich sah die,
die es glaubten und die nach den Gesetzen dieses Gottes
lebten, bei aller menschlichen Schwachheit, glücklich, heiter,
im Frieden mit sich. Ich habe Hermas unter dem
bittersten Elend stets mild und fröhlich gefunden, ich
sah meine Söhne, verrathen von ihrem Vater, angesichts
des grausamsten Todes versöhnt mit sich und mir. Da
sagte ich mir: es wäre doch gut, wenn du auch so wärest.
‚Wie habt ihr es gemacht?‘ fragte ich Hermas, Natalis,
Pius — sie antworteten: ‚wir haben erkannt und ge=
glaubt, daß Gott in Christus war und versöhnte die
Welt mit sich selbst und haben ihm uns ganz ergeben‘.
Ich aber dachte, wo Kraft ist, ist auch eine Quelle der
Kraft. Die Verachtung des Irdischen, die die Stoiker
preisen, während sie Geld zusammenscharren gleich Seneca,
hatte ich hier ohne alle Theorie vor Augen als Wir=
kung der Zugehörigkeit zu Christo. Man redete mir zu:
willst du den Frieden finden, den wir haben, so mache
es wie wir, versuche es! Und ich will es versuchen,
Cäsar.“

Hadrian erhob sich: „Du handelst auf deine Verant=
wortung. Die Edicte Trajan's bestehen, und du weißt am
besten, daß ich sie nicht aufheben kann. Ich zürne dir
nicht; ich weiß, du willst dich, wie ich selbst, über die

Oede dieser götterlosen Zeit mit neuen Mysterien hinwegtäuschen. Aber ich fürchte, mein Freund, wir beide haben schon zu viel miteinander versucht; die Täuschung wird nicht lange vorhalten."

„Herr", erwiderte Phlegon lebhaft, „es sind keine Täuschungen. Ich habe die Bücher der jüdischen Propheten in diesem langen trüben Winter gelesen, so reden keine Lügner. Ich war im Amphitheater bei Hermas und meinen Kindern; man trotzt nicht den Tatzen des Löwen, wenn man seiner Sache nicht sicher ist. Unter allen Culten, die ich sehe, hat nur dieser eine Lebenskraft, nur dieser eine Zukunft. Im Uebrigen kann man eine Religion nicht für sich haben. Man muß gemeinsam beten, um zu dem Gefühl zu kommen, daß man nicht nur zu sich selbst redet. Meine Kinder haben diesen Glauben, mein Weib hat sich zu ihm bekehrt, so will auch ich ihn haben. Ich will nicht allein verschmachten in dieser Wüste."

„Wenn nun aber Alles heute zu den Tempeln unseres Freundes strömt, warum kommst du nicht mit uns?"

„Herr, du weißt selbst, daß Antinous Gott suchte und nicht fand."

Verlegen beugte sich Hadrian nach einer Blume des Viridarium. Da fiel ihm eine Rolle aus der Toga. Er hob sie auf. „Eines", sagte er, „hat euer Gott jedenfalls vor Antinous voraus, daß er keine Schwester hinterließ. Siehe diesen Brief von Antinous' Schwester Paulina, den ich eben erhielt, in dem sie mich um eine Unterstützung bittet."

Er reichte Phlegon eine linkisch geschriebene Bittschrift, in der ein ungebildetes Bürgermädchen in gezierten Ausdrücken als Schwester des Gottes Antinous den Kaiser bat, ihr eine Rente auszusetzen, da sie schwerlich mehr einen Mann bekommen werde. Dafür wolle sie dem Cäsar auch alles erzählen, was ihr Bruder in seiner Jugend mit ihr gespielt und von ihrem schlimmen Pädagogen erlitten habe.

Lächelnd gab Phlegon den Brief zurück und erwiderte: „Dennoch irrst du, Cäsar, auch unser Gott hatte Brüder und Schwestern, die nicht an ihn glaubten, aber er erschien ihnen nach seinem Tode, und sie glaubten.“

„Es wäre kaum der Mühe werth, dieser Paulina zu erscheinen“, sagte Hadrian ironisch.

„Das eben ist es, Cäsar, was uns scheidet; wir wissen durch Jesus Christus, daß jede menschliche Seele einen unendlichen Werth habe, und daß es der Mühe werth sei zu sorgen, daß auch die verkümmertste nicht verloren gehe. Wir werden die kranke Welt nur heilen, wenn wir mit den Einzelnen es genauer nehmen.“

„Wer für eine Milliarde Seelen zu sorgen hat, wie ich, mein Freund, kann sich um die Einzelnen nicht kümmern. Ich muß an Veranstaltungen denken, die auf Millionen wirken, und wenn ich sehe, wie Antinous' Bild zu den Herzen spricht, so glaube ich, ich habe jetzt das Rechte getroffen. In hundert Jahren wird Antinous ein Gott sein wie Mithras, von euerem gekreuzigten Juden aber wird Niemand mehr reden. Lebe wohl!“

„Die nach uns kommen, werden es erleben!“ sagte Phlegon. „Ich aber danke dir, Herr, für alles, was du an mir gethan hast, und werde täglich bitten, daß dir die Gottheit vergelte, wie ich es möchte. Lebe wohl!“ So schritt Hadrian hinaus in die sternenlose Nacht, und Phlegon wendete sich zu dem traulichen Lampenlicht, das über seinen heiligen Rollen strahlte.

———

24*

Nur Weniges ist es, was wir noch zu berichten haben. Die Unterredung mit Hadrian hatte Phlegon's Beschlüsse besiegelt. Indem er mit dem Kaiser stritt, kam dem Hellenen erst vollkommen zu Bewußtsein, daß er sich auf einem Boden mit den Christen befinde, und sein Bruch mit den alten Göttern ein definitiver sei. Blieb ihm noch manches in der neuen Gemeinschaft fremd, ließ manches ihn kalt, so tröstete er sich: man glaubt mit fünfzig Jahren nicht mehr so ohne Vorbehalt und ohne Reflexion wie mit fünfzehn. Die Vorbereitung zur Ueber= siedelung ins Decumatenland kostete noch einige Zeit, in der er täglich die Versammlungen im Hause des Pius besuchte, und sich mehr und mehr in die neue Gemeinde einlebte. Er lernte eine lange Reihe guter und glück= licher Menschen hier kennen und fühlte sich selbst in einem Kreise täglich wohler, der dem Ehrgeiz und den Ränken des öffentlichen Lebens eben so fern stand, wie er es mit der Pflege der Seelen im eigenen Hause und dem der Freunde streng nahm. „Oh, wie habt ihr Recht", sagte er eines Tages zu Pius, „daß ihr das Glück der Welt in der Heiligung des eigenen Hauses sucht, nicht in dem selbstsüchtigen Treiben des Forum und der Curie, und daß ihr der Schönheit dient durch die Bildung euerer Kinder, nicht in der Mitarbeit an einer täglich mehr ent= artenden Kunst."

„Laß uns nicht auf das sehen, mein Bruder", er= widerte Pius, „was wir besser machen als die Welt, sondern auf die weite Strecke, die wir noch hinter dem Ziele zurück sind. Ein Größerer als wir hat bescheiden gesagt: Nicht daß ich's schon ergriffen hätte, aber ich jage danach."

So kam denn der Morgen, der für die Aufnahme

Phlegon's in die Gemeinde bestimmt war. Wieder in einer Frühstunde, vor Aufgang der Sonne, ertönten in der Villa ad pinum die Gesänge, die einst Phlegon aus seiner Ruhe aufgestört. Jetzt stand er selbst in einen weißen Taufmantel gehüllt am Impluvium, das für die Taufe hergerichtet worden war. Pius hielt eine eindringliche Rede, in der er anknüpfte an die Geschichte dieses Hauses, an die Sünden, die eine Verfolgung der Gemeinde herbeigeführt und den Haß der Welt gegen sie gemehrt habe. Auch hier stehe ein Saul, dem die Verirrung Einzelner zum Anlaß des Drohens und Schnaubens geworden sei. Im Streite aber gegen die Sünde der Christen sei Phlegon die Erkenntniß aufgegangen, daß er selbst vom Heile viel weiter ab sei als die, die er bestreite, und der Gott, der es den Aufrichtigen gelingen lasse, habe sein Herz gewendet. Der Täufling sprach darauf tief ergriffen das Bekenntniß seiner Sünde und seines Glaubens, und der Bischof taufte ihn, indem er ihn dreimal mit Wasser überströmte. Am Abend fand das Liebesmahl bei Pius statt, nach welchem Phlegon zum erstenmal an der Eucharistie theilnahm. Als die heilige Handlung beendet war, theilte Pius der Gemeinde mit, Phlegon habe die Villa ad pinum der Gemeinde auf unbestimmte Zeit überlassen, indem er ihm die Verwaltung derselben übertragen. Die Hut derselben würden Decimilla und die zwei alten Sklaven besorgen, die ruhig im Hause ihre Tage beschließen sollten. Eine volle Schenkung desselben, die Phlegon beabsichtigt, habe das Presbyterium, um auch den bösen Schein zu meiden, abgelehnt. Als am andern Morgen der Tag graute, verabschiedete sich Phlegon von Pius, und ein rüstiges Maulthier trug ihn und seine Tasche durch die porta Salaria dem Norden zu. Von Stadt zu Stadt kehrte er bei den Brüdern ein, und als 'er endlich im Sattel der Alpen zum letzten Mal nach Italien zurückschaute, fühlte er sich in jeder Beziehung wiedergeboren, eine neue Creatur. So stieg er durch die finstere via mala nach Curia, und von da zum Thale des Rhenus hinab, dessen Lauf er bis Augusta Rauracorum verfolgte. Dort, wo der breite Strom sich nach Norden wendet, gab er sein Thier ab, und ein kräftiges Boot trug ihn nach einem Flecken, der unterhalb Argentoratum auf dem rechten Rheinufer lag. Von da führte eine schnurgerade Straße nach dem Castell über Aquä, welches das ganze Thal des Rhenus und der Ausonia beherrschte. Zum Bade Hadrian's hinabsteigend, wo die Dämpfe der heißen Quelle durch die stattliche Marmorhalle zogen, grüßten den Wanderer die bekannten Züge des Antinous. Auch hierher war bereits der neue Cult gedrungen, für Phlegon aber war dieses still redende Bild nicht Gegenstand des politischen oder religiösen Abscheus. Auf ihn schaute hier liebevoll ein Freund herab, über dessen schönes Bild ein schweres Schicksal einen elegischen Schatten geworfen hatte. Lange stand Phlegon mit inniger Rührung vor der Stele, dann sprach er: „Auch mir gereicht dieser traurige Knabe zum Vorwurf. Gott gebe, daß meine Hand stärker geworden ist, um die zu halten, die versinken wollen." Der alten Zeiten denkend, war er so den Hügel hinabgestiegen, während der bewaldete Berg Mercur's sich in abligen Formen vor ihm aufbaute. Drüben auf dem Vorberge, der rings das Thal beherrschte, sah er die weißen Mauern des kaiserlichen Gutes Hasalicus glänzen, die all seine Liebe umschlossen. Noch eine Stunde ging es bergan. Dann lag Ennia an seinem Herzen, Natalis und Vitalis hielten feine Hände, die Schaar der Kinder umringte ihn. „Hier bin ich, Kinder, euer Vater, euer Herr, euer Bruder im Herrn! Nun lasset uns diesen schönen Garten Gottes, auf den der Herr die ganze Fülle seiner Gaben ausge= gossen hat, zu einem Bilde seines Reiches ausbauen und der Welt zeigen, daß der Staat der Christen kein Reich der Thorheit ist.“ — —